VIN DE BOHÈME

DU MÊME AUTEUR

Chocolat, Quai Voltaire, 2000.

Joanne Harris

VIN DE BOHÈME

Roman

Traduit de l'anglais par
Jeannette Short-Payen

Quai Voltaire

Titre original :
Blackberry Wine.

Première publication : 2000, Doubleday,
a Division of Transworld Publishers Ltd.

© 2000, JOANNE HARRIS.

© QUAI VOLTAIRE / LA TABLE RONDE, 2001,
POUR LA TRADUCTION FRANÇAISE.

To my grandfather, Edwin Short :
gardener, winemaker and poet at heart.

I

Regardez autour de vous, c'est bien connu : le vin parle !
Tenez ! Vous n'avez qu'à consulter l'oracle du coin de la
rue, questionner celui que l'on avait oublié d'inviter au
repas de noces, écouter les litanies de l'imbécile heureux.
Oui, le vin parle comme un ventriloque, il a des milliers de
voix. Il délie votre langue, il vous force à dévoiler vos plus
secrètes pensées, celles dont vous ne soupçonniez pas
même l'existence. Il crie, le vin, il vocifère, il vous chu-
chote à l'oreille. Il fait de vous le confident de choses admi-
rables et de projets magnifiques, de tragiques histoires
d'amour et de trahisons terribles. Tantôt il éclate d'un rire
strident, tantôt il glousse de doux contentement, tantôt il
verse des larmes sur celui dont il aperçoit le reflet dans le
miroir. Il fait revivre pour vous des étés lointains et des souvenirs qu'il vaudrait mieux oublier. Chaque bouteille vous
découvre le parfum d'autres temps et d'autres pays. Et chacune vous offre son bouquet de souvenirs. De la plus plébéienne bouteille de liebfraumilch jusqu'à l'absolu
monarque veuve-clicquot 1945, l'humble miracle se
répète. Joe appelait cela la magie quotidienne. La méta-
morphose de la banale trivialité en étoffe de rêves. L'alchimie du profane.

À titre d'exemple, regardez-moi : Fleurie 1962, dernière survivante d'une caisse de douze, mise en cave l'année de la naissance de Jay. Si l'on en croit l'étiquette : « Petit vin coquin et loquace, plein d'entrain et légèrement impertinent, à fort goût de cassis. » Pas vraiment le genre de vin que l'on veuille garder, et pourtant c'est précisément ce que fit Jay. Par nostalgie. Pour une occasion spéciale ! Pour un anniversaire, pour un repas de noces, peut-être ? Mais personne ne célébrait ses anniversaires qu'il passait à regarder de vieux films de cow-boys en buvant un vin rouge quelconque, venu d'Argentine ou d'Australie. Il y a cinq ans il me fit trôner sur une table décorée de bougeoirs d'argent, mais rien ne se passa. Et cependant, lui et la fille restèrent ensemble. Et avec elle, un bataillon de bouteilles nous envahit — du dom pérignon, de la vodka Stolichnaya, du parfait amour, du mouton-cadet, des bières belges dans des bouteilles au long col, du vermouth Noilly Prat et de la Fraise des Bois. Celles-là aussi parlent, pour dire des bêtises la plupart du temps, et leur voix métallique résonne comme un bavardage d'invités au cours d'une réception. Nous refusions absolument de les fréquenter et l'on nous repoussa, nous les trois rescapées, jusqu'au plus profond de la cave, derrière les rangées étincelantes des nouvelles venues. Ce fut là que nous attendîmes, oubliées, pendant cinq ans, château-chalon 1958, sancerre 1971 et moi-même.

Vexée d'avoir été déclassée, château-chalon feint la surdité et refuse le plus souvent de dire mot. « Un vin moelleux, de grande classe et de haute réputation », aime-t-elle citer dans ses rares moments d'effusion. Elle aime à nous rappeler sa supériorité, la longévité des vins jaunes du Jura. Elle en tire gloire comme de son parfum de miel et de son pedigree sans pareil. Sancerre, par contre, a depuis longtemps tourné à l'aigre et parle encore moins, ne laissant de temps en temps échapper qu'un petit soupir de regret à l'idée de sa jeunesse évanouie.

Six semaines avant que ne commence cette histoire, ce fut l'arrivée des autres : les étrangères, les « Spéciales », les intruses, celles qui furent à l'origine de tout et qui sem-

blaient d'ailleurs, elles aussi, oubliées loin derrière le
flambant tapageur des nouvelles venues. Il y en avait six et
chacune, pourvue de sa petite étiquette écrite à la main,
était scellée à la cire, chacune cravatée d'un cordonnet de
couleur différente : rouge pour la framboise, vert pour la
fleur de sureau, bleu pour la mûre, jaune pour la baie
d'églantier et noir pour la prune de Damas. La dernière
bouteille, cravatée de brun, ne contenait aucun vin de ma
connaissance. Écrite à la main, l'étiquette avait cette couleur fanée de thé chinois et annonçait : Cuvée Extra 1975.
Mais elle était truffée de secrets. Murmures, quolibets,
éclats de rire. Pas moyen d'y échapper ! Devant leur espiè-
glerie, nous feignîmes l'indifférence. Des dilettantes, voilà
ce qu'elles étaient, et dépourvues du moindre soupçon de
raisin ! Des inférieures, qui n'avaient pas leur place parmi
nous ! Pourtant ces intruses étaient d'une impudence qui
n'était pas dénuée de charme ; un mélange capiteux de
parfums et d'images qui portait un rude coup aux vins plus
sobres. De leur parler il n'était évidemment pas question.
Au-dessous de notre dignité ! Moi cependant j'en brûlais
d'envie. Peut-être à cause de cet arrière-goût de cassis qui
faisait de nous des camarades !

De la cave, nous entendions tout ce qui se passait dans
la maison. Les arrivées et les départs de nos collègues plus
au goût du jour marquaient pour nous les dates importantes : douze bières vendredi soir et des rires qui fusaient
dans le vestibule ; la veille, une seule bouteille d'un rouge
quelconque de Californie, si jeune encore qu'on en sentait
presque le tannin ; la semaine précédente, celle de l'anniversaire de Jay, pour être précis, une demi-bouteille de
Moët, une demoiselle, la plus solitaire et la plus révélatrice
des bouteilles, et venant de là-haut le galop des chevaux et
les claquements de coups de revolver qui nous entraînent
dans des chevauchées nostalgiques. Jay Mackintosh avait
trente-sept ans. En lui il n'y avait rien de remarquable à
part ses yeux, des yeux d'un indigo de pinot noir et l'air
gauche, légèrement hébété, de celui qui s'est égaré en chemin. Kerry l'avait jugé attendrissant il y a cinq ans mais, à
présent, le charme avait disparu. Cette passivité et ce pur

entêtement qui se cachait en dessous avaient pour elle quelque chose de profondément irritant. Voilà exactement quatorze ans que Jay avait terminé un roman : *Trois Étés chez Joe Patati*. Vous le connaissez, sans doute ? On le traduisit en vingt langues et, en Angleterre, on lui décerna le Booker. On célébra sa publication avec trois caisses de veuve-clicquot millésimé — du 1976, dégusté trop jeune pour être apprécié à sa juste valeur mais c'était toujours la même chose avec Jay. La vie, il s'y abreuvait comme si elle ne devait jamais tarir, comme si ce qu'il en absorbait allait durer, un succès en amènerait un autre, la fête continuerait à l'infini.

En ce temps-là, il n'y avait pas de cave à vin. Nous étions alignées sur le rebord de la cheminée, au-dessus de la machine à écrire, comme des porte-bonheur, disait-il. Quand il eut terminé son livre, il déboucha la dernière de mes compagnes de 1962, la dégusta très lentement et, quand il l'eut vidée, il prit son verre entre ses doigts et le fit tourner, tourner, tourner... Il s'approcha de la cheminée et resta là debout pendant un moment, puis il esquissa un sourire douloureux et retourna à son fauteuil d'un pas mal assuré.

« Ce sera pour la prochaine fois, chérie, promit-il. On remettra ça à la prochaine ! » Parce qu'il me parle, vous savez, tout comme moi, un jour, je lui parlerai aussi. Je suis sa plus vieille amie et nous nous comprenons. Nos destinées, voyez-vous, sont inséparables.

Oui, vous avez raison, il n'y eut pas de prochaine fois. Les interviews à la télévision, les articles dans les journaux et les revues dans les magazines se succédèrent puis s'enlisèrent dans le silence. Hollywood en fit un film avec Corey Feldman dans le rôle principal et un décor du Midwest américain. Neuf années s'écoulèrent. Jay écrivit le début d'un roman intitulé *Brave Cortez* et vendit huit nouvelles au magazine *Playboy*. Plus tard on en fit un recueil qui fut publié dans la collection Penguin. Au début, le monde littéraire attendit le nouveau roman de Jay avec une frénésie fébrile, puis l'avidité tourna à l'impatience, l'impatience à la curiosité et, enfin, ce fut l'inévitable indifférence. Il ne cessa pas d'écrire, bien sûr. Jusqu'à présent sept romans avec des titres comme *Le Gène G-Zu, Les Six Reines de Mars,* ou *La Mort dans l'arme,* tous écrits sous le pseudonyme de Jean de la Treille, avaient rapporté assez d'argent pour lui permettre de vivre pendant ces quatorze années dans un certain confort. Il avait acheté un Toshiba, un ordinateur portable qu'il maintenait en équilibre sur ses genoux aussi adroitement que les plateaux sur lesquels il posait les repas qu'il préparait lui-même et qu'il finissait de plus en plus fréquemment devant la télévision maintenant que Kerry travaillait tard le soir. Il écrivait des comptes rendus, des articles, des nouvelles et des chroniques pour les journaux. Il prenait la parole dans les cercles littéraires. Il donnait des séminaires pour écrivains en herbe à l'université. Tant de choses occupaient son temps, disait-il sans grande conviction, qu'il lui en restait à peine pour son travail à lui. Il se moquait de lui-même, l'écrivain qui n'écrivait pas.

Kerry le regardait, les lèvres pincées, lorsqu'il parlait ainsi. Elle, je vous la présente : Kerry O'Neill, née Katherine Marsden, vingt-huit ans, cheveux blonds courts et yeux d'un vert lumineux à vous couper le souffle — Jay ne se douta jamais qu'il s'agissait de verres de contact teintés ! Journaliste, elle s'était fait un nom à la télévision grâce à *Forum,* une causerie de fin de soirée au cours de laquelle des écrivains du moment et des célébrités de second ordre discutaient de problèmes sociaux contemporains sur un fond sonore de jazz d'avant-garde. Cinq ans plus tôt, elle aurait peut-être souri à ce qu'il disait. Mais, alors, *Forum* n'existait pas ! Kerry rédigeait une chronique de voyage pour le *Times,* tout en écrivant un livre intitulé *Chocolat — un point de vue de femme.* Le monde, pour elle, débordait de possibilités. Deux ans plus tard, sous les feux des médias, le volume fut publié. Kerry était photogénique, un produit de consommation rentable pour lecteur moyen.

Elle parut donc au cours de nombreuses causeries télévisées sans profondeur. Elle eut sa photo dans *Marie-Claire, Cosmopolitan* et *Hello !* mais elle sut bien vite se rassurer : tout cela ne lui était pas monté à la tête. Elle possédait une maison à Chelsea, un pied-à-terre à New York et pensait sérieusement à la chirurgie esthétique pour réduire sa cellulite. Elle était arrivée ; elle s'était fait un nom. Mais Jay ? Pour lui, rien n'avait changé. Il y a cinq ans, il avait paru la parfaite incarnation du tempérament artiste, buvant une demi-bouteille de Smirnoff par jour, le personnage romantique typique, condamné et brisé par la vie. Il avait fait naître chez elle l'instinct maternel. Elle le sauvait, elle serait sa muse et, en retour, il écrirait un livre merveilleux, un livre qui éclairerait des vies entières d'une grande lumière, et ce serait son œuvre à elle.

Rien de tout cela n'arriva. La science-fiction des supermarchés, c'était ça qui payait le loyer, les livres de poche aux couvertures effrayantes. La maturité d'esprit, la malicieuse sagesse de ce premier succès ne se manifestèrent plus jamais, ne furent même plus évoquées. Car, malgré son air taciturne et pensif, Jay n'avait pour ainsi dire aucun tempérament artiste. Jamais il ne s'était laissé aller à une impulsion. Jamais il ne laissait voir sa colère. Jamais il ne perdait sa maîtrise. Sa conversation n'était jamais intellectuellement brillante et elle n'était jamais assez maussade non plus pour intriguer qui que ce fût. Son penchant pour l'alcool même, l'unique extravagance qui lui restait, paraissait à présent ridicule, celle de l'homme qui s'entête à porter les vêtements démodés de sa jeunesse. Il passait son temps à pianoter sur des jeux électroniques, à écouter de vieux 45-tours et à regarder de vieux films, aussi prisonnier de son adolescence que l'aiguille d'un électrophone qui tourne dans le même sillon sans pouvoir en sortir. Kerry se demandait si elle ne s'était pas trompée. Il refusait de grandir, il ne voulait pas être sauvé.

Les bouteilles vides, elles, racontaient une bien autre histoire. Jay se persuadait qu'il buvait pour la même raison qu'il écrivait de la science-fiction populaire, non pour oublier mais pour se souvenir, pour rouvrir la porte du passé et s'y retrouver tout entier, comme d'un fruit amer l'amande oubliée. Il ouvrait chaque bouteille, commençait chaque histoire avec la secrète certitude qu'elle contenait le philtre magique qui le rendrait à lui-même. Mais, tout comme le vin, pour être efficace la magie a besoin de conditions particulières pour donner le meilleur d'elle-même. Joe aurait pu le lui dire. Sans cela, la réaction chimique ne se produit pas, le bouquet s'évanouit.

Je m'attendais vraiment à ce que cette histoire commençât avec moi. Pour une certaine raison poétique. Après tout, lui et moi nous sommes liés à jamais. Hélas, ce fut avec une autre millésimée. À vrai dire, cela m'est un peu égal. Mieux vaut être sa dernière que sa première. Si je ne suis pas l'héroïne de cette histoire, j'étais là avant l'arrivée des « Spéciales » et je serai encore là quand toutes auront été consommées. Je peux attendre. D'ailleurs, le Fleurie qui a vieilli en bouteille est un vin de connaisseurs, pas quelque chose que l'on puisse brusquer, et je ne suis pas certaine que le palais de Jay eût été à la hauteur.

2

Londres, printemps 1999

Mars était arrivé et, même pour une cave, la température était douce. Jay avait travaillé là-haut, à sa façon à lui, une bouteille à portée de main et la télévision allumée en sourdine. La maison était silencieuse : Kerry assistait à une réception pour la sortie en librairie d'un nouveau prix Femina. Jay se servait de la machine à écrire quand il s'agissait de son « vrai » travail ; quant à l'ordinateur, il était réservé à la science-fiction. C'est ainsi que, suivant qu'il faisait du bruit ou qu'il n'en faisait pas, nous savions à coup sûr ce qu'il était en train d'écrire. Dix heures sonnèrent avant qu'il ne descendît de son bureau. Il alluma la radio sur la chaîne Rétro qui diffusait de vieux tubes. Nous l'entendions aller et venir dans la cuisine et le bruit de ses pas sur le carrelage trahissait une certaine agitation.

À côté du frigo, il y a un placard à bouteilles. Jay l'ouvrit, hésita puis le referma, et nous entendîmes s'ouvrir la porte du frigidaire. Comme partout, les goûts de Kerry dominaient : jus de fruit, taboulé, pousses de soja, yaourts. Ce dont Jay avait follement envie, c'était d'un énorme sandwich au bacon et à l'œuf avec ketchup et oignon, le tout arrosé d'une grande tasse de thé bien fort. Il le savait, cet appétit qui avait quelque chose à voir avec Joe et Pog Hill, était simplement provoqué par une association d'idées qui se produisait souvent à l'instant où il essayait d'écrire. Mais tout cela était loin, évanoui, une ombre du passé. Il savait très bien qu'il n'avait pas réellement faim. Alors il alluma une cigarette, un luxe interdit, réservé aux moments où Kerry était absente, et il en avala la fumée avec gourmandise. La radio mêlait ses parasites à la voix de Steve Harley qui entonnait de sa voix lugubre une chanson de cet été 1975, ce lointain été qui le gardait prisonnier et, bientôt, sa voix mélancolique s'éleva dans la cuisine et se joignit à celle du chanteur : *Come up and See me, Make me Smile...*

Derrière nous, dans l'obscurité de la cave, les Étrangères s'agitaient. Peut-être la musique en était-elle responsable ou était-ce, dans l'atmosphère de cette douce soirée de printemps, chargée de promesses ? En tout cas, elles débordaient d'agitation, elles bouillonnaient d'impatience, elles s'entrechoquaient, frissonnant aux moindres ombres, brûlant de rompre leur silence, de répandre leur bouquet, d'être enfin libérées. Il descendit peut-être à cause de cela. Ses pas s'alourdirent sur le bois nu des marches. Jay aimait la cave fraîche et secrète et il y descendait souvent pour le simple plaisir de caresser les bouteilles, de frôler de ses doigts les murs veloutés de poussière. J'aimais ses visites. Quand il est près de moi, je peux discerner les moindres variations de ses sautes d'humeur avec une précision de scalpel. On pourrait même dire que je sais lire ce qui traverse sa tête. Oui, entre nous, le courant s'établit.

Une faible ampoule, pendue au plafond, éclairait la sombre cave. Des bouteilles — la plupart sans valeur et choisies par Kerry — étaient alignées le long du mur dans des casiers, d'autres reposaient dans des caisses à même les dalles de ciment. En passant, Jay les effleura d'une main légère. Il en approcha son visage comme pour y respirer le parfum des étés qu'elles avaient capturés. Deux ou trois fois il en prit une et la fit tourner entre ses mains avant de la reposer. Il errait sans but, absorbant de tout son être l'humidité et le silence de la cave. Là, en bas, le vacarme de la circulation londonienne est étouffé et, pendant un instant, il eut envie de s'allonger sur les dalles lisses et fraîches et de s'y endormir. Personne ne viendrait l'y chercher. Puis, soudain, à son propre étonnement, il se sentit parfaitement éveillé, l'esprit tout à fait alerte, comme si le silence de la cave lui avait clarifié les idées. L'atmosphère était chargée d'électricité. Quelque chose était imminent.

Les nouvelles arrivées avaient été reléguées au fond, dans une caisse en travers de laquelle on avait posé une échelle cassée. Il l'écarta et traîna péniblement la caisse sur les dalles. Il en sortit une bouteille au hasard et l'approcha de la lumière pour en déchiffrer l'étiquette. Le contenu était d'un rouge d'encre, alourdi d'une lie épaisse. Un instant, il crut y discerner quelque chose d'étrange, une silhouette, mais non, c'était sûrement du sédiment. Là-haut, dans la cuisine, la radio faisait toujours revivre la musique de 1975. On en était à Noël à présent, et, à travers le plancher, lui parvint, assourdi mais pourtant reconnaissable, l'air de *Bohemian Rhapsody*. Un frisson le parcourut.

À son retour dans la cuisine, il examina la bouteille avec curiosité. Il l'avait à peine regardée depuis qu'il l'avait rapportée six semaines plus tôt. Il en observa le cachet de cire, le cordonnet brun, l'étiquette où l'on déchiffrait *Cuvée spéciale 1975*, le verre maculé par la poussière et il se demanda pourquoi il l'avait sauvée des décombres. Par nostalgie, peut-être, bien que ce qu'il éprouvait à l'évocation de Joe fût encore trop ambigu pour ce luxe-là. Colère, confusion, intense besoin — tout ce flot d'émotions déferlait sur lui en vagues successives.

Mon vieux copain. Si seulement tu étais là... À l'intérieur de la bouteille, ce n'était que culbutes et cabrioles, et en bas, dans la cave, par solidarité, les autres se mirent à danser et à s'entrechoquer. Parfois, quand quelque chose arrive, c'est par pur hasard. On attend pendant des années un alignement favorable des planètes, une rencontre accidentelle, une inspiration soudaine, mais les circonstances nous prennent au dépourvu, par caprice, sans bruit, sans signe, sans prélude. Jay appelait cela la destinée. Joe, lui, appelait cela la magie. Ce n'est souvent rien d'autre qu'une simple réaction chimique, une substance dans l'air, une expérience unique, qui infailliblement catalyse ce qui était inerte depuis si longtemps et lui donne vie. L'alchimie du profane, disait Joe, la magie de tous les jours.

Jay Mackintosh allongea la main pour saisir le couteau et brisa le cachet de cire.

3

Le cachet avait survécu au passage des années. Le couteau le trancha et révéla dessous un bouchon toujours intact. En un instant, l'odeur fut si puissante, si brusque, qu'on ne pouvait que s'y abandonner les dents serrées et la laisser vous envahir. Elle avait l'âcreté de la terre, le tranchant acide du coupe-légumes et l'arôme bucolique des pommes de terre dans un sol fraîchement retourné. L'illusion fut bientôt si forte que Jay se crut réellement transporté dans ce monde disparu, près de Joe, les mains appuyées sur sa bêche, avec la radio accrochée à la fourche d'un arbre, qui jouait *I'm Not in Love*... Alors il succomba au trouble qui le bouleversait et se versa une quantité infime de liquide en prenant soin de ne pas en perdre la moindre goutte. De couleur vieux rose du jus de papaye, celui-ci semblait pétiller d'un plaisir anticipé remontant le bord du verre comme quelque chose de vivant qui voudrait en sortir.

Jay le contempla avec une méfiance mêlée de désir. D'un côté, il voulait désespérément y goûter — voilà des années qu'il attendait ce moment-là —, de l'autre, il hésitait encore. Dans le verre, le liquide était lourd de menaces, chargé de petits flocons de sédiment d'un brun de feuille morte. Il se vit soudain en boire, s'étrangler et se tordre de douleur sur le carrelage de la cuisine. Il s'arrêta alors même qu'il allait porter le verre à sa bouche. De nouveau, il contempla le liquide. Ce qu'il avait cru y voir avait disparu. Le breuvage avait maintenant l'odeur douceâtre d'un médicament, d'un sirop pour la toux. Une nouvelle fois, il se demanda ce qui lui avait pris de ramener cette bouteille chez lui. La magie, cela n'existait pas. C'était encore une de ces choses que Joe lui avait fait croire, encore un tour de ce vieux charlatan. Pourtant l'idée persistait : il y avait quelque chose dans ce verre, quelque chose de spécial...

Il était si absorbé qu'il n'entendit pas Kerry entrer derrière lui.

« Ah, tu ne travailles donc pas ? » Sa voix était claire, avec un brin d'accent irlandais. « Si tu avais l'intention de prendre une cuite, tu aurais pu au moins m'accompagner à la réception. Cela t'aurait fourni l'occasion merveilleuse de rencontrer des gens. »

Elle appuya lourdement sur le mot « merveilleuse », allongeant démesurément la première syllabe. Jay, le verre toujours à la main, se retourna pour la regarder, et sa voix se fit moqueuse.

« Oh, tu sais. Je fais toujours de merveilleuses rencontres. Les gens de lettres sont tous merveilleux. Ce qui me plaît le plus c'est lorsque l'un de ces jeunes talents s'approche de moi au cours de ces merveilleuses réceptions et me dit : "Vous ne seriez pas Jay Trucmuche, le type qui a écrit ce livre merveilleux ?" »

Kerry traversa la pièce, ses talons hauts claquèrent sur le carrelage et elle se versa un verre de Stolichnaya.

« Ton comportement est non seulement antisocial mais puéril aussi. Si seulement tu faisais l'effort d'écrire quelque chose de sérieux au lieu de perdre ton temps à raconter des foutaises.

— Merveilleux », ricana Jay en grimaçant et il fit avec son verre un geste ironique. Dans la cave, les autres bouteilles s'entrechoquèrent bruyamment comme dans l'attente de quelque chose. Kerry tendit l'oreille.

« Tu as entendu ? »

Jay fit non de la tête, tout en gardant son sourire douloureux. Elle se rapprocha et regarda d'un air inquisiteur le verre qu'il tenait à la main et la bouteille sur la table.

« Qu'est-ce que c'est que ce truc-là ? » Sa voix était aussi aiguë que les aiguilles de ses talons. « Un mélange bizarre. L'odeur est à faire vomir.

— C'est le vin de Joe. L'une des six bouteilles. » Il tourna la bouteille pour en lire l'étiquette. « *Joe Patati*, 1975. Un vin magique. »

Derrière nous et tout autour, les bouteilles pétillaient d'impatience. Nous les entendions se dire des choses à l'oreille, chanter, s'interpeller, faire des cabrioles. Leurs rires contagieux résonnaient, dans leur audace, comme un appel aux armes. Château-chalon grommela sa désapprobation d'une voix impassible mais, au milieu de cette ambiance tumultueuse de carnaval, on y percevait une trace d'envie. Moi, je me surpris, comme les autres, à m'agiter dans ma caisse comme une vulgaire bouteille de lait, folle d'attente et tellement sûre que quelque chose allait se passer…

« Beurk. N'en bois surtout pas. C'est sûrement bouchonné. » Kerry eut un petit rire forcé. « C'est dégoûtant, d'ailleurs. Je ne comprends pas pourquoi tu as tenu à ramener ça à la maison. »

Jay haussa les épaules.

« Je t'en prie, chéri. Débarrasse-t'en. Ce doit être pourri d'horribles bactéries ou pire encore ! Tu sais bien comme il était, le vieux. » Sa voix s'était adoucie. « Je t'apporte un verre de Stoly à la place, d'accord ?

— Kerry, cesse donc de parler comme ma mère !

— Alors arrête de te conduire comme un gosse ! Pourquoi ne peux-tu pas simplement agir comme un adulte ? » C'était l'éternel refrain. Lui continua avec opiniâtreté : « Ce vin-là, c'est celui de Joe. Je ne m'attends pas à ce que tu comprennes ça. »

Avec un soupir, elle se détourna de lui. « Bon, comme tu voudras. Tu n'en fais toujours qu'à ta tête. À en juger par la façon dont tu t'es obsessivement attaché à ce vieil abruti pendant toutes ces années on dirait que tu le prends pour ton père. Allez, vas-y, conduis-toi comme un paumé, empoisonne-toi. Moi, je vais me coucher. »

Jay n'écoutait plus. Il leva le verre jusqu'à son visage et l'odeur l'assaillit à nouveau, une odeur de cidre qui rappelait vaguement celle qui emplissait la maison de Joe, mêlée à celle de l'encens et des grappes de tomates qui mûrissaient sur le rebord de la fenêtre de la cuisine. Un instant, il crut entendre quelque chose, un vacarme, un fracas de verre brisé, comme si un chandelier venait de s'abattre sur une table où l'on aurait déjà mis le couvert. Il en avala une gorgée. « À la tienne ! »

Le goût était aussi affreux qu'autrefois. Il n'y avait aucune trace de raisin dans ce breuvage, mais un mélange de goûts douceâtres avec l'odeur fermentée qui émane des ordures ménagères. Celle du canal en été et celle de la voie ferrée depuis longtemps abandonnée, une odeur de pétrole et de caoutchouc brûlé qui prenait à la gorge et faisait surgir de sa mémoire des images qu'il avait cru perdues à jamais. Assailli de souvenirs, et grisé de vertige, il serra les poings.

« Ça ne va pas ? » C'était la voix de Kerry, sonore comme dans un rêve. Elle semblait irritée bien qu'il perçût une pointe d'inquiétude dans ses paroles. « Jay, je t'avais dit de ne pas boire ce truc-là, tu es sûr que ça va ? »

Il fit un effort pour avaler. « Parfaitement bien. À vrai dire, il n'est pas mal du tout, ce vin. Un petit goût coquin, acidulé, il a de la conversation. Un peu comme toi, Kes. » Il s'interrompit en toussant et en riant à la fois. Kerry le dévisagea d'un air désapprobateur.

« Cesse donc de m'appeler comme ça. Ce n'est pas mon nom.

— Kerry non plus, fit-il d'un ton sarcastique.

— D'accord, si tu tiens à être comme ça, moi je vais me coucher. J'espère que tu trouveras ce breuvage à ton goût. »

Jay ne releva pas le défi que ces paroles contenaient et il garda le dos tourné à la porte jusqu'à ce qu'elle fût sortie. C'était de l'égoïsme de sa part, il le savait bien, mais le vin avait éveillé en lui quelque chose d'extraordinaire qu'il voulait approfondir. Il en but une autre gorgée et découvrit que son palais s'était déjà habitué à son étrange saveur. À présent, il y retrouvait un goût de fruits trop mûrs et de caramel brûlé ; il y retrouvait l'odeur du jus qui dégoulinait du coupe-légumes ; il entendait au fond du jardin la voix de Joe accompagner la radio en fredonnant. Il avala d'un seul trait ce qui restait dans le verre, et il y découvrit l'essence d'un insatiable goût de vivre, son cœur soudain s'emplit d'une énergie renouvelée et battit à grands coups dans sa poitrine comme s'il venait de courir. Dans la cave, les cinq autres bouteilles s'agitèrent et s'entrechoquèrent dans une frénésie d'enthousiasme. Maintenant il avait l'esprit lucide, il était calme. Il chercha à reconnaître le sentiment qu'il éprouvait et comprit que c'était de la joie.

4

Pog Hill, été 1975

J*oe Patati*. Pour lui, un nom en valait un autre. Joe Cox, celui sous lequel il se présentait en plissant les yeux avec un sourire à défier les incrédules. Pourtant, même à cette époque-là, cela aurait pu être n'importe quel nom car il en changeait suivant les saisons, et l'endroit où il habitait.

« Nous sommes peut-être cousins germains, toi et moi », déclara-t-il ce tout premier jour où Jay, assis sur le mur, l'observait avec une fascination mêlée de méfiance. Le coupe-légumes vrombissait avec un cliquetis métallique, vomissant dans le seau qui était à ses pieds des tronçons de fruits ou de légumes à l'odeur douce-amère. « Cox et Mackintosh. On a tous les deux des noms de pomme, hein ? Ça fait qu'on est presque de la même famille, il me semble. » Il parlait avec un accent étrange, déroutant, et Jay le regarda, bouche bée, sans comprendre.

Joe hocha la tête et grimaça un sourire. « Tu savais pas que t'avais un nom de pomme, hein ? Et une sacrée bonne pomme, une Amerloque, toute rouge. Et un de ces goûts, bon sang ! J'avais un jeune pommier comme ça, là-bas — il indiqua d'un mouvement brusque de la tête le terrain derrière la maison. Mais il a pas bien pris. J'avais dans l'idée qu'il se ferait vite à ce coin-là. »

Jay continuait à l'observer avec la méfiance cynique

d'un gamin de douze ans toujours prêt à relever le moindre prétexte pour se moquer. « À la façon dont vous parlez, on dirait qu'ils éprouvent des sentiments, les arbres ! »

Joe le dévisagea. « Bien sûr, pardi ! Comme tout ce qui est vivant ! »

Le garçon était fasciné par le mouvement des lames tournantes du coupe-légumes. Entre les mains de Joe l'entonnoir de la machine se cabrait et crachait bruyamment des lambeaux de chair blanche, rose, violette ou jaune.

« Et que faites-vous ?

— À ton avis, p'tit gars ? » Le vieil homme indiqua du menton la boîte de carton au pied du mur qui les séparait.

« Passe-moi les Rouges qui sont là-bas, tu veux ?

— Les Rouges ? »

D'un geste qui trahissait une légère impatience, Joe lui montra le carton. « Évidemment, les Rouges. »

Le regard de Jay se posa sur le carton au-dessous de lui. Cinq pieds tout au plus, facile, mais le jardin était entouré d'une clôture, et, à l'arrière, seul un terrain vague couvert de broussailles le séparait de la voie ferrée. La vie qu'il avait connue dans la grande ville lui avait appris à se méfier des étrangers.

Joe sourit d'un air moqueur. « Je vais pas t'mordre, garçon ! »

Irrité par l'insinuation, Jay se laissa tomber dans le jardin. Les Rouges en question étaient vraiment rouges, longues et curieusement pointues à une extrémité. En les sortant de terre, Joe en avait coupé une ou deux avec sa bêche et leur chair blessée luisait d'un rose intense au soleil. Le garçon chancela légèrement sous le poids du carton.

« Regarde où tu mets les pattes, l'avertit Joe. Ne les fiche pas par terre. Ça se gâte vite.

— Mais enfin, ce ne sont que des pommes de terre !

— Pour sûr ! dit Joe sans quitter des yeux le coupe-légumes.

— Je croyais que vous aviez dit que c'était des pommes ou quelque chose comme ça.

— C'est tout un pareil : pommes, pommes de terre.

— Elles n'ont pas l'air de grand-chose, à mon avis », dit Jay.

Joe secoua la tête d'un air d'incompréhension et se mit à introduire les tubercules dans le coupe-légumes. Une odeur douceâtre de papaye s'en élevait.

« Celles-là, je les avais rapportées d'Amérique du Sud après la guerre, expliqua-t-il. Je les ai fait grandir à partir de la graine, ici même, dans mon carré de jardin. Cinq bonnes années, ça m'a pris pour leur trouver la terre qu'il leur fallait ! Mais si tu veux des patates pour le rôti du dimanche, p'tit gars, c'est pas celles-là qui t'faut, c'est des King Edward, si c'est pour mettre en salade, tu plantes des Charlotte, et pour les frites c'est des Maris Piper que tu prends. Mais celles-là... » Il se pencha pour en ramasser une, et effleura amoureusement sa peau de rousse d'un pouce noirci de terre. « Celles-là, elles existaient avant New York, elles n'ont même pas de nom tellement elles sont vieilles ! Leur graine ça vaut de l'or et c'est plus précieux. C'est pas juste de la pomme de terre, c'est des pépites d'or d'une époque oubliée où les gens croyaient à la magie et où pour la moitié du monde y avait pas encore de cartes. Pas question de faire des frites avec ça ! » Il hocha de nouveau la tête et, sous les sourcils broussailleux, ses yeux pétillaient de malice. « Celles-là, ce sont mes "Spéciales". »

Jay lui jeta un regard d'incrédulité, ne sachant si Joe était fou ou s'il se moquait simplement de lui. « Alors, qu'est-ce que vous fabriquez comme ça ? » hasarda-t-il.

Joe laissa tomber dans la machine sa dernière pomme de terre et répondit avec un large sourire : « Du vin, p'tit gars. Du vin. »

C'était pendant l'été 1975. Jay allait sur ses treize ans. Il avait les yeux légèrement bridés, les lèvres minces, le visage blême et tendu comme un poing refermé sur quelque vie secrète à jamais enfouie. Depuis peu, il était élève dans un collège de Leeds, Moorlands School, et maintenant, jusqu'à la rentrée prochaine, huit semaines de vacances s'étendaient devant lui tel un désert. Déjà, il détestait le coin, l'horizon morne avec son ciel brumeux, ses collines couleur d'ardoise humide au flanc desquelles grimpaient des wagonnets jaunes et ses taudis, les corons, et leurs habitants au visage anguleux qui parlaient avec l'accent plat et sans diphtongues du Nord. Tout se passerait bien, lui avait assuré sa mère. Il aimerait Kirby Monckton. Le changement lui ferait du bien. Tout s'arrangerait. Jay n'en croyait pas un mot. Le divorce de ses parents allait le briser et il les haïssait de la même haine qu'il ressentait pour l'endroit où ils l'avaient envoyé, et pour le vélo flambant neuf à cinq vitesses qu'on lui avait fait livrer ce matin même en cadeau d'anniversaire — une forme de chantage aussi méprisable que le message qui l'accompagnait : « De la part de ton papa et de ta maman qui t'aiment. » Tout cela avait l'air terriblement normal, c'était comme si son monde à lui ne s'effritait pas vraiment, de façon inéluctable. Une rage froide et dure faisait de lui un étranger dans un monde où les voix étaient déformées et où les êtres humains se promenaient comme des arbres fantômes, une rage désespérée qui bouillonnait en lui dans l'attente que quelque chose se produisît.

Ils n'avaient jamais été une famille unie. Avant cet été-là, il n'avait pas vu ses grands-parents plus d'une demi-douzaine de fois, pour Noël ou à l'occasion d'un anniversaire, et eux ne lui accordaient qu'une affection distante comme s'ils s'y sentaient obligés. Sa grand-mère avait l'élégante fragilité des porcelaines qu'elle collectionnait et dont elle ornait chaque surface disponible. Son grand-père, qui avait son franc-parler d'ancien soldat, tirait sans permis de chasse le coq de bruyère dans les landes environnantes. Tous deux se plaignaient des syndicats, se lamentaient de la montée de la classe ouvrière, de la musique rock, des types aux cheveux longs et de l'admission des femmes à Oxford. Jay ne tarda pas à comprendre que tant qu'il se lavait les mains avant les repas et faisait semblant d'écouter tout ce qu'ils disaient, il jouirait d'une liberté sans bornes. Et c'est ainsi qu'il fit la connaissance de Joe.

Kirby Monckton est une petite ville du nord de l'Angleterre qui ressemble à tant d'autres. À l'époque où elle fut construite, l'industrie minière qui en était à l'origine touchait déjà à son déclin. Deux des quatre puits avaient été fermés et les deux autres survivaient difficilement. Là où les mines avaient disparu, les villages bâtis pour leur fournir de la main-d'œuvre étaient morts eux aussi, révélant des rangées sans fin de corons abandonnés qui petit à petit tombaient en ruines avec leurs fenêtres condamnées et leurs jardins envahis de débris et d'herbes folles. Le centre-ville avait à peine été plus épargné — une rangée de magasins, quelques cafés, un mini-supermarché et un commissariat de police avec sa fenêtre protégée par une grille. D'un côté, il y avait la rivière, la voie ferrée et le vieux canal, de l'autre, une chaîne de collines qui montaient jusqu'aux Pennines. C'était là que demeuraient les grands-parents de Jay.

Lorsque l'on regarde au-delà des champs et des bois dans la direction des collines, il est presque impossible d'imaginer qu'il y ait jamais eu des mines ici. C'est là que l'on trouve le quartier bourgeois de Kirby Monckton où les maisons portent le nom de « cottages ». De son point culminant, on peut apercevoir la ville à quelques kilomètres, une tache de fumée jaunâtre traîne au-dessus d'un horizon déchiqueté, une armée de pylônes monte à l'assaut des champs vers l'énorme cicatrice bleu ardoise de la mine à ciel ouvert, mais, abrité comme il l'est par les collines, le vallon, lui, a un certain charme. Les maisons y sont plus grandes et plus ornées. Ce sont de spacieuses demeures datant de l'époque victorienne, bâties en pierre du Yorkshire patinée par le temps, aux fenêtres à tout petits carreaux et aux portails en faux gothique, avec leurs immenses jardins dérobés aux regards, leurs arbres en espalier et leur gazon impeccable.

Jay, lui, était totalement indifférent à leur charme. Ses yeux de Londonien endurci voyaient en Kirby un village en équilibre précaire qui s'accrochait désespérément aux contreforts rocheux des landes.

Les grands espaces qui séparaient les habitations lui donnaient le vertige. Lower Monckton et Nether Edge, un ramassis désordonné de bâtiments en ruine, émergeaient de la fumée comme une scène de désolation après un bombardement. Londres, les cinémas, les théâtres, les magasins de disques, les galeries d'art, les musées, tout cela lui manquait. Les gens aussi lui manquaient, avec leur accent familier et le vacarme de la circulation et les odeurs de la cité. Il parcourait à vélo des kilomètres sur des routes inconnues et désertes et détestait tout ce que son regard rencontrait.

Jamais ses grands-parents ne le contrecarraient ; ils approuvaient pleinement les activités de plein air et ne remarquaient jamais qu'il rentrait chaque soir épuisé et tremblant de rage. Le garçon était toujours poli, toujours bien habillé. Il écoutait d'un air intelligent ce qu'ils avaient à dire. Il affectait une gaieté toute garçonnière. Il semblait le héros parfait des histoires illustrées pour jeunes adolescents et prenait un plaisir amer à la comédie qu'il jouait.

Joe habitait, dans la rue de Pog Hill, une maison qui faisait partie d'une rangée et qui tournait le dos à la voie ferrée, à cinq cents mètres de la gare. Deux fois auparavant, Jay y était allé, laissant sa bicyclette dans un taillis avant de gravir le talus et d'atteindre le pont au-dessus de la voie ferrée. Du côté opposé, des champs descendaient jusqu'à la rivière, et au-delà, c'était la mine à ciel ouvert et le ronronnement lointain des machines arrivait, porté par le vent. Sur un ou deux kilomètres, un vieux canal coulait parallèlement à la voie ferrée.

Là, un bourdonnement de mouches remplissait l'air fétide et la chaleur des cendres se mêlait au vert parfum des plantes. Des arbres ombrageaient le chemin de halage qui courait entre le canal et la voie ferrée. Nether Edge, c'est ainsi qu'on l'appelait dans la petite ville, était presque toujours désert et c'est précisément ce qui attira d'abord Jay. Au kiosque de la gare, il acheta un paquet de cigarettes et un journal illustré, et il commença la descente vers le canal. Ayant camouflé son vélo dans les broussailles, à l'abri des regards, il suivit le chemin de halage, se frayant un passage à travers de grosses quenouilles d'épilobe dont les blanches graines s'envolaient à son passage. Arrivé à la vieille écluse, il s'assit sur le mur de pierre et fuma une cigarette en contemplant la voie ferrée. Il comptait les wagons de charbon qui défilaient devant lui ou faisait des

grimaces d'envie aux trains de voyageurs qui fonçaient à
grand bruit vers leur destination. Il jetait des pierres dans
le canal encombré de débris. Il était allé plusieurs fois jusqu'à la rivière en travers de laquelle il avait construit des
barrages de mottes de terre et d'herbe et de monceaux de
détritus apportés par le courant : des pneus de voiture, des
branches d'arbres, des traverses de chemin de fer et même,
une fois, un matelas dont les ressorts crevaient la toile.
C'est ainsi que tout commença vraiment. Il ignorait pourquoi mais il était tombé sous le charme de l'endroit. Peut-
être parce que c'était un lieu interdit, mystérieux et abandonné. En tout cas, Jay se mit à l'explorer, il y avait là
d'étonnantes colonnes de métal et de béton, d'où s'échappaient des bruits étranges de respiration. Plus tard, c'est
Joe qui le lui dit, il apprit que c'étaient des bouches d'aé-
ration de la mine que l'on avait bloquées. Un puits inondé,
une benne à charbon oubliée, les restes d'une péniche,
c'était un endroit laid, peut-être dangereux, il y régnait
aussi une profonde tristesse qui l'attira d'une façon qu'il
ne pouvait expliquer et contre laquelle il ne pouvait lutter.
S'ils avaient su où il allait, ses grands-parents en auraient
été horrifiés et cela décuplait son plaisir. Il poursuivit donc
son exploration, découvrit ici une fosse à cendres remplie
de vieux éclats de faïence, là une décharge d'anciens trésors abandonnés — des piles de magazines et d'illustrés
que la pluie n'avait pas encore abîmés, des bouts de ferraille, un téléviseur crevé et la carcasse d'une voiture, une
vieille Ford Galaxie, avec un jeune sureau qui sortait de
son toit comme une antenne.

Habiter près d'une voie ferrée, lui avait dit Joe, c'est
comme habiter au bord de la mer : chaque jour la marée
vous ramène des épaves. Au début, il détestait ça. Il ne pouvait s'expliquer pourquoi il y allait. Il partait avec l'intention de prendre une route totalement différente mais il se
retrouvait toujours à Nether Edge, entre le canal et la voie
ferrée, avec le bourdonnement lointain des machines à ses
oreilles et ce ciel blanchâtre d'été qui lui pesait sur la tête.
C'était un endroit désert, un paysage de décombres, mais
cela lui appartenait.

5

Londres, printemps 1999

Le lendemain il s'éveilla tard. Kerry était déjà partie, lui laissant un message. Il le parcourut paresseusement, sans y porter le moindre intérêt, et tenta de se rappeler ce qui s'était passé le soir précédent.

J.
Réception chez Spy ce soir. Il est pour toi de la plus grande importance que tu y assistes ! Mets ton costume Armani. N'oublie pas !

K.

Son crâne était douloureux. Il se prépara un café bien fort et le but en écoutant la radio. Il ne se souvenait plus de grand-chose — d'ailleurs cela semblait tout à fait s'appliquer à la vie qu'il menait actuellement, cette succession de jours ternes que rien ne permettait de distinguer les uns des autres, comme les épisodes d'un feuilleton que l'on regarde par habitude bien que l'on ne soit intéressé par aucun des personnages. Sa journée s'étendait devant lui comme une route vide dans un désert. Il devait faire une conférence ce soir-là mais il envisageait déjà la possibilité de ne pas y aller. C'était facile, ce ne serait pas la première fois. De lui, on s'y attendait presque. On mettait ça sur le

compte de son tempérament d'artiste. Un bref sourire se
dessina sur son visage devant l'ironie de la chose. La bouteille de Joe était toujours là où il l'avait posée sur la table.
Il s'étonna de constater qu'elle était encore plus qu'à moitié pleine. Ce qu'il avait bu semblait trop peu pour expliquer la gueule de bois terrible qui lui serrait les tempes et
les cauchemars qui ne lui avaient permis de s'endormir
qu'à l'aube. L'odeur qui s'échappait du verre vide était
faible mais reconnaissable encore, une odeur douceâtre de
potion calmante.

Il remplit le verre.

« Un autre petit coup pour faire passer ça. »

Ce matin-là, le breuvage n'était plus que très vaguement désagréable, presque sans goût. Un souvenir lui
revint à l'esprit, trop lointain cependant pour qu'il pût
l'identifier.

Soudain, la porte claqua et il se retourna comme s'il
avait été pris en faute. Ce n'était que le facteur qui venait
d'enfoncer dans la boîte à lettres le courrier maintenant
éparpillé sur le paillasson. Un rayon de soleil, qui filtrait à
travers la porte vitrée, illuminait l'enveloppe de dessus
comme pour attirer l'attention de Jay. Rien que des prospectus, se dit-il. Ces jours-ci, il ne recevait pas autre chose.

Pourtant le jeu de lumière faisait briller l'enveloppe
d'une lueur étrange, donnant à l'unique mot imprimé en
travers un sens lourd de possibilités : ÉVASION.

C'était comme si cette aube londonienne lui avait
ouvert une porte secrète qui le mènerait vers un autre
monde où tout était encore possible. Il se pencha pour
ramasser le lumineux rectangle de papier et l'ouvrit. C'est
bien ça, encore un prospectus, pensa-t-il d'abord. Il s'agissait d'une brochure produite à peu de frais et intitulée
« Vacances loin des regards indiscrets. La grande aventure ». De mauvaises photos de fermes et de gîtes étaient
reproduites ici et là parmi un texte imprimé : « Charmante
chaumière à seulement cinq kilomètres d'Avignon...
Grande ferme rénovée au milieu d'une grande propriété.
Grange datant du XVIIIe siècle, aménagée en plein cœur de
la Dordogne... »

Les photos se ressemblaient toutes — des chaumières sous un ciel à la Walt Disney, des femmes en foulard ou portant la coiffe, des hommes en béret basque conduisant des troupeaux de chèvres sur un flanc de montagne d'un vert artificiel. Étrangement déçu, il laissa tomber la brochure sur la table. Il se sentait trahi, comme s'il avait raté une occasion dont il ne pouvait identifier la nature. C'est alors qu'il remarqua la photo. En tombant, la brochure s'était ouverte à la page du milieu, révélant, étalée sur deux pages, une maison qui lui parut familière. C'était une grande bâtisse carrée aux murs rosâtres et au toit de tuiles rouges. Dessous, on lisait : « Château Foudouin, Lot-et-Garonne » et, au-dessus, dans un rouge lumineux d'enseigne au néon : « À vendre. »

La surprise qu'il éprouva à la voir là, devant lui, de façon si inattendue, lui fit battre le cœur. Sans doute un signe, pensa-t-il. Qu'il se manifestât à ce moment précis de sa vie ne pouvait vouloir dire que ça. Il fallait que ce fût un signe.

Longuement, il contempla la photo. Ce n'était pas exactement le château de Joe, décida-t-il après l'avoir observé en détail. Les lignes du bâtiment étaient légèrement différentes, la pente du toit était plus raide, les fenêtres plus étroites et plus enfoncées dans leur encadrement de pierre. D'ailleurs, il ne se trouvait pas à Bordeaux mais dans le département voisin, à quelques kilomètres d'Agen, sur un petit affluent de la Garonne, la Tannes. Enfin, ce n'était pas si loin. Il ne pouvait s'agir d'une simple coïncidence.

Dans la cave, en bas, l'agitation des Étrangères s'était transformée en une attente silencieuse et inquiète. Elles ne laissaient pas échapper un murmure, pas le plus petit tintement de verre, pas le moindre sifflement. Jay regardait attentivement la photo. Au-dessus, le signe rouge semblait lui faire des clins d'œil comme pour le presser de répondre à son invitation.

Il allongea la main vers la bouteille et se versa un autre verre

6

Pog Hill, juillet 1975

Cet été-là, la plus grande partie de la vie de Jay se déroula dans la clandestinité comme s'il menait une vie d'agent secret. Les jours de pluie, il restait assis dans sa chambre à lire *The Dandy* ou *The Eagle* ou à écouter la radio en sourdine tout en faisant semblant de faire ses devoirs de vacances ou bien il rédigeait de brefs récits d'une foudroyante intensité avec des titres tels que *Les Guerriers cannibales de la Cité interdite* ou *L'homme qui pourchassait les éclairs*.

Il n'était jamais à court d'argent. Le dimanche, il gagnait vingt pence à laver l'Austin verte de son grand-père et la même somme à tondre la pelouse du jardin. Un mandat-poste accompagnait invariablement les lettres brèves et peu fréquentes de ses parents et cette richesse à laquelle il n'était pas accoutumé, il la dépensait en un geste de défi triomphant. Il achetait des journaux illustrés, du chewing-gum, des cigarettes s'il pouvait s'en procurer, il était attiré par tout ce qui avait une chance de provoquer la désapprobation de ses parents. Il gardait ses trésors dans une boîte à biscuits près du canal, faisant croire à ses grands-parents qu'il plaçait son argent à la banque. En réalité, une pierre descellée dans les ruines du mur de la vieille écluse et soigneusement dégagée avait révélé un espace étroit dans lequel il avait pu introduire la boîte. Un carré de gazon, prélevé dans le talus à l'aide de son canif, en masquait l'entrée. Pendant les deux premières semaines de ses vacances, il y alla tous les jours, se dorant au soleil sur les grandes dalles plates de la jetée, fumant et rédigeant des histoires d'une écriture minuscule dont il couvrait une longue succession de cahiers ou bien remplissant l'air ensoleillé et chargé de suie du vacarme de sa radio.

Les souvenirs de cet été-là étaient baignés dans sa mémoire de flots de musique. C'était Tammy Winette et *D.I.V.O.R.C.E* ou *10 cc* avec *I'm Not in Love*. La plupart du temps, il joignait sa voix à la leur ou les accompagnait sur une guitare imaginaire tout en s'adressant à un public invisible. Plus tard seulement, il comprit à quel point il avait été imprudent. La décharge se trouvait à portée de voix du canal et Zeth et sa bande auraient pu lui tomber dessus à n'importe quel moment au cours de cette quinzaine-là. Ils auraient pu le surprendre en train de faire la sieste sur le talus, ils auraient pu l'encercler quand il se tenait dans la fosse à cendres ou pis encore le découvrir avec la boîte à trésors laissée imprudemment ouverte. Il ne lui était jamais venu à l'esprit que son coin pût déjà être le territoire de quelqu'un d'autre, quelqu'un de plus dur, de plus âgé et d'infiniment plus dégourdi que lui. Il n'avait jamais été pris dans une bagarre. Au collège de Moorlands, on décourageait ce genre de choses. Ses rares copains londoniens étaient froids et réservés. Jay n'avait jamais été des leurs. La carrière d'actrice de sa mère s'était enlisée dans un feuilleton télévisé intitulé *Oh ! Maman !* qui contait les déboires d'un veuf, responsable de l'éducation de trois jeunes adolescents. Elle y jouait le rôle de Mrs Dykes, la logeuse importune qui fourrait son nez partout. La majeure partie de l'adolescence de Jay avait été rendue intolérable par les gens qui les abordaient dans la rue en lançant à pleins poumons la question qui était devenue au petit écran le leitmotiv de sa mère : « Oh ! Je ne vous dérange pas, surtout ? »

Le père de Jay, le Roi du Pain, qui devait sa fortune à Svelto, le pain favori de ceux qui suivent un régime amaigrissant, n'avait jamais amassé assez de millions pour qu'on lui pardonnât ses origines. Il cachait son manque d'assurance derrière la fumée de ses cigares et une bonhomie démonstrative. Lui aussi était pour Jay une source d'embarras, avec son accent des quartiers de l'est de Londres et l'élégance criarde de ses costumes. Jay s'était toujours considéré d'une race différente, plus audacieuse et plus débrouillarde. Il n'aurait pu se tromper davantage.

Ils étaient trois. Plus grands et plus âgés que Jay, ils avaient quatorze ou quinze ans. Ils avançaient sur le chemin de halage d'un pas singulier, se balançant d'une jambe sur l'autre, d'une démarche de coq qui se pavane. D'un geste instinctif, Jay éteignit sa radio et s'accroupit dans l'ombre d'un buisson, irrité par cet air de propriétaires qu'ils adoptaient en déambulant paresseusement sur la jetée, l'un se penchant pour atteindre quelque chose dans l'eau avec un bâton, un autre faisant craquer une allumette sur la couture de son jean pour allumer une cigarette. Jay les observait, de son abri de verdure, avec une méfiance inquiète qui lui hérissait les cheveux. Ils avaient l'air dangereux, leur jean, leurs bottes et leur tee-shirt sans manches, tout indiquait un clan dont lui ne pourrait jamais faire partie. L'un des trois, un grand type maigre, portait nonchalamment sous le bras un fusil à air comprimé. Les larges traits de son visage et la ligne de ses mâchoires constellées de boutons lui donnaient un air de colère permanente. Il avait le regard dur et métallique. L'un des garçons avait le dos à demi tourné et Jay remarqua le pli de son ventre qui dépassait de son tee-shirt et la large bande élastique de son slip remontant au-dessus du pantalon qui lui tombait sur les hanches. Le slip était imprimé de petits avions et, sans qu'il sût trop pourquoi, Jay fut pris d'une terrible envie de rire. D'abord ce fut un rire léger qu'il étouffa dans son poing fermé et puis il éclata d'un énorme fou rire qu'il n'arrivait plus à dissimuler.

Le gars aux petits avions fit brusquement demi-tour, et il ouvrit la bouche de surprise à la vue de Jay. Pendant un instant, les deux garçons se mesurèrent de l'œil. L'autre lança la main en avant et saisit Jay par la chemise.

« Qu'est-ce que tu fiches ici, bon sang ? »

Les deux autres contemplaient la scène avec une hostilité pleine de curiosité. Le troisième — un adolescent tout en jambes, avec des pattes démesurées qui lui encadraient le visage — fit un pas en avant et lui enfonça le poing dans la poitrine.

« Alors, il t'a demandé quelque chose, oui ou merde ? »

C'était comme s'ils parlaient une langue étrangère, presque incompréhensible, et Jay se mit à sourire, incapable de maîtriser le fou rire qui le reprenait.

« En plus d'être dingue, tu serais pas sourdingue ? demanda le type aux pattes.

— Je m'excuse, murmura Jay en essayant de se libérer. Vous, vous êtes arrivés comme ça. Moi, je n'avais pas l'intention de vous faire peur ! »

Tous les trois le contemplèrent d'un regard de plus en plus appuyé. Leurs yeux avaient la couleur indistincte du ciel, ce gris étrange et changeant qui fait plisser les paupières. Le grand type caressa la crosse de son fusil d'un geste qui ne laissait aucun doute et l'observa avec une curiosité proche de l'amusement. Jay remarqua qu'il avait des lettres tatouées sur le dos de la main, une sur chaque jointure, et qu'elles formaient un nom ou un surnom : Zeth. Il devina que c'était un travail d'amateur et que le gars avait fait ça lui-même avec une bouteille d'encre et un compas. Jay vit soudain, de façon très claire, la scène : le garçon occupé avec une grimace d'application satisfaite, par un bel après-midi ensoleillé, au fond de la classe, le prof qui faisait semblant de ne pas voir et Zeth qui n'essayait même pas de se cacher.

« Nous ficher la frousse à nous ? » Les yeux d'acier étincelèrent d'un humour méchant. Le gars aux pattes ricana. « Eh, mon vieux, t'as pas une sèche ? » La voix de Zeth était légère, mais Jay remarqua que le gars aux petits avions ne lui avait pas encore lâché la chemise.

« Une cigarette ? » Il se mit à fouiller maladroitement dans ses poches, et en sortit un paquet de Players. « Bien sûr. En voilà une. »

Zeth en subtilisa deux, passa le paquet au Gars aux Pattes, puis à P'tits Avions.

« Eh bien, vous n'avez qu'à garder le paquet, suggéra Jay qui commençait à se sentir de plus en plus inquiet.

— Du feu ? »

Il sortit une boîte d'allumettes de la poche de son jean et il la lui tendit. « Tu peux les garder aussi. »

P'tits Avions ferma un œil en allumant une cigarette puis lui décrocha un regard critique. Les deux autres se rapprochèrent. « T'aurais pas aussi des bonbons pendant que tu y es ? » demanda Zeth gentiment. P'tits Avions commença à fouiller habilement dans les poches de Jay. Il était déjà trop tard pour se débattre. Une minute plus tôt, il aurait eu l'avantage de la surprise, il aurait pu passer entre eux tête baissée et foncer vers la jetée pour escalader le remblai de la voie ferrée. C'était trop tard, maintenant. Ils avaient flairé sa peur et ils fourrageaient déjà avec dextérité dans ses poches. Bientôt chewing-gum, bonbons, monnaie, tout leur contenu tomba dans leurs mains avides.

« Hé, bas les pattes ! C'est à moi ! » Mais quelque chose tremblait dans sa voix. Il essaya de se persuader que c'était sans importance et qu'il pouvait bien se permettre de perdre ça — la plupart de ces choses ne valaient rien, de toute façon — mais cela ne l'empêcha pas de ressentir une impression détestable de honte et d'impuissance.

C'est alors que Zeth releva la radio. « Pas moche », dit il.

Un instant, Jay l'avait complètement oubliée. Posée, dans les longues herbes, à l'ombre des arbres, elle était pratiquement invisible. Un jeu de lumière, peut-être, un reflet bizarre sur le rebord chromé du poste ou tout simplement la malchance fit que Zeth la remarqua et se pencha pour la ramasser.

« C'est à moi, ça », fit Jay d'une voix blanche.

Zeth lui sourit.

« À moi, répéta Jay dans un murmure.

— Évidemment que c'est à toi », le rassura Zeth d'un ton amical et il la lui tendit. Leurs regards se croisèrent. Jay avança une main presque suppliante dans la direction de la radio que Zeth mit juste hors de sa portée, puis, avec une vitesse et une adresse incroyables, d'un coup de pied, il l'envoya valser au-dessus de leurs têtes. Elle décrivit une large courbe lumineuse. La radio étincela dans la lumière comme un minuscule vaisseau spatial, puis retomba sur le rebord de pierre de la jetée où elle se fracassa en mille morceaux de plastique et de métal.

« Et voilà un but ! » hurla le Gars aux Pattes qui commença à danser de joie et à faire des cabrioles au milieu des débris. P'tits Avions en gloussait de plaisir. Zeth, lui, observait Jay du même regard curieux, une main posée sur la crosse de son fusil, l'œil froid et étrangement compréhensif comme pour dire : « Alors, mon vieux ? À toi. Que vas-tu faire maintenant ? »

Jay sentait ses yeux le brûler, comme si les larmes s'y accumulaient et qu'il luttait de toute sa volonté pour les empêcher de déborder. Il regarda les débris de la radio qui brillaient sur les dalles et essaya de se persuader que cela n'avait aucune importance, que ce n'était qu'une vieille radio après tout, qui ne valait pas la peine que l'on se fît tabasser pour elle, mais sa rage ne lui permit pas de s'en convaincre. Il fit un pas dans la direction de l'écluse puis se retourna et, sans penser aux conséquences, envoya un coup de poing maladroit dans la direction de Zeth dont l'expression restait patiente et amusée. P'tits Avions et le Gars aux Pattes se jetèrent immédiatement sur Jay, l'accablant de coups mais pas assez rapidement pour l'empêcher de décocher un bon coup de pied dans l'estomac de Zeth. Celui-ci poussa un cri qui s'étrangla dans sa gorge en un sifflement de douleur et il s'effondra par terre. P'tits Avions tenta de nouveau de saisir Jay mais, la peau moite de sueur, celui-ci parvint à se baisser rapidement et à passer sous le bras de l'autre. Les pieds dérapant sur les débris de sa radio, il fila dans la direction du chemin de halage, esquiva d'une feinte le Gars aux Pattes, se laissa glisser au bas du remblai et s'élança vers le pont du chemin de fer. Quelqu'un lui cria des injures mais la distance et l'accent incompréhensible du coin rendaient les mots insaisissables bien que la menace fût évidente. En atteignant le haut du talus, Jay pointa vers le ciel un majeur triomphant dans son poing fermé qu'il leva en direction des trois garçons, retira sa bicyclette du fourré où il l'avait cachée et, quelques secondes plus tard, il était en route vers Monckton. Il saignait du nez et il s'était arraché la peau des mains en glissant à travers les buissons mais, du plus profond de lui-même, montait un chant de triomphe. Il en oubliait momentanément sa consternation devant la perte de sa radio. Peut-être était-ce cette joie délirante, presque magique, qui l'attira chez Joe ce jour-là. Il se dit plus tard que c'était simplement un effet du hasard, qu'il n'avait rien du tout en tête sinon le plaisir de sentir le vent sur son visage mais, plus tard encore, il songea que c'était peut-être une espèce de prédestination, une sorte d'appel. Et il entendit aussi cet appel, une voix d'un timbre et d'une clarté exceptionnels, et, un instant, il vit sur la plaque de la rue le nom de Pog Hill Lane s'illuminer dans les rayons du soleil qui rougeoyaient à l'horizon, comme si elle lui faisait signe. C'est ainsi qu'au lieu de dépasser l'entrée de cette rue étroite, comme il l'avait fait tant de fois auparavant, il s'arrêta, revint en arrière en poussant son vélo et jeta un coup d'œil par-dessus le mur de briques au bas duquel un vieil homme coupait des pommes de terre pour faire du vin.

7

Londres, mars 1999

L'employé de l'agence immobilière avait dû deviner son coup de cœur. Il y avait un autre acheteur pour la maison, expliqua-t-il, il avait fait une offre un peu au-dessus du prix demandé et l'on avait déjà établi le contrat. Mais il y avait, bien sûr, d'autres propriétés à vendre au cas où Jay serait intéressé. Vrais ou faux, ces renseignements incitèrent Jay à agir avec une imprudente ténacité. Il fallait que ce fût cette maison-là, insista-t-il. Celle-ci, pas une autre et tout de suite. Il paierait en espèces, rubis sur l'ongle, s'ils préféraient.

Un discret coup de téléphone suivit, puis un autre et un bombardement de questions en français à l'appareil. Du salon de thé d'en face, on leur apporta du café et des pâtisseries pendant qu'il attendait. Jay cita un prix nettement supérieur à celui déjà suggéré. La voix, à l'autre bout du fil, monta d'un demi-ton. Comblé, Jay but à leur santé son café au lait. Acheter une maison était si facile — quelques heures d'attente, la paperasserie nécessaire et voilà, elle était à lui ! Il relut la courte description de la maison sous la photo, s'efforçant de traduire concrètement chaque détail : Château Foudouin. Cela semblait irréel, comme une carte postale d'une autre époque. Il essaya de s'imaginer debout devant la porte, la main appuyée à la pierre rosâtre, regardant au loin, au-delà du vignoble, dans la direction de l'étang. Le rêve de Joe devenait réalité, se dit-il dans un murmure, leur rêve se matérialisait. Il fallait que ce fût la destinée. Il le fallait vraiment.

Il avait de nouveau quatorze ans et, devant cette image, il débordait de joie, il la caressait, pliant et dépliant le mince papier. Il avait envie de la montrer, d'y être déjà, d'en prendre possession, même si les documents n'étaient qu'à demi complétés. Sa banque, son comptable, son notaire se chargeraient des formalités. L'apposition des signatures viendrait en dernier, l'important c'était que la machine fût en marche.

Encore quelques coups de fil et tout serait arrangé. L'avion jusqu'à Paris, le train jusqu'à Bordeaux, et demain au plus tard il y serait !

8

Pog Hill, juillet 1975

Comme beaucoup de maisons qui longeaient la voie ferrée, celle de Joe se trouvait dans une ruelle sombre et sinueuse. Elle donnait directement sur la rue, et seuls un mur bas et une jardinière la séparaient du trottoir. Encombrées de cordes à linge, les courettes à l'arrière des maisons étaient pleines d'objets hétéroclites, un bidonville de cages à lapins, de poulaillers et de pigeonniers improvisés. De ce côté, on avait vue sur la voie ferrée qui courait au bas d'un talus abrupt car on avait dû creuser profondément pour permettre le passage des trains. Un pont enjambait la voie et, du fond du jardin de Joe, l'on apercevait au loin, tel un flambeau lumineux, le signal rouge du chemin de fer. On distinguait aussi Nether Edge et, au-delà des champs, les flancs grisâtres du terril. Ces maisons en escalier qui descendaient la ruelle surplombaient le territoire de Jay.

Quelqu'un chantait dans un jardin voisin, une vieille dame, à en juger par le timbre. Elle chantait d'une voix douce, un peu chevrotante. Ailleurs, quelqu'un cognait sur un morceau de bois avec un marteau, et ce bruit simple et primitif le réconfortait.

« Tu prendras bien un coup avec moi, p'tit gars ? » Joe

fit un signe de la tête pour indiquer la maison. « T'as l'air
d'un p'tit gars qui dirait pas non. »

Jay jeta un coup d'œil vers la maison, conscient soudain de son jean déchiré, de son nez et de sa lèvre maculés
de sang. Sa gorge était desséchée.

« D'accord. Je veux bien. »

Il faisait frais à l'intérieur de la maison. Jay suivit le vieil
homme jusqu'à la cuisine, une vaste pièce aux meubles
rares, au parquet très propre, où se dressait une longue
table de pin marquée de multiples entailles. La fenêtre
était sans rideaux mais les hautes plantes qui en couvraient
le rebord filtraient la lumière du soleil et formaient un
somptueux écran de verdure. Elles dégageaient une
agréable odeur de terre qui envahissait la pièce.

« Voilà mes tomates », fit remarquer Joe en ouvrant le
réduit qui servait de garde-manger. En effet, des tomates
poussaient parmi les feuilles — de toutes petites jaunes,
d'énormes rouges aux formes irrégulières, d'autres tigrées
de vert, des oranges bigarrées comme de grosses billes.
D'autres plantes encore poussaient dans des pots par terre
le long des murs et décoraient les montants de la porte.
D'un côté il y avait des cageots pleins de fruits et de
légumes, disposés un à un avec soin pour éviter les dégâts
provoqués par le contact.

« Pas mal, ces plantes », dit Jay.

Joe lui décocha un sourire ironique. « Tu sais, faut leur
causer si tu veux que ça pousse. Et faut leur faire des chatouilles aussi », ajouta-t-il en indiquant une longue canne
appuyée au mur nu. Une queue de lapin y était attachée.
« C'est pour les chatouilles, ça, mon gars, tu comprends ?
Sacrément chatouilleuses, qu'elles sont, les tomates. »

Jay le regarda d'un air d'incompréhension totale.

« On dirait que tu as eu quelques petits ennuis là-bas,
dit Joe en ouvrant au fond de la pièce une autre porte qui
révéla un autre garde-manger. Tu t'es bagarré ou quoi ? »

Malgré sa méfiance, Jay raconta ce qui s'était passé.
Quand il arriva au moment où Zeth avait fracassé la radio,
il sentit sa voix monter d'un ton, comme celle d'un enfant
au bord des larmes, et il s'arrêta net. Joe parut ne pas s'en

apercevoir. Il allongea le bras et sortit du garde-manger une bouteille remplie d'un liquide rouge foncé et deux verres.

« Prends une gorgée de ça, p'tit gars, tu m'en diras des nouvelles », dit-il en en versant un peu. L'odeur lui était inconnue, un mélange de parfums de fruits et la douceur trompeuse de la levure de bière.

Jay regarda le verre d'un air soupçonneux. « C'est du vin ? » demanda-t-il.

Joe fit oui de la tête. « De la mûre ! dit-il en en avalant une gorgée avec une satisfaction évidente.

— Je ne crois pas que je sois censé boire de…, hasarda Jay, mais Joe se contenta de pousser le verre dans sa direction d'un geste d'impatience.

— Goûtes-y donc, p'tit gars, insista-t-il. Ça te redonnera du poil de la bête ! »

Il y goûta donc.

Joe lui donna de grandes tapes dans le dos jusqu'à ce qu'il eût fini de tousser et prudemment lui enleva des mains le verre du précieux breuvage avant qu'il ne le répandît sur le plancher.

« C'est infâme ! » réussit à dire Jay entre deux autres quintes de toux.

En effet, cela ne ressemblait certainement à aucun autre vin qu'il eût goûté auparavant car ce n'était pas la première fois qu'il en buvait — ses parents lui en donnaient souvent aux repas et il avait commencé à aimer particulièrement certains blancs doux allemands mais ça, c'était pour lui quelque chose de totalement nouveau : un goût de terre, d'eau stagnante et de fruits que l'âge avait fait tourner à l'aigre. Sa langue était chargée de tannin, la gorge lui brûlait et ses yeux se remplissaient de larmes.

Joe prit un air plutôt blessé, puis il se mit à rire. « Ce serait pas un peu fort pour toi ? »

Jay acquiesça de la tête, sans cesser de tousser.

« Eh, c'est ma faute, j'aurais dû le deviner, dit Joe de sa voix enjouée et il retourna au garde-manger. Faut s'y habituer mais il a quelque chose dans le ventre, celui-là ! ajouta-t-il en reposant avec un soin amoureux la bouteille sur l'étagère. C'est ça qui compte ! »

Quand il se retourna, il tenait à la main une bouteille de limonade jaune. « Pour le moment, avale ça, ça vaudra mieux ! dit-il en en versant un verre. Et pour l'autre, ça te viendra, p'tit gars ! » Il replaça la bouteille dans le garde-manger, hésita un instant et se retourna. « J'ai peut-être bien un truc pour ton autre problème, si ça te dit. Viens avec moi, p'tit gars. »

Jay n'était pas très sûr de ce que le vieil homme allait lui proposer. Des leçons de kung-fu peut-être ou un vieux bazooka de la dernière guerre ou des grenades ou une lance rapportée d'une expédition chez les Zoulous, ou une technique secrète et invincible révélée par un des grands maîtres tibétains et dont le succès était garanti. Mais non, Joe le mena à côté de la maison, là où un sachet de flanelle rouge était pendu à un clou enfoncé dans le mur. Il décrocha le petit sac, en renifla le contenu et le lui tendit.

« Prends ça, dit-il d'un ton encourageant. Ça va te durer encore quelque temps. Mais je nous en ferai d'autres. »

Jay le regarda d'un air ébahi. « Qu'est-ce que c'est exactement ? finit-il par demander.

— Tu as qu'à le porter sur toi, dit Joe. Dans ta poche ou attaché à un bout de ficelle. Tu verras. Ça t'aidera.

— Mais qu'y a-t-il dedans ? » À présent, il le dévisageait comme si le vieil homme était totalement fou. Ses soupçons, un moment évanouis, s'éveillèrent à nouveau.

« Oh ! Des choses… Du bois de santal, de la lavande, un peu de poudre de Pousse-toi-que-j'm'y-mette. Un truc qu'une bonne femme m'a appris, y a des années, à Haïti. Ça marche à tous les coups. »

Ça y est, pensa Jay en décidant que le vieil homme était définitivement fou. Inoffensif peut-être, mais fou à lier. Il jeta un coup d'œil inquiet vers le fond du jardin et se demanda s'il réussirait à gagner le mur à temps au cas où le vieil homme deviendrait violent. Mais Joe ne faisait rien, il souriait.

« Essaie donc, dit-il avec insistance. Tu as qu'à le porter dans ta poche et puis t'oublieras qu'il est là. »

Jay décida de lui faire plaisir. « D'accord. Et c'est censé faire quoi ? »

Joe se remit à sourire. « Possible que ça fasse rien du tout.

— Comment savoir alors si ça a marché ? demanda Jay.

— Ah, tu le sauras la prochaine fois que tu iras à Nether Edge, répondit Joe d'une voix assurée.

— Pas question que j'y retourne, répliqua Jay. Sûrement pas avec ces types-là !

— Ben, tu vas leur y laisser ta boîte à trésors ? »

Ce qu'il disait était juste. Jay avait presque oublié la boîte à biscuits cachée dans sa niche secrète sous la pierre descellée. Sa consternation soudaine l'empêcha de remarquer qu'il était sûr de ne jamais avoir parlé de la boîte à Joe.

« Moi j'y allais quand j'étais gosse, lui confia le vieillard d'un ton volontairement indifférent. Y avait une pierre branlante au coin de l'écluse. Elle y est toujours, pas vrai, p'tit gars ? »

Jay ouvrit de grands yeux. « Comment le savez-vous ? demanda-t-il dans un murmure.

— Je sais quoi ? répondit Joe d'un ton naïf. Je sais rien, moi. J'suis qu'un fils de mineur. »

Ce jour-là, Jay ne retourna pas au canal. Son esprit était trop désorienté par tout ce qui était arrivé. Il avait la tête pleine de bagarres douloureuses, de radios brisées, de sorcellerie haïtienne et de la lumière qui pétillait dans les yeux de Joe. Au lieu de cela, il sortit à bicyclette et passa deux ou trois fois devant le pont au-dessus de la voie ferrée, le cœur battant, essayant de trouver le courage de grimper le talus. Il finit par rentrer à la maison, mécontent et morose. Son imagination travaillait. Il voyait Zeth et sa bande fouiner partout dans ses trésors, s'esclaffer d'un gros rire vulgaire, éparpiller ses illustrés et ses livres, se bourrer de bonbons et de tablettes de chocolat et empocher l'argent. Mais il y avait pis encore. Ses cahiers étaient là-dedans, avec les histoires et les poèmes qu'il avait écrits.

Il arriva enfin à la maison, les mâchoires douloureusement crispées et la rage au cœur. À la télé, il regarda le film du samedi soir, puis il monta se coucher et sombra dans un sommeil agité de rêves où il était poursuivi par un ennemi invisible avec les éclats de rire de Joe dans les oreilles.

Le lendemain, il prit la décision de rester à la maison. Le petit sac de flanelle rouge était posé sur sa table de chevet, comme un défi silencieux. Jay affecta de ne pas y prêter attention et essaya de lire mais ses illustrés préférés se trouvaient dans la boîte à trésors. L'absence de radio alourdissait l'air d'un silence hostile. À l'extérieur, le soleil brillait et la brise était juste assez forte pour empêcher l'air d'être irrespirable. La plus belle journée de l'été se préparait. Dans une sorte d'hébétement, il arriva au pont de la voie ferrée. Pourtant il n'avait pas eu l'intention d'y aller et, alors même qu'il pédalait déjà vers la ville, quelque chose en lui l'assurait qu'il allait prendre une autre direction, tourner, abandonner le canal à Zeth et à sa bande, puisqu'à présent c'était leur territoire. Peut-être irait-il voir Joe qui ne l'avait pas invité à revenir mais ne le lui avait pas interdit non plus, comme si, qu'il vînt ou ne vînt pas lui eût été totalement indifférent, ou bien passerait-il chez le marchand de journaux pour y acheter des cigarettes ? Quoi qu'il en fût, il n'allait sûrement pas retourner au canal. Il se le répétait pour mieux s'en persuader tout en cachant son vélo dans le fourré d'épilobe où il l'avait déjà abrité et en escaladant le remblai. Il faudrait être complètement idiot pour risquer de nouveau ce coup-là. Le sac de flanelle rouge donné par Joe était là dans la poche de son jean. Il le sentait, petite masse douce sous ses doigts, à peine plus grosse qu'un mouchoir roulé en boule. Il se demanda comment un sachet bourré de substances aromatiques était censé lui venir en aide. La veille au soir, il l'avait ouvert et en avait étalé le contenu sur sa table de nuit : des brindilles sèches, une poudre brunâtre et des fragments de quelque chose d'un gris-vert qui sentait bon, et c'était tout. Il s'était attendu à au moins quelques crânes réduits par des sauvages de Nouvelle-Guinée ! C'était sûrement une plaisanterie, se dit Jay d'un air farouche, un tour que lui jouait le vieux bonhomme. Pourtant il s'entêtait à y croire, il s'accrochait à l'idée. Et si c'était vrai ? S'il y avait vraiment un sortilège dans ce sac-là ? Jay s'imagina brandissant le charme au bout de son bras tendu, il s'entendit prononcer d'une voix caverneuse des incantations magiques et vit Zeth et ses acolytes reculer de frayeur... Le sac qui appuyait contre sa hanche était comme une main réconfortante qui le guidait.

Le cœur battant, il commença à descendre le talus en direction du canal. De toute manière, il n'allait sans doute rencontrer personne.

Là encore, il se trompait. À pas de loup, il fila le long du chemin de halage sans quitter l'abri des arbres, ses tennis ne faisant aucun bruit sur le sol jaunâtre durci par le soleil. Tremblant d'excitation, il était prêt à s'enfuir au moindre bruit. À son passage, un oiseau s'envola dans un grand battement d'ailes et Jay se figea, certain que sa présence avait été perçue à des kilomètres à la ronde. Mais rien. Il avait à présent presque atteint l'écluse, il apercevait déjà l'endroit au bord du canal où était cachée la boîte à trésors. Des débris de plastique jonchaient toujours les dalles. Il s'agenouilla, déplaça le carré de gazon qui cachait la pierre et commença à la dégager.

Il les avait si souvent entendus dans son imagination que, sur le moment, il fut certain que les bruits n'existaient que dans sa tête. Pourtant, il apercevait les silhouettes qui s'approchaient le long de la berge du canal où se trouvait la fosse à cendres. Maintenant des arbustes les dérobaient à son regard mais il n'avait pas le temps de s'enfuir. Dans trente secondes au plus tard, ils seraient de nouveau en vue. À partir d'ici, le chemin de halage était complètement à découvert et définitivement trop éloigné du pont du chemin de fer. Dans quelques secondes, il serait une cible facile. Il comprit qu'il ne lui restait plus qu'un seul endroit où se cacher, le canal, desséché la plupart du temps sauf à quelques endroits, envahi de roseaux, de débris et du limon qui s'y accumulaient depuis cent ans au moins. La jetée se dressait à un peu plus d'un mètre au-dessus, offrant ainsi à Jay un abri provisoire. Bien sûr, s'ils mettaient le pied sur la

jetée, s'ils rejoignaient le chemin de halage, ou s'ils se pen-
chaient pour examiner à la surface de l'eau moirée de
pétrole… Mais il n'avait pas le temps d'y réfléchir. En prenant soin de ne pas se relever et en remettant la boîte à trésors à sa place, Jay, de l'endroit où il était agenouillé, se
laissa glisser dans le canal. Un instant, il sentit ses pieds s'enfoncer dans la boue qui n'offrait aucune résistance et, dans
la vase jusqu'aux chevilles, il atteignit le fond. La vase
entrait dans ses tennis, remontait entre ses doigts de pieds
mais il n'y prêta aucune attention. Il s'accroupit parmi les
roseaux qui lui chatouillaient le visage, résolu à offrir la
plus petite cible possible. Il chercha d'instinct des projectiles : des cailloux, des boîtes de conserve, n'importe quoi
qu'il pût leur lancer car, s'ils l'apercevaient, l'élément de
surprise serait son seul avantage.

Du coup, il avait complètement oublié le sachet
magique de Joe dans la poche de son jean. Sans qu'il sût
trop comment, en s'accroupissant sans doute, il l'avait
laissé tomber de sa poche et il le rattrapa d'un geste automatique dont il eut immédiatement honte. Comment
avait-il pu croire qu'un sac de feuilles et de brindilles le
protégerait ? Pourquoi avait-il si désespérément voulu
croire à une chose pareille ?

Il devina que les garçons étaient à présent tout
proches, à trois ou quatre mètres de lui seulement. Il
entendait le bruit de leurs chaussures au niveau de sa tête.
L'un d'eux lança à toute volée contre les dalles une bouteille ou un bocal qui s'y fracassa et, sous la pluie d'éclats
de verre qui s'abattit sur sa tête et ses épaules, Jay frémit.
La décision qu'il avait prise de se cacher sous leur nez
même lui paraissait maintenant d'un ridicule absolu. Ils
n'avaient qu'à diriger leur regard vers le bas et il serait
alors entièrement à leur merci.

Détaler, voilà ce qu'il aurait dû faire, pensa-t-il avec
regret, détaler alors qu'il en avait la possibilité ; le bruit de
pas se rapprochait ; trois mètres, deux mètres cinquante,
deux mètres… Les voix du Gars aux Pattes et de P'tits
Avions, tellement proches maintenant, résonnaient à ses
oreilles de façon insupportable.

« Il va sûrement pas revenir foutre le nez ici, le foui-neur.

— S'il revient, cette fois-là il se fait zigouiller ! »

C'est de moi qu'ils parlent, se dit Jay comme dans un rêve. C'est de moi !

Un mètre cinquante, un mètre…

La menace de Zeth fut prononcée d'une voix calme presque indifférente : « On a tout le temps d'attendre. »

Cinquante centimètres et moins, même. Une ombre passa au-dessus de Jay et le fit se tapir davantage ; il sentit les poils se hérisser sur sa nuque. Les types contemplaient quelque chose dans la direction du canal. Du regard, ils en parcouraient la surface. Jay n'osait même pas relever la tête pour les regarder, malgré l'insupportable besoin qui le dévorait. Il sentait leurs regards sur sa nuque, il entendait la rauque respiration de fumeur de Zeth. Il n'en pouvait plus d'attendre. Il allait lever les yeux. Il fallait qu'il sache si…

Une pierre tomba et son clapotement étouffé se perdit à la surface huileuse de la flaque, à quelques centimètres de lui. Jay l'aperçut du coin de l'œil. Et une autre, floc !

Ils faisaient durer le plaisir. Cela ne pouvait être que ça, pensa-t-il, le désespoir au cœur. Ils l'avaient vu, il en était sûr, et ils savouraient l'attente, réprimant leurs rires méchants et faisant en silence provision des pierres et des projectiles qui lui étaient destinés. De son air pensif, Zeth braquait peut-être déjà sur lui son fusil…

Mais rien ne se produisit et, au moment où il allait lever les yeux, Jay entendit décroître le bruit de leurs pas. Ils s'éloignaient. Un autre caillou s'abattit sur la vase et rebondit dans la direction de Jay qui frémit de nouveau, mais déjà ils s'en allaient d'un pas traînant vers la fosse à cendres et leurs voix se faisaient de plus en plus lointaines. Jay entendit l'un des garçons parler de bouteilles qui allaient leur servir de cibles.

Chose bizarre, il resta, figé, hésitant à faire un mouve-ment. C'est une ruse, se dit-il, sûrement un truc destiné à le faire sortir de sa cachette car il était totalement incroyable qu'ils eussent pu ne pas l'avoir remarqué. Mais, de l'autre côté de la jetée, les voix continuaient à décroître, s'affaiblissant au fur et à mesure que les garçons disparaissaient le long du sentier de halage dans la direction de la fosse à cendres. Il entendit un coup de fusil claquer au loin, des rires fuser derrière les arbres. Non, ce n'était pas possible. ils avaient sûrement dû le voir et cependant...

Jay, avec soin, retira la boîte à trésors de sa cachette. La sueur de ses mains avait noirci le sachet magique. Ça marche, se dit-il avec une surprise incrédule. C'est impossible mais ça marche.

9

Londres, mars 1999

« Il vous est même possible de faire paraître humain le personnage le plus ennuyeux et le plus froid du monde, affirma Jay aux étudiants de son cours du soir, si vous lui donnez quelqu'un à aimer : un enfant, un amant, même un chien. » Il s'assit, se perchant sur son bureau, à côté de son vieux sac de sport plein à craquer, et il eut un mal fou à s'empêcher d'y toucher et de l'ouvrir. Les étudiants le contemplaient avec une sorte d'admiration mêlée d'effroi. Les uns prenaient des notes et écrivaient frénétiquement — *Même... un chien* — s'efforçant de ne pas louper un seul mot de ce qu'il disait. C'était Kerry qui avait insisté pour qu'il leur donnât des cours car leur ambition et la servilité avec laquelle ils obéissaient au règlement déplaisaient à Jay sans qu'il sût vraiment dire pourquoi. Ils étaient quinze, aux cheveux coupés courts et presque uniformément vêtus de noir, des jeunes gens à l'esprit sérieux et des jeunes femmes pleines d'états d'âme profonds. L'une d'entre elles ressemblait tant à Kerry, telle qu'il l'avait connue il y a cinq ans, qu'elle aurait pu être sa sœur. Elle était justement en train de lire à haute voix une courte histoire de sa composition — un exercice dans l'art de camper les personnages — dans laquelle il s'agissait d'une jeune femme

de couleur, une mère célibataire, qui habitait une HLM à
Sheffield.

Jay mit la main à sa poche et y effleura la brochure *Évasion*. Il faisait un gros effort pour prêter attention à l'histoire, mais la voix de la jeune femme n'était plus qu'un
lointain ronronnement, un bourdonnement de guêpe,
quelque chose de légèrement désagréable et qui le déran-
geait. De temps en temps il hochait la tête comme s'il était
captivé par l'histoire mais il se sentait légèrement ivre.

Depuis hier soir, le monde pour lui semblait avoir
retrouvé son centre et la mise au point était enfin parfaite,
comme si quelque chose qu'il avait eu constamment sous
les yeux depuis des années sans le voir clairement lui fût
apparu soudain dans toute sa netteté.

La voix continuait de bourdonner à ses oreilles.

La jeune femme fronça des sourcils tout en poursui-
vant sa lecture et elle cogna machinalement sa chaussure
contre l'un des pieds de la table. Jay étouffa un bâillement.
Tellement exaltée, pensa-t-il, exaltée et en même temps un
peu répugnante dans son égocentrisme, elle lui rappelait
une adolescente obsédée par les points noirs de son visage.

Jay contrôlait difficilement une irrésistible envie de
rire. Il n'était pas ivre, il le savait. Voilà des heures qu'il
avait terminé la bouteille et, même à ce moment-là, il avait
à peine ressenti un léger vertige. Après tout ce qui s'était
passé ce jour-là, il avait finalement décidé de faire sauter
son cours et pourtant il y était allé, incapable de rentrer à
la maison et d'y essuyer, même en son absence, la désapprobation silencieuse de Kerry. Tuer le temps, se répétait-
il à mi-voix, tuer le temps, je ne fais que cela ! Même si le
vin de Joe lui était légèrement monté à la tête, l'effet aurait
dû à présent s'en être dissipé. Cependant il se sentait toujours étrangement surexcité — comme si la routine habituelle s'était soudain interrompue pour lui accorder une
journée de vacances inattendue. Peut-être parce que son
esprit était occupé par Joe. Les souvenirs, trop nombreux
pour qu'il pût les noter tous, l'envahissaient. C'était
comme si la bouteille n'avait pas réellement contenu de
vin, mais que des années et des années avaient été libérées

dans un panache de fumée par un génie né de cette lie
amère et que cela l'eût transformé, l'eût rendu... Quoi ?
Fou ? Ou cela lui avait-il au contraire rendu la raison ? Il
n'arrivait pas à se concentrer. En musique de fond, dans
son esprit, la chaîne Rétro lui transmettait sans interrup-
tion les discordants échos d'étés lointains. Il aurait pu avoir
treize ans de nouveau, sa tête était pleine d'idées fantas-
tiques. Treize ans et encore à l'école, avec l'été qui se
faufilait par la fenêtre ouverte, l'été et ses odeurs, Pog Hill
au coin de la rue et le tic-tac de la pendule marquant les
heures qui lui restaient avant les vacances.

Mais il se rendit compte que le prof c'était lui maintenant, et que ce prof-là n'en pouvait plus d'attendre la fin
de l'école. Les élèves, au contraire, eux, voulaient être là,
suspendus à ses lèvres comme des sangsues, déterminés à
se nourrir de chacun de ses mots, si vide de sens fût-il.
N'était-il pas Jay Macintosh, l'auteur de *Joe Patati*, l'écrivain
qui n'avait rien à écrire, le professeur qui n'avait rien à
apprendre à ses étudiants ?

Il pouffa de rire à cette pensée.

Il doit y avoir quelque chose dans l'air, se rassura-t-il,
une bouffée de gaz hilarant peut-être ou l'appel parfumé
des pays lointains ! La voix monotone de la fille qui lisait
s'interrompit, peut-être avait-elle terminé. Elle le regardait
d'un air blessé et elle ressemblait à ce point à Kerry qu'il
ne put s'empêcher de rire à nouveau.

« J'ai acheté une maison, aujourd'hui », lâcha-t-il soudain.

Ils le regardèrent sans réagir. Un jeune homme qui
portait une chemise blanche à la Byron nota : acheté...
maison... aujourd'hui. Jay sortit la brochure de sa poche et
de nouveau la contempla. Elle était maintenant froissée,
salie à force d'avoir été feuilletée, mais, à la vue de la
photo, son cœur bondit dans sa poitrine.

« Pas exactement une maison, corrigea-t-il. Un *chôtô*. »
Il se remit à rire. « C'était la façon de prononcer de Joe.
Son *chôtô* à Bordeaux. »

Il ouvrit la brochure et lut à haute voix. Subjugués, les
étudiants l'écoutaient. Le jeune homme à la chemise

blanche prenait des notes : « Château Foudouin, Lot-et-Garonne. Cet authentique château du xviiie siècle est situé au cœur de la région viticole la plus populaire de France. La propriété possède un vignoble, un verger, un étang et un vaste parc à l'anglaise, un garage, une distillerie en bon état de fonctionnement, cinq chambres, une salle de séjour et un salon ; les poutres de la charpente sont d'époque. Possibilité d'aménagements. »

« Bien sûr, cela m'a coûté un peu plus de cinq cent mille briques mais les prix ont monté depuis 1975. » Jay se demanda combien de ses étudiants étaient même nés en 1975 et eux continuaient à le regarder en silence, s'efforçant de comprendre où il voulait en venir.

« Excusez-moi, docteur Mackintosh. » La fille, toujours debout, le fixait maintenant d'un œil plutôt hostile. « Je ne comprends pas ce que cela a à voir avec mon travail. »

Jay éclata de rire. Tout lui semblait soudain drôle, irréel. Il se sentait capable de dire n'importe quoi, de faire n'importe quoi. Voilà la vraie ivresse, se dit-il. Et depuis des années, il s'y prenait de la mauvaise façon !

« Bien sûr, dit-il en lui adressant un sourire et en brandissant la brochure de façon à ce que tous la voient. Voilà la page de littérature la plus créative, la plus originale et la plus évocatrice qu'il m'ait été permis de lire depuis le début de ce trimestre. »

Le silence fut total. Même le type à la chemise blanche en oublia de prendre des notes et le regarda bouche bée. Jay eut un sourire épanoui et, des yeux, il quêta une réaction parmi les étudiants. Les visages se firent prudemment indifférents.

« Pourquoi venez-vous ici ? leur demanda-t-il soudain. Qu'attendez-vous de ces cours ? »

Devant leur expression indignée, leur incompréhension polie, il s'efforça de ne pas rire. Il se sentait plus jeune qu'eux, un élève chahuteur s'adressant à une salle pleine de professeurs pédants et guindés. « Vous avez pour vous la jeunesse, vous avez de l'imagination, pourquoi, bon Dieu, vous croyez-vous obligés de me parler de mères célibataires et de drogués de Glasgow en jurant des sacrés noms de Dieu à toutes les lignes ?

— Monsieur, c'est vous qui nous avez donné le sujet ! »

Évidemment, il n'avait pas convaincu la jeune femme hostile qui lui lançait des regards accusateurs tout en serrant de ses doigts maigres le texte de l'histoire qu'il avait méprisée.

« Le sujet, je m'en fiche ! s'écria-t-il joyeusement. Vous n'écrivez pas parce que quelqu'un vous le demande. Vous écrivez parce que, pour vous, c'est un besoin, parce que vous espérez que quelqu'un vous lira, parce que cela va réparer en vous quelque chose de brisé ou encore pour faire revivre en vous un disparu. » Et pour souligner ce qu'il disait, il frappa du plat de sa main le sac de sport posé sur le bureau et, de l'intérieur, aucun doute, un cliquetis de bouteilles qui s'entrechoquaient lui répondit. Certains étudiants échangèrent des sourires entendus. Jay se retourna en proie à une sorte de délire et du regard parcourut la classe.

« Où est donc la magie ? Voilà ce que j'aimerais savoir, questionna-t-il. Où donc ont disparu les tapis magiques et le vaudou haïtien, les bandits solitaires et les vierges enchaînées sous les roues du train, où donc sont les trappeurs indiens et les déesses aux quatre bras, les King Kong et les pirates ? Bon Dieu, où donc sont-ils passés, ces sacrés extraterrestres ? »

Il y eut un long silence. Les étudiants écarquillaient les yeux. Les doigts de la jeune femme se crispèrent si fort sur le papier qu'il se froissa, et son visage devint blême.

« Vous êtes ivre, c'est ça ? » Sa voix tremblait de rage et de dégoût. « C'est pour ça que vous me traitez ainsi. Il faut que vous soyez complètement ivre. »

Jay s'esclaffa de nouveau. « Pour paraphraser je ne sais plus qui — Churchill, peut-être —, je suis peut-être saoul ce soir mais vous, vous serez toujours moche demain matin.

— Allez vous faire foutre », lui lança-t-elle et elle se dirigea d'un air très digne vers la porte. « Vous pouvez toujours vous l'envoyer, votre cours, et je vais dire ce que je pense de tout ça au responsable du syndicat des étudiants ! »

Après son départ le silence retomba puis des murmures s'élevèrent, et bientôt la salle en fut pleine. Pendant un instant, Jay ne fut plus sûr s'il s'agissait de voix réelles ou de produits de son imagination. Du sac de sport s'élevaient des bruits de bouteilles qui s'entrechoquaient, cliquetaient, cahotaient et roulaient les unes contre les autres. Imaginaire ou non, leur bruit était contagieux. Le type à la chemise se leva comme pour une ovation et se mit à applaudir. Deux autres, d'abord prudents, le regardèrent, puis en firent autant. D'autres se joignirent à eux et bientôt la moitié de la classe était debout et la plupart battaient des mains. Ils applaudissaient toujours lorsque Jay, saisissant son sac de sport, se dirigea vers la porte, l'ouvrit et sortit en prenant soin de la refermer derrière lui. Les applaudissements s'apaisèrent petit à petit et furent remplacés par un murmure confus de conversations. Les bouteilles s'entrechoquaient toujours dans le sac.

À mes côtés, ayant accompli leur mission, les « Spéciales » se murmuraient des secrets à l'oreille.

10

Pog Hill, juillet 1975

Il revint bien souvent voir Joe mais sans jamais réussir à s'habituer à son vin. Ce jour-là, Joe ne manifesta aucune surprise à son arrivée. Il alla tout simplement chercher la bouteille de limonade comme s'il s'était attendu à sa visite. Il ne lui posa aucune question au sujet du sachet magique. Jay, au contraire, y fit plusieurs fois allusion, avec le faux scepticisme de celui qui ne demande qu'à être convaincu, mais le vieillard restait délibérément évasif.

« C'est de la magie, dit-il en clignant de l'œil pour lui prouver qu'il ne s'agissait que d'une plaisanterie. C'est une bonne femme de Puerto Cruz qui me l'a appris.

— J'étais sûr que vous aviez dit qu'elle était de Haïti », fit remarquer Jay en l'interrompant. Joe haussa les épaules. « C'est du pareil au même, répondit-il d'un ton indifférent. Tant que ça marche. Et ça a marché, hein ? » Jay dut lui avouer que ça avait marché. Pourtant ce n'était rien que des herbes, n'est-ce pas ? Des herbes et des brindilles liées ensemble et enveloppées dans un bout de tissu, et qui cependant l'avaient rendu...

Joe grimaça un sourire. « Non, pas invisible, p'tit gars », et il remonta la visière de sa casquette au-dessus de ses yeux.

« Quoi alors ? »

Joe le contempla. « Y a des plantes qu'ont des pouvoirs, pas vrai ? » demanda-t-il et Jay acquiesça. « L'aspirine, la digitaline, la quinine... Ben, ils auraient appelé ça magie dans l'ancien temps.

— Des remèdes.

— Si tu veux, p'tit gars. Mais il y a des centaines d'années entre la magie et les remèdes, y avait pas de différence... Ils en savaient des trucs, ils croyaient à leurs machins. Comme de mâcher un clou de girofle quand tu as une rage de dents, du pouliot pour faire passer l'mal de gorge et des brins de sorbier pour chasser le mauvais œil. » Il jeta un bref coup d'œil vers le garçon pour relever la moindre trace d'incrédulité moqueuse. « Des pouvoirs, répéta-t-il. On en apprend des choses quand on voyage et qu'on veut bien apprendre. »

Jay ne sut jamais avec certitude si Joe y croyait vraiment ou si la facilité avec laquelle il l'acceptait faisait partie d'un plan très complexe destiné à le désorienter, lui. Le vieil homme adorait taquiner, c'était certain, et l'ignorance totale de Jay au sujet du jardinage était pour lui une source constante d'amusement. Pendant des semaines, il avait réussi à faire croire au garçon qu'une simple touffe de vulgaire schénante était en réalité un spaghettier et il lui avait indiqué les pousses tendres et pâles — de spaghetti, disait-il — qui perçaient parmi les feuilles aussi fines que du papier, il lui avait fait croire que la berce géante pouvait sortir de terre et se déplacer sur ses racines comme les Triffids des films de science-fiction et que la valériane faisait un appât excellent pour les souris. Jay était une proie facile à duper et Joe se délectait à trouver de nouvelles façons de le faire marcher mais, dans certains domaines, Joe était réellement sincère. Peut-être avait-il fini par croire à ses propres histoires à force d'en persuader les autres. Sa vie était ponctuée de rituels et de superstitions dont la plupart venaient tout droit du volume écorné de Culpeper, *La Magie des plantes*, qu'il gardait sur sa table de nuit. Il chatouillait les tomates pour encourager leur pollinisation. Il leur faisait constamment entendre de la musique à la radio, affirmant que cela favorisait leur croissance. Elles préféraient Radio 1, disait-il, et ses poireaux, déclarait-il, avaient grandi de deux pouces après avoir écouté l'émission de Ed Stewart : « Le Choix des jeunes ». D'ailleurs, Joe travaillait souvent en accompagnant les airs de *Disco Queen* ou de *Stand by Your Man* de sa voix de vieux chanteur de charme qui, sérieuse, s'élevait au-dessus des groseilliers rouges qu'il était en train de tailler ou dont il ramassait les fruits. Quant aux graines, il ne les semait qu'à la nouvelle lune et ne récoltait jamais que lorsqu'elle était pleine. Dans sa serre il y avait un calendrier lunaire, et chaque jour y était indiqué d'une encre de couleur différente : brune pour les pommes de terre, jaune pour les panais, orange pour les carottes. Il arrosait, taillait et choisissait l'emplacement des arbres d'après l'alignement des astres. Le plus étrange était que cette façon plutôt bohème d'envisager les choses semblait parfaitement convenir au jardin qui s'enorgueillissait de rangées luxuriantes de choux et de navets magnifiques, de carottes succulentes que mystérieusement boudaient les limaces et d'arbres fruitiers dont les branches touchaient le sol sous le poids de leurs pommes, de leurs poires, de leurs prunes ou de leurs cerises. Des cartons de couleurs vives et maintenus aux arbres avec du Scotch pour empêcher les oiseaux de picorer les fruits, disait-il, leur donnaient une allure vaguement orientale. Des symboles astrologiques artistiquement composés de morceaux de faïence et de verres de couleur parsemaient le gravier de l'allée et s'alignaient le long des carrés de légumes. Joe mêlait, sans en être gêné, la médecine chinoise et le folklore anglais, la chimie et le mysticisme et, pour autant que Jay pût en être sûr, il y croyait.

Quant à Jay, il croyait ce que lui disait Joe. À treize ans, tout est possible. La magie quotidienne, c'est ainsi que Joe appelait « l'alchimie du profane » : pas de grand cinéma, pas de feux d'artifice, un simple mélange d'herbes et de racines cueillies sous des conditions planétaires favorables, une incantation murmurée à mi-voix, un signe magique écrit sur la brise et que des gitans lui avaient enseigné au cours de ses voyages. Quelque chose de moins banal, et Jay ne l'aurait peut-être pas cru. Pourtant, malgré ses idées étranges, et peut-être précisément à cause d'elles, il y avait un je ne sais quoi de profondément reposant à vivre à l'ombre de Joe, une certaine sérénité intérieure débordait de lui et remplissait Jay de curiosité et d'envie. Il avait l'air si serein dans sa petite maison, entouré de plantes, et il possédait une intuition remarquable pour tout ce qui touchait au merveilleux et une joie de vivre si fascinante. Ayant quitté l'école à l'âge de douze ans pour travailler à la mine, il n'avait pour ainsi dire aucune connaissance académique mais il était un puits intarissable de renseignements, d'anecdotes et de folklore. Au fur et à mesure que l'été avançait, Jay se surprenait à aller de plus en plus souvent voir Joe. Celui-ci ne posait jamais de questions, le laissait bavarder librement pendant qu'il travaillait dans son potager ou dans l'annexe de son jardin — le talus de la voie ferrée — et il hochait la tête de temps en temps pour indiquer qu'il avait entendu et qu'il écoutait toujours. Ils s'arrêtaient pour casser la croûte avec d'énormes tranches de cake aux fruits et d'épais sandwichs au bacon et à l'œuf — Svelto n'était sûrement pas du pain pour Joe — et ils faisaient descendre ça avec de grandes tasses de thé au lait sucré et bien fort. De temps en temps Jay apportait des cigarettes, des bonbons ou des magazines et Joe acceptait ces offrandes sans reconnaissance spéciale et sans étonnement, de la même façon dont il acceptait la présence du garçon. Lorsqu'il apprit peu à peu à vaincre sa timidité, Jay se hasarda à lui lire certaines des histoires qu'il avait écrites et le vieil homme les écoutait sans rien dire, dans un silence solennel, et semblait les apprécier — du moins, c'est ce que croyait Jay. Les jours où Jay n'était pas d'humeur à bavarder, c'était lui qui parlait, de son travail au fond de la mine, des années en France pendant la guerre, quand il avait été cantonné à Dieppe pendant six mois, avant qu'une grenade ne lui arrachât deux doigts — et il montrait ce qui restait de sa main abîmée en bougeant les doigts avec la grâce d'une étoile de mer — et il lui racontait comment, déclaré inapte au service, il était redescendu à la mine avant de s'embarquer sur un cargo à destination de l'Amérique.

« Parce que tu sais, p'tit gars, le monde on n'en voit pas grand-chose du fond d'la mine ! et j'ai toujours voulu voir du pays ! T'as beaucoup voyagé, toi ? »

Jay lui répondit qu'il était allé deux fois en Floride avec ses parents, qu'il était aussi allé dans le midi de la France, à Ténériffe et dans l'Algarve pour y passer des vacances. Avec un reniflement de mépris, Joe balaya tout cela.

« Non, p'tit gars, moi j'parlais des vrais voyages, pas de toutes ces conneries pour les touristes, j'parlais de la vraie aventure. Le Pont-Neuf à l'aube quand seuls les clochards sortent de dessous les ponts et du métro et que le soleil brille sur l'eau. New York et Central Park, au printemps. Rome. L'île de l'Ascension. La traversée des Alpes à dos de bourricot. Le caïque qui transporte les légumes qui viennent de Crète. Les randonnées dans les Himalayas. Un repas de riz servi sur des feuilles dans le temple de Ganesh, une tempête qui nous prend au large de la Nouvelle-Guinée. Le printemps à Moscou avec tout un hiver d'merde de chiens qui vous r'monte sous la neige qui fond. » Ses yeux s'illuminaient. « Toutes ces choses-là, mon gars, moi je les ai vues, murmurait-il, et bien d'autres. J'm'suis promis de tout voir, tout. »

Et Jay le crut. Joe avait des cartes sur les murs, où il avait marqué de son écriture tremblante et indiqué avec des punaises de couleur les endroits où il était allé. Il lui racontait des histoires de maisons de passe à Tokyo et de lieux saints en Thaïlande, décrivait les oiseaux de paradis, les banians et les pierres levées de l'autre bout du monde.

Près de son lit, dans le grand placard à épices qu'il avait aménagé, se trouvaient des millions de graines enveloppées avec soin dans des carrés de papier journal et étiquetées de la même petite écriture appliquée : *Tuberosa rubra maritima, Tuberosa panax odorata*, des milliers et des milliers de graines de pommes de terre rangées dans leurs petits compartiments et, à côté, des graines de carottes, de courges, de tomates, d'artichauts et de poireaux — plus de cent variétés d'oignons, des sauges, des thyms, des graines de bergamote et une provision ahurissante d'herbes médicinales et de graines de légumes qui représentait les trésors ramassés au cours de ses voyages, chacun étiqueté, mis en sachet et prêt à être planté. À en croire Joe, certaines de ces plantes avaient déjà disparu de la surface du globe et leurs propriétés n'étaient plus connues que d'une poignée d'experts. Parmi les milliers d'espèces de fruits et de légumes cultivés autrefois, quelques douzaines seulement avaient survécu et continuaient à l'être.

« C'est leur foutue culture intensive qu'est la cause de tout ça, disait-il en s'appuyant sur sa bêche juste assez long-temps pour porter à sa bouche sa grande tasse et avaler une énorme lampée de thé. Trop de spécialisation, ça tue la variété. De toute façon, les gens n'en veulent plus. Ils veulent que tout soit pareil. Des tomates rondes et rouges, c'est ça qu'ils veulent et tant pis s'il y en a des jaunes et longues qui auraient mille fois plus de saveur si seulement ils y goûtaient. Mais les rondes et rouges, ça fait plus riche sur les étagères des magasins. » Il montra vaguement du bras le jardin potager, indiqua les rangs de légumes tirés au cordeau qui remontaient le talus de la voie ferrée, les châs-sis de sa fabrication dans les ruines du poste d'aiguillage, les arbres fruitiers en espalier contre les murs. « Ici il y pousse des choses qu'on trouve nulle part en Angleterre, dit-il à voix basse, et dans mon meuble à graines il y en a qu'on trouve peut-être plus nulle part au monde. » Jay l'écoutait avec une admiration mêlée de crainte. Il ne s'était jamais intéressé aux plantes auparavant et il savait à peine reconnaître une Granny Smith d'une Golden. Bien sûr, il savait reconnaître une pomme de terre mais, lorsque Joe lui parlait de patates bleues et de Fir Apple roses, cela le dépassait complètement. L'idée que des secrets se cachaient là, que des plantes mystérieuses et depuis long-temps oubliées continuaient à pousser sur le talus de la voie ferrée sous le regard de ce vieil homme qui s'en faisait le protecteur, éveillait en Jay un enthousiasme qu'il n'avait jamais imaginé. Joe, bien sûr, en était en partie responsable avec ses histoires, ses souvenirs et l'énergie qui se dégageait de tout son être. Jay commençait à percevoir en lui quelque chose qu'il n'avait jamais vu auparavant : une vocation, un but bien arrêté.

« Pourquoi êtes-vous revenu, Joe ? lui demanda-t-il un jour. Après tous ces voyages, pourquoi revenir ici ? »

De dessous la visière de sa casquette de mineur, Joe le dévisagea d'un air grave.

« Ça fait partie d'mon plan, p'tit gars, répondit-il. Je vais pas rester ici jusqu'à la Saint-Glinglin. Un de ces jours, j'partirai. Ça ne sera pas long.

— Mais où ?

— J'vais te montrer. »

Il passa la main à l'intérieur de sa chemise de travail et en retira un portefeuille de cuir tout abîmé. Il l'ouvrit et déplia une photo en couleur, découpée sans doute dans un magazine, en prenant soin de ne pas déchirer les plis là où déjà le papier avait perdu sa couleur. C'était la photo d'une maison.

« Qu'est-ce que c'est ? » demanda Jay en essayant de voir l'image. C'était une maison d'aspect assez ordinaire, bâtie en pierre rosâtre et devant laquelle s'étendait un assez grand terrain où poussait, en rangées parfaites, il ne savait quel genre de plantes. Joe lissa soigneusement le papier.

« P'tit gars, c'est mon château, mon château à Bordeaux ; Bordeaux, c'est en France. Mon château avec la vigne et mon verger d'pêchers et d'amandiers, d'pommiers et d'poiriers qui ont bien cent ans. » Ses yeux luisaient de plaisir. « Quand j'aurai assez d'sous — cinq millions devraient faire l'affaire — je l'achèterai et je m'ferai le sacré bon Diou d'meilleur vin de tout l'Midi : Château Cox, 1975, ça en jettera un jus, hein ? »

Jay le regarda d'un air de doute.

« Y a du soleil toute l'année à Bordeaux, dit Joe avec un joyeux enthousiasme. Des oranges en janvier. Des pêches, grosses comme des balles de cricket, des olives. Des kiwis, des amandes, des melons et de la place aussi. Des kilomètres et des kilomètres d'vergers et d'vignes, et d'la terre qui coûte pas plus qu'une bouchée d'pain. Et puis elle est bonne cette terre, bonne comme le p'tit Jésus. Et puis y a des belles filles qui écrasent le raisin pieds nus. Le paradis quoi, mon gars.

— Cinq millions, c'est beaucoup d'argent », remarqua Jay d'un ton inquiet. Joe se tapota le nez d'un air malin.

« Je l'trouverai, le rassura-t-il d'un air mystérieux. Quand on veut assez quelque chose on finit toujours par l'avoir !

— Vous ne parlez même pas français. »

Joe laissa échapper d'un coup un déluge incompréhensible de sons qui ne ressemblait à aucun langage que Jay eût jamais entendu.

« Joe, lui dit-il. Moi je fais du français à l'école et ça ne ressemble absolument pas à ça. »

Joe le regarda d'un air plein d'indulgence. « C'est l'patois, p'tit gars, dit-il. Je l'ai appris à Bordeaux quand j'étais là-bas avec une troupe de gitans. Tu peux me croire, ça sera facile. » Il replia soigneusement la photo et la remit dans son portefeuille. Jay, convaincu, le regardait bouche bée d'admiration.

« Tu verras c'que j'veux dire un jour, p'tit gars ! dit-il. T'as qu'à attendre.

— Est-ce que je pourrais y aller avec vous ? Est-ce que vous voudrez bien m'y emmener ? » demanda Jay.

Joe, la tête de côté, considéra sa question d'un air sérieux. « Peut-être bien que oui. Pourquoi pas ?

— C'est juré ?

— Je l'jure. » Il eut un large sourire. « C'est juré. Cox et Mackintosh les meilleurs sacré bon Diou de viticulteurs de Bordeaux. Ça t'va comme ça ? »

Et ils débouchèrent une bouteille de vin de mûres 1973, un peu tiède, au succès de leur projet.

II

Londres, printemps 1999

Il était déjà dix heures lorsque Jay arriva chez Spy et la réception battait son plein. Encore une autre des soirées littéraires de Kerry, pensa-t-il avec regret. Encore des journalistes qui s'ennuyaient à mourir, encore du champagne de seconde qualité et encore des jeunes gens avides de plaire à de vieux blasés comme lui. Kerry ne se fatiguait jamais de ces soirées, et émaillait sa conversation de noms de célébrités — Germaine et Will, Ewan —, papillonnant d'un invité prestigieux à l'autre avec la ferveur d'une grande prêtresse. Jay venait de se rendre compte à quel point tout cela lui déplaisait.

Il ne s'arrêta à la maison que le temps d'empaqueter quelques affaires et, bien qu'il eût remarqué la lumière rouge qui clignotait furieusement, il n'écouta pas le message sur son répondeur automatique. Les bouteilles dans son sac se tenaient maintenant parfaitement tranquilles. C'était lui à présent qui s'agitait, dansant d'un pied sur l'autre, se balançant d'avant en arrière, tantôt au comble de la joie, tantôt au bord des larmes, fouillant dans ses affaires tel un voleur, craignant que, même s'il s'arrêtait une seule seconde, il perdît son élan et retombât dans ses vieilles habitudes. Il alluma la radio et trouva de nouveau la chaîne Rétro, Rod Stewart chantait *Sailing*, une des chansons préférées de Joe — « Ça me rappelle le temps quand j'voyageais, p'tit gars » — et il l'écouta tout en fourrant des vêtements dans le sac, par-dessus les bouteilles silencieuses. Il s'étonna du petit volume des choses qu'il voulait à tout prix emporter : sa machine à écrire, le manuscrit inachevé de *Brave Cortez*, quelques-uns de ses livres favoris, la radio et, bien sûr, les « Spéciales » de Joe. Encore une lubie, se dit-il. Le vin n'était d'aucune valeur, il était presque imbuvable, et pourtant il n'arrivait pas à lutter contre l'intuition qu'il y avait là, dans ces bouteilles, quelque chose dont il ne pouvait se passer.

Spy ressemblait à bien d'autres clubs londoniens. Les noms et les décors changent peut-être mais les endroits sont toujours les mêmes, élégants, bruyants et dépourvus de tout caractère. Bien avant minuit, la plupart des invités auraient depuis longtemps abandonné tout effort pour paraître plus intellectuels qu'ils n'étaient et préféré se concentrer sur les choses importantes de leur vie : s'enivrer, se dire des choses flatteuses ou insulter leurs rivaux. En descendant du taxi, le sac en bandoulière, Jay s'aperçut qu'il avait oublié son invitation. Après une escarmouche avec le portier, il réussit à faire parvenir un message à Kerry qui arriva quelques minutes plus tard vêtue de sa robe de chez Ghost, arborant son sourire le plus cliniquement poli.

« Laissez-le passer ! lança-t-elle au portier. C'est un cas désespéré, c'est tout. » Un battement de paupière sur l'éclat vert de ses yeux et elle avait tout enregistré : le jean, l'imperméable, le sac de sport.

« Je constate que tu ne portes pas ton Armani », remarqua-t-elle.

L'euphorie s'était enfin dissipée, ne laissant derrière elle qu'une vague impression d'avoir trop bu, mais Jay s'étonna de constater que sa décision restait inchangée.

Comme toucher le sac semblait faciliter les choses, il le toucha pour s'assurer de sa réalité et, sous la toile, les bouteilles s'entrechoquèrent doucement pour l'encourager.

« J'ai acheté une maison, annonça Jay en lui tendant la brochure toute froissée. Regarde donc, Kerry. C'est le château de Joe ! Je l'ai acheté ce matin. Je l'ai reconnu tout de suite. »

Les yeux verts étincelèrent et, sous leur éclat, il se sentit d'une bêtise absolument puérile. Pourquoi s'était-il attendu à une certaine compréhension de sa part alors qu'il avait du mal à s'expliquer sa propre impulsion ? « Il s'appelle le Château Foudouin », expliqua-t-il. Elle le regarda. « Tu as acheté une maison ? » Il fit oui de la tête. « Comme ça, tout bêtement, tu l'as achetée ? » demanda-t-elle d'un ton d'incrédulité totale. « Aujourd'hui ? » De nouveau, il hocha la tête.

Il aurait voulu lui expliquer tant de choses : que c'était la destinée, que c'était la magie qu'il essayait depuis vingt ans de retrouver. Il aurait voulu lui expliquer la brochure et le rayon de soleil et comment la photo lui avait pratiquement sauté aux yeux, il aurait voulu lui communiquer cette soudaine certitude qu'il éprouvait, cette sensation d'avoir été choisi par la maison et non pas de l'avoir choisie.

« Tu ne peux pas avoir acheté une maison, c'est impossible ! » Kerry avait encore du mal à accepter l'idée. « Mon Dieu, Jay, toi qui hésites pendant des heures avant d'acheter une chemise et... »

— C'est différent. C'est comme... » Il n'arrivait pas à exprimer ce qui s'était passé. C'était une impression étrange, comme un besoin irrésistible de possession. Il n'avait pas connu ce besoin-là depuis son adolescence : l'absolue certitude que sa vie ne serait complète que s'il possédait cet objet magique et infiniment désirable — des lunettes à rayons X, un jeu d'autocollants des Hell's Angels, un certain billet de cinéma, le dernier 45 tours du groupe pop le plus célèbre — et la certitude que tout serait changé du fait même de la possession de cet objet dont il pourrait vérifier et revérifier la présence dans sa poche. Ce n'était pas un sentiment d'adulte. C'était quelque chose de plus primitif, de plus viscéral, et soudain l'idée que depuis vingt ans il n'avait jamais vraiment rien désiré de cette façon le fit sursauter.

« C'est comme si... j'étais de nouveau à Pog Hill, dit-il, sachant bien qu'elle ne le comprendrait pas. Comme si les vingt dernières années avaient été effacées. » Kerry le regarda d'un air d'incompréhension. « Je ne peux pas croire que tu aies acheté une maison sur un coup de tête, dit-elle. Une voiture, j'accepterais. Une moto, d'accord. En y réfléchissant bien, c'est le genre de choses que tu serais capable d'acheter : oui, de grands jouets pour t'amuser, mais une maison ? Non ! »

Elle secoua la tête d'un air perplexe. « Et que vas-tu en faire ?

— Y habiter, répondit simplement Jay. Y travailler aussi.

— Mais c'est quelque part en France. » L'irritation rendait sa voix plus perçante. « Jay, je ne peux pas me permettre de passer des semaines en France. Je dois commencer une nouvelle série d'émissions télévisées le mois prochain. J'ai trop d'engagements. Est-elle seulement proche d'un aérodrome ? » Elle s'interrompit et son regard se posa de nouveau sur le sac, relevant pour la première fois la présence de la valise et des vêtements de voyage. Un pli se creusa entre ses sourcils froncés.

« Écoute, Kerry... » Elle l'interrompit d'un geste autoritaire. « Rentre à la maison, dit-elle. On en reparlera plus tard, on ne peut pas en discuter ici. Rentre à la maison, Jay, et détends-toi, on en parlera quand je rentrerai. D'accord ? » Sa voix s'était prudemment calmée, comme si elle s'adressait à un fou dangereux. Jay fit non de la tête. « Je ne rentrerai pas à la maison, dit-il. J'ai besoin de prendre du large pendant quelque temps. Je voulais simplement te dire au revoir. » Kerry ne laissa paraître aucune surprise, seulement une irritation qui ressemblait presque à de la colère, elle garda son calme, certaine d'avoir raison.

« Tu as encore un coup dans le nez, Jay, dit-elle. Tu n'as pas vraiment réfléchi aux conséquences. Tu viens me voir avec cette idée stupide d'une résidence secondaire et, comme je ne saute pas d'enthousiasme, tu...

— Ce ne sera pas une résidence secondaire. » Le ton de sa voix les surprit tous les deux. Pendant un instant, il avait parlé presque durement.

« Bon Dieu, qu'est-ce que tu essaies de me dire ? »

Sa voix était devenue basse et menaçante.

« J'essaie de te dire que tu ne m'écoutes pas. Je ne pense pas que tu m'aies jamais écouté ! » Il s'interrompit un instant. « D'un côté, tu me dis toujours de grandir, de réfléchir à ma vie, de jeter du lest… mais de l'autre, tu es contente de me laisser loger chez toi de façon permanente et de me faire totalement dépendre de toi… Rien ne m'appartient vraiment. Les contacts, les amis — tout est à toi, pas à moi. Tu choisis même ce que je porte. J'ai de l'argent, Kerry, j'ai mes livres, je ne suis plus le meurt-de-faim qui habite une mansarde. »

La voix de Kerry se fit amusée, presque indulgente.

« Ah, voilà ce que c'est. Une petite déclaration d'indépendance ? » Elle déposa un baiser léger sur la joue de Jay. « D'accord, je comprends que tu n'aies pas envie de venir à la réception et je suis désolée de ne pas l'avoir compris ce matin, ça va maintenant ? » Elle lui mit la main sur l'épaule et sourit de son sourire inimitable — du plus pur Kerry O'Neill.

« Je t'en prie, écoute, pour une fois écoute ! »

Était-ce ce que Joe avait ressenti lui aussi ? se demanda-t-il. Il était tellement plus facile de partir sans un mot, afin d'échapper aux récriminations, aux pleurs, aux regards d'incrédulité, afin de fuir cette impression de culpabilité. Pourtant, et il ne savait pas au juste pourquoi, il ne pouvait faire cela à Kerry. Elle n'était plus amoureuse de lui, il le savait, si elle l'avait jamais été, mais il ne pouvait tout de même pas lui faire ça. Peut-être parce qu'il en avait fait lui-même l'expérience.

« Essaie de comprendre. Cet endroit… », et son geste engloba le club, la rue aux enseignes lumineuses, le ciel bas au-dessus de Londres et la ville tout entière sombre et menaçante qui palpitait là derrière lui.

« Je ne suis plus chez moi ici. Je n'arrive plus à penser clairement lorsque je suis ici. Je passe mon temps à attendre que quelque chose se passe, à guetter un signe quelconque.

— Oh, pour l'amour du ciel, veux-tu bien grandir ! » Sa colère éclatait soudain et sa voix se fit aussi perçante qu'un cri d'oiseau en colère. « C'est cela, ton excuse ? Je ne sais quelle angoisse philosophique imbécile ? Si tu passais moins de temps à rêvasser à ce vieux con de Joe Cox et si tu regardais ce qui se passe autour de toi, si seulement tu assumais ta vie au lieu de parler de signes et de présages.

— C'est ce que je fais justement, lança-t-il. J'assume ma vie. Je fais précisément ce que tu m'as toujours demandé de faire.

— Pas en t'enfuyant en France ! » À présent, on décelait une certaine panique dans sa voix. « Pas comme ça ! Tu as des devoirs envers moi. Sans moi tu n'aurais pas tenu le coup deux minutes. C'est moi qui t'ai présenté aux gens importants, c'est moi qui t'ai fait profiter de mes relations. Tu n'étais rien que l'auteur d'un seul best-seller, un paumé, un sacré bon Dieu d'imposteur. »

Jay la regarda sans émotion. C'est bizarre, pensa-t-il, avec quelle facilité l'esprit de repartie peut devenir de la méchanceté pure. Car c'était la méchanceté qui coulait de ces minces lèvres rouges et de ces yeux à demi fermés. Telle une vieille amie, la colère s'empara de lui, le protégeant de Kerry et le libérant enfin. Il éclata de rire.

« Assez de conneries, lui dit-il. Ça nous arrangeait tous les deux. Tu aimais laisser entendre que tu me connaissais quand tu allais à tes réceptions, n'est-ce pas ? J'étais un accessoire de ta garde-robe. Tu as tiré un certain profit à être vue en ma compagnie, comme ceux que l'on voit lire de la poésie dans le métro. Les gens te voyaient avec moi et ils te prenaient pour une vraie intellectuelle alors que tu n'es réellement qu'une petite prétentieuse sans la moindre idée originale. »

Elle le fixa d'un regard stupéfait et plein de rancune. « Quoi ?

— Adieu ! » Il se retourna pour partir.

« Jay ! » D'un geste rapide, elle donna un grand coup du plat de la main au sac de sport. Les bouteilles, à l'intérieur, éclatèrent en murmures et en ricanements.

« Comment oses-tu me tourner le dos ? siffla-t-elle. Tu n'étais que trop content de te servir de mes relations chaque fois que cela te convenait. Comment oses-tu me faire des reproches et m'annoncer que tu t'en vas sans

même me donner une explication valable ? Si tu veux ta
liberté, dis-le. Va dans ton château en France si c'est ce que
tu aimes, va te vautrer dans la couleur locale si cela peut
t'aider. » Elle le regarda brusquement. « C'est ça ? Un
autre roman ? » Maintenant l'avidité perçait sous sa colère
et devenait de l'excitation fébrile. « Si c'est ce que tu as à
me dire, Jay, tu me le dois bien, après tout ce temps-là. »

Jay la regarda. Il serait tellement facile de lui dire ce
qu'elle voulait entendre, pensa-t-il, tellement facile de lui
donner une explication qu'elle pût accepter, qu'elle pût
lui pardonner.

« Je ne sais pas, répondit-il enfin. Je ne le crois pas. »
Un taxi passait. Jay l'arrêta d'un signe, jeta ses bagages sur
la banquette arrière et s'assit rapidement à côté. Kerry
poussa un cri de rage impuissante et Jay ressentit comme
une gifle le coup brutal qu'elle asséna à la portière.

« Vas-y alors. Va-t'en. Fuis. Ah, tu es bien comme lui, tu
sais, un lâche ! C'est tout ce que vous savez faire : fuir ! Jay !
Jay ! » Le taxi s'éloigna du trottoir sans à-coups et Jay, grimaçant un sourire, s'installa confortablement contre son
sac de sport d'où s'éleva pendant tout le voyage jusqu'à
l'aéroport un joyeux cliquetis de plaisir.

12

Pog Hill, été 1975

L'été s'écoulait en douceur et Jay se rendait de plus en plus souvent à Pog Hill. Joe semblait heureux de le voir quand il arrivait mais ne faisait jamais de remarques quand il ne venait pas et le garçon passait des journées entières à traîner le long du canal et de la voie ferrée, occupé à surveiller son territoire menacé et toujours sur le qui-vive au cas où Zeth et ses deux copains se montreraient. La cachette de l'écluse n'étant plus sûre, il dégagea la boîte à trésors de son trou et en chercha une meilleure. Il finit par en découvrir une dans une voiture abandonnée sur un dépôt d'ordures et il attacha la boîte avec du Scotch sous le réservoir à essence rongé par la rouille. Jay aimait cette vieille voiture. Dérobé aux regards par la verdure luxuriante qui l'entourait, il passait des heures affalé sur l'unique siège qui restait et dont se dégageait une odeur de vieux cuir moisi. Une ou deux fois il entendit tout près les voix de Zeth et de ses copains mais, tapi en boule dans la matrice énorme et basse de la voiture — le sachet magique de Joe fermement serré dans sa main —, il était à l'abri sauf des recherches les plus poussées. Aux aguets, l'oreille en alerte, il goûtait au plaisir enivrant d'espionner ses ennemis. À de tels moments, il croyait aveuglément au pouvoir du sachet magique.

Jay finit par s'avouer, au fur et à mesure que l'été tirait inéluctablement à sa fin, qu'il s'était mis à aimer Kirby Monckton. Malgré les préjugés qu'il avait éprouvés au début, il avait découvert là quelque chose qu'il n'avait jamais connu ailleurs. Juillet et août passèrent, silencieux, sereins et magnifiques comme de grands bateaux à voiles blanches voguant vers l'horizon de ses vacances. Il allait presque tous les jours à Pog Hill. Parfois il s'y trouvait seul avec Joe, mais trop souvent il y avait des visiteurs, des voisins et des amis, bien que Joe ne semblât pas avoir de famille. Jay, quelquefois, était jaloux du temps qu'il accordait aux autres mais Joe, lui, accueillait toujours tout le monde avec plaisir et il offrait à chacun des cageots de fruits, des bottes de carottes, des sacs de pommes de terre de son jardin, à l'un une bouteille de vin de mûre, à l'autre une recette pour une poudre pour les dents. Il préparait des philtres, des tisanes, des sachets d'herbes pour la cuisine. Les gens venaient chez Joe chercher des fruits et des légumes, ils restaient ensuite pour lui parler à voix basse de choses secrètes et le quittaient souvent en emportant un petit paquet enveloppé d'un papier de soie ou d'un bout de flanelle serré au creux de leur main ou enfoncé dans leur poche. Joe ne demandait jamais d'argent en retour. Alors, quelquefois, les gens lui donnaient des choses en remerciement : un ou deux pains, une tarte faite à la maison, des cigarettes. Jay se demandait comment il obtenait de l'argent et d'où pourraient venir les cinq mille livres sterling dont il avait besoin pour acheter le château de ses rêves mais, quand il abordait le sujet, le vieil homme répondait seulement par un éclat de rire.

À l'approche de septembre, chaque jour paraissait maintenant posséder une importance particulière et poignante. Perdu dans ses réflexions, Jay se promenait au bord du canal. Il notait les choses que Joe lui avait confiées au cours de leurs longues conversations lorsqu'il était occupé à la cueillette des fruits rouges et Jay y repensait le soir dans son lit. Il passait des heures entières sur son vélo, le long de routes maintenant familières. Il en respirait l'air chaud, lourd de suie. Il montait la côte d'Upper Kirby Hill

et contemplait au loin les grandes ondulations des Pennines couvertes de bruyère et de tourbe et il aurait sou-
haité rester là pour toujours.

Joe, lui, ne semblait pas avoir changé. Il restait l'homme
qu'il avait toujours été, il faisait la cueillette de ses fruits,
les disposant dans des cageots, utilisant ceux qui étaient
tombés pour en faire des confitures, repérant des herbes
sauvages et les cueillant à la pleine lune, ramassant des
myrtilles sur les landes et des mûres sur le talus de la voie
ferrée, préparant du chutney avec ses tomates, du picca-
lilli avec ses choux-fleurs, des sachets de lavande contre
l'insomnie, de l'essence de wintergreen pour la guérison
rapide des plaies, pour l'hiver, des piments aux oiseaux
dans de l'huile parfumée au romarin et des bocaux d'oignons conservés dans du vinaigre... Et, bien sûr, il y avait
le vin.

Pendant tout l'été, Jay avait senti le vin que l'on préparait, qui fermentait et allait vieillir dans la cave, toutes
sortes de vins : du vin de betteraves, de cosses de petits
pois, de framboise, de fleurs de sureau, vin de cynorhodon,
de prune, de pommes de terre, de navet, vin de gingembre
et de mûre. La maison était une petite distillerie, des casseroles bouillonnaient sur le fourneau, le vin dans les
dames-jeannes alignées dans la cuisine sur le plancher
décantait avant la mise en bouteilles, des carrés de mous-
seline qui avaient servi à passer la pulpe des fruits séchaient
sur une corde à linge, des passoires, des seaux, des enton-
noirs étaient disposés soigneusement, prêts à être utilisés.

Joe gardait l'alambic dans sa cave. C'était un grand
appareil en cuivre rouge qui ressemblait à une gigantesque
bouilloire : très vieux mais parfaitement entretenu, il étin-
celait. Joe s'en servait pour fabriquer sa goutte, de l'alcool
pur et limpide comme de l'eau, qui piquait les yeux et qu'il
utilisait pour mettre en bocaux les fruits rouges qu'il
conservait dans les rangées de pots qui luisaient sur des étagères dans la cave. De la vodka de pommes de terre, disait-
il, du jus de patates à 70 %. Il y mettait en quantité égale
des fruits et du sucre pour fabriquer ses liqueurs de cerises,
de prunes, de cassis et de myrtilles qui prenaient leur

teinte pourpre, rouge ou noire dans la pâle lumière de la
cave. Chaque bocal était étiqueté et daté avec un soin
minutieux. Il y en avait bien plus qu'un homme seul pût
jamais espérer consommer mais Joe s'en moquait, de toute
manière il donnait une bonne partie de ce qu'il fabriquait.
À part quelques gouttes de son vin et quelques cuillerées
de confiture de fraise qu'il prenait le matin sur son pain
grillé, Jay ne le vit jamais toucher à aucune de ses somp-
tueuses conserves ni à aucun de ses alcools. Joe ne s'en sou-
ciait pas non plus. Jay pensait que le vieil homme devait
vendre certains de ses produits pendant l'hiver bien qu'il
n'en eût aucune preuve. La plupart du temps, il les offrait.

À la rentrée de septembre, Jay retourna à l'école. Le
collège de Moorlands était toujours tel qu'il s'en souvenait,
avec son odeur de poussière, de désinfectant et de cire et
ses relents vagues mais impossibles à ignorer de vieille can-
tine scolaire. Le divorce de ses parents se déroula relativement sans heurt après maintes conversations éplorées avec
sa mère et de généreux mandats postaux envoyés par le
Roi du Pain. Chose assez curieuse, il n'en souffrit pas. Tout
au long de l'été sa colère s'était métamorphosée en indifférence. Il ne savait trop pourquoi mais la colère lui semblait maintenant une attitude puérile. Tous les mois il écrivait à Joe, bien que le vieil homme ne lui répondît pas aussi
régulièrement. Écrire n'était pas son fort, expliquait-il, se
contentant d'une carte à Noël et de quelques lignes quand
approchait la fin du trimestre. Son silence n'inquiétait pas
Jay. Il lui suffisait de savoir qu'il était là.

L'été suivant, Jay retourna à Kirby Monckton, en partie
parce qu'il avait insisté, en partie parce qu'il avait compris
que ses parents en étaient secrètement soulagés. Sa mère
tournait dans un film en Irlande et le Roi du Pain passait
l'été sur son yacht en compagnie — disait-on — d'un jeune
mannequin appelée Candide.

Jay, sans se retourner, leur échappa dans la direction de
la petite rue de Pog Hill.

13

Paris, mars 1999

Joe passa la nuit à l'aéroport et, bien qu'il fût trop excité pour pouvoir se détendre pleinement, il réussit à sommeiller dans l'un des sièges orange et parfaitement fonctionnels de Charles-de-Gaulle. L'énergie qu'il ressentait lui paraissait inépuisable et son cœur battait dans sa poitrine avec la régularité d'un moteur électrique. Ses sens étaient curieusement décuplés et les odeurs déferlaient sur lui en vagues successives, celles des produits de nettoyage et de la transpiration, celles de la fumée de cigarette et du parfum des femmes, celle du café matinal. À cinq heures, il abandonna toute idée de sommeil et dirigea ses pas vers la cafétéria où il commanda un café express, deux croissants et son petit péché, une tablette de chocolat Poulain. Le premier train Corail en direction de Bordeaux partait à six heures dix. De là, il prendrait un omnibus jusqu'à Agen, puis un taxi jusqu'à... où était-ce déjà ? La carte attachée à la brochure n'était qu'un schéma très approximatif et il espérait obtenir des indications plus précises à son arrivée à Agen. Ce voyage avait quelque chose d'agréable — il ne savait quoi —, cette course effrénée vers un endroit qui n'était pour le moment qu'une croix sur une carte... Comme si, en buvant le vin de Joe, il était soudain devenu Joe lui-même et pouvait, comme lui, signaler son passage en laissant sa marque sur une carte et changer d'identité quand le caprice l'en prenait. En même temps, il se sentait plus léger, libéré du chagrin et de la colère qui pesaient sur lui comme d'inutiles bagages qu'il traînait depuis tant d'années.

Voyage assez loin, disait Joe, et les règles n'existent plus ! Maintenant seulement Jay commençait à saisir le sens de ce qu'il voulait dire.

Vérité, loyauté, identité — les idées qui nous lient aux endroits et aux visages familiers — ne signifient plus rien. Il aurait pu être n'importe qui, aller n'importe où. Dans les aéroports, dans les gares, dans les gares routières, tout est possible. Personne ne pose de questions. Les gens en arrivent à devenir quasi invisibles. Ici, il n'était plus qu'un passager parmi des milliers d'autres et personne ne le reconnaîtrait. Personne n'avait jamais entendu parler de lui.

Il réussit à dormir quelques heures dans le train et il fit un rêve — un rêve d'une clarté saisissante — dans lequel il courait le long de la berge du canal et essayait en vain de rattraper un train de charbon qui s'ébranlait. Il distinguait très précisément — sans savoir comment — les vieux joints de métal des roues du train. Il sentait l'odeur de la poussière de charbon et du vieux cambouis des essieux. Perché sur le dernier wagon, il apercevait Joe assis sur le tas de charbon, vêtu de sa combinaison orange de mineur, une casquette de cheminot anglais sur la tête, et agitant, en guise d'adieu, d'une main une bouteille de son vin et de l'autre une mappemonde. Joe, d'une voix assourdie par la distance, lui criait quelque chose qu'il ne pouvait tout à fait saisir.

À trente kilomètres de Bordeaux, il se réveilla. Par la fenêtre du compartiment, le paysage n'était plus qu'une longue palette floue de couleurs lumineuses. Il avait soif et se rendit au mini-bar où il commanda une vodka tonic. Il la but lentement puis il alluma une cigarette. Il ressentait toujours ce plaisir des choses interdites et c'était comme un sentiment de culpabilité mêlé de griserie, celui d'un enfant qui fait l'école buissonnière.

Il sortit de nouveau la brochure de sa poche. Le papier, à présent très froissé, commençait à se déchirer aux plis.

Un instant, il s'attendit presque à se sentir différent, à constater que son terrible besoin de possession s'était attiédi, mais non, il était toujours très vif. Dans le vieux sac de sport à côté de lui, les « Spéciales », ballottées par le mouvement du train, faisaient entendre des gargouillis et la lie d'étés lointains en était remuée comme un limon cramoisi.

Il avait l'impression que ce train n'arriverait jamais à Bordeaux.

14

Pog Hill, été 1976

Il attendait dans le potager. La radio était allumée, ficelée à la branche d'un arbre et Jay entendait Joe chanter de son incroyable voix de chanteur de music-hall *The Boys are back in town*. Le dos tourné et le sécateur à la main, il se penchait vers un carré de mûres-framboisiers. Il salua Jay sans même se retourner, tout naturellement, comme si celui-ci n'était jamais parti. La première pensée de Jay fut qu'il avait vieilli. En effet, sous la casquette graisseuse, les cheveux étaient plus clairsemés et l'épine dorsale sous le vieux tee-shirt paraissait pointue et fragile, mais, lorsque le vieil homme se retourna, il vit que c'était le même Joe aux yeux d'un bleu de geai et dont le sourire aurait mieux convenu à un garçon de quatorze ans qu'à un homme de soixante-cinq. Il portait, pendu à son cou, un de ses petits sachets de tissu rouge et, en regardant plus attentivement le jardin potager, Jay remarqua que des sachets semblables ornaient chaque arbre, chaque arbuste et même les coins de la serre et du châssis construit par Joe. De jeunes plantes étaient protégées par des bocaux et des bouteilles de limonade coupées en deux et chacune était décorée d'un coton rouge ou d'un signe de la même couleur. Cela aurait pu être une autre des plaisanteries de Joe — comme les pièges à perce-oreilles ou la plante à sorbet ou comme le jour où il avait envoyé Jay au centre du jardin chercher une longue à tente ! — mais, cette fois-ci, l'expression amusée du vieil homme cachait un air de sombre détermination, comme s'il avait soutenu un siège. Jay le questionna à propos des sachets magiques, s'attendant à la plaisanterie ou au clin d'œil habituels mais Joe gardait l'air sérieux.

« C'est pour me protéger, p'tit gars, dit-il à voix basse. Pour me protéger. » Le garçon mit longtemps avant de comprendre à quel point il parlait sérieusement.

L'été se déroulait comme une longue route poussiéreuse. Jay se rendait presque chaque jour à la petite rue de Pog Hill et, lorsqu'il éprouvait le besoin d'être seul, il faisait un saut à Nether Edge et au canal. Rien n'avait beaucoup changé. À la décharge, il y avait un nouveau dépôt d'objets : des frigidaires dont on ne voulait plus, des sacs de chiffons, une horloge dont le boîtier avait été cassé, un carton plein de livres de poche tout déchirés. La voie ferrée aussi livrait ses trésors : des journaux, des magazines, des disques abîmés, des assiettes cassées, des boîtes de conserve, des bouteilles consignées. Chaque matin, il passait la voie au peigne fin, ramassant ce qui lui semblait avoir de l'intérêt ou de la valeur, et, de retour chez Joe, il partageait ses trouvailles avec lui. Avec Joe, rien ne se perdait. Il faisait du compost avec les vieux journaux. Dans le carré à légumes, de vieux bouts de tapis étouffaient les mauvaises herbes. Des sacs de plastique couvraient les branches de ses arbres fruitiers et les protégeaient des oiseaux. Il montra à Jay comment fabriquer des cloches pour les jeunes plantes avec une bouteille à limonade en plastique et comment utiliser de vieux pneus de voiture pour faire pousser des pommes de terre. Ils passèrent un après-midi à traîner un vieux congélateur jusqu'en haut du talus de la voie ferrée pour en faire un châssis. Quant à la ferraille et aux vieux vêtements, on en remplissait des cartons que l'on vendait au chiffonnier. Les pots de peinture vides et les seaux en plastique se laissaient transformer en pots à fleurs. En échange de son aide, Joe enseignait à Jay l'art du jardinage. Lentement, le garçon apprit à reconnaître la lavande du romarin, l'hysope de la sauge. Il apprit à goûter le sol pour en connaître le degré d'acidité — en en tenant une pincée entre le pouce et l'index et en la faisant glisser sous sa langue, comme un expert vérifie la qualité d'un tabac fin. Il apprit comment on apaise les maux de tête avec de la lavande broyée en poussière et les maux d'estomac avec de la menthe poivrée. Il apprit à préparer de la tisane de scutellaire et de camomille pour faciliter le sommeil. Il apprit à faire pousser des soucis dans le carré de pommes de terre pour en éloigner les parasites, à cueillir les feuilles supérieures de l'ortie pour en confectionner une sorte de bière, et à tracer un signe de la main contre le mauvais œil chaque fois qu'une pie passait.

Bien sûr, il y avait des moments où le vieil homme ne résistait pas à la tentation de faire une plaisanterie — en lui donnant par exemple des oignons de jonquille à frire au lieu de vrais oignons, ou en lui demandant de planter des fraises mûres pour voir si elles pousseraient — mais la plupart du temps il était sérieux, du moins c'est ce que pensait Jay, et il tirait un plaisir réel de son nouveau rôle de professeur. Peut-être se rendait-il compte que ce moment touchait à sa fin, quoique Jay n'en devinât rien. N'empêche que cette année-là fut pour le garçon la plus heureuse. Ils discutaient des mérites respectifs de *Good Vibrations* — le choix de Jay — et de *Brand New Combine Harvester* — celui de Joe.

Jay se sentait à l'abri du monde, protégé, comme si tout ceci était une petite enclave d'éternité qu'il ne pourrait jamais perdre, qui n'échouerait jamais. Pourtant quelque chose était en train de changer. En Joe, peut-être ? Il se montrait d'une agitation inhabituelle, son regard était méfiant, les visiteurs venaient moins nombreux — parfois un ou deux seulement au cours d'une semaine, et un silence nouveau était tombé sur le chemin de Pog Hill, un silence étrange, à donner le frisson. On n'entendait plus le bruit des marteaux et dans les arrière-cours on ne chantait plus. Il y avait moins de linge à sécher sur les fils et les clapiers et les pigeonniers étaient déserts, abandonnés.

Souvent Joe allait jusqu'au bout de son potager et, silencieux, il contemplait la voie ferrée. On voyait moins de trains passer, deux trains de voyageurs par jour sur la voie rapide et, sur l'autre, des locomotives de manœuvre qui poussaient lentement des wagons vers le nord en direction des voies de garage et de triage. Les rails, encore si luisants et étincelants l'année précédente, commençaient à montrer des traces de rouille.

Une fois, Joe fit la remarque : « Voilà qu'ils vont fermer la ligne. Ils vont abattre le Kirby Central le mois prochain. » Kirby Central était le poste d'aiguillage principal près de la gare. « Pog Hill aussi si je n'm'trompe pas.

— Mais c'est votre serre, ça ! » protesta Jay. Depuis qu'il le connaissait, le vieil homme se servait, sans autorisation bien sûr, du poste d'aiguillage abandonné à une cinquantaine de mètres de son potager comme de serre d'appoint, d'annexe, et elle regorgeait de plantes délicates ; il y cultivait des pieds de tomates, deux pêchers et deux vignes dont les pousses envahissaient le plafond et s'échappaient du toit blanc pour retomber en cascade d'un joli vert tendre.

Joe haussa les épaules. « Ils les raplatissent d'un seul coup avec leur machine. J'ai été chanceux jusque-là. » Son regard s'arrêta sur les sachets magiques rouges cloués au mur du fond et il avança la main pour en pincer un entre l'index et le pouce.

« Le truc c'est qu'il faut y aller doucement, continua-t-il, il faut pas attirer l'attention. Parce que, s'ils fermaient cette ligne-là, ils démoliraient la voie de Pog Hill jusqu'en bas, du côté de Nether Edge. Les travaux, ça pourrait durer des mois. Et ce que tu vois c'est tout de la propriété privée. Les propriétaires c'est les chemins de fer. Toi et moi, on est de trop, p'tit gars. »

Jay regarda dans la direction de la tranchée que Joe contemplait et remarqua, comme si c'était la première fois, l'étendue du potager, les rangées de légumes tirées au cordeau, les châssis, les centaines de pots en matière plastique, les douzaines d'arbres fruitiers, les épais massifs de framboisiers, de cassissiers et les touffes de rhubarbe. C'était bizarre mais il ne lui était jamais venu à l'esprit que tout cela n'était pas tout à fait légal.

« Vous pensez qu'ils vont vouloir tout reprendre ? »

Joe ne tourna pas les yeux dans sa direction. Bien sûr qu'ils le reprendraient ! Jay le devinait au profil du vieil homme, à son regard qui semblait calculer combien de temps il lui faudrait pour tout replanter, tout refaire. Ce n'était même pas qu'ils avaient besoin du terrain mais simplement que le terrain leur appartenait, qu'ils avaient la loi de leur côté, que c'était leur territoire à eux, qu'il fût en friche ou pas.

En un éclair Jay se souvint de Zeth et de ses copains, quand Zeth d'un coup de pied avait envoyé la radio se fracasser sur les dalles. Ce serait la même chose, la même expression sur le visage de ceux qui viendraient démonter la voie ferrée, démolir la serre, arracher les plantes et les arbustes. Ils aplatiraient au bulldozer les massifs de lavande parfumée, ils écraseraient les poires à moitié mûres et déterreraient les pommes de terre et les carottes, les navets et toutes ces plantes mystérieuses et exotiques qui représentaient les efforts d'une vie entière. Jay sentit brusquement sa rage déborder, il était prêt à voler à la défense du vieil homme et, de ses poings serrés à en être douloureux, il martela le mur de briques.

« Ils ne peuvent pas faire ça ! »

Joe haussa les épaules. Bien sûr qu'ils le pouvaient et Jay comprit soudain le pourquoi des sachets magiques pendus partout, à chaque clou qui dépassait, à chaque arbre, à chacune des choses qu'il voulait sauver. Cela ne pouvait pas les rendre invisibles mais cela pourrait, pourrait… faire quoi ? Repousser les bulldozers ? Impossible !

Joe ne disait mot. Ses yeux brillaient étrangement dans son visage serein et, pendant un instant, il ressembla à ce vieux héros de centaines de westerns bien connu, au moment où il attache sa ceinture, avant le duel final au pistolet. Pendant un instant tout sembla possible, n'importe quoi l'était. Peu importait ce qui allait peut-être arriver puisque, à ce moment-là, il avait foi en ses sachets magiques.

15

Bordeaux, mars 1999

Le train arriva à Bordeaux vers midi. Il faisait doux mais le ciel était couvert et Jay, son manteau sur le bras, se fraya un passage parmi la foule qui attendait. Il acheta deux sandwichs mais il était trop excité, trop plein d'énergie pour les manger. L'omnibus pour Agen était en retard de presque une heure et terriblement lent ; le voyage fut presque aussi long que celui pour venir de Paris et, petit à petit, l'énergie de Jay se transforma en épuisement. Le train s'acheminait lentement d'une petite gare à une autre et Jay s'endormit d'un sommeil agité. Quand il se réveilla, il avait chaud et soif et ses tempes étaient douloureuses, comme s'il avait trop bu. Maintes fois il éprouva le besoin de sortir la brochure de sa poche pour s'assurer qu'il n'avait pas inventé l'histoire de toutes pièces. Maintes fois il essaya de faire marcher la radio mais ne réussit à obtenir qu'un crépitement de parasites.

L'après-midi tirait à sa fin lorsqu'il arriva enfin à Agen. Jay commençait déjà à se sentir de nouveau plus alerte et il prenait conscience de la campagne environnante. D'où il se trouvait, il apercevait des champs et des fermes et la belle couleur chocolat de la terre fraîchement retournée.

Tout lui semblait très vert. Bien des arbres étaient déjà en fleurs, ce qui lui paraissait étrange en ce début de mars

mais, bien sûr, son expérience du jardinage était liée à Joe
et à un jardin situé à plus de mille kilomètres au nord. Il
prit un taxi pour aller à l'agence immobilière dont
l'adresse figurait sur la brochure. Il espérait obtenir la permission de visiter la maison mais le bureau était déjà
fermé. Zut !

Dans l'euphorie de sa fuite, Jay n'avait pas réfléchi à ce
qu'il ferait si cela arrivait. Trouver un hôtel à Agen ?

Pas sans avoir visité sa maison, sa maison à lui ! Cette
seule pensée fit se dresser les poils sur ses avant-bras.
Demain, c'était dimanche. L'agence serait sûrement fermée et il lui faudrait attendre jusqu'à lundi matin. Il se
tenait là, indécis, devant la porte fermée et, derrière lui, le
chauffeur du taxi commençait à s'impatienter. À quelle
distance exactement se trouvait Lansquenet-sous-Tannes ?
Il y aurait sûrement un petit hôtel ou, à défaut, une
chambre d'hôte où il pourrait loger. Il était cinq heures et
demie et il aurait le temps de voir la maison, même si ce
n'était que de l'extérieur, avant que le jour ne baissât.

Le désir qu'il en avait était trop impérieux. Se retournant vers le chauffeur qui semblait s'ennuyer à mourir, Jay,
d'un air inhabituellement décidé, lui montra la carte.

« Vous pouvez m'y conduire tout de suite ? »

L'homme le dévisagea un moment avec l'expression
typique des habitants de cette région, le regard de celui qui
rumine quelque chose. Jay tira alors de sa poche une liasse
de billets de banque. Le chauffeur haussa les épaules sans
laisser paraître davantage de curiosité et, d'un coup de
tête, lui indiqua le siège arrière. Jay remarqua qu'il ne fit
d'ailleurs aucun effort pour l'aider à charger ses bagages.

Le trajet dura une demi-heure. Jay s'assoupit sur la banquette arrière d'où se dégageait une odeur de cuir et de
tabac pendant que le chauffeur, tout en fumant une Gauloise, se faufilait entre les files de voitures sur l'autoroute
puis s'engageait sur de petites routes de campagne
étroites. Là, il cornait furieusement dans les virages, effa-
rouchant de temps à autre des poulets indignés. Jay commençait à avoir faim et soif. Il s'était persuadé qu'il trouverait un endroit où dîner en arrivant à Lansquenet mais,

à présent qu'il découvrait le chemin de ferme que suivait le taxi qui cahotait et dont le moteur s'emballait, il commençait à en douter sérieusement.

Il tapa l'épaule du chauffeur.

« C'est encore loin ? »

Le chauffeur haussa les épaules, indiqua un point devant eux, et ralentit. Le taxi, après un dernier cahot, s'immobilisa.

« Là. »

Et en effet, elle était là, juste derrière un petit bouquet d'arbres. Les rayons obliques d'un modeste coucher de soleil enflammaient les tuiles du toit et illuminaient les murs blanchis à la chaux d'une lumière presque irréelle. Quelque part, à côté, Jay discerna des reflets sur l'eau. Si verdoyant sur la photo, le verger était comme une vague écumante de fleurs aux couleurs pâles. C'était magnifique. Il remit au chauffeur bien plus que ce qu'il lui devait et sortit la valise qu'il posa sur le chemin.

« Attendez-moi ici. Je reviens tout de suite. »

Le chauffeur esquissa un geste vague que Jay prit pour de l'assentiment. Le laissant attendre au bord du chemin, Jay commença à se diriger d'un pas rapide vers les arbres. En arrivant, il découvrit qu'il avait maintenant une bien meilleure vue de la maison et du vignoble en bas. La photo de la brochure était trompeuse car elle ne donnait pas une idée claire de l'étendue de la propriété. Ayant grandi dans une ville, Jay n'avait aucune idée de la grandeur d'une propriété en hectares, mais celle-ci lui semblait énorme, bordée d'un côté par le chemin et la rivière et, de l'autre, par une longue haie qui disparaissait derrière la maison, là où s'étendaient des champs.

Sur l'autre berge de la rivière, il distinguait une ferme petite et basse et, au-delà, le village — un clocher, une route qui remontait de la rivière en serpentant, des maisons...

Le chemin qui menait à la maison passait à côté de la vigne déjà en feuilles sur ses hauts ceps et envahie de mauvaises herbes, puis à côté d'un potager abandonné où les asperges, les artichauts et les choux de l'année précédente

dressaient encore leurs têtes dégarnies au-dessus de pis-
senlits en fleur.

Il lui fallut une dizaine de minutes pour atteindre la
maison. En s'approchant, Jay remarqua que, tout comme
la vigne et le potager, elle aussi avait grand besoin d'attention. Le revêtement de peinture rosâtre s'écaillait par
endroits, révélant en dessous le plâtre gris tout craquelé.
Des tuiles étaient tombées sur l'allée dévorée d'herbes
folles. Les fenêtres du rez-de-chaussée étaient fermées par
des volets ou par des planches et quelques carreaux cassés
au premier étage faisaient paraître édentée la vieille
façade. On avait condamné la porte de devant. L'ensemble
donnait l'impression d'un bâtiment abandonné depuis des
années et pourtant, dans le potager, on remarquait les
traces d'un travail récent ou relativement récent. Jay fit le
tour de la maison en notant l'étendue des dégâts et se
disant qu'en majeure partie ils avaient l'air d'être
superficiels et n'étaient, après tout, que le résultat d'une
certaine négligence et des intempéries. À l'intérieur, les
choses seraient peut-être différentes. Il découvrit un volet
cassé qui s'était détaché du plâtre et révélait une fente
assez large pour qu'on regardât à l'intérieur. Jay approcha
son visage. Il y faisait sombre et il entendit un bruit d'eau
qui tombait goutte à goutte.

Soudain il décela un mouvement à l'intérieur du bâtiment. Des rats, pensa-t-il d'abord. Puis le bruit recommença, doux et furtif, comme quelque chose que l'on traînait sur le plancher accompagné d'un claquement de
souliers ferrés sur des dalles de ciment. Ce n'étaient
définitivement pas des rats !

Il s'écria « Hey ! », bêtement, en anglais et le bruit
cessa. Jay jeta un coup d'œil par la fente du volet et crut
apercevoir quelque chose bouger, une ombre vague, juste
dans son champ de vision, qui aurait pu être la silhouette
d'un homme vêtu d'un grand pardessus avec une casquette enfoncée sur les yeux.

« Joe ? Joe ? »

C'était de la folie ! Bien sûr que ce n'était pas Joe ! Mais
il avait tellement pensé à lui ces derniers temps qu'il com-

mençait à l'imaginer partout. Rien de plus naturel, se dit-
il. Lorsqu'il jeta un autre coup d'œil à l'intérieur, la silhouette — si jamais il y en avait eu une — avait disparu et
la maison était de nouveau plongée dans le silence. Jay en
éprouva une brève déception, un court chagrin peut-être,
qu'il n'osa pas trop analyser, de peur qu'il ne se révélât
quelque chose d'encore plus aberrant, la conviction que
Joe aurait vraiment pu être là à l'attendre. Le vieux Joe,
avec sa casquette et ses godillots de mineur, avec son par-
dessus trop grand, Joe qui attendrait là, dans la maison
abandonnée, et qui vivrait des produits de sa terre. Avec
une sorte de folle logique, Jay repensa au carré de légumes
récemment abandonné — quelqu'un devait bien avoir mis
les graines en terre. Quelqu'un avait travaillé là, c'était sûr.

Il regarda sa montre et fut surpris de remarquer qu'il
était là depuis déjà plus de vingt minutes. Il avait bien
demandé au chauffeur de l'attendre au bord du chemin et
il n'avait aucune envie de passer la nuit à Lansquenet. À en
juger par ce qu'il avait vu de l'endroit il avait peu de
chances d'y trouver un logement convenable et il ressentait une faim de loup. En passant à côté du verger il se mit
à courir et des graines de gaillet se collèrent aux lacets de
ses chaussures, il était déjà en sueur lorsqu'il déboucha au
tournant après les arbres et se retrouva sur le chemin. Il n'y
avait aucune trace du taxi.

« Nom de Dieu ! » s'exclama Jay. Sa valise et son sac
étaient bizarrement alignés au bord du chemin. Fatigué
d'attendre ce cinglé d'Anglais, le chauffeur était reparti.
Bon gré, mal gré, Jay était maintenant forcé de rester.

16

Pog Hill, été 1976

Vers la fin du mois d'août, ce fut le tour du poste d'aiguillage de Kirby Central. Caché dans un grand massif d'épilobe monté en graines, Jay fut témoin de sa fermeture et, quand les ouvriers furent partis, emportant les leviers, les signaux lumineux et tout ce qui aurait pu être volé, Jay, à pas de loup, gravit les marches et, par la fenêtre, jeta un regard à l'intérieur. Les horaires des trains et les schémas des trajets y avaient été abandonnés, et, si la boîte à leviers était curieusement vide, la cabine semblait, elle, étrangement habitée, comme si l'aiguilleur venait de sortir et qu'il allait revenir d'un moment à l'autre. Jay calcula qu'il y avait encore beaucoup de verre utilisable.

« Te fais pas de mouron, mon gars, lui dit Joe lorsqu'il lui en parla. Je vais avoir du pain sur la planche quand ce sera l'automne. »

Jay n'eut pas besoin d'explications. Depuis le début du mois d'août, Joe se préoccupait de plus en plus du sort de son potager. Il en parlait rarement à cœur ouvert mais il s'arrêtait parfois de travailler pour contempler ses arbres, comme s'il calculait le temps qui leur restait. Quelquefois il se prenait à caresser l'écorce lisse d'un jeune pommier ou d'un prunier. Il s'adressait à Jay ou marmonnait à voix basse et il parlait d'eux comme s'ils étaient des êtres humains, les appelant par leur nom.

« La mirabelle, elle pousse bien. C'est une prune jaune de qualité, elle est bonne pour les confitures ou le vin et même pour se manger toute seule. Elle s'y plaît sur le talus de la voie ferrée. » Il s'interrompit. « Trop tard pour te transplanter, ma vieille, dit-il la voix pleine de regret. Elle crèverait tout de suite ! Elle s'est enfoncée bien profond dans la terre comme si elle allait jamais bouger et v'là c'qui se passe. Les salauds ! »

Voilà des semaines qu'il n'avait pas fait aussi directement allusion au problème du potager.

« À présent, voilà qu'ils voudraient mettre à bas Pog Hill Lane aussi. » La voix de Joe se fit plus forte et Jay comprit que c'était la première fois qu'il le voyait au bord de la colère. « Les maisons de Pog Hill, elles sont là depuis cent ans au moins, on les a bâties quand il y avait encore la mine de Nether Edge et que les terrassiers travaillaient en bas au bord du canal. »

Jay écarquilla les yeux et le regarda.

« Abattre le chemin de Pog Hill Lane ! Vous voulez dire : abattre les maisons ? » demanda-t-il. Joe fit oui de la tête. « J'ai reçu une lettre du facteur l'autre jour, répondit-il brièvement. Les salauds, ils pensent que les gens, ils sont pas en sûreté ici. Ils vont les abattre toutes. Toute la lignée. » Son visage se déforma en un rictus sarcastique.

« Condamnée. Après tout c'temps-là. J'y habite depuis trente-neuf ans, depuis qu'ils ont fermé Nether Edge et Upper Kirby. J'ai même acheté ma maison au conseil municipal, par-dessus le marché. Je me fiais point à eux en c'temps-là déjà. » Il s'interrompit et, de sa main gauche mutilée, il fit de ses trois doigts un salut de dérision. « Qu'est-ce qu'ils veulent de plus, hein ? J'y ai laissé mes doigts dans leur mine. J'y ai presque laissé ma peau, bon sang. Tu croirais pas que ça vaut un petit quelque chose ? Tu penses pas qu'ils devraient s'rappeler tout ça ? »

Jay le regarda bouche bée. Ce Joe-là, il ne l'avait encore jamais vu et une crainte mêlée de respect l'empêchait de parler. Joe s'arrêta alors aussi soudainement qu'il avait commencé et il se pencha attentivement vers un greffon récent pour vérifier s'il prenait bien.

« Je pensais que c'était pendant la guerre, dit enfin Jay.

— De quoi que tu parles, p'tit gars ? »

Joe attacha la nouvelle greffe à la branche avec un cordonnet rouge vif. Il l'avait enduite d'une substance résineuse dont se dégageait une forte odeur de sève. Il hocha la tête d'un air satisfait à la vue des progrès de l'arbre.

« Vous m'aviez dit que vous aviez perdu vos doigts à Dieppe pendant la guerre, remarqua Jay avec insistance.

— Ben, dame. » Joe ne donnait aucunement l'impression d'être gêné par la question. « Tu sais, mon p'tit gars, c'était une sorte de guerre au fin fond de la mine. Je les ai perdus à seize ans, écrasés entre deux wagons. Après ça, l'armée voulait plus d'moi, alors je me suis porté volontaire pour la mine. On a eu trois effondrements cette année-là. Sept gars ont été bloqués au fond quand une galerie s'est effondrée — des gars du même âge que moi — plus jeunes même ; ils pouvaient y aller à quatorze ans et ils gagnaient de l'argent comme des hommes. On a travaillé seize heures par jour pendant deux semaines pour les retrouver. On les entendait derrière les éboulis, ils braillaient et pleuraient, et chaque fois qu'on essayait de les avoir un autre bout de la galerie s'abattait sur nous. On travaillait dans le noir à cause du grisou, on était dans la bouillasse jusqu'aux mollets. On était mouillés et on pouvait plus respirer. On savait que le toit pouvait lâcher n'importe quand mais on a jamais arrêté d'essayer. Et puis les patrons sont venus jeter un coup d'œil et ils ont fermé la mine pour toujours. »

Il lança à Jay un regard d'une intensité inattendue, les yeux débordants d'une rage longtemps refoulée. « Alors, mon gars, ne va pas me dire que j'ai jamais fait la guerre ! dit-il d'un ton sans réplique. J'en sais autant d'la guerre que ceux qui l'ont faite en France. »

Jay le dévisagea, incertain de ce que devait être sa réaction. Le regard de Joe se perdit quelque part dans le lointain, là où il entendait toujours s'élever des rochers silencieux de Nether Edge les cris et les implorations de jeunes hommes morts depuis longtemps. Jay frissonna.

« Qu'allez-vous faire à présent ? »

Joe lui jeta un coup d'œil pénétrant, comme s'il cherchait à déceler en lui le moindre signe de condamnation, puis il se détendit, sourit tristement et fouilla dans sa poche pour en sortir un paquet de Jelly Babies d'une propreté douteuse. Il en choisit un puis passa le paquet à Jay qui le lui redonna.

« J'vais faire c'que j'ai toujours fait, p'tit gars, déclara-t-il. Je vais me battre pour ce qui est à moi. J'vais pas les laisser faire. Pog Hill c'est à moi et ni eux ni personne n'm'enverront dans leur foutue cité d'ouvriers. » D'un coup de dents, il décapita avec un plaisir évident son bonbon en forme de bébé en gélatine puis il en choisit un autre dans le paquet.

« Que pouvez-vous faire ? protesta Jay. Ils enverront les mandats d'expulsion. Ils couperont le gaz et l'électricité. Vous ne pourrez pas... »

Joe le regarda fixement. « Y a toujours à faire, p'tit gars, murmura-t-il. Il est peut-être temps de trouver ce qui marche pour de vrai, temps de fermer les écoutilles et de sortir les sacs de sable, temps d'engraisser le grand coq noir comme à Haïti. » Il adressa un grand clin d'œil comme s'il partageait avec Jay une mystérieuse plaisanterie.

Jay inspecta d'un coup d'œil le potager. Il vit les sachets magiques cloués au mur et attachés aux branches des arbres, les signes tracés avec des bouts de verre cassé sur le sol et dessinés à la craie sur les pots de fleurs et il ressentit soudain un désespoir immense. Tout cela avait l'air si fragile, si inéluctablement voué à l'échec. Il vit aussi les maisons, ces rangées de petites bicoques minables toutes noires de suie, aux joints de ciment tordus, avec leurs cabinets au fond de la cour et leurs fenêtres au double vitrage en sacs de plastique. Du linge séchait sur un fil à cinq ou six maisons plus loin. Deux gosses jouaient dans le caniveau au bord du trottoir. Et Joe — ce vieux fou de Joe, avec son cœur d'or et ses rêves, Joe avec ses voyages et son « chôtô », Joe avec ses millions de graines et son cellier plein de bouteilles —, Joe, armé seulement d'une magie de tous les jours et de quelques litres de sa piquette, se préparait à déclarer une guerre qu'il ne pourrait jamais gagner.

« T'en fais pas, mon p'tit gars, l'encouragea Joe. On s'en sortira, tu verras. J'suis malin comme un renard et ces couillons du conseil ils vont voir ce qu'ils vont voir. »

Mais ces mots sonnaient creux. Il pouvait toujours parler, ce n'était que de la bravade. Il n'y pourrait rien. Bien sûr, Jay fit semblant de le croire pour lui faire plaisir. Il ramassa des herbes sur le talus de la voie ferrée. Il cousit des feuilles sèches dans des sachets rouges. Il répéta d'étranges incantations et imita ses gestes rituels. Ils devaient deux fois par jour couvrir le périmètre, comme disait Joe. Cela voulait dire faire à pied le tour de la maison, remonter le talus de la voie ferrée, tourner autour du potager, aller jusqu'au poste d'aiguillage de Pog Hill que Joe avait annexé, puis s'engager sur le chemin, passer par la venelle qui reliait la maison de Joe à celle de son voisin, puis devant la porte d'entrée et par-dessus le mur de l'autre côté, le tout en portant une bougie rouge en brûlant des feuilles de laurier trempées dans de l'huile parfumée et tout en scandant une succession de phrases incompréhensibles qui, selon Joe, étaient du latin. D'après lui, ce rituel avait le pouvoir de défendre la maison, le souterrain et ses dépendances contre les influences néfastes, de leur accorder une protection et de proclamer les droits du propriétaire du territoire. À mesure que les vacances touchaient à leur fin, la cérémonie se prolongeait et se compliquait davantage avec chaque jour qui passait, la promenade rapide autour du potager se métamorphosait en une procession solennelle qui durait plus d'un quart d'heure. En d'autres circonstances, Jay aurait pu prendre un certain plaisir à ces cérémonies quotidiennes mais, alors que, l'année précédente, il y avait toujours eu une part de moquerie dans tout ce que disait Joe, à présent le vieil homme avait moins de temps à consacrer aux plaisanteries. Derrière ce bouclier de calme, Jay devinait une inquiétude grandissante. Il parlait de plus en plus de ses voyages, racontait ses aventures passées et projetait d'autres expéditions. Il annonçait son départ imminent de

Pog Hill pour aller s'installer dans son château en France et, en même temps, jurait de ne jamais quitter sa vieille maison à moins que ce ne fût les pieds devant. Dans le jardin, il déployait une activité frénétique. Cette année-là, l'automne fut précoce, il y avait des fruits à cueillir, des confitures, du vin, des conserves et des condiments à préparer ; il fallait récolter les pommes de terre et les navets, les mettre en réserve et cela sans compter les nouvelles exigences du périmètre magique qui exigeait à présent trente bonnes minutes et comprenait, en plus des gestes rituels, des poudres à jeter et la préparation d'huiles parfumées et de mélanges d'herbes.

Joe, à présent, avait quelque chose d'un homme traqué, ses traits étaient tirés et, dans ses yeux, brillait une fièvre due à l'insomnie ou à l'alcool, car il buvait maintenant plus qu'il n'avait jamais bu jusque-là, non seulement de son vin ou de sa bière d'ortie, mais des alcools, de la vodka de pommes de terre distillée dans sa cave, des liqueurs de l'année précédente remontées de sa réserve. Jay se demandait, à continuer ainsi, s'il réussirait à passer l'hiver.

« Te fais pas de mouron pour moi, lui dit Joe lorsque Jay lui exprima ses inquiétudes. Tout ce qu'il faut, c'est un peu plus de travail et ça ira. Quand l'hiver sera là, on n'y verra plus rien. » Il se dressa, les mains au creux des reins et s'étira. « Ça va mieux ! » Il grimaça un sourire et, un instant, redevint le Joe que Jay connaissait, le Joe dont les yeux pétillaient de gaieté sous sa vieille casquette de mineur. « Je me suis bien débrouillé avant toi, p'tit gars, et j'ai pas peur de ces andouilles », et il entama sur-le-champ une longue histoire complètement absurde du temps de ses voyages à propos d'un homme qui essayait de vendre de la pacotille à une tribu d'Indiens d'Amazonie. « Et le chef de la tribu, chef Mungawomba qu'il s'appelait, il lui a redonné ses machins et il lui a dit — je lui avais appris à parler notre langue : Tu peux garder tes perles, mon gars, mais tu pourrais me réparer mon fichu grille-pain par contre. »

Tous deux éclatèrent de rire et, pendant un moment,

l'angoisse disparut ou du moins fut écartée de leurs pensées.

Jay voulait croire que Pog Hill était protégé. Certains
jours, lorsqu'il regardait l'étrange mélange d'objets mystérieux qui ornaient le potager et le jardin de derrière, il en
était presque convaincu. Joe semblait si certain de lui, si
immuable. Il ne partirait à coup sûr jamais d'ici.

17

Lansquenet, mars 1999

Il resta un instant au bord du chemin, consterné, désorienté. À présent, il faisait déjà presque noir ; le ciel avait pris cette nuance de bleu foncé lumineux qui précède la tombée de la nuit et, derrière la maison, l'horizon se striait de citron clair, de vert et de rose. Cette beauté, la beauté de « sa » propriété, se répétait-il, haletant, osant à peine y croire, le bouleversa. Malgré la situation où il se trouvait, il n'arrivait pas à se débarrasser de son excitation comme si cela aussi, d'une certaine façon, avait été écrit.

Personne, absolument personne, pensa-t-il, ne savait où il était. Lorsqu'il reprit le sac de sport abandonné sur le chemin, les bouteilles s'entrechoquèrent. Un moment, de la terre humide, monta une odeur d'été, d'épinards sauvages, de poussière de schiste et d'eau croupie. Suspendu à la branche d'une aubépine en fleur, quelque chose qui frémissait sous la brise attira son regard et il le saisit automatiquement pour l'examiner de plus près. C'était un bout de tissu rouge. Dans le sac, les bouteilles se remirent à s'entrechoquer d'excitation et leurs voix s'élevèrent tantôt chuchotantes et espiègles, tantôt soupirantes avec des gloussements de consonnes mystérieuses et de voyelles secrètes.

Soudain Jay sentit comme une petite brise qui le tirait par la manche, comme un murmure, une palpitation profonde dans l'air tiède, comme un battement de cœur.

« Chez soi, c'est là où est notre cœur. » C'était une des maximes préférées de Joe. « Où est notre cœur. »

Jay se retourna pour regarder la route. Il n'était pas si tard. Pas trop tard, en tout cas, pour trouver une chambre pour la nuit et se commander un repas. Le village devait se trouver à moins d'une demi-heure de marche. Maintenant il apercevait quelques lumières qui scintillaient de l'autre côté de la rivière, et une musique lointaine lui parvenait par-delà des champs. Il pourrait laisser sa valise ici, cachée, à l'abri, parmi les buissons qui bordaient le chemin, et ne prendre que son sac. Pour une raison qu'il ne s'expliquait pas, à l'intérieur du sac, les bouteilles s'entrechoquèrent et firent entendre une sorte de gloussement — il hésitait à les laisser. D'ailleurs la maison l'attirait. C'est ridicule, pensat-il. Il avait déjà constaté que la maison n'était pas habitable, du moins pas pour le moment. N'avait pas l'air habitable, corrigea-t-il en se souvenant du chemin de Pog Hill, avec ses jardins à l'abandon, ses fenêtres condamnées et la vie secrète et joyeuse qui se cachait à l'intérieur. Et si par hasard, derrière cette porte-là, il y avait…

Chose curieuse, son esprit revenait sans cesse à cette pensée-là. Il n'y avait aucune logique à cela et pourtant il s'en persuadait peu à peu. Le carré de légumes abandonné, le bout de tissu rouge, la sensation — non — la certitude qu'il y avait réellement quelqu'un à l'intérieur. Dans le sac, le carnaval avait recommencé. Des sifflets, des rires, une fanfare lointaine. Comme un retour après un long voyage. Même moi je sentais cela, moi le produit d'un lointain terroir en Bourgogne, là où l'air est plus lumineux, le sol plus riche et plus généreux. C'était le crépitement de grandes flambées dans la cheminée, le grincement de portes que l'on ouvrait et l'odeur du pain qui cuisait, le parfum des draps propres et la présence de corps chauds qui vous accueillaient dans la sueur de la journée de travail.

Jay ressentait quelque chose mais il pensait que cela venait de la maison et, sans bien réfléchir, il avança d'un pas dans la direction de la maison noyée d'ombre. Ça ne ferait pas de mal d'y jeter un autre coup d'œil, pensa-t-il. Ne serait-ce que pour être certain.

18

Pog Hill, été 1977

Septembre arriva et Jay retourna au collège avec un sentiment d'irrévocabilité, l'impression qu'à Pog Hill avait eu
lieu un changement définitif. Si quelque chose avait
changé, les brèves et rares lettres de Joe n'en trahissaient
rien. À Noël il y eut une carte — deux lignes de l'écriture
ronde et appliquée des gens qui savent à peine écrire —
puis, à Pâques, une deuxième. Comme à l'accoutumée, les
trimestres tirèrent péniblement à leur fin. Le jour du quin-
zième anniversaire de Jay arriva, s'écoula. De son père et
Candide, il reçut une batte de cricket, et de sa mère, des
billets de théâtre. Ensuite, il y eut des examens, des boums
dans les dortoirs, des secrets racontés et des promesses vio-
lées, deux bagarres dues sans doute à la chaleur et une
représentation scolaire du *Songe d'une nuit d'été* où tous les
rôles étaient joués par des garçons, comme au temps de
Shakespeare. Jay faisait Puck, ce qui contraria beaucoup le
Roi du Pain. Tout le temps, il pensait à Joe et à Pog Hill et,
à mesure que la fin du troisième trimestre approchait, il
devenait nerveux, impatient et irascible. Cette année-là, sa
mère avait décidé d'aller le rejoindre à Kirby Monckton
pour quelques semaines sous prétexte de passer plus de
temps avec son fils, en réalité, pour échapper aux journalistes à la suite de sa débâcle amoureuse la plus récente. Jay

n'avait aucunement l'intention d'être le centre de cet intérêt maternel subit et l'annonça avec assez de clarté pour
déclencher une explosion d'indignation toute théâtrale.
Le voilà donc condamné, avant que les vacances n'eussent
même commencé !

Ils arrivèrent vers la fin de juin, en taxi, sous la pluie.
La mère de Jay jouait son rôle de Mater Dolorosa et, pendant que son fils essayait, lui, d'écouter la radio, elle passait
de longs moments de silence ému à des exclamations de
fillette quand elle apercevait des endroits familiers, oubliés
depuis longtemps.

« Regarde donc, Jay, mon chéri. La petite église que
voilà, n'est-ce pas un amour ? » et, généreusement, il attribuait tout cela au fait qu'elle avait joué dans tant de feuille-
tons minables mais, à la vérité, de tout temps elle avait
parlé ainsi. Jay haussa le son de sa radio. The Eagles
jouaient *Hotel California*. Elle lui lança un de ses regards
chagrins et ses lèvres s'amincirent. Jay n'y prêta aucunement attention.

La pluie tomba sans arrêt pendant la première semaine
des vacances. Jay resta à l'intérieur, regarda la pluie tomber
et écouta la radio en essayant de se persuader que cela ne
durerait pas éternellement. Le ciel blanchâtre était lourd
de menaces et, si vous leviez les yeux vers les nuages, les
gouttes de pluie semblaient tomber comme des flocons de
suie. Ses grands-parents les gâtaient tous deux, traitant sa
mère comme la petite fille qu'elle avait été et lui préparant
ses plats préférés. Pendant cinq jours ils vécurent ainsi de
tarte aux pommes, de glaces, de poisson frit et de coquilles
Saint-Jacques. Le sixième jour, Jay, bravant le mauvais
temps, prit sa bicyclette pour aller à Pog Hill mais chez Joe
il trouva la porte close et, malgré ses coups répétés, personne ne vint lui ouvrir. Alors Jay, appuyant son vélo contre
le mur du fond, enjamba le mur pour atterrir dans le jardin, dans l'espoir de jeter un coup d'œil par les fenêtres.
Elles étaient condamnées. Pris de panique, il cogna de
nouveau contre la porte et appela Joe. Cloué au cadre de
la fenêtre, il reconnut un lambeau de tissu rouge décoloré
par le mauvais temps et qui n'avait plus l'air de rien, rien

que d'un vieux bout de tissu tout passé et aussi inutile que
la magie d'une année morte. Derrière la maison, un écran
de hautes herbes — de la ciguë, de l'armoise et de l'épilobe — masquait le potager en friche. Indifférent à la pluie
qui collait son tee-shirt à sa peau et lui tombait goutte à
goutte de la frange dans les yeux, Jay s'assit sur le mur pour
réfléchir. Il se sentait complètement insensible à cette
pluie. Comment Joe avait-il pu partir ? se demandait-il
bêtement. Pourquoi ne lui avait-il rien dit ? Pas même écrit
un mot ? Comment Joe avait-il pu partir sans lui ?

« Te fais donc pas de mouron, p'tit gars, dit une voix
derrière lui. Ça n'est pas si mauvais que ça en a l'air. »

Jay se retourna si vivement qu'il faillit tomber du mur.
Joe était bien là, à une dizaine de pas derrière lui, dispa-
raissant presque derrière les hautes herbes. Il portait un
suroît par-dessus sa casquette de mineur et tenait une
bêche à la main.

« Joe ? »

Le vieil homme sourit.

« Eh oui. Qu'est-ce que tu en penses, à présent ? »

Les mots manquaient à Jay. « Ça, c'est mon truc à moi,
expliqua Joe d'un air satisfait. Ils m'ont coupé l'courant
mais je me suis installé des fils sans compteur et j'ai du courant quand même. Et puis j'ai creusé un puits là-bas derrière, comme ça j'peux arroser. Viens donc par ici et dis-
moi si ça te coupe pas la chique. »

Joe se comportait comme si le temps ne s'était pas
écoulé, comme si Jay n'était jamais parti. Il se fraya un passage entre les hautes herbes qui les séparaient et fit signe
au garçon de le suivre. De l'autre côté, le potager était
aussi bien tenu que par le passé, avec de vieilles bouteilles
à limonade pour protéger les jeunes plantes, de vieilles
fenêtres rafistolées qui servaient de châssis et des piles de
vieux pneus pour cultiver les pommes de terre. Vu de loin,
on aurait pu prendre le tout pour une décharge d'ordures
qui se seraient accumulées au long des années mais, à y
regarder d'un peu plus près, on se rendait compte que
tout était comme auparavant. Sur le talus de la voie ferrée,
les arbres fruitiers, dont certains étaient protégés par des

bâches de plastique, dégoulinaient de pluie. C'était le meilleur camouflage que Jay eût jamais vu.

« C'est ahurissant, dit-il enfin. Je vous croyais vraiment parti. » Joe eut l'air content. « Tu n'es pas le seul, p'tit gars, dit-il d'un air de mystère. Zieute un peu ça ! »

Joe regarda en bas, dans le creux de la voie ferrée. Le poste d'aiguillage qui avait servi de serre à Joe était toujours là mais dans un état de total abandon, les pousses de la vigne sortaient par les trous dans le toit et tombaient en cascade le long des murs dont la peinture s'écaillait. Les rails et les traverses avaient été emportés sauf sur une section d'une cinquantaine de mètres que l'on avait pour ainsi dire oubliée, par erreur, entre le poste d'aiguillage et la maison de Joe. Entre les voies, dans la terre brunâtre, pointaient des mauvaises herbes.

« L'an prochain personne ne se rappellera qu'y avait une voie ferrée à Pog Hill et ils nous ficheront peut-être la paix. »

Jay, toujours muet d'étonnement mais soulagé, hocha la tête.

« Peut-être bien qu'oui ! »

Lansquenet, mars 1999

Avec la nuit tombante, l'air prenait le même parfum de fumée âcre que le thé de Lapsang. Il faisait si doux que l'on aurait pu dormir à la belle étoile. À gauche, le vignoble se peuplait de mille bruits : pépiements d'oiseaux, coassements de grenouilles et bourdonnements d'insectes. Jay discernait toujours à ses pieds le sentier qui se moirait d'argent dans les derniers rayons de soleil couchant, mais la lumière avait disparu de la façade de la maison qui avait maintenant l'air sombre et presque menaçant. Il commença à se demander s'il ne ferait pas mieux de remettre sa visite au lendemain.

La perspective de la longue marche jusqu'au village l'en dissuada. Il portait de grosses chaussures car cela lui avait paru une bonne idée au départ de Londres mais, à présent, après tant d'heures de voyage, elles lui serraient les pieds et rendaient la marche désagréable. Si seulement il pouvait pénétrer dans la maison — et à en juger par ce qu'il avait vu des mesures de sécurité, ce ne serait pas difficile — il pourrait y passer la nuit et monter jusqu'au village au petit jour.

D'ailleurs, ce n'était pas comme s'il était un intrus. Après tout, la maison lui appartenait, pour ainsi dire. Il arriva au potager. Sur le côté de la maison, il entendait un bruit sourd, lancinant et morne — un volet qui cognait sans doute contre le mur. Du côté opposé, sous les arbres, un jeu d'ombres créait la silhouette d'un homme en casquette et vêtu d'un pardessus qui se tenait debout, le dos voûté. En travers de son chemin il perçut comme un léger claquement de fouet, c'était la tige épineuse d'un artichaut portant encore la fleur de l'année passée mais tellement desséchée qu'il n'en restait à présent presque plus rien. Un peu plus loin, les derniers légumes montés en graines se balançaient encore sous la brise qui commençait à fraîchir. Au milieu du jardin abandonné, accroché sans doute à la tige raide d'un églantier, quelque chose frémissait : un morceau de tissu. De l'endroit où il se tenait Jay ne voyait rien d'autre, mais immédiatement il devina ce que c'était : un lambeau de flanelle rouge. Il laissa tomber son sac au bord du sentier, pénétra dans la masse de mauvaises herbes qui, autrefois, avait été le potager, et en écarta les hautes tiges : c'était un signe. Ce devait être un signe.

Au moment où il s'avançait pour prendre le bout de tissu, il y eut un déclic sous son pied gauche, suivi du claquement métallique de quelque chose dont les dents pénétrèrent le cuir fin de sa chaussure pour s'enfoncer sauvagement dans sa cheville. Jay perdit l'équilibre et tomba à la renverse. La douleur, déjà difficile à supporter, se fit telle qu'il en eut un haut-le-cœur. Il lâcha un « nom de Dieu » et, à la dernière lueur du soleil couchant, réussit à atteindre l'objet qui avait provoqué sa chute, quelque chose de dentelé et de métallique, accroché à son pied.

Un piège, pensa-t-il, abasourdi, une sorte de piège !

Jay avait trop mal pour agir avec calme et il perdit quelques secondes précieuses à tirer comme un fou sur l'objet qui s'enfonçait de plus en plus profondément dans sa chair. Quelque chose de gluant sur le métal colla à ses doigts, il comprit que c'était du sang et il fut pris de panique.

Par un effort de volonté, il s'efforça de ne plus bouger. S'il s'agissait vraiment d'un piège, il lui faudrait employer la force pour le détendre. C'était de la pure folie de supposer qu'on l'avait tendu exprès. Celui qui l'avait posé essayait sans doute d'attraper des lapins ou peut-être un renard ou quelque chose comme ça.

Un moment, la colère fut plus forte que la douleur. C'était le comble de la déraison, une insouciance qui frôlait le crime, de poser des pièges aussi près d'une propriété, de sa propriété à lui ! Jay maladroitement essaya de détendre le mécanisme. C'était un piège ancien et très rudimentaire, devina-t-il, un modèle en coquille de peigne, maintenu au sol par une cheville de métal. Il y avait une clenchette sur le côté. Jay poussa un juron et essaya de forcer le mécanisme pour l'ouvrir. À chacun de ses mouvements, les dents du piège s'enfonçaient davantage dans sa cheville. Il réussit à venir à bout de la clenchette mais il dut s'y prendre à plusieurs reprises pour ouvrir les mâchoires de métal.

Ayant réussi à dégager son pied, il recula maladroitement et essaya de dresser le bilan de sa situation.

Son pied était déjà tellement enflé à l'intérieur de sa chaussure qu'il lui serait difficile, sinon impossible, de la retirer de la façon normale.

En s'efforçant d'écarter de son esprit l'image des bactéries qui étaient peut-être déjà en train d'envahir son corps, il se redressa et, sautillant maladroitement, il réussit à atteindre le sentier. Arrivé là, il s'assit sur les pierres pour enlever sa chaussure, ce qui lui prit près de dix minutes. Il transpirait à grosses gouttes. La nuit était trop noire pour qu'il pût voir grand-chose, mais il devinait qu'il en aurait pour un certain temps avant d'oser faire le moindre pas.

20

Pog Hill, été 1977

Les nouvelles lignes de défense de Joe n'étaient pas le seul changement à Pog Hill cette année-là. Nether Edge reçut des visiteurs. Jay continuait à y aller tous les deux ou trois jours, attiré par les promesses de l'abandon progressif dont l'endroit était victime et des choses qu'on y laissait pourrir en paix. Même au plus fort de cet été-là, il ne renonça jamais à ses lieux de prédilection, il continua à aller au bord du canal, à la fosse à cendres et à la décharge, en partie pour y chercher des objets qui pourraient servir à Joe et en partie parce que l'endroit exerçait toujours sur lui une certaine fascination. Cela avait dû aussi y attirer les gitans car ils y apparurent un beau jour avec quatre caravanes minables, disposées en carré comme les chariots couverts des pionniers du Far-West pour se protéger des attaques ennemies. Elles étaient peintes en gris et mangées de rouille, ces caravanes, et leurs essieux fléchissaient sous le poids d'une montagne de bagages, les portes ne tenaient que par des ficelles et les vieilles fenêtres montraient les ravages du temps. Leurs habitants également : six adultes et autant d'enfants, vêtus de jeans ou de bleus de travail, de robes de nylon aux couleurs vives, achetées à bas prix sur le marché. L'air un peu crasseux qu'ils avaient était comme la prolongation visuelle des relents qui arrivaient par bouffées de leur camp, une odeur persistante de friture grasse, de linge sale, d'essence et d'ordures ménagères.

Jay n'avait jamais vu de gitans auparavant. Ses lectures ne l'avaient pas préparé à rencontrer un groupe aussi médiocre et banal que celui-là. Il avait imaginé des roulottes ornées de peintures vives et tirées par des chevaux, des filles aux cheveux noirs, un poignard à la ceinture, de vieilles femmes aveugles qui possédaient le don de lire l'avenir et les aventures de Joe avec les gitans semblaient confirmer une telle image. Mais, à l'abri des regards, en amont de l'écluse, Jay contemplait ces caravanes, et il leur en voulut de leur intrusion. C'étaient, selon toute apparence, des gens on ne peut plus ordinaires et, à moins que Joe ne confirmât leur étrange origine, Jay était enclin à penser qu'ils n'étaient rien d'autre que d'humbles touristes, des campeurs venus du sud pour faire des randonnées dans les landes.

« Non, p'tit gars », dit Joe en montrant au loin le camp avec sa cheminée d'étain d'où s'élevait une mince volute de fumée blanchâtre qui se perdait dans le ciel de Nether Edge. « C'est point des touristes. C'sont bien des gitans. Peut-être point de vrais romanos mais tu peux les appeler des gitans, des gens d'la route comm' moi j'l'étais dans l'temps. » À travers la fumée de sa cigarette, il regardait avec curiosité dans la direction du camp. « Je crois bien qu'ils passeront l'hiver ici, dit-il. I'foutront l'camp au printemps et ils seront tranquilles à Nether Edge. Y a plus personne là. »

Ce n'était pas tout à fait vrai, bien sûr ! Jay considérait Nether Edge comme son territoire personnel et, pendant quelques jours, il surveilla les gitans avec le même ressentiment qu'il avait éprouvé la première année à l'égard de Zeth et de sa bande. Il n'observait que rarement de l'activité autour des caravanes mais, de temps à autre, il y avait du linge étendu à une corde fixée entre deux arbres. Un chien, attaché au véhicule le plus proche, lançait parfois un jappement aigu. Une fois ou deux il aperçut une femme qui portait de gros bidons d'eau jusqu'à sa caravane. L'eau venait d'une espèce de robinet monté sur un

bloc de béton à côté du sentier de terre battue. À l'autre
bout du camp, il y en avait un autre.

« V'là longtemps qu'ils l'ont installé, expliqua Joe. Un
camp pour les romanos avec de l'eau et d'l'électricité. Y a
un compteur, y a même une fosse septique. Et les boueux
ils ramassent les ordures chaque semaine. Tu penserais
qu'bien plus d'gens viendraient, mais non ! Drôles de gens
les gitans ! »

La dernière fois qu'il y avait eu des gitans sur le terrain
vague c'était une dizaine d'années auparavant, se souvenait Joe.

« Des romanos, dit-il, on n'en voit point beaucoup à
cette heure-ci. Ils m'achetaient leurs fruits et leurs
légumes. Il y avait point trop d'gens à leur en vendre en
c'temps-là. Ils étaient comme des mendiants. » Il sourit.
« Dame, j'dis pas qu'ils étaient toujours honnêtes mais faut
bien se débrouiller quand t'es sur la route. Ils avaient
trouvé un truc pou'l'compteur qui prenait des pièces de
cinquante centimes. Ils avaient utilisé l'eau et l'électricité
tout l'été mais quand ils ont foutu l'camp et que les gens
du conseil sont venus pour vider le compteur, ils ont rien
trouvé qu'une petite flaque d'eau. La serrure l'avait pas été
touchée. Personne a rien compris à leur truc. »

Jay considéra Joe d'un air intéressé.

« Alors comment ont-ils fait ? » s'enquit-il, curieux.

Joe esquissa un nouveau sourire et d'un doigt tapota
l'aile de son nez.

« D'la magie », chuchota-t-il au grand mécontentement
de Jay et il refusa de révéler quoi que ce fût d'autre à ce
sujet.

Les histoires de Joe avaient rallumé l'intérêt que Jay
éprouvait pour les gitans et, ensuite, il surveilla le camp
pendant plusieurs jours mais ne remarqua aucune preuve
de rituel secret. Il finit par abandonner son poste de guet
à l'écluse pour se consacrer à une activité bien plus inté-
ressante, la recherche d'illustrés et de magazines à la
décharge, puis il passa au peigne fin la voie ferrée pour
ramasser ce qu'on y laissait tomber tous les jours. Il avait
combiné un plan astucieux afin de se procurer gratuite-

ment du charbon pour le fourneau de Joe. Deux fois par jour, passaient des convois qui, dans un grondement de terre, s'ébranlaient du puits de Kirby et s'acheminaient lentement le long de la voie, avec vingt-quatre wagons derrière la locomotive. Sur le dernier, était assis un garde dont le travail était de s'assurer que personne n'essayât d'y grimper. Joe lui apprit qu'il y avait eu deux accidents par le passé, des gosses qui s'étaient lancé le défi de sauter sur les wagons.

« Ils ont l'air lent, dit-il d'un air sombre, mais ils transportent plus de quarante tonnes chaque. N'essaie jamais d'monter dessus, mon gars. »

Jay n'essaya donc jamais mais il découvrit un meilleur moyen d'arriver à ses fins. Le fourneau de Joe en profita tout au long de cet été-là et jusqu'à l'automne, au moment où la ligne fut définitivement fermée.

Chaque jour, deux fois par jour, juste avant l'arrivée du convoi, Jay disposait une rangée de vieilles boîtes de conserve sur le parapet du pont qui traversait la voie ferrée. Il en faisait des pyramides, comme celles de noix de coco à la foire, pour s'assurer de bien attirer l'attention. Le garde du dernier wagon, qui s'ennuyait à mourir, était incapable de résister au défi qu'elles représentaient et, chaque fois que le train passait, il prenait des morceaux de charbon et en bombardait les boîtes pour essayer de les faire tomber du pont et, à chaque passage, Jay pouvait compter sur une bonne demi-douzaine de gros morceaux de charbon. Il les entassait dans un vieux pot à peinture de vingt kilos, caché parmi les buissons, et, lorsqu'il était plein, il le livrait à la maison de Joe. C'est au cours d'une de ces occasions, alors qu'il flânait près du pont, qu'il entendit claquer une détonation en provenance de Nether Edge. Jay s'immobilisa et laissa tomber son seau de charbon. Zeth était revenu.

21

Lansquenet, mars 1999

Jay tira un mouchoir de son sac de sport et s'en servit pour étancher le sang, il commençait à avoir froid et regrettait à présent de n'avoir pas apporté son pardessus de chez Burberry. Il sortit l'un des sandwichs qu'il avait achetés le matin à la gare et se força à manger. C'était dégoûtant mais ses nausées diminuèrent un peu et il eut l'impression d'avoir plus chaud. Maintenant il faisait presque nuit noire. Un mince croissant de lune apparut, juste assez brillant pour dessiner des ombres et, malgré son pied douloureux, Jay regarda avec curiosité autour de lui. Il jeta un coup d'œil à sa montre, s'attendant presque à voir le cadran lumineux de la montre Seiko qu'on lui avait offerte pour Noël quand il avait quatorze ans, celle que Zeth avait cassée pendant cette affreuse dernière semaine du mois d'août, mais sa montre Rolex, elle, n'était pas lumineuse. Bien trop banal et trop bon marché, mon cher ! Kerry choisissait toujours ce qu'il y avait de plus élégant.

Dans l'obscurité, au coin du bâtiment, il vit quelque chose bouger. Il appela et, se hissant sur sa bonne jambe, s'avança en boitillant vers la maison. « Hey ! S'il vous plaît ! Attendez ! Y a-t-il quelqu'un ? »

Quelque chose cogna contre le côté du bâtiment, le même bruit sourd qu'il avait déjà entendu : un volet, peut-être. Il crut le voir se découper sur le violet sombre du ciel et battre doucement sous la brise. Il frissonna. Tout compte fait, il n'y avait personne. Si seulement il réussissait à pénétrer dans la maison, il serait à l'abri du froid.

La fenêtre était à peu près à un mètre du sol. À l'intérieur, il y avait un rebord assez large à demi obstrué par des débris mais il découvrit qu'il pourrait en dégager une partie et entrer. À l'intérieur, cela sentait la peinture. Il se déplaça prudemment, tâtant pour éviter les éclats de verre et, faisant pivoter sa jambe de l'autre côté, il entra dans la pièce et fit passer son sac. Ses yeux s'étant habitués à l'obscurité, il remarqua que la pièce était en grande partie vide sauf au milieu où se trouvaient une table, une chaise et, dans un coin, un tas de quelque chose, des sacs à pommes de terre peut-être. Se servant de la chaise pour se déplacer, Jay s'avança vers le coin et découvrit un sac de couchage et un carton contenant des boîtes de peinture et un paquet de bougies.

Des bougies ? pour quoi faire ?

Il fouilla la poche de son jean et sortit un briquet. Les bougies étaient sèches. La mèche crachota puis s'enflamma et la pièce fut baignée de lumière ocre.

C'est mieux que rien, je suppose, pensa-t-il. Il pourrait dormir ici. La pièce était à l'abri du vent et la nuit était douce. Il y avait des couvertures et des draps et il lui restait des sandwichs. Pendant un moment il oublia son pied douloureux et sourit à l'idée qu'il était enfin chez lui. Il fallait fêter cela !

Il fouilla dans son sac de sport et en retira une des bouteilles de Joe, en fit sauter le cachet et le cordonnet vert avec la pointe de son canif. L'arôme très spécial des fleurs de sureau emplit l'air. Il en but une goutte et savoura ce goût familier et légèrement écœurant, comme l'odeur de fruits que l'on a laissés pourrir dans l'obscurité d'une cave. Une bonne année, c'est sûr, se dit-il et, en dépit de sa situation, il se mit à rire. Il reprit un peu de vin. Malgré son goût un peu musqué, ce vin le réchauffait ; il s'assit sur le sac de couchage roulé et en but une autre gorgée. Il commençait à se sentir un peu mieux.

Il fouilla de nouveau dans son sac et en retira le poste de radio. Il l'alluma, s'attendant à n'obtenir que les parasites qu'il entendait depuis Bordeaux mais, à son grand étonnement, le son était très clair. Ce n'était bien sûr pas la chaîne Rétro mais une antenne française, régionale sans doute, un doux gazouillement musical qu'il ne connaissait pas. Jay se mit à rire et soudain la tête lui tourna.

À l'intérieur du sac, les « Spéciales » se remirent à faire la fête, ce fut une cacophonie d'exclamations, de sifflets et de cris de guerre dont la frénésie augmenta jusqu'à atteindre une sorte de délire enfiévré, un cocktail de sons, de sensations, de voix et de souvenirs qui éclatait avec le bruit d'un bouchon de champagne de bas étage et vous éclaboussait de sa joie triomphante. Moi aussi, je fus emportée malgré moi par cette fièvre. Je ne me reconnaissais plus. Moi, Fleurie, un vin de qualité, classique avec un léger goût de cassis ? Non, je n'étais plus qu'un bouillon d'épices qui écumait, frémissait et montait à la tête dans une violente bouffée de chaleur. Quelque chose était en train de se préparer, je le savais, j'en étais sûre. Et le silence tomba.

Curieux, Jay jeta un coup d'œil autour de lui. Il frissonna comme si une brise soudaine l'eût effleuré, une brise étrange venue d'un autre monde. Il remarqua que la peinture des murs était encore fraîche, qu'à côté du carton qui contenait les pots de peinture, il y avait un plateau où l'on avait aligné en bon ordre des pinceaux bien nettoyés qui n'étaient pas encore secs. La brise, plus vive maintenant, entrait chargée d'une odeur de fumée, de cirque, de pommes cuites, de caramel et de chaude nuit de la Saint-Jean. La radio émit un léger grésillement.

« Eh bien, p'tit gars, dit une voix dans les ténèbres. Tu as mis le temps. »

Jay se retourna si rapidement qu'il faillit en perdre l'équilibre.

« Vas-y doucement, conseilla Joe d'un ton plein d'attention.

— Joe ? »

Il n'avait pas du tout changé. Il portait sa vieille casquette, un tee-shirt Thin Lizzy, son pantalon de travail et ses grosses chaussures de mineur, et tenait d'une main deux verres à vin. Devant lui, sur la table, il y avait une bouteille de vin de fleurs de sureau 1976.

« Je t'ai toujours dit que tu t'y ferais, un de ces jours ! remarqua-t-il d'un air content de lui. Du champagne de fleur de sureau. Ça vous donne un coup d'fouet, hein ?

— Joe ? »

La joie l'illumina si fort que les bouteilles en tressaillirent. Tout rentrait dans l'ordre, pensa-t-il, transporté de bonheur, à présent tout commençait à avoir du sens. Les signes, les souvenirs — tout était destiné à ça — tout se comprenait enfin.

Mais il revint à la réalité, brusquement, comme au sortir d'un rêve au cours duquel tout allait être expliqué mais que l'aube dissipait en fumée.

Bien sûr, ce n'était pas possible. Joe devait avoir au moins quatre-vingts ans maintenant, s'il était encore en vie. Il avait disparu en pleine nuit, se dit-il, comme un voleur, ne laissant derrière lui que des questions sans réponse. À la lueur de la bougie, Jay contempla le vieil homme, il remarqua l'éclat de ses yeux, les rides de son visage souriant et, pour la première fois, s'aperçut qu'il était enveloppé d'une lumière dorée — même le bout renforcé de ses chaussures —, la lumière étrange dont sont nimbés les souvenirs.

« Vous n'êtes pas réel, n'est-ce pas ? » demanda-t-il.

Joe haussa les épaules. « C'est quoi, réel ? répliqua-t-il d'un ton insouciant. Réel, ça veut rien dire, p'tit gars.

— Je veux dire êtes-vous vraiment, réellement ici ? »

Joe le regarda de l'air patient du professeur face à un élève qui a du mal à comprendre. La voix de Jay s'éleva presque avec colère.

« Réel, je veux dire, es-tu physiquement présent et pas un produit de mon imagination, de mon esprit imbibé d'alcool ou le premier symptôme d'un empoisonnement du sang ou d'une expérience extra-corporelle, alors que le vrai moi est assis quelque part dans une de ces pièces blanches, vêtu d'une camisole de force. »

Joe le regarda d'un air très doux.

« Alors, comme ça, tu as grandi, et tu écris des livres, ajouta-t-il. Je t'ai toujours dit que tu en avais dans le crâne. Et tu te fais beaucoup de sous ?

— Beaucoup, oui, mais un seul bon livre et il y a trop longtemps de ça... Merde alors, je n'y crois pas. Je suis en train de parler tout seul.

— Rien qu'un ? »

De nouveau, Jay frissonna. L'air frais de la nuit entrait par le volet entrouvert et, avec lui, cette fièvre malsaine qui venait d'un autre monde.

« Je dois vraiment être malade, se dit Jay à mi-voix. Ce doit être la réaction au choc dû à un empoisonnement quelconque et causé par ce maudit piège. Je délire, c'est sûr. »

Joe secoua la tête. « Tu vas te remettre sur pied, t'en fais pas ! » Joe avait toujours recours au dialecte du coin quand il se moquait. « C'était qu'un tout p'tit piège à renards. Le vieux bonhomme qui habitait là avait des poules. Les renards, ils venaient tout le temps quand il faisait noir. Alors il marquait l'endroit où il avait des pièges avec un chiffon. » Jay regarda le bout de tissu qu'il tenait à la main.

« Je croyais...

— Je sais bien ce que tu croyais. » Les yeux de Joe pétillaient de plaisir tellement il s'amusait. « T'as pas changé d'un pouce, tu sautes toujours avant de regarder où tu vas tomber. Tu veux toujours savoir tout sur tout. »

Il lui tendit un des verres à vin maintenant rempli du breuvage jaune à la fleur de sureau. « Avale-moi ça, suggéra-t-il gentiment. Ça va te requinquer. Je te dirais bien d'aller chercher des bonnets d'évêque mais c'est pas une lune à ça. »

Jay le regarda. Il paraissait bien réel pour une hallucination. Il avait même de la terre sous les ongles et dans les plis de ses mains.

« Non, je ne suis pas bien, murmura Jay. Vous êtes parti cet été-là, sans un adieu. Vous ne pouvez pas être ici en ce moment. Ça, je le sais ! » Joe secoua la tête.

« Tu as raison, dit-il d'un ton indulgent. On en reparlera une autre fois, quand tu seras remis.

— Quand je serai remis, tu ne seras plus là. »

Joe se mit à rire et alluma une cigarette, et l'air froid de la nuit s'emplit de son odeur âcre. Jay remarqua sans trop de surprise qu'il s'agissait d'une Players n° 6.

« Tu en veux une ? » et Joe lui tendit le paquet.

Un instant, la cigarette qu'il tenait parut à Jay très réelle. Il l'alluma et en tira une bouffée. Dans la fumée de la cigarette il retrouvait l'odeur du canal et des feux du 5 novembre. D'une chiquenaude il envoya le mégot atterrir sur le sol cimenté et regarda jaillir les étincelles. La tête lui tournait.

« Pourquoi tu dormirais pas ? proposa Joe. Y a un sac de couchage et des couvertures qui sont propres. T'as l'air crevé. »

Jay contempla la pile de couvertures d'un air soupçonneux. Il se sentait épuisé. Il avait mal à la tête, son pied était douloureux et il n'arrivait plus à penser logiquement. Il aurait dû être inquiet mais, pour le moment, il semblait avoir momentanément perdu le pouvoir de se poser des questions. Avec difficulté, il s'allongea sur son lit de fortune et ramena le sac de couchage par-dessus lui. Un court instant, il se demanda s'il ne fallait pas mettre tout cela sur le compte d'une hallucination provoquée par l'hypothermie, quelque chose comme une version pour grandes personnes de *La Petite Fille aux allumettes* et il rit de son idée. Assez drôle, non ? Le lendemain, on le trouverait mort, un lambeau de tissu rouge dans une main et une bouteille de vin vide dans l'autre, pétrifié de froid mais un sourire heureux aux lèvres.

« Tu vas pas clamser ! le rassura Joe d'un ton amusé.

— Les écrivains ne meurent jamais, murmura Jay, ils perdent simplement le fil de leur histoire. » Il éclata de nouveau d'un rire farouche.

La flamme de la bougie vacilla puis s'éteignit mais Jay était convaincu d'avoir vu le vieil homme souffler la chandelle. Maintenant, la pièce était sombre. Un rayon de lune solitaire tombait sur le ciment. Devant la fenêtre, un oiseau poussa une lamentation à vous fendre le cœur. Au loin, un cri se fit entendre : un chat, une chouette peut-être ? Allongé dans l'obscurité, Jay prêta l'oreille. La nuit était peuplée de bruits étranges. Soudain, devant la fenêtre, il entendit quelqu'un marcher et il se figea.

« Joe ? »

Mais le vieil homme était parti. Avait-il jamais été là ? Le bruit se fit entendre de nouveau, doux et furtif. Ce doit être un animal, se dit Jay. Un chien ou un renard. Il se leva et se dirigea vers la fenêtre aux volets fermés. Une silhouette se tenait derrière.

« Bon Dieu ! » Il recula d'un pas, sa cheville blessée céda et il faillit tomber lourdement sur le ciment. La silhouette était très grande et sa masse exagérée par le lourd pardessus et la casquette. Sous la visière de la casquette, il aperçut brièvement des traits flous, des mèches de cheveux tombant en cascade sur le col du manteau et des yeux brûlant de colère dans un blême visage de femme. Il crut la reconnaître puis l'impression s'effaça et celle qui le dévisageait par la fente du volet redevint pour lui une étrangère.

« What... » Il s'exprima machinalement en anglais, ne s'attendant pas à ce qu'elle le comprît. « Sacré bon Dieu, qu'est-ce que vous faites ici ? »

Après ce qui s'était passé cette nuit-là, il n'était pas certain qu'elle fût réelle.

« And who... Et qui êtes-vous, de toute façon ? »

La femme le regardait. Le vieux fusil de chasse qu'elle tenait à la main n'était pas exactement braqué sur lui, mais d'un simple petit mouvement il le serait.

« You are trespassing ! » Malgré son fort accent, son anglais était bon.

« Vous n'avez pas le droit d'être ici. This house... Cette maison n'est pas abandonnée. C'est une propriété privée.

— Je le sais. Je... » Cette femme devait être la gardienne, pensa Jay. Peut-être était-elle payée pour veiller à ce que le bâtiment ne fût pas la proie de vandales.

Sa présence expliquait les bruits mystérieux, les bougies, le sac de couchage et l'odeur de peinture fraîche. Quant au reste — l'apparition inattendue de Joe, par exemple — c'était de la pure imagination. Soulagé, il sourit en regardant la femme.

« I… Je m'excuse d'avoir élevé la voix en vous parlant. Je ne comprenais pas. Je suis Jay Mackintosh. L'agence immobilière a dû vous parler de moi. »

Elle le regarda sans comprendre. Elle jeta un rapide coup d'œil derrière lui et remarqua la machine à écrire, les bouteilles, les bagages.

« L'agence immobilière ?

— Oui, je suis celui qui a acheté la maison avant-hier par téléphone. » Il eut un petit rire nerveux. « Sur un coup de tête, le premier de ma vie, et je n'ai pas pu attendre que les papiers fussent remplis. J'ai voulu la voir tout de suite. »

Il recommença à rire mais n'aperçut en retour aucun sourire dans le visage de la jeune femme.

« Vous dites que vous avez acheté la maison ? »

Jay fit oui de la tête. « J'avais tant envie de la voir. Je n'ai pas pu me faire remettre les clefs et, je ne sais trop comment, j'ai réussi à rester en plan ici. Je me suis blessé à la cheville.

— C'est impossible ! » Elle parlait d'un ton sans réplique. « I would have… On me l'aurait dit, s'il y avait eu un autre acheteur.

— Je ne crois pas que l'on se soit attendu à me voir arriver si tôt. Écoutez, c'est vraiment simple. Je m'excuse si je vous ai effrayée. Tout compte fait, je suis très content que vous soyez chargée de surveiller la maison. »

La femme lui lança un coup d'œil étrange mais s'abstint de parler.

« Je vois qu'on a effectué quelques petites réparations. J'ai remarqué les pots de peinture. Vous avez fait cela vous-même ? »

Elle fit signe que oui mais son regard restait de glace. Derrière elle, une sombre brume obscurcissait le ciel. Jay trouvait le silence de la femme déconcertant. L'histoire qu'il lui avait racontée ne l'avait apparemment pas convaincue.

« Est-ce que vous… ? Je veux dire, est-ce qu'il y a beaucoup de travail de ce genre par ici... ? Je veux dire... de gardiennage, de rénovation de vieilles propriétés ? »

Elle eut un haussement d'épaules qui aurait pu vouloir dire n'importe quoi. Jay n'avait aucune idée de ce qu'il devait comprendre.

« Jay Mackintosh. » Il recommença à sourire. « J'écris des romans. »

Elle eut le même regard et le dévisagea avec un air de dédain, de curiosité peut-être.

« Marise d'Api. Je cultive la vigne de l'autre côté des champs.

— Enchanté de faire votre connaissance. »

Ou ce n'était pas la coutume de se serrer la main ou son refus était carrément une insulte.

Pas la gardienne, alors, se dit Jay. Il aurait dû le deviner tout de suite. L'arrogance du visage, une certaine âpreté, l'indiquaient clairement. Bien sûr, elle dirigeait sa propre ferme, son propre vignoble et cette femme-là avait l'orgueil de la terre qu'elle cultivait.

« Nous serons voisins, alors. » Aucune réaction. Pas moyen de deviner ce qu'elle cachait : une envie de rire, de la colère ou de l'indifférence pure et simple. Elle se détourna et, un instant, un rayon de lune baigna d'argent son visage. Jay s'aperçut qu'elle était jeune — pas plus de vingt-huit ou vingt-neuf ans — et que le grand chapeau dissimulait des traits finement ciselés de lutin. Et elle s'éloigna d'une démarche étrangement gracieuse malgré les vêtements trop grands et les bottes qui lui ouvraient un passage dans les hautes herbes lourdes de rosée.

« Holà, attendez ! » Jay venait de comprendre, mais trop tard, que cette femme aurait pu l'aider. Elle avait sûrement de la nourriture à lui offrir, de l'eau chaude, un antiseptique pour sa cheville blessée. « Attendez un instant, madame d'Api. Pourriez-vous m'aider ? »

Elle avait peut-être entendu mais ne répondit pas. Un bref moment, il crut apercevoir sa silhouette se détacher contre le ciel. Le bruit qu'il entendait dans le sous-bois aurait pu être celui de ses pas ou de quelque chose de totalement différent.

Quand il se fut rendu compte qu'elle ne reviendrait pas, Jay se recoucha sur son lit de fortune, dans le coin de la pièce, et alluma une bougie. La bouteille de vin de Joe aux trois quarts vide était là, pourtant Jay était certain de l'avoir laissée sur la table. Il avait dû la déplacer lui-même, pendant un moment d'absence, pensa-t-il. Cela pouvait se comprendre, il avait reçu un tel choc. À la lumière de la bougie, il ôta sa chaussette pour examiner sa blessure. La plaie était affreuse et les chairs autour tuméfiées. Le vieil homme lui avait suggéré des bonnets d'évêque — le mot du Yorkshire pour la bétoine d'eau, ingrédient important des sachets magiques de Joe. Hélas, à ce moment précis, la seule substance antiseptique à sa disposition était le vin. Jay inclina la bouteille pour faire couler un mince filet de liquide jaune dans la plaie. Pendant quelques secondes il ressentit la brûlure et retrouva le parfum chaud et épicé. Bien qu'il jugeât cela complètement absurde, le pouvoir magique de ce parfum était tel que Jay en ressentit immédiatement un certain soulagement. La musique à la radio se perdit dans un grésillement soudain puis se tut.

Une brise venue d'un autre monde — une odeur de pommes, un cocktail musical de trains qui passent, de machines et de musique — le calma comme une berceuse. C'était curieux, le nombre de fois qu'il avait pensé à cette chanson, toujours associée dans son esprit à l'hiver : *Bohemian Rhapsody*.

Et Jay s'endormit, un lambeau de tissu rouge serré au creux de sa main.

Et les bouteilles — la framboise rouge, la mûre bleue, l'églantine jaune, la prune de Damas noire ? Eh bien, elles passèrent la nuit à… bavarder.

22

Nether Edge, été 1977

Zeth n'avait pas changé. Même sans le fusil appuyé sur son avant-bras, Jay l'aurait tout de suite reconnu ; pourtant il semblait avoir beaucoup grandi en l'espace d'un an et ses cheveux, longs à présent, étaient attachés. Il portait un blouson en jean sur le dos duquel on avait écrit *Rebelle* au stylo-bille et aux pieds de grosses chaussures. De son abri, en face du canal, Jay n'aurait pu dire s'il était seul ou pas. Zeth épaula et visa quelque chose qui se trouvait de l'autre côté du chemin de halage. Des canards, qui se reposaient près de l'eau, s'envolèrent dans un battement d'ailes indigné. Zeth poussa un hurlement et tira de nouveau. L'affolement des oiseaux fut total. Si Zeth voulait tirer sur les canards, pensa Jay, cela ne regardait que lui et ce n'était sûrement pas lui qui s'en se mêlerait.

Mais, en regardant mieux, il commença à avoir des doutes. Zeth semblait viser non pas le canal mais un endroit au-delà du canal, de l'autre côté des arbres, en direction de la rivière bien que le terrain là-bas fût bien trop dégagé pour les oiseaux. Des lapins peut-être, pensa Jay, mais avec tout le vacarme qu'il faisait, n'importe quel gibier aurait déjà pris la fuite.

Alors il plissa les yeux pour regarder vers le soleil couchant et essaya de comprendre. Zeth tira deux nouveaux coups et rechargea son fusil. Jay se rendit compte que le garçon se tenait presque exactement à l'endroit où lui-même se cachait d'habitude pour observer les gitans. Zeth avait dû tirer sur la corde à linge fixée entre les deux caravanes les plus proches car l'une des extrémités traînait dans l'herbe, comme l'aile brisée d'un oiseau épuisé qui frémit encore au souffle du vent. Attaché à l'endroit habituel, le chien se mit à aboyer de toutes ses forces et Jay crut discerner un mouvement à la fenêtre de l'une des caravanes, un rideau que l'on écartait brièvement, un visage blême et indistinct, des yeux écarquillés de colère et de consternation et le rideau se referma brusquement. Rien ne bougea plus dans les caravanes et Zeth éclata de rire. Jay entendait maintenant ce qu'il criait :

« Sales gitans ! »

Eh bien, se dit Jay, il n'y a rien à faire. Même lui, Zeth, ne serait pas assez timbré pour vouloir blesser quelqu'un. Tirer sur une corde à linge, s'amuser à effrayer les gens, c'était par contre tout à fait son genre. Et il réussissait fort bien dans ce domaine, pensa Jay. Il se revit le premier été, blotti sous le mur de l'écluse, et il sentit le sang affluer à son visage au simple souvenir de l'incident.

Les gitans étaient assez protégés dans leurs caravanes. Ils tiendraient le coup jusqu'à ce que Zeth se fatiguât ou que les munitions ne vinssent à lui manquer. Tôt ou tard, il lui faudrait rentrer chez lui et, de toute façon, ce n'était qu'un fusil à air comprimé. On ne pouvait pas vraiment faire de mal avec une arme pareille, pas vraiment, même si quelqu'un était touché.

Enfin, que pouvait-il faire lui, que devait-il faire ?

Jay se retourna pour s'éloigner et poussa une exclamation de surprise. À un mètre cinquante à peine derrière lui, une fille était tapie dans les buissons. Il était tellement absorbé par Zeth qu'il ne l'avait pas entendue approcher. Elle devait avoir dans les douze ans. Son visage, sous un enchevêtrement de boucles rousses, était étroit et coupe-rosé, comme si la nature, voulant économiser sur la peau, lui avait donné de plus larges taches de rousseur. Elle était vêtue d'un jean et d'un tee-shirt si grand que les manches

claquaient comme des voiles autour de ses bras maigres.
D'une main elle portait un foulard d'un rouge douteux et
qui semblait rempli de cailloux. D'un bond la fille fut sur
ses pieds, aussi rapide et silencieuse qu'un Apache. Jay
avait à peine eu le temps d'enregistrer sa présence qu'elle
lui envoyait avec une vitesse et une précision incroyables
une pierre qui, avec un bruit sec, l'atteignit à la rotule et il
se tordit de douleur. Il cria et tomba par terre en se tenant
le genou. Un deuxième caillou à la main, la fille le regardait.

« Pourquoi fais-tu ça ? protesta Jay.

— Pardon », répondit la fille sans laisser tomber la
pierre.

Jay remonta son jean pour examiner son genou. La
chair était déjà gonflée. Il lança un regard furieux à la fille
qui le dévisageait l'air indifférent, dénué de remords.

« T'avais qu'à pas te retourner comme ça, dit-elle. Tu
m'as surprise.

— Moi, je t'ai surprise ? » Jay s'étouffait presque d'indignation.

La fille haussa les épaules. « J'pensais que t'étais avec
lui, expliqua-t-elle en indiquant d'un geste rapide du menton la direction de l'écluse. Il se sert de notre caravane et
de notre vieux chien Caramel pour s'entraîner au tir à la
carabine. »

Jay baissa la jambe de son pantalon.

« Lui ? Ce n'est pas un de mes copains, protesta-t-il avec
véhémence. Il est complètement dingue.

— Bon, alors ça va ! »

La fille remit la pierre dans son foulard. Deux nouveaux coups de feu retentirent, immédiatement suivis du
cri de guerre de Zeth, une sorte de hurlement sauvage.
« Sales gitans ! » Prudente, la fille hasarda un regard à travers les buissons puis, écartant une branche, elle s'apprêta
à passer en dessous pour se laisser glisser jusqu'en bas du
talus.

« Holà, attends une minute.

— Quoi ? »

La fille se retourna le temps de lui jeter un coup d'œil.

À l'ombre des buissons, ses yeux brillaient d'un éclat doré, comme ceux d'une chouette.

« Qu'est-ce que tu fais ?

— Et qu'est-ce que tu penses que j'fais ?

— Mais je te l'ai déjà dit... » La colère d'avoir été attaqué sans provocation avait fait place à une vive inquiétude. « Il est cinglé. Il ne faut pas t'occuper de lui. Il finira par se fatiguer et alors il vous laissera tranquilles. »

La fille le considéra avec un mépris évident. « Je suppose que c'est ce que tu ferais, toi ? lui demanda-t-elle.

— Ben oui ! »

Elle laissa échapper un ricanement moqueur ou méprisant puis passa sans effort sous la branche et, se retenant de sa main libre, se laissa glisser au bas du talus en freinant sa descente avec les talons avant d'arriver aux graviers. À cinquante mètres de là, en suivant la pente, une tranchée débouchait juste au-dessus de l'écluse. Des écailles de schiste rouge et des cailloux jonchaient le talus, là où l'on avait creusé.

À cet endroit, un mince écran de buissons offrait un abri. Pas facile à atteindre — celui qui s'en approchait trop rapidement ou sans précaution risquait de déraper sur les graviers et de tomber sur les pierres en dessous —, cet abri lui fournirait pourtant le refuge d'où lancer son offensive, si telle était son intention. Il était difficile d'y croire.

Jay jeta de nouveau un coup d'œil vers le bas de la pente et la vit ; elle était bien plus bas maintenant et, à part ses cheveux, on l'apercevait à peine dans le sous-bois. Qu'elle fasse ce qui lui chante, se dit-il, ce n'était pas comme s'il ne l'avait pas prévenue. De toute façon cela ne le regardait pas. Ce n'était pas son affaire.

Avec un soupir, il empoigna la boîte qui contenait le charbon ramassé pendant les trois derniers jours et se mit à descendre tant bien que mal le chemin rocailleux par lequel était passée la fille. Il emprunta l'autre sentier pour atteindre la fosse à cendres et demeura ainsi à l'abri des regards, derrière les buissons. De toute manière, se rassurat-il, Zeth ne regardait pas de ce côté, il était bien trop occupé à tirer des coups de feu et à hurler. Il lui serait donc relativement facile de traverser l'espace à découvert pour atteindre le rebord abrité de l'autre côté. Cette cachette ne valait pas celle de la fille mais il lui faudrait s'en contenter et, à deux contre un, même un type comme Zeth devrait peut-être s'avouer vaincu. Mais seraient-ils deux contre un ? Jay essaya de chasser de son esprit la possibilité de la présence des copains de Zeth dans le coin, à portée de voix peut-être.

Il déposa la boîte et prit position près de la fosse à cendres. À en juger par le bruit, Zeth était tout près maintenant. Jay entendait sa respiration et le déclic de la carabine quand il la rechargeait. Jetant un rapide coup d'œil par-dessus le bord, il pouvait voir l'arrière de son crâne et une partie de son visage, son cou toujours couvert de boutons et l'écran de ses longs cheveux gras. Au-dessus de l'écluse, il ne voyait aucune trace de la fille et, soudain inquiet, il se demanda si elle n'était pas partie. Alors il aperçut un éclair rouge en haut de la tranchée et une pierre, jaillie des buissons, atteignit le bras de Zeth. Jay eut tout juste le temps de s'émerveiller de l'adresse du tir de la fille avant de voir Zeth se retourner avec un rugissement de douleur et de surprise. Une autre pierre le frappa en pleine poitrine et, alors que Zeth faisait demi-tour à toute vitesse vers la tranchée, Jay lui lança dans le dos deux blocs de charbon. L'un l'atteignit, l'autre le manqua mais Jay en éprouva un instant de joie intense et il se baissa de nouveau.

« Tu t'fais zigouiller, mon salaud ! » La voix de Zeth paraissait terriblement proche et c'était maintenant la voix d'un adulte, celle d'un jeune troll déguisé en être humain. La fille lança une autre pierre qui l'atteignit à la cheville, puis une autre qui le manqua et la troisième fit mouche sur le côté de la tête avec le bruit d'une queue de billard quand on blouse la boule.

De son aire au-dessus de l'écluse, la fille hurla : « Laisse-nous tranquilles ! Fous-nous la paix, espèce de con ! »

Zeth l'avait aperçue maintenant. Jay le vit se rapprocher de la tranchée, le fusil à la main. Il voyait pourquoi il faisait cela. Il allait essayer de se mettre à l'abri du surplomb pour échapper aux regards, recharger, et puis il sortirait d'un bond et tirerait. Il n'aurait pas le temps de viser mais quand même ! Jay risqua un coup d'œil par-dessus le bord de la fosse à cendres et visa. Lancé à toute volée, le bloc de charbon atteignit Zeth entre les omoplates.

« Va au diable ! » s'écria Jay dans un moment de joie délirante et il lança un autre bloc de charbon par-dessus le rebord. « Fiche-nous la paix ! » Mais il avait eu tort de se montrer autant. Jay vit dans les yeux écarquillés de Zeth qu'il l'avait reconnu.

« Eh ben, ça alors ! » Vu de près, le changement physique de Zeth était évident. Il s'était étoffé, ses épaules avaient maintenant la carrure qui correspondait à sa taille. Pour Jay, c'était à présent un adulte, grand et dangereux. Il se mit à sourire, et, le fusil braqué, commença à s'approcher de la fosse à cendres. Il restait désormais à l'abri du surplomb afin de ne pas s'offrir comme cible à la fille. Sa bouche était fendue d'un affreux sourire. Jay lui décocha deux autres projectiles mais il manqua son coup et Zeth avançait toujours.

« Va-t'en !

— Ou quoi ? » Zeth était assez proche de la fosse à cendres pour voir très clairement à l'intérieur, tout en surveillant le surplomb à l'abri duquel il se trouvait. Il souriait de toutes ses dents. Il braqua le fusil et, avec un sourire interrogateur presque gentil, il répéta : « Ou quoi ? hein ! » Jay, démoralisé, lui lança ce qui lui restait des blocs de charbon mais il manqua son coup et ils rebondirent sur les épaules du colosse comme des balles sur le blindage d'un char d'assaut. Jay avait les yeux à la hauteur du canon du fusil de Zeth. Il se répétait : ce n'est qu'un fusil à air comprimé après tout, un sale petit fusil à plomb. Ce n'est pas comme s'il s'agissait d'un colt ou d'un Luger et, de toute façon, il n'oserait pas appuyer sur la gâchette.

Zeth appuya l'index et il y eut un déclic. D'aussi près, l'arme n'avait plus du tout l'air d'un sale petit fusil, elle semblait meurtrière.

Tout à coup un bruit se fit entendre derrière lui et, du haut de la tranchée, s'abattit une avalanche de pierres. Elles rebondissaient sur sa tête et sur ses épaules. Zeth avait

dû sortir de l'abri du surplomb et s'exposer au tir de LA
FILLE, pensa Jay. Curieux, n'est-ce pas, comme le médiocre
substantif s'était soudain transformé en nom propre ! Sans
quitter Zeth des yeux, il recula vers le bord de la fosse.

Il avait cru que c'était la fille qui se servait de son foulard comme lance-pierres mais il avait dû se tromper car il
ne s'agissait pas de pierres isolées mais de douzaines, de
centaines de cailloux, d'éclats de roche, de graviers, de
petites pierres et, de temps en temps, de plus grosses qui
dévalaient le talus dans un nuage de poussière ocre.
Quelque chose avait fait s'effondrer une partie du surplomb et les débris tombaient en avalanche comme l'annonce d'un éboulement de rochers. Au-dessus de l'endroit
d'où étaient parties les pierres, il distingua quelque chose
qui bougeait, un tee-shirt trop grand et qui ne paraissait
plus tout à fait blanc, surmonté d'un enchevêtrement de
cheveux carotte. À quatre pattes sur le talus, elle grattait le
sol de toutes ses forces, soulevant de la terre et de la poussière et des blocs de pierre qui se fracassaient sur les
rochers en dessous et bombardaient Zeth de cailloux, de
terre et d'une âcre poudre orangée. Par-dessus le bruit provoqué par la chute des pierres, Jay arrivait tout juste à
entendre une petite voix féroce qui hurlait de triomphe :
« Tu l'as pas volé, ordure ! »

L'attaque avait pris Zeth totalement au dépourvu. Bais-
sant son fusil, il chercha à se cacher sous le surplomb mais,
bien qu'il fût maintenant à l'abri, cela ne le protégeait pas
de l'avalanche. Il avança donc à l'aveuglette et en toussant
au beau milieu du torrent de pierres. Il poussa un juron et
leva les bras pour se protéger la tête des projectiles dont il
était mitraillé. Un bloc, de la grosseur d'une brique, l'atteignit au coude et Zeth brusquement se désintéressa complètement de la bagarre.

Toussant, étouffant, aveuglé par la poussière, il appuya
son bras blessé contre son estomac et, en titubant, sortit de
l'abri formé par le surplomb. Alors un cri de guerre triomphant retentit au-dessus de lui, suivi d'une nouvelle avalanche de petits cailloux, mais la bataille était déjà gagnée.
Zeth jeta un coup d'œil menaçant par-dessus son épaule et

s'enfuit. Il gravit en courant le sentier qui montait en oblique et, arrivé en haut, il s'arrêta pour hurler d'un ton exaspéré :

« T'es un homme mort, t'entends ? »

Les pierres au bord du canal renvoyèrent l'écho de sa voix :

« T'es un homme mort si jamais je te revois ! »

Des arbres parmi lesquels elle se trouvait, la fille lui lança un cri moqueur.

Zeth s'enfuit.

23

Lansquenet, mars 1999

Quand Jay se réveilla, le soleil inondait son visage. La lumière avait une qualité étrange, l'éclat doré d'un vin que l'on vient de filtrer, très différent de la pâleur blême de l'aube qu'il connaissait, mais il fut étonné quand, jetant un coup d'œil à sa montre, il comprit qu'il avait dormi plus de quatorze heures. Il se souvint d'avoir eu de la fièvre, d'avoir même déliré cette nuit-là et, avec inquiétude, il examina son pied blessé pour y déceler des signes d'infection. Il n'y en avait aucun. L'enflure avait disparu pendant son sommeil et, malgré les bleus impressionnants et la vilaine coupure à sa cheville, cela semblait moins grave qu'il ne l'avait cru. La longue nuit de repos avait dû lui faire du bien.

Il réussit à remettre ses chaussures. Son pied était moins douloureux qu'il ne l'avait craint. Après avoir mangé le sandwich qui lui restait — plutôt rassis maintenant, mais il avait une faim de loup ! —, il reprit ses affaires et, à pas lents, se dirigea vers la route. Il cacha son sac et sa valise dans les buissons et entreprit la longue marche jusqu'au village. S'arrêtant fréquemment pour se reposer, il mit presque une heure à atteindre la grand-rue et cela lui donna le temps d'admirer le paysage.

Lansquenet est un tout petit village avec une rue principale, quelques rues latérales, une place avec des magasins — une pharmacie, une boucherie, un fleuriste, une église entre deux rangées de tilleuls — puis une longue route qui descend vers la rivière, un café et le long de la rive, en direction des champs, quelques maisons abandonnées qui tombent en ruines. Ayant découvert un endroit où passer à gué, là où la rivière peu profonde coulait sur de grosses pierres, il remonta la rue vers le village et arriva ainsi d'abord au café. Un auvent rouge et blanc ombrageait une petite fenêtre et on avait installé sur le trottoir deux tables de fer forgé. L'enseigne au-dessus de la porte annonçait Café des Marauds.

Jay entra et commanda une bière blonde. De derrière le bar, la propriétaire le regardait avec curiosité et il se rendit compte de l'impression qu'il devait lui faire. Il ne s'était pas lavé ni rasé depuis deux jours, il portait un tee-shirt d'une propreté douteuse et il sentait le vin de médiocre qualité.

Il lui sourit mais, en retour, ne reçut qu'un regard plein de méfiance.

« Je m'appelle Jay Mackintosh, expliqua-t-il. Je suis anglais.

— Ah, anglais ! » La femme souriait maintenant et elle hocha la tête comme si cela expliquait tout. Elle avait le visage rond et rose, et sa peau était luisante comme celle d'une poupée. Jay avala une longue gorgée de bière.

« Je m'appelle Joséphine, dit la patronne. Vous faites du tourisme, alors... ? »

À l'intonation de sa voix, on voyait que cette perspective l'amusait. Il fit non de la tête. « Pas exactement. J'ai eu quelques ennuis hier soir. Je me suis perdu. J'ai dû coucher à la dure », dit-il sans entrer dans les détails.

Joséphine le dévisagea avec une compassion mêlée de prudence. Il lui paraissait, de toute évidence, difficile de se perdre dans un endroit aussi petit et aussi familier que Lansquenet.

« Vous avez des chambres pour la nuit ? »

Elle fit non de la tête.

« Il y a bien un hôtel ? Ou une chambre d'hôte ? »

Et, de nouveau, elle eut ce regard légèrement moqueur. Jay commença à comprendre que les touristes étaient plutôt rares par ici. Tant pis, il lui faudrait aller jusqu'à Agen.

« Je peux utiliser votre téléphone pour appeler un taxi ?

— Un taxi ? » L'idée la fit éclater de rire. « Un taxi, un dimanche soir ? » Jay lui fit remarquer qu'il était à peine six heures du soir, mais Joséphine secoua la tête et éclata à nouveau de rire.

« Tous les chauffeurs de taxi seront en route pour la maison, expliqua-t-elle. Personne n'acceptera de venir jusqu'ici prendre un client. Les gamins du village font souvent des farces, continua-t-elle avec un sourire. Les taxis, les pizzas à livrer toutes prêtes. Ils trouvent ça drôle !

— Oh ! » Bien sûr, il y avait la maison, sa maison à lui. Il avait déjà passé une nuit là-bas et, avec le sac de couchage et les bougies, il pourrait sûrement en passer une autre. Il achèterait quelque chose à manger au café. Il ramasserait du bois mort et ferait du feu dans la cheminée. Il avait des vêtements dans sa valise. Le lendemain matin, il se changerait et se mettrait en route pour Agen afin de signer les papiers officiels et prendre les clefs.

« Il y a une femme là où j'ai passé la nuit : Mme d'Api. Elle a dû me prendre pour un intrus. »

Joséphine lui lança un coup d'œil rapide.

« Pas étonnant, mais si la maison est bien à vous à présent...

— Je l'ai prise pour la gardienne qui surveillait la maison. » Jay eut un large sourire. « À dire la vérité, elle n'était pas très aimable. »

Joséphine hocha la tête. « Non, je suppose que non.

— Vous la connaissez ?

— Pas vraiment. »

Le fait qu'il eût parlé de Marise d'Api semblait avoir ramené la méfiance de Joséphine. Sur son visage, de nouveau, se peignait une certaine réticence et, d'un air préoccupé, elle s'évertuait à frotter un endroit précis du comptoir.

« Au moins, je sais qu'elle existe vraiment, fit remarquer Jay d'un ton satisfait. À minuit, la nuit dernière, je l'ai prise pour un fantôme. Je suppose qu'elle apparaît aussi quand il fait jour ? »

Toujours silencieuse, Joséphine fit oui de la tête, tout en continuant à frotter le comptoir. Sa réticence rendit Jay un peu perplexe mais il avait trop faim pour souhaiter approfondir la question.

Le menu du bar n'offrait pas un grand choix, mais le plat du jour — une grosse omelette aux pommes de terre et une salade verte — était délicieux. Il acheta un paquet de Gauloises et un briquet puis Joséphine lui remit un sandwich au fromage enveloppé de papier sulfurisé, trois bouteilles de bière et quelques pommes dans un sac.

Il faisait encore jour quand il partit en emportant ses achats dans un sac en plastique et, sans ennuis, il rentra rapidement chez lui. Il prit le reste de ses bagages dans leur cachette au bord du chemin et les rapporta jusqu'à la maison. À présent il se sentait las et la cheville sur laquelle il s'était trop appuyé devenait douloureuse. Pourtant il traîna la valise jusqu'à la maison avant de s'accorder un moment de repos. Maintenant le soleil était tombé derrière l'horizon. Le ciel pâle commençait seulement à s'assombrir, il prit donc du bois sur le bûcher derrière la maison et l'empila dans la cheminée béante. Le bois, qui semblait récemment coupé, avait été entassé sous une bâche goudronnée à l'abri de la pluie. Un mystère de plus ! Marise avait très bien pu couper le bois mais il ne comprenait pas dans quelle intention. Elle n'était sûrement pas du genre voisine obligeante. Il découvrit la bouteille de vin de fleur de sureau vide dans une poubelle à l'arrière de la maison. Il ne se souvenait pas de l'y avoir portée mais, compte tenu de son état la nuit précédente, il ne pouvait s'attendre à se souvenir de tout. Il n'avait pas été très rationnel, se dit-il, et l'hallucination au cours de laquelle Joe était apparu, si réelle qu'il avait failli y croire, en était une preuve suffisante. Le mégot découvert dans la pièce où il avait passé la nuit paraissait bien vieux. Il aurait pu dater d'une dizaine d'années. Il l'émietta, en jeta les débris dans le vent et ferma les volets de l'intérieur.

Il alluma des bougies, fit du feu dans la cheminée en se servant de vieux journaux qu'il avait découverts dans une boîte. À plusieurs reprises, le papier s'enflamma brutalement puis s'éteignit soudain mais les bûches fendues finirent par s'embraser. Jay alimenta le feu avec précaution, légèrement étonné du plaisir qu'il y trouvait. Ce geste simple avait quelque chose de primitif qui lui rappelait les westerns que, tout jeune, il avait tant aimés.

Il ouvrit sa valise, posa sa machine à écrire sur la table, à côté des bouteilles de vin, et fut content de l'effet obtenu. Il était presque sûr d'être capable d'écrire quelque chose ce soir, quelque chose de nouveau. Pas de science-fiction, non ! Jean de la Treille prenait des vacances. Ce soir, on allait voir de quoi était vraiment capable Jay Mackintosh.

Il s'installa devant la machine à écrire. C'était une vieille machine, peu pratique, avec des touches à ressorts fatigantes pour les doigts. Il l'avait gardée par sentimentalité et voilà des années qu'il ne l'utilisait plus de façon régulière. Et il avait de nouveau du plaisir à sentir les touches sous ses doigts pendant qu'il pianotait sur le ruban quelques lignes pour s'entraîner. Il avait du plaisir à entendre leur claquement aussi, mais, sans papier...

Le manuscrit inachevé de *Brave Cortez* était dans une enveloppe au fond de sa valise. Il le sortit, en retourna la première page et la glissa sous le rouleau. Maintenant, devant lui, la machine à écrire était comme une voiture, un tank, une fusée, elle démarrait.

La pièce autour de lui bruissait, chuintait et pétillait comme un sombre champagne et les touches bondissaient, crépitaient sous ses doigts. Il perdit toute notion du temps qui passait. Il perdit, à vrai dire, notion de tout.

24

Pog Hill, été 1977

La fille s'appelait Gilly. Jay la rencontra assez souvent après
cela à Nether Edge, et ils passaient parfois du temps au
bord du canal à ramasser de vieilles choses sans valeur et
des trésors, à cueillir des épinards sauvages ou des pissen-
lits pour la marmite familiale. Ils n'étaient pas de vrais
gitans, lui dit Gilly d'un air dédaigneux, mais des gens du
voyage qui ne supportaient pas de rester longtemps au
même endroit et qui n'éprouvaient que mépris pour le
marché immobilier capitaliste. Sa mère, Maggie, avait vécu
dans un wigwam au Pays de Galles jusqu'à la naissance de
Gilly, puis elle avait décidé qu'il était temps de trouver à
son enfant un environnement plus stable, ce qui expliquait
la remorque, un ancien camion de mareyeur repeint et
remis à neuf pour loger deux personnes et un chien.

Gilly n'avait pas de père. Maggie n'aimait pas les
hommes, expliqua-t-elle, parce qu'ils étaient les instiga-
teurs de la société patriarcale judéo-chrétienne qui s'acharnait à garder les femmes en esclavage. Sa façon de parler
rendait Jay un peu mal à l'aise et il mettait toujours un certain soin à lui témoigner une politesse toute spéciale au cas
où elle déciderait que l'ennemi, c'était lui. D'ailleurs, bien
que le fait qu'il fût du sexe masculin lui arrachât quelque-

fois des soupirs comme s'il eût été un jeune handicapé, elle ne le lui en fit jamais aucun reproche.

Gilly et Joe s'entendirent tout de suite. Jay les présenta l'un à l'autre la semaine qui suivit la bataille à coups de pierres et il éprouva un léger pincement de jalousie devant leur immédiate sympathie. Joe connaissait beaucoup de gens du voyage dans la région et il avait déjà commencé à faire des échanges avec Maggie, troquant des légumes et des conserves en bocaux contre les bonnets afghans qu'elle tricotait avec de la laine achetée dans les boutiques d'objets d'occasion. Joe s'en servait pour protéger ses plantes vivaces qui craignaient le gel par les nuits de grands froids — il disait cela avec un petit rire qui faisait s'esclaffer Maggie. Celle-ci savait bien des choses sur les plantes, et Gilly et elle acceptaient, toutes les deux, avec une sérénité parfaite, les talismans de Joe et les rituels destinés à garantir la protection du périmètre de sa petite propriété, comme si de telles choses eussent été parfaitement naturelles. Pendant que Joe était occupé dans le potager, Jay et Gilly l'aidaient en faisant d'autres petits travaux et il discutait avec eux ou chantait en accompagnant sa radio. Eux ramassaient des graines et les mettaient dans des bocaux, ils cousaient des herbes magiques dans des sachets de tissu rouge ou ils allaient sur le talus de la voie ferrée chercher de vieilles caisses pour y ranger les fruits mûrs de la saison.

La présence de Gilly avait en quelque sorte adouci Joe. En effet, il y avait quelque chose de changé dans la manière dont il lui parlait, quelque chose dont Jay était exclu, pas par méchanceté, mais il en avait conscience sans pouvoir exactement se l'expliquer. Peut-être parce qu'elle aussi était un oiseau de passage, peut-être tout simplement parce que c'était une fille.

Non que Gilly répondît en aucune façon aux attentes de Jay ! Elle était farouchement indépendante, toujours prête à prendre l'initiative malgré le fait qu'il fût le plus âgé, téméraire au point d'en être casse-cou et elle se servait volontiers d'un langage si ordurier qu'il choquait l'éducation bourgeoise de Jay.

Son esprit était plein de croyances bizarres et d'idéologies ramassées au hasard des idées hétéroclites de sa mère : les extraterrestres, les attitudes féministes, les religions périphériques, le pouvoir du pendule, le symbolisme des nombres, les positions écologistes, tout avait sa place dans la philosophie de Maggie et, à son tour, Gilly acceptait tout sans questionner. C'est d'elle que Jay apprit l'existence de la couche d'ozone, des petits pains qui avaient mystérieusement pris la forme de Jésus, du chamanisme et de la campagne pour sauver les baleines de l'extinction. En retour, elle représentait un public idéal pour les histoires qu'il écrivait. Ils passaient des journées entières à aider Joe ou à simplement traîner ensemble près du canal, à bavarder et à explorer le coin.

Ils aperçurent Zeth une autre fois, après la bataille à coups de pierres, à quelque distance de là, près de la décharge, mais ils prirent soin de l'éviter. Chose surprenante, Gilly n'en avait pas du tout peur alors que Jay, lui, le redoutait. Il n'avait pas oublié ce que Zeth avait crié le jour où ils l'avaient chassé de l'écluse, et il aurait été content de ne jamais plus le revoir. Bien sûr, il n'allait pas avoir cette chance-là.

25

Lansquenet, mars 1999

Tôt le matin suivant, il se rendit à Agen. Joséphine lui avait appris qu'il n'y avait que deux autobus par jour. Après avoir avalé un café et deux croissants au Café des Marauds, il partit, pressé d'aller chercher ses documents à l'agence immobilière. Cela prit plus de temps que prévu. La rédaction des actes avait en effet eu lieu la veille mais on n'avait pas encore rebranché le gaz ni l'électricité et l'employée de l'agence hésitait un peu à lui remettre les clefs sans avoir reçu tous les documents d'Angleterre. La dame lui confia qu'il y avait d'autres complications. Jay avait fait une offre pour la propriété au moment où l'on prenait déjà en considération une autre offre et que, pour tout dire, cette première offre avait déjà été acceptée par le propriétaire sans qu'il n'en eût la moindre preuve officielle. L'offre de Jay, supérieure à la première d'environ cinq mille livres sterling, avait annulé l'arrangement précédent, mais la personne à qui la ferme avait été promise était passée plus tôt dans la matinée, avait fait des ennuis et proféré des menaces.

« Voyez-vous, monsieur Mackintosh, expliqua l'employée pour s'excuser, dans ces petites communautés une promesse de terrain est une promesse. On ne comprend pas qu'un mot lâché à la légère ne puisse avoir la valeur d'un document légal. Le vendeur, qui habite Toulouse, est un jeune homme qui a une famille à nourrir. Il a hérité de la ferme de son grand-oncle. Depuis un certain temps, il n'avait plus de contacts réels avec lui. Il ne peut être tenu responsable de ce que le vieillard avait pu promettre avant sa mort. »

Jay comprit la situation. Il les laissa à leurs affaires, fit quelques courses puis attendit au café d'en face que l'on envoyât de Londres les documents par télécopie. Il y eut de frénétiques coups de fil : la banque, le notaire, l'agent immobilier, de nouveau la banque.

« Et vous pouvez m'assurer que cette personne — celle qui a fait la première offre — n'a aucun droit légal sur la propriété ? » demanda-t-il quand l'employée lui remit enfin les clefs.

Elle fit non de la tête. « Non, monsieur. Il se peut que l'arrangement avec Mme d'Api remonte à loin mais elle n'a absolument aucun droit légal. À vrai dire, nous n'avons que sa parole à elle pour nous assurer que le vieillard aurait accepté son offre.

— D'Api ?

— Oui, Marise d'Api. Une voisine à vous d'ailleurs, la propriété adjacente à la vôtre lui appartient. C'est une femme d'affaires, à ce que l'on en dit. »

Voilà qui expliquait bien des choses : son hostilité, sa surprise en apprenant qu'il avait acheté la maison, et même la couche de peinture fraîche au rez-de-chaussée. Elle était sûre que la maison lui appartiendrait. Elle avait fait précisément ce qu'il avait fait lui-même — en prendre possession avant la signature des contrats. Pas étonnant qu'elle ait eu l'air si furieuse ! Jay résolut d'aller la voir aussitôt que possible pour s'expliquer, pour la dédommager, le cas échéant, du travail qu'elle avait déjà exécuté dans la maison. Après tout, ils allaient être voisins et...

L'après-midi touchait déjà à sa fin lorsque les arrangements furent terminés. Jay était épuisé. Grâce à de hâtifs pourparlers, le gaz avait été rebranché mais, en ce qui concernait l'électricité, il faudrait attendre encore cinq jours. La dame de l'agence suggéra un hôtel jusqu'à ce que la maison fût rendue habitable mais il refusa. Résister au charme de cette ferme abandonnée, perdue dans la nature, lui était totalement impossible. Il y avait aussi la question du nouveau manuscrit, des vingt et quelques pages écrites cette nuit-là au verso de *Brave Cortez*. Quitter sa maison pour le confort stérile d'une chambre d'hôtel pourrait tuer tout germe d'inspiration. Et encore maintenant, en retournant à Lansquenet dans le taxi rempli de ses achats, la tête bourdonnante de fatigue, il était attiré par ces pages écrites, il avait envie de continuer, de sentir sous ses doigts les touches de la vieille machine à écrire et de poursuivre l'histoire là où elle le mènerait.

À son retour, le sac de couchage avait disparu, les bougies aussi et l'équipement pour la peinture. Il devina que Marise avait dû passer en son absence pour faire disparaître toutes les traces qui restaient de son séjour clandestin. Il était maintenant trop tard pour aller la voir chez elle mais Jay se promit de le faire le lendemain. Il n'avait aucune raison d'être à couteaux tirés avec sa seule voisine proche. Il fit du feu dans la cheminée et alluma la lampe à pétrole — un de ses achats de la journée — qu'il plaça sur la table. Il avait acheté un sac de couchage et des oreillers, sans parler d'un lit de camp pliant, et il réussit à s'aménager un coin-dortoir assez confortable à l'angle de la cheminée. Comme il faisait encore jour, il s'aventura jusqu'à la cuisine. Le vieux fourneau à gaz marchait toujours et il y avait aussi une vieille cheminée où pendait une marmite en fonte toute noircie et couverte de toiles d'araignées. La moitié de la largeur de la pièce était occupée par une cuisinière en émail à l'ancienne dont le four était plein de charbon, de bois à moitié brûlé et de générations d'insectes morts. Jay décida d'attendre de l'avoir nettoyé comme il fallait mais, pour le foyer, il n'y avait pas de problème. Le feu se laissa allumer sans mal et Jay réussit à chauffer assez d'eau pour se laver et se préparer une tasse de café qu'il emporta avec lui pendant qu'il faisait le tour de la maison. Elle était encore plus grande que ne l'avaient révélé ses recherches antérieures : salle de séjour, une salle à manger, d'autres pièces, la distillerie, des offices, des pla-

cards grands comme des réserves, des réserves grandes
comme des cavernes, trois caves — bien que l'obscurité fût
trop grande pour qu'il se hasardât sur leurs marches dis-
jointes —, des escaliers conduisant à des chambres, à des
mansardes, à des greniers. Et une longue table, d'un bois
qu'il ne connaissait pas, mais noircie par l'âge, gauchie,
portant les cicatrices de longues années d'usage quotidien,
un dressoir aussi grossièrement taillé, des chaises, un
repose-pied. Cirés et restaurés, ils seraient de toute beauté,
pensa Jay, exactement le genre de meubles qu'on trouvait
chez les antiquaires des quartiers chic de Kensington et qui
arrachaient à Kerry des soupirs d'envie.

Rangées dans des boîtes, dans tous les coins et recoins
de la maison, il y avait bien d'autres choses : dans une mansarde, de la vaisselle, tout à l'arrière d'un bûcher, des outils
et de l'outillage de jardinage, une malle pleine de linge
miraculeusement conservé sous une boîte pleine de débris
de faïence. Il retira de la malle des draps raides d'amidon,
jaunis aux plis et dont chacun était orné d'un médaillon
compliqué brodé à la main où s'entrelaçaient au-dessus
d'une guirlande de roses les initiales D.F. — un trousseau
de jeune mariée d'il y a cent ans, deux cents ans peut-être.
Et encore d'autres trésors, des mouchoirs dans des boîtes
de bois de santal, des casseroles de cuivre rouge couvertes
de vert-de-gris, un vieux poste de T.S.F. d'avant la guerre,
devina-t-il, et dont la boîte fêlée laissait voir des valves
grosses comme des boutons de porte. Ce qui lui plaisait le
plus, c'était un vieux coffre à épices de proportions
énormes, en chêne noir grossièrement travaillé, dont certains tiroirs portaient encore des étiquettes à l'encre bru-
nie et décolorée : cannelle, poivre rouge, lavande, menthe
verte. Les tiroirs vides depuis longtemps embaumaient
encore du parfum des épices, certains étaient encore teintés d'un reste de poudre qui colorait le bout de ses doigts
de cannelle, de gingembre, de paprika et de safran des
Indes. Ce meuble magnifique, fascinant, méritait mieux
que cette maison inhabitée et à demi abandonnée. Jay se
promit de le descendre au rez-de-chaussée et de le faire
restaurer.

Joe l'aurait sûrement aimé.

La nuit tomba et, à regret, Jay abandonna son exploration. Avant de s'étendre sur son lit de camp, il examina de
nouveau sa cheville, et fut surpris et satisfait de la rapidité
de sa guérison. Il n'avait guère besoin de la crème à l'arnica achetée à la pharmacie. Il faisait bon dans la pièce, les
braises du feu peignaient de teintes chaudes les murs blanchis à la chaux. Il était encore tôt, pas plus de huit heures
du soir, mais la fatigue avait commencé à se faire sentir et
Jay s'allongea pour regarder les flammes et faire en détail
ses plans pour le lendemain. Derrière les volets fermés, il
entendait le vent dans le verger mais, ce soir-là, le bruit
n'avait plus rien de sinistre. Au contraire, il y avait quelque
chose d'étrangement familier dans le vent, avec le clapotis
de l'eau au loin, les animaux nocturnes qui s'appelaient et
se chamaillaient et, au-delà, le carillon lointain de l'horloge de l'église, de l'autre côté des marais. Une vague de
nostalgie déferla sur lui, un regret mélancolique qui l'entraîna vers Gilly et Joe, vers Nether Edge et cette dernière
journée sur le talus de la voie ferrée au-dessous de Pog Hill,
vers toutes ces choses dont il n'avait jamais parlé dans *Joe
Patati*, ces choses bien trop enpreintes de sa désillusion
pour qu'il pût les exprimer.

Il éclata d'un rire rauque, engourdi de fatigue. *Joe
Patati* n'avait jamais approché de la vérité. C'était pure
invention, c'était un rêve de ce que les choses auraient dû
être, une reconstruction naïve de ces étés magiques et terribles. Cela donnait un sens à ce qui en était dépourvu.
Dans son livre, Joe était le vieil homme bourru mais sympathique qui avait guidé son adolescence vers l'âge adulte
et Jay, le garçon typique, sain et ingénu. Il avait eu une
enfance privilégiée, une adolescence enchanteresse. Il
avait rayé de sa mémoire les moments où le vieil homme
l'avait ennuyé, troublé et rempli de rage. Rayé aussi ceux
où Jay l'avait cru fou. Sa disparition, sa trahison, ses mensonges, tout avait été arrangé, adouci et rendu acceptable
par la nostalgie de l'histoire. Pas étonnant que tout le
monde eût aimé ce roman. C'était le triomphe de la dupe-
rie et de l'imagination sur la réalité, le récit de l'enfance

que nous croyons tous en secret avoir eue, mais qu'à la vérité aucun n'a jamais connue. *Joe Patati* était le genre de livre que Joe lui-même eût pu écrire — le pire mensonge, celui qui dit presque la vérité mais dont l'essentiel est mensonger : le mensonge du cœur.

« Tu aurais dû y retourner, tu sais », dit Joe d'une voix neutre. Il était assis à la table près de la machine à écrire, une grande tasse à thé à la main. Il avait échangé le tee-shirt Thin Lizzy contre un Pink Floyd. « Elle t'a attendu mais tu es jamais venu. T'aurais dû savoir ça, même à quinze ans ! »

Jay le dévisageait. Il avait vraiment l'air d'être réel. Il passa le dos de sa main sur son front. La peau était fraîche, ce n'était pas la fièvre.

« Joe. »

Il savait bien sûr comment expliquer tout cela. Il avait tellement pensé à Joe, tellement désiré le retrouver ici, tellement voulu réaliser le plus grand rêve du vieil homme.

« Tu n'as jamais su où elles sont allées, pas vrai ?

— Non, jamais ! » Il était complètement ridicule de parler ainsi à un produit de son imagination, mais il y avait aussi quelque chose d'étrangement réconfortant à s'y abandonner. La tête légèrement inclinée d'un côté et la tasse à la main, Joe semblait l'écouter.

« C'est vous qui m'avez laissé tomber, après tout ce que vous m'avez promis. Vous avez foutu le camp sans même dire au revoir. »

Ce n'était qu'une hallucination et pourtant Jay sentait la colère déformer sa voix. « Et c'est vous qui me dites que j'aurais dû revenir. »

Joe, imperturbable, eut un haussement d'épaules. « Les gens, ils s'en vont, dit-il d'un ton placide. Ils partent pour se retrouver ou pour se perdre, moi j'en sais rien. À toi de choisir ! En tout cas, c'est bien ce que tu fais, de foutre le camp, hein ?

— Je ne sais pas exactement ce que je fais en ce moment, dit Jay.

— Et Kerry, c'est du pareil au même, continua Joe comme s'il n'avait rien entendu. Tu ne vois même pas

quand tu gagnes le gros lot ! » Il demanda avec un grand
sourire : « Tu savais pas qu'elle portait des lentilles toutes
vertes ?

— Quoi ?

— Des verres de contact. Elle a les yeux bleus et tout
c'temps-là t'en savais rien ?

— C'est complètement ridicule, murmura Jay. De toute
manière, vous n'existez même pas. »

Joe se tourna vers lui et repoussa sa casquette en
arrière du geste familier que Jay connaissait bien. Il souriait de la façon dont il souriait toujours au moment de
dire une énormité.

« Qui est-ce qui peut te dire ce qui existe ou pas ?
Qu'est-ce qui me prouve que tu existes, toi ? »

Jay ferma les yeux. L'image du vieil homme continua
un instant à danser sur sa rétine comme un papillon de
nuit contre le carreau de la fenêtre.

« J'ai toujours détesté quand vous parlez comme ça, dit
Jay.

— Parler comme quoi ?

— De cet air mystique ! »

Joe gloussa de plaisir. « La philosophie orientale, p'tit
gars, c'est les moines du Tibet qui me l'ont apprise quand
j'étais sur les routes.

— Mais vous n'avez jamais couru les routes, remarqua
Jay. En tout cas, pas plus loin que la nationale... »

Et il s'endormit, bercé par les éclats de rire de Joe.

26

Pog Hill, été 1977

Pendant la première partie de cet été-là, Joe sembla en pleine forme. Il paraissait plus jeune que Jay ne l'avait jamais vu, il débordait d'idées et de projets. La plupart du temps, il travaillait dans son potager mais, à présent, il prenait plus de précautions et c'est dans la cuisine qu'ils se reposaient en prenant une tasse de thé, au milieu des plants de tomates. Gilly venait tous les deux ou trois jours et ils allaient comme d'habitude dans le creux de la voie ferrée ramasser des trésors qu'ils rapportaient chez Joe en remontant le talus.

Ils avaient quitté Monckton Town en mai, expliqua Gilly, quand un gang de gosses du pays avait commencé à leur causer des ennuis dans leur ancien camp. « Les ordures, commenta-t-elle en tirant une bouffée de la cigarette qu'ils partageaient et la repassant à Jay. D'abord, il y a eu des insultes. Tu parles, qu'on s'en foutait ! Après ça, ils cognaient sur les portes, la nuit, et puis ils lançaient des pierres dans les carreaux, et puis ça a été des pétards sous la caravane. À la fin, ils ont empoisonné notre vieux chien et Maggie a dit qu'elle en avait ras le bol. »

Cette année-là, Gilly avait commencé à aller au collège et elle s'entendait bien avec la plupart des élèves, disait-elle, mais, avec ce gang-là, c'était autre chose ! Elle semblait en parler sans émotion, comme de quelque chose de banal, mais Jay devinait que, pour que Maggie eût déplacé si loin la remorque, cela avait dû être assez grave.

« La pire d'entre elles — leur chef — est une fille. Elle s'appelle Glenda, lui confia-t-elle. Elle est une année au-dessus de moi au collège. On s'est battues deux ou trois fois mais personne d'autre n'ose lui faire quoi que ce soit à cause de son frère. »

Jay la regarda dans les yeux.

« Tu le connais, dit Gilly en tirant une autre bouffée de la cigarette. C'est la grande brute avec les tatouages.

— Zeth !

— C'est ça. Au moins, lui, il a quitté l'école mainte-nant. Je ne le vois plus beaucoup, sauf quand il va tirer sur les oiseaux à Nether Edge. » Elle eut un haussement d'épaules. « Je n'y vais pas souvent, moi, ajouta-t-elle avec une légère note d'hésitation dans la voix. Pas vraiment sou-vent, en tout cas. Ça ne me dit rien ! »

Nether Edge était leur territoire à eux désormais, à ce gang de six ou sept jeunes de douze à quinze ans qui avaient à leur tête la sœur de Zeth. Le week-end ils allaient dans le centre-ville et, là, se lançaient des défis. Ils devaient par exemple chiper chez le marchand de journaux — quelque chose de petit, des bonbons et des cigarettes, d'habitude. Après ça, ils s'en allaient traîner à Nether Edge où ils s'amusaient à faire partir des pétards. Les passants essayaient de les éviter, redoutant leurs injures ou leurs tra-casseries. Même ceux qui promenaient leur chien pas-saient au large maintenant.

Jay se sentit étrangement affligé par cette nouvelle. Depuis la bataille à coups de pierres, il était resté sur ses gardes. Chaque fois qu'il allait à Nether Edge, il portait le talisman donné par Joe dans sa poche et il était toujours aux aguets. Il évitait le canal, la fosse à cendres et l'écluse, autant d'endroits qu'il trouvait trop dangereux car il n'avait pas l'intention de se retrouver nez à nez avec Zeth. Mais Gilly, elle, n'avait peur ni de Zeth ni de Glenda et, si

elle prenait des précautions, c'était pour lui, pas pour elle !
Jay eut un sursaut d'indignation.

« Eh bien, moi, je ne vais pas renoncer à y aller ! s'écria-
t-il d'un ton décidé. Je n'ai sûrement pas peur d'une bande
de petites filles, et toi ?

— Bien sûr que non ! » Son démenti ne fit que
confirmer ce qu'il avait soupçonné. Soudain Jay éprouva le
désir de lui prouver qu'il savait se défendre aussi bien
qu'elle — depuis la bataille à coups de pierres, il avait l'impression que, quant à l'agressivité naturelle, elle en avait
plus que lui.

« On pourrait y aller demain, suggéra-t-il. Nous irions à
la fosse à cendres déterrer quelques bouteilles. »

Gilly lui fit un grand sourire. Au soleil ses cheveux
flamboyaient d'un rouge aussi incandescent que le bout de
la cigarette qu'elle fumait. Jay sentit déferler sur lui une
vague d'émotion qu'il ne connaissait pas, une vague si
puissante qu'elle lui souleva le cœur. Comme si quelque
chose s'était déclenché, le faisant agir à un niveau qu'il
n'avait jusque-là jamais atteint et dont il ignorait même
l'existence. Il fut saisi d'un besoin brutal, insensé de caresser les cheveux de Gilly qui le regarda d'un air moqueur.

« Tu es sûr que tu es de taille ? demanda-t-elle. Tu n'es
pas une poule mouillée ? » Elle battit des bras et poussa des
« cot-cot-cot-codette » effrayés. « Pas même un tout petit
peu ? » Le grand moment, celui de la mystérieuse révéla-
tion, était passé. Gilly fit voler son mégot dans les buissons
et continua à sourire. Jay, pour cacher son trouble, allongea le bras, la saisit et lui ébouriffa les cheveux. Elle poussa
un cri et lui décocha un coup de pied dans le tibia. Et les
choses entre eux redevinrent normales ou, du moins,
reprirent comme à l'habitude.

Cette nuit-là, Jay dormit mal. Allongé dans l'obscurité,
il pensait à la couleur des cheveux de Gilly — cette merveilleuse, extraordinaire nuance à mi-chemin entre la
feuille d'érable et la carotte —, il pensait aussi au schiste
roux des éboulis au-dessus de la fosse à cendres et à la voix
de Zeth qui lui chuchotait : « J'ai tout l'temps. T'es un
homme mort ! » Il finit par se lever et alla chercher le vieux

talisman de tissu rouge de Joe qu'il sortit de sa cachette dans son sac d'école. Dans la paume de sa main, il serra le sachet magique, luisant d'usure au bout de trois ans, et immédiatement se sentit beaucoup mieux.

La frousse, lui ? Bien sûr qu'il n'avait pas la frousse, il était protégé, n'est-ce pas ?

27

Lansquenet, mars 1999

Jay et moi avons vieilli ensemble et je commence à avoir une grande affection pour lui car, de bien des manières, nous nous ressemblons. Nous sommes plus sophistiqués qu'il ne paraîtrait à un observateur peu entraîné et un amateur nous trouverait un peu trop braques, trop volubiles pour croire à notre réelle qualité. Vous m'excuserez, mais une certaine suffisance m'est venue avec l'âge, c'est ce que la solitude donne au vin, et les voyages et les mauvais traitements ne m'ont pas améliorée, c'est sûr ! Il existe des émotions qui ne devraient pas être renfermées trop longtemps.

Dans le cas de Jay, c'était la colère.

Il ne se souvenait pas d'une époque où il n'était pas en colère contre quelqu'un, contre ses parents, contre ses profs, contre lui-même. Mais celui qui avait le plus provoqué sa colère, c'était Joe. Joe, oui, qui, un jour, avait disparu sans prévenir, sans donner d'explication, en ne laissant derrière lui qu'un paquet de graines, comme dans un conte de fées pour imbéciles. Et avec la colère on ne fait rien de bon, c'est mauvais pour l'esprit, dans son cas comme dans le mien ! Et les « Spéciales » le devinaient bien, elles aussi. Les quatre dernières bouteilles attendaient sur la table, silencieuses, soumises, le ventre plein d'un sombre feu. Mauvais présage.

Joe était toujours là, le lendemain matin, à son réveil. Il était assis, sa grande tasse de thé à la main, les coudes appuyés sur la table, la casquette de côté, ses petites lunettes à verres en demi-lunes qu'il mettait pour lire perchées sur le bout de son nez. La poussière dansait dans le rayon de soleil qui tombait par un trou dans le bois des volets et noyait d'or une de ses épaules maintenant presque invisible. Il était fait de la même substance éthérée qui remplissait ses bouteilles ; là où la lumière tombait sur lui, il me semblait transparent. Pourtant, quand il se redressa en sursaut, se réveillant d'un rêve pour passer dans un autre, Jay le trouva bien réel.

« Bonjour ! lui dit le vieil homme.

— J'ai compris, murmura Jay d'une voix rauque. Je deviens fou. »

Joe eut un grand sourire. « Tu as toujours été un peu fêlé. On n'a pas idée de jeter toutes ces graines sur la voie ferrée. Tu devais les garder, les planter. Si tu l'avais fait, rien de tout ça ne serait arrivé !

— Que voulez-vous dire ? »

Joe fit semblant de n'avoir pas entendu et continua :

« Tu sais, y a toujours une bonne récolte de *Tuberosa rosifea* qui poussent sous le pont de la voie ferrée. Tu devrais y jeter un œil. C'est sans doute le seul endroit au monde avec une récolte pareille. Tu pourrais te faire du vin avec.

— Que voulez-vous dire par les planter ? Ce n'était que des graines, après tout.

— Que des graines ! » Joe secoua la tête d'un air exaspéré. « C'est tout ce que tu trouves à dire après ce que je t'ai appris ? Ces patates-là, c'est des spéciales. Je te l'avais bien dit. Je l'ai même écrit sur le paquet !

— Je ne leur ai rien trouvé de spécial, répondit Jay en enfilant son jean.

— Eh ben, ça alors ! Je te le dis, p'tit gars, j'ai mis un couple de ces *rosifea* dans chaque bouteille de vin que j'ai faite, dans chaque bouteille depuis que je les ai ramenées des Amériques. Cinq ans que ça m'a demandé, pour trouver la bonne terre !

— N'essaie même pas... coupa Jay d'un ton dur. Vous n'êtes jamais allé en Amérique. Je serais même bien surpris si vous étiez jamais sorti du Yorkshire. »

Joe partit d'un éclat de rire et sortit un paquet de Players de la poche de son veston.

« Tu as peut-être raison, p'tit gars, avoua-t-il en allumant une cigarette. Mais je les ai vus, tous les coins dont je t'ai parlé.

— Bien sûr que vous les avez vus ! »

Joe hocha tristement la tête. « Et les voyages astraux, alors ! Comment tu penses que j'aurais pu faire autrement quand j'ai passé la moitié de ma vie sous terre ? » Au ton de sa voix, il était presque fâché. Jay lorgna la cigarette qu'il tenait à la main. Elle avait l'odeur de papier brûlé un soir de 5 novembre.

« Je ne crois pas du tout aux voyages astraux.

— Et comment tu crois que je suis arrivé ici ? »

Elle avait l'odeur du feu de joie, de la réglisse, de la friture, de la fumée et elle faisait revivre à ses oreilles les abba qui chantaient *The Name of the Game* resté tout le mois le tube numéro 1. Il se revoyait, lui, assis dans le dortoir désert en train de fumer — non parce qu'il en éprouvait du plaisir mais parce que c'était interdit. Et pas une lettre, pas une carte, pas une simple adresse.

« Vous n'êtes pas là et je ne veux pas vraiment vous parler. »

Joe se contenta de hausser les épaules.

« Tu as toujours eu une tête de bourrique. Il te faut sans arrêt des explications. Tu as jamais voulu accepter les choses comme elles sont. Il te faut savoir comment ça marche ! »

Jay ne répondit rien et se mit à lacer ses chaussures.

« Tu te rappelles les gitans, ceux qui avaient truqué le compteur à Nether Edge ? »

Jay leva les yeux. « Oui, je m'en souviens.

— Tu as trouvé ce qu'ils avaient fait ? »

Jay fit non de la tête. « Vous avez dit que c'était de la magie. »

Joe sourit. « La magie du profane ! » Content de lui, il alluma une cigarette. « Ben ils ont fabriqué des moules de la forme de pièces de cent sous et ils ont fait les pièces en glace. Le gars du conseil il a pensé que les pièces elles s'étaient volatilisées. » Il éclata de rire.

28

Nether Edge, été 1977

Le talisman de Joe bien enfoncé dans sa poche, Jay se dirigea vers Nether Edge. Comme la plus grande partie de cet été-là, un soleil voilé brillait dans un ciel pâle, l'air chaud semblait vidé d'oxygène et la campagne était sans couleur. Les champs, les arbres, les fleurs s'étaient chinés des différentes nuances de gris que l'on trouvait dans la neige du petit écran de la télé de Maggie, un portable en blanc et noir.

Au-dessus de Nether Edge, une tache plus claire formait comme un signal lumineux dans le ciel. Un avertissement peut-être.

Gilly portait un jean coupé aux genoux et un tee-shirt rayé. Elle avait les cheveux tirés en arrière et attachés avec un ruban rouge. Elle était en train de manger un tube de poudre de sorbet et sa langue était noire de réglisse.

« Je n'étais pas sûre que tu viendrais », remarqua-t-elle.

Jay pensa au talisman dans sa poche et haussa les épaules. Ils ne couraient aucun risque, se persuada-t-il, aucun ! Ils étaient protégés, invisibles. Cela avait marché des dizaines de fois auparavant.

« Et pourquoi ne serais-je pas venu ? »

Gilly à son tour haussa les épaules. « Ils ont une espèce de cabane, là-bas, dit-elle avec un mouvement de la tête en direction du canal. Une cabane dans un arbre, je crois, où ils mettent leurs affaires. Je les ai vus y aller deux ou trois fois. Eh bien, je te parie que tu n'y entres pas.

— Les paris, ça ne marche pas avec moi ! » répliqua Jay.

Gilly le regarda d'un air moqueur. « Ils ne seront pas là, dit-elle pour l'encourager. À ce moment-ci de la matinée, ils sont encore en ville ou au marché à chiper des trucs. Et puis ce n'est qu'une malheureuse petite cabane, Jay. Vas-y, chiche ! »

Ses yeux luisaient d'une lueur sournoise, ses yeux de chat, ses yeux de jade qui reflétaient le ciel sans couleur. Elle termina son tube de poudre de sorbet et le lança dans le canal, gardant à la bouche le tuyau de réglisse comme un mégot de cigare.

« À moins que tu n'aies la trouille ! ajouta-t-elle en imitant assez bien la voix de Lee Marvin.

— D'accord. »

Ils découvrirent la cabane près de l'écluse. Ce n'était pas une cabane dans un arbre, mais une petite hutte faite d'un tas d'objets trouvés à la décharge, du carton ondulé, des bouts de toile goudronnée, de la fibre de verre. Les vitres étaient de plastique transparent et la porte venait droit d'une cabane de jardin. Tout paraissait désert.

« Vas-y, alors, le pressa Gilly. Je ferai le guet. »

Un instant, Jay hésita. Gilly le nargua d'un sourire et son visage entier semblait comme une immense tache de rousseur. Jay fut pris d'une sorte de vertige rien qu'à la regarder.

« Bon, tu y vas ou quoi ? » dit-elle d'un ton pressant.

La main dans sa poche serrant le talisman, Jay avança résolument vers la cabane. Elle était plus grande qu'elle n'en avait l'air du sentier et, malgré sa construction peu orthodoxe, elle était solide. La porte en était fermée par un gros cadenas qui pouvait avoir été celui d'une réserve de charbon.

« Essaie la fenêtre ! » suggéra Gilly juste derrière lui. Jay fit une volte-face de surprise. « Je croyais que tu faisais le guet ! »

Gilly haussa les épaules. « Ah, il n'y a personne ici, vas-y, essaie la fenêtre ! » répéta-t-elle.

Elle était juste assez large pour lui permettre de passer.

Gilly repoussa la feuille de plastique et Jay se coula à l'intérieur. Il faisait sombre et cela sentait la terre acide et la
fumée de cigarette. Sur deux caisses, posées par terre, il y
avait un tas de couvertures et une boîte pleine de coupures
de journaux. Un vieux poster écorné, découpé dans un
magazine féminin, avait été fixé à l'un des murs avec des
agrafes. Gilly passa la tête à la fenêtre.

« Y a quelque chose d'intéressant ? » demanda-t-elle
d'un air effronté.

Jay fit non de la tête. Il commençait à se sentir mal à
l'aise. Il s'imaginait incapable de sortir de la cabane au
moment où Zeth et son gang arriveraient.

« Regarde dans les caisses, suggéra Gilly. C'est là qu'ils
mettent leurs affaires, les magazines, les cigarettes, tous les
trucs qu'ils ont fauchés. »

Jay renversa l'une des caisses dont le contenu se répandit sur le sol, tout un assortiment de choses sans valeur, des
produits de maquillage, des bouteilles à limonade, des illustrés, un vieux transistor tout abîmé, des bonbons dans un
bocal, un sac en papier rempli de feux d'artifice, des
pétards, des crapauds, des chats noirs dans leur écrin protecteur de paraffine, deux douzaines de briquets Bic, quatre
paquets entiers de Players.

« Prends quelque chose, dit Gilly. Prends quelque chose,
ce sont des trucs fauchés, de toute façon. » Jay prit une boîte
à chaussures pleine de coupures de journaux et, sans grand
enthousiasme, les éparpilla sur le sol de la cabane, puis il fit
de même avec les magazines.

« Prends les sèches, dit Gilly d'un ton insistant, et les briquets. On les donnera à Joe. » Jay la dévisagea avec inquiétude mais il ne pouvait supporter l'idée de son mépris. Il
empocha donc les cigarettes et les briquets. Emporté par
l'enthousiasme de Gilly, il arracha le poster, écrasa les
disques, brisa les bocaux puis, se souvenant de la façon dont
Zeth avait pulvérisé sa radio, il prit aussi le transistor, se
disant que c'était parfaitement justifié. Il répandit les produits de beauté par terre, écrasa les tubes de rouge à lèvres
et lança une boîte de poudre de riz contre le mur. Gilly le
regardait faire et riait comme une folle.

« Je voudrais bien voir leurs têtes, dit-elle essoufflée. Si seulement on pouvait les voir.

— Eh bien, ça, on ne peut pas ! lui rappela Jay en sortant rapidement par la fenêtre. Allez, viens avant qu'ils ne rappliquent ! » Il la prit par la main et commença à la tirer derrière lui tout en remontant le sentier vers la fosse à cendres. À l'idée de ce qu'ils venaient de faire, ils se sentaient la tête légère. Ce n'était pas une sensation vraiment désagréable et ils se mirent à rire comme s'ils étaient ivres, se cramponnant l'un à l'autre et titubant tout en avançant le long du sentier.

« Si seulement je pouvais voir la tête de Glenda ! s'exclama Gilly en postillonnant. La prochaine fois, il faudra apporter un appareil photo ou quelque chose de façon à avoir une preuve !

— La prochaine fois ? » Le rire s'étrangla dans sa gorge à cette pensée.

« Ben, oui, bien sûr ! » Elle en parlait comme si c'était la chose la plus évidente du monde. « Nous avons gagné la première manche. Nous n'allons pas nous arrêter là ! »

Peut-être aurait-il dû lui dire : « Gilly, c'est la dernière fois, c'est trop dangereux. » Mais c'était le danger même qui l'attirait, elle, et lui était bien trop enivré par son admiration pour lui conseiller la prudence. Et puis, il y avait cette expression dans ses yeux.

« T'as fini de me regarder comme ça ! demanda-t-elle d'un ton querelleur.

— Je ne te regarde pas comme ça !

— Si ! »

Jay sourit. « Ce que je regarde c'est seulement le grand, l'énorme perce-oreille qui vient de tomber de ce buisson dans tes cheveux, ajouta-t-il.

— Nigaud ! hurla Gilly en secouant la tête.

— Attends un instant. Le voilà », continua-t-il en profitant de son moment de panique pour lui frotter le sommet du crâne, et Gilly lui décocha un violent coup de pied dans le tibia.

Et les choses reprirent leur cours, au moins pendant un moment.

29

Lansquenet, mars 1999

Il s'agissait maintenant de trouver un entrepreneur à Lansquenet. La maison avait besoin d'importantes réparations et, bien qu'il eût pu se charger de certaines choses lui-même, la plupart étaient du ressort de professionnels. Jay eut la chance d'en trouver sur place. Le chantier de construction était vaste et tentaculaire. Des piles de bois étaient entassées à l'arrière. Appuyés au mur, il y avait des cadres de fenêtres, des portes. L'entrepôt principal était un ancien bâtiment de ferme au toit bas et, au-dessus de l'entrée, un panneau disait : Clairmont — Menuiserie — Panneaux — Construction.

Des meubles en cours de fabrication, du bois de clôture, des parpaings, des tuiles et des ardoises s'amoncelaient pêle-mêle près de l'entrée. L'entrepreneur s'appelait Georges Clairmont. C'était un petit homme trapu à la moustache tombante et à la chemise blanche, grise de sueur. Il parlait avec un fort accent local mais, comme il s'exprimait avec lenteur et d'un ton pensif, cela donnait à Jay le temps de comprendre ce qu'il disait.

Chose curieuse, tout le monde dans le coin savait déjà qui il était. Il en conclut que Joséphine avait répandu la nouvelle. Les ouvriers de Clairmont — quatre types vêtus de bleus de travail tachés de peinture, la visière de leur casquette baissée pour se protéger du soleil — le regardèrent passer avec curiosité et méfiance et il distingua le mot « anglishe » dans leur patois rapide. Les chances de travail, donc d'argent, étaient limitées ici, dans le village, et chacun désirait participer à la remise en état de Château Foudouin. Clairmont agita la main, irrité de la présence des quatre hommes qui les suivaient des yeux.

« Allez, les gars, au travail ! »

Le regard de Jay croisa celui d'un des ouvriers — un homme dont les cheveux roux étaient retenus par un foulard — et Jay sourit. L'homme aux cheveux roux lui rendit son sourire et se passa la main sur le visage pour en cacher l'expression à Clairmont. Jay suivit le patron à l'intérieur du bâtiment.

La salle était vaste et fraîche, comme un hangar. Près de la porte, il y avait une petite table avec un télécopieur, des feuilles de papier et des dossiers, elle servait de bureau. Près du téléphone, étaient posés une bouteille de vin et deux petits verres. Clairmont les remplit et en offrit un à Jay.

« Merci bien ! »

Le vin était d'un rouge foncé, tirant sur le noir, il avait un goût corsé. Jay le trouva bon et approuva. « Bien sûr qu'il est bon. Il vient de votre vignoble. L'ancien propriétaire, Foudouin, était bien connu ici dans le temps : un bon viticulteur, un bon cépage et une bonne terre », dit-il, savourant son vin, en connaisseur.

« Je suppose que vous allez envoyer quelqu'un voir ce qu'il y a à faire », lui dit Jay. Clairmont haussa les épaules.

« Je connais la maison. Je suis allé la revoir, le mois dernier. J'ai même établi un devis. »

Il s'aperçut de la surprise de Jay et sourit.

« Elle y travaille depuis décembre, dit-il. Un peu de peinture ici, un peu de plâtre par là. Elle était tellement sûre de son marché avec le vieux.

— Marise d'Api ?

— Et qui d'autre, hein ? Mais il avait déjà conclu un marché à viager avec son neveu. Un revenu régulier — cent mille francs par an jusqu'à sa mort, en échange de la maison et de la ferme. Il était trop vieux pour travailler et trop têtu pour déménager. Personne d'autre qu'elle n'en voulait. La terre ne rapporte plus ces jours-ci et, quant à la maison, hein ! » Clairmont haussa les épaules d'un geste significatif.

« Mais, pour elle, c'est différent. Elle est entêtée. Elle guignait la propriété depuis des années et elle attendait patiemment. Elle la clôturait petit à petit et maintenant... c'est bien fait pour elle, hein ! » Clairmont laissa partir un bref éclat de rire. « Elle ne m'aurait jamais donné de travail, disait-elle. Elle aurait plutôt fait venir un entrepreneur de la ville que de devoir de l'argent à quelqu'un du village. Elle l'aurait plutôt fait elle-même, sans doute. » Il se frotta le bout des doigts d'un geste éloquent.

« Elle ne les lâche pas facilement, ses sous, expliqua-t-il brièvement en buvant le reste de son verre. Elle ne lâche rien !

— J'imagine qu'il faudra que je la dédommage d'une façon ou d'une autre, suggéra Jay.

— Et pourquoi ça ? demanda Clairmont d'un ton amusé.

— Eh bien, si elle a dépensé son argent à... »

Clairmont partit d'un gros rire gouailleur. « Dépenser son argent ! C'est plutôt piller la propriété qu'elle a fait. Regardez vos clôtures, vos haies. Regardez comme elle les a déplacées. Douze mètres par-ci, six mètres par-là. Elle vous a grignoté la terre comme un rat. Elle a fait ça pendant des années dès qu'elle croyait que le vieux avait le dos tourné. Et puis, quand il est mort... » Clairmont ponctua de nouveau son discours d'un haussement d'épaules. « C'est une vraie vipère, monsieur Mackintosh. J'ai connu son pauvre bonhomme de mari qui ne se plaignait pourtant jamais, mais j'en ai entendu des choses... »

De nouveau, il eut ce haussement d'épaules d'homme d'affaires, fataliste.

« Vous n'avez rien à lui donner, monsieur Mackintosh. Venez chez moi ce soir. Vous y rencontrerez ma femme, nous dînerons ensemble et nous pourrons discuter de vos projets pour la maison Foudouin. Ça pourrait faire une magnifique maison de vacances, monsieur. Si on voulait bien mettre de l'argent là-dedans, tout serait possible. On pourrait replanter et redessiner le jardin. Le verger pourrait être remis en état. Une piscine peut-être ? Des cours pavées comme dans les villas de Juan-les-Pins. Des jets d'eau. » À cette seule idée, ses yeux brillèrent d'avidité.

La réponse de Jay fut prudente. « Eh bien, je n'avais pas vraiment envisagé autre chose que les réparations essentielles.

— Non, bien sûr, mais vous aurez le temps d'y penser, hein ? »

Il donna une tape amicale sur le bras de Jay.

« J'habite en retrait de la grande place, rue des Francs-Bourgeois, au numéro 4. Ma femme meurt d'envie de faire connaissance avec notre nouvelle célébrité. Elle serait vraiment très heureuse de vous rencontrer. » Il avait un sourire à la fois humble et avide, étrangement contagieux.

« Venez dîner chez nous. Vous goûterez aux gésiers farcis que ma femme sait si bien préparer et Caro est au courant de tout ce qu'il y a à savoir dans le village. Vous apprendrez donc à connaître Lansquenet. »

Jay s'attendait à un repas simple, à la fortune du pot, avec l'entrepreneur et sa femme qui serait petite et terne et porterait un tablier et un fichu pour lui couvrir les cheveux ou qui aurait le visage souriant et rose et l'œil vif comme un oiseau de Joséphine — la femme du café. Ils seraient peut-être intimidés d'abord et silencieux mais la femme servirait la soupe dans des bols en terre cuite et rougirait de plaisir quand il lui ferait des compliments. Il y aurait des terrines de pâté maison et du vin rouge, des olives et des piments marinés dans de l'huile parfumée aux épices. Plus tard, ils raconteraient à leurs voisins que le nouvel Anglais était un mec sympathique, pas du tout prétentieux et, ce serait fait, il ne tarderait pas à être accepté dans leur communauté...

La réalité se révéla très différente.

Ce fut une petite dame bien en chair, élégamment vêtue d'un twin-set bleu pastel, avec chaussures à talons aiguilles assorties, qui lui ouvrit la porte et l'accueillit avec une petite exclamation de joie.

Son mari, en costume foncé et cravate, avait l'air encore plus morne que jamais, il lui adressa un signe pardessus l'épaule de sa femme. Jay entendit des voix et de la musique venir de l'intérieur. Ce qu'il entrevit lui parut si affreusement tape-à-l'œil qu'il en cligna des yeux. Vêtu d'un jean noir et d'un tee-shirt, il se sentit soudain terriblement mal habillé.

Il y avait trois autres invités. Caroline Clairmont fit les présentations, tout en donnant un verre à chacun : « Nos amis Toinette et Lucien Merle, Jessica Mornay qui tient une boutique de mode à Agen. » Elle réussit en même temps à presser sa joue contre celle de Jay et à lui mettre dans la main un cocktail au champagne : un tour de maître !

« Nous sommes enchantés de faire votre connaissance, monsieur Mackintosh, me permettez-vous de vous appeler Jay ? »

Avant de pouvoir faire oui de la tête, il fut rapidement entraîné vers un fauteuil. « Et vous, il faut m'appeler Caro. Quelle chance d'avoir un nouveau venu dans le village, quelqu'un qui soit cultivé. Je dois dire que, pour moi, je trouve la culture extrêmement importante, pas vous ?

— Oh oui ! susurra Jessica Mornay en caressant le bras de Jay de ses ongles rouges, bien trop longs pour ne pas être faux. Je veux bien admettre que Lansquenet soit merveilleusement rural et naturel mais, quand on a de l'éducation, on a tout simplement besoin de quelque chose de plus. Vous devez absolument nous parler de vous. Vous êtes écrivain, nous a dit Georges ? »

Jay dégagea son bras et se résigna. C'était inévitable. Il répondit à un nombre infini de questions. Était-il marié ? Non ? Sûrement, il avait une amie ? Jessica eut un léger sourire qui lui découvrit les dents et se rapprocha de lui. Pour détourner son attention, il fit semblant de s'intéresser aux platitudes qu'il entendait. Les Merle, petits et pimpants, vêtus de cachemires coordonnés, venaient du Nord. Lui, courtier en vins, travaillait pour le compte d'une firme allemande spécialisée dans l'importation. Toinette, elle, travaillait pour un journal local. Jessica était l'une des vedettes du groupe d'art dramatique du village. « Elle avait fait une merveilleuse Antigone ! » Jay écrivait-il pour le théâtre ?

Il fit un bref résumé de *Joe Patati*, dont tout le monde avait entendu parler, mais que personne n'avait lu. Caro eut quelques exclamations enthousiastes lorsqu'il révéla avoir commencé un nouveau livre. La cuisine de Caro était comme sa maison, extrêmement recherchée ; il fit honneur au soufflé au champagne et aux vols-au-vent, aux gésiers farcis et au bœuf en croûte, tout en regrettant, sans rien en dire, la terrine de pâté maison et les olives de son rêve secret. Il repoussa avec discrétion les avances de plus en plus pressantes de Jessica Mornay. Il fit de l'esprit avec modération et raconta beaucoup d'anecdotes. Il reçut sans protester beaucoup de compliments non mérités sur la qualité de son français. À la fin du dîner, il commençait à avoir mal à la tête et il essaya d'enrayer cela avec de l'alcool. Il trouvait difficile de se concentrer sur leur conversation dont la rapidité allait toujours croissant et dont des bribes entières passaient au-dessus de lui comme des nuages. Par bonheur, son hôtesse était intarissable et si contente d'elle qu'elle prit son silence pour de l'intérêt profond.

Il était presque minuit quand le repas prit fin. Le café, suivi de petits fours, permit au mal de tête de Jay de se calmer et il put, de nouveau, suivre le fil de la conversation.

La cravate desserrée, le visage couperosé et tout couvert de sueur, Clairmont affirmait : « Eh bien, quant à moi, j'estime qu'il est grand temps que quelque chose arrive à Lansquenet et le fasse connaître, hé ? On a autant de choses dont être fier que Le Pinot, le village voisin, si seulement on réussissait à organiser les gens ! »

Caro acquiesça. Jay comprenait mieux son français à elle que celui de son mari dont l'accent devenait un peu plus prononcé chaque fois qu'il vidait son verre. Elle était assise en face de lui sur le bras d'un fauteuil, les jambes croisées, la cigarette aux doigts.

« Maintenant que Jay fait partie de notre petite communauté, je suis sûre que… » ses dents brillèrent à travers la fumée, « les choses vont s'améliorer. D'ailleurs, l'atmosphère change et les gens commencent à évoluer. Dieu sait à quel point je m'y suis employée — à l'église, au groupe d'art dramatique, à la société littéraire. À propos, je suis sûre que Jay acceptera de parler bientôt à notre petit cercle d'écrivains, dans quelque temps au moins ? »

À son tour, il esquissa un sourire qui découvrit ses dents et ne l'engageait à rien.

Elle ajouta : « Bien sûr que oui ! » Et le visage de Caro s'épanouit comme si c'était Jay lui-même qui avait répondu. « Vous êtes exactement ce dont un village comme Lansquenet a le plus besoin : une bouffée d'air pur. Vous ne voudriez pas que les gens croient que nous vous monopolisions, n'est-ce pas ? » Elle se mit à rire, Jessica poussa quelques exclamations d'enthousiasme et les Merle échangèrent des coups de coude de joyeuse impatience. Jay avait l'étrange impression que ce repas de fête n'avait seulement été qu'un amuse-gueule et que, malgré les cocktails au champagne, le sauternes glacé avec le foie gras, c'était lui, Jay, que l'on servait comme plat principal.

« Mais pourquoi à Lansquenet ? demanda Jessica, penchée en avant, les yeux bleus en amande à demi clos dans un nuage de fumée. Vous auriez sûrement été plus heureux dans une plus grande communauté. À Agen peut-être ou plus au sud, vers Toulouse ? »

Jay secoua la tête. « Les villes me fatiguent, dit-il. J'ai acheté cette propriété sur un coup de cœur.

— Ah ! s'écria Caro d'un ton ravi. Le tempérament artiste !

— Parce que je désirais un coin tranquille, loin de la grande ville. »

Clairmont hocha la tête. « Ben, pour ce qui est de la tranquillité, c'est sûr ! dit-il. Même trop tranquille, à notre goût. Le prix des propriétés a dégringolé ici alors qu'au Pinot… et c'est juste à une quarantaine de kilomètres. » Sa femme expliqua rapidement que Le Pinot était un village sur la Garonne très prisé des touristes étrangers.

« Georges y a fait beaucoup de travaux, n'est-ce pas, Georges ? Il a installé une piscine pour ce gentil couple anglais et il a aidé à rénover cette maison ancienne près de l'église. Si seulement nous pouvions faire en sorte que notre propre village provoquât le même intérêt ! »

Les touristes. Les piscines. Les boutiques de souvenirs. Les marchands de hamburgers. Un manque total d'enthousiasme se lisait sans doute sur le visage de Jay car Caro le poussa du coude d'un air plein de malice.

« Je vois que notre M. Mackintosh est un romantique, Jessica ! Il aime les petites routes de campagne pittoresques et les vignobles et les fermes solitaires. C'est tellement anglais tout ça ! » Jay sourit, hocha la tête et confessa que son excentricité était en effet bien digne d'un Anglais.

« Mais une communauté comme la nôtre, hé, ça a besoin d'un coup de pouce ! » Clairmont était ivre et franc. « Nous avons besoin de gens qui investissent, de leur argent, quoi ! Les fermes ne sont plus rentables. Déjà nos paysans ont du mal à joindre les deux bouts. Tout le travail est dans les grandes villes et les jeunes y partent. Seuls les vieux et la racaille restent : les nomades et les pieds-noirs. C'est ce que les gens refusent de comprendre. Il faut qu'on progresse ou que l'on meure, hé ! Le progrès ou la mort. »

Caro l'approuva d'un signe de la tête. « Il y a trop de gens ici qui ne savent dans quelle direction aller, ajouta-t-elle en fronçant des sourcils. Ils refusent de vendre leurs terres pour la construction, même quand il est évident qu'il n'y a rien à en tirer. Quand on a fait des plans pour construire le nouvel Intermarché à deux pas d'ici, ils ont protesté pendant si longtemps que l'Intermarché s'est implanté au Pinot. Le Pinot, il y a vingt ans, était exactement comme Lansquenet de nos jours, et regardez où ils en sont à présent. »

À l'échelle locale, Le Pinot était l'histoire d'une réussite. Un village de trois cents habitants s'était fait connaître grâce à un couple de Parisiens entreprenants qui avaient acheté et remis à neuf un certain nombre de vieilles propriétés dans l'intention de les revendre comme maisons de vacances. Grâce au cours élevé de la livre et, à plusieurs excellents contacts à Londres, ces propriétés avaient été

vendues ou louées à de riches touristes anglais et, petit à
petit, une tradition s'était établie. Les gens du coin
n'avaient pas tardé à en comprendre l'avantage. Des commerces s'étaient développés pour répondre aux besoins
des touristes. Plusieurs nouveaux cafés s'étaient ouverts,
puis des chambres d'hôtes étaient apparues peu après. Des
magasins spécialisés d'articles de luxe pour les estivants
s'étaient établis ici et là, un restaurant à une étoile men-
tionné dans le Guide Michelin et enfin un hôtel, petit mais
luxueux, avec son gymnase et sa piscine. On avait passé au
peigne fin les anecdotes de l'histoire locale pour y découvrir des choses intéressantes, et l'église, une bâtisse tout à
fait quelconque, était devenue, par le miracle du folklore
et d'une imagination mercenaire, un site d'importance
historique. On y avait tourné une adaptation télévisée de
Clochemerle. Ensuite, les nouvelles constructions s'étaient
multipliées : un Intermarché tout à côté, un club d'équita-
tion, une rangée de chalets de vacances au bord de la
rivière. Et maintenant, comme si cela ne suffisait pas, on
projetait la construction d'un centre de sports aquatiques
et d'un établissement de thermes, à seulement cinq kilomètres, ce qui attirerait les gens d'Agen et même de plus
loin.

Caro semblait ressentir le succès du Pinot comme un
affront personnel.

« La même chose aurait pu arriver à Lansquenet, dit-
elle d'un ton plaintif en subtilisant un petit four. Notre village vaut bien le leur. Notre église date du XIVe siècle et
nous avons les vestiges d'un aqueduc romain en bas dans
Les Marauds. Cela aurait pu nous arriver à nous mais, au
lieu de cela, tout ce que nous recevons comme visiteurs,
sont les journaliers et les gitans de la rivière. » Elle mordit
son petit four avec humeur.

Jessica, d'un signe de tête, l'approuva. « Les gens d'ici
en sont responsables, dit-elle. Ils n'ont aucune ambition.
Ils croient pouvoir vivre comme leurs grands-parents ont
vécu. »

Jay comprit que Le Pinot avait connu un tel essor que

la production du vin local, qui avait donné son nom au village, avait complètement cessé.

« Votre voisine est typique de cet esprit-là. » La bouche de Caro s'amincit sous le rose à lèvres. « Elle cultive la moitié de la terre entre ici et Les Marauds, et arrive à peine à vivre de ses vignobles. Tout au long de l'année, elle s'enterre dans sa vieille maison sans jamais adresser la parole à personne. Et cette pauvre petite qui y est enterrée avec elle... »

Toinette et Jessica hochèrent la tête, Clairmont versa un autre café.

« Une petite ? » La brève image qu'il avait dans l'esprit ne lui faisait en rien penser que Marise d'Api pouvait être mère.

« Une petite fille que l'on ne voit jamais et qui ne va pas à l'école. Elles ne vont jamais à l'église. Nous avons bien essayé un jour de suggérer qu'elles y aillent mais — Caro fit une grimace — le torrent d'insultes que la mère a proférées était abominable ! »

Les autres femmes approuvèrent. Jessica se rapprocha un peu et Jay reconnut le parfum qui émanait de ses cheveux blonds coupés à la Jeanne d'Arc. C'était Poison.

« Elle serait mieux chez sa grand-mère, dit Toinette d'un ton dogmatique. Là, au moins, elle serait aimée comme elle devrait l'être. Mireille adorait Tony, tout simplement. » Caro expliqua que Tony était le mari.

« Mais elle ne la laissera jamais prendre l'enfant, dit Jessica. Je suis sûre qu'elle ne la garde que parce qu'elle sait que cela exaspère Mireille. Et, bien sûr, nous sommes trop isolés ici pour que l'on accorde beaucoup d'importance aux dires d'une vieille femme !

— On dit que c'est un accident, continua Caro d'un air mystérieux. Ce que je veux dire c'est qu'il fallait l'expliquer ainsi, n'est-ce pas ? Même Mireille a fait semblant d'y croire, à cause de l'enterrement ! On a affirmé que le fusil avait explosé parce qu'une cartouche s'était coincée mais tout le monde sait que cette femme-là l'y a poussé et que, même si elle n'avait pas appuyé sur la gâchette, elle était responsable. Elle est capable de tout à mon avis, vraiment de tout. »

Cette conversation commençait à rendre Jay mal à l'aise. Son mal de tête avait recommencé. Ce n'était pas du tout ce qu'il avait imaginé de Lansquenet, pensait-il, cette élégante méchanceté, ce soupçon de cruauté qui se cachait derrière cet écran de jolies choses. Il n'était sûrement pas venu à Lansquenet pour entendre ça. Son livre — si jamais il devait se matérialiser — n'avait définitivement pas besoin de ça. La facilité avec laquelle il en avait écrit les vingt premières pages, au dos du manuscrit de *Brave Cortez*, le prouvait. Ce qu'il lui fallait, c'étaient des femmes aux joues rondes comme des pommes qui allaient cueillir des herbes culinaires dans leur potager. Il lui fallait une idylle heureuse dans un cadre français, un genre de *Cider with Rosette*, une sorte d'antidote qui le guérît de Joe.

Pourtant l'histoire avait quelque chose d'étrangement captivant, comme les trois visages de femmes tout proches, sur lesquels se lisait le même plaisir malfaisant, les mêmes yeux baissés, les mêmes bouches trop rouges ouvertes sur des dents trop bien soignées. L'histoire était connue — pas même originale et pourtant elle l'attirait. Cette impression, la sensation qu'une main invisible à l'intérieur de son corps le poussait brutalement vers l'avant, n'était pas entièrement désagréable.

« Continuez, dit-il.

— Elle était toujours après lui. » C'était Jessica qui racontait à présent. « Même au début de leur mariage, lui était un type facile à vivre, un agneau et, tout grand qu'il était, je jurerais qu'il avait peur d'elle. Il lui passait tout. Après la naissance du bébé, les choses allèrent de mal en pis. Pas un sourire. Aucun ami. Et les disputes avec Mireille ! Je suis sûre qu'on les entendait à l'autre bout du village.

— C'est ça qui l'y a poussé à la fin : les disputes !

— Pauvre Tony.

— Elle l'a découvert dans la grange, enfin ce qui restait de lui, car l'explosion lui avait emporté la moitié du crâne. Elle a déposé le bébé dans son berceau et, sans émotion, elle a pris son vélomoteur pour aller chercher de l'aide. À l'enterrement, allors que tout le monde était en larmes — Caro secoua la tête —, elle est restée impassible. Pas un mot, pas une larme. Elle a refusé de payer autre chose que les simples funérailles, et les moins chères. Et quand Mireille s'est offerte pour avoir quelque chose de mieux — mon Dieu ! quelle querelle cela a provoquée ! »

Jay avait compris que Mireille était la belle-mère de Marise. Six ans plus tard, Mireille, qui avait soixante et onze ans et souffrait d'arthrite chronique, n'avait encore jamais parlé à sa petite-fille et ne l'avait jamais vue, sauf de loin. Marise avait repris son nom de jeune fille après la mort de son mari. Elle détestait tous les gens du village, disait-on. Elle n'embauchait que des journaliers qui logeaient et prenaient leurs repas à la ferme pendant la durée de leur contrat. Bien sûr, cela faisait jaser.

« Vous ne la verrez sans doute que peu, de toute façon, conclut Toinette. Elle ne parle à personne. Elle va même à vélo à La Percherie pour y faire ses achats de la semaine. Je suis sûre qu'elle vous laissera tranquille. »

Jay rentra chez lui à pied malgré les offres de Jessica et de Caro de l'y ramener en voiture. Il était presque deux heures du matin et la nuit était fraîche et silencieuse. Il se sentait la tête curieusement légère.

En contournant la grande place et en descendant la côte vers Les Marauds, il remarqua, non sans étonnement, à quel point la nuit était noire. Le dernier réverbère se trouvait en face du Café des Marauds et, en bas de la côte, la rivière, les marais, les petites maisons abandonnées qui s'égrenaient pêle-mêle au bord de l'eau s'enfonçaient dans une obscurité si dense qu'on n'y voyait plus rien. Pourtant, quand il atteignit la rivière, ses yeux s'étaient déjà habitués à cette obscurité. Il traversa à l'endroit où l'eau était peu profonde, écoutant son clapotis le long des berges. Il découvrit le sentier qui passait à travers les champs et le suivit jusqu'à la route où une longue rangée d'arbres se découpait sur le violet sombre du ciel. Autour de lui, il percevait des bruits d'animaux nocturnes, le hululement lointain d'une chouette, et surtout le bruissement du vent dans les feuilles, inaudible dans la journée alors que nos sens sont dominés par ce que nous voyons.

L'air frais avait dégagé sa tête de la fumée et de l'alcool et maintenant il se sentait tout à fait alerte et réveillé. Tout en marchant, il passait et repassait dans son esprit la dernière partie de la conversation. Si laide que fût cette histoire, il y avait là quelque chose qui l'attirait, quelque chose de primitif, de viscéral. La femme qui vit seule avec ses secrets, le cadavre de l'homme dans la grange, le sinistre triangle reliant la mère, la grand-mère, l'enfant... et ce décor, ce pays à la fois doux et rude avec ses vignes, ses vergers, ses rivières et ses maisons blanchies à la chaux, ses veuves au foulard noir, ses hommes en bleu de travail et aux moustaches tombantes tachées de nicotine.

L'air était plein de l'odeur pénétrante du thym sauvage qui poussait le long du chemin. « Le thym fait revivre les souvenirs », disait Joe. Il en fabriquait un sirop qu'il conservait dans une bouteille dans le garde-manger. Il en prenait deux cuillerées à soupe tous les matins. L'élixir verdâtre avait précisément le même parfum que l'air nocturne au-dessus de Lansquenet, un parfum de terroir, frais et lourd de la nostalgie d'une journée d'été passée à désherber les plantes aromatiques en écoutant la radio.

Jay eut soudain envie d'être chez lui, d'écrire. Il brûlait de sentir le clavier de la vieille machine sous ses doigts, d'entendre son cliquetis dans le silence de la nuit étoilée et, plus que tout, il ne voulait pas que cette histoire lui échappât, il voulait continuer.

Il retrouva Joe qui l'attendait là, allongé sur le lit de camp, les mains derrière la tête, les doigts croisés. Il avait déposé ses brodequins au pied du lit mais il portait encore son vieux casque de mineur cavalièrement perché sur la tête, sur le devant duquel, sur un autocollant jaune, on lisait : « Le monde aura toujours besoin de charbon. » Sa présence ne surprit pas Jay dont la colère s'était évaporée. Il ressentit au contraire une sorte de soulagement, comme s'il s'était attendu à le revoir. La visite de ce fantôme devenait de plus en plus banale au fur et à mesure qu'il s'y attendait. Elle devenait... la magie de tous les jours.

Il s'installa devant sa machine à écrire. Maintenant pris par l'histoire, il tapait rapidement, martelant les touches de ses doigts. Il tapa sans relâche pendant plus de deux heures, recyclant feuille sur feuille du manuscrit de *Brave Cortez* que la machine transformait sous la magie de ses doigts de profane. Les mots couraient et cabriolaient d'un bout à l'autre de la page, quelquefois presque trop rapidement pour qu'il pût les rattraper. De temps à autre il s'arrêtait, vaguement conscient de la présence de Joe allongé sur le lit à côté, même si le vieil homme gardait le silence pendant son travail. À un moment précis, il perçut l'odeur de la fumée de tabac : Joe avait allumé une cigarette. Vers cinq heures du matin, il alla se préparer un café dans la cuisine et, quand il retourna à sa machine à écrire, il remarqua que le vieil homme avait disparu. Il en éprouva un étrange regret.

30

Nether Edge, été 1977

Par la suite, ils retournèrent plus souvent à Nether Edge. Ils restaient cachés la plupart du temps, ne faisant un tour que lorsqu'ils étaient quasi certains qu'il n'y aurait personne. Il y eut deux incidents avec Glenda et ses copines — une fois à la décharge, à propos des droits de propriété sur un vieux congélateur (ce fut Glenda qui l'emporta cette fois-là), et l'autre fois au gué sur la rivière (et les vainqueurs furent Gilly et Jay). Rien de grave ne s'ensuivit. Il y eut des insultes, quelques pierres, des menaces et des moqueries. Gilly et Jay connaissaient mieux Nether Edge que les autres, malgré leur statut d'étrangers au coin. Ils connaissaient les meilleures cachettes, les meilleurs raccourcis et ils avaient surtout de l'imagination. Glenda et ses copines n'avaient en leur faveur que leur rancune et leurs fanfaronnades. Gilly aimait tendre des pièges : un arbrisseau courbé en deux et attaché au pied par un fil de fer tendu qui devait fouetter le visage de celui dont les pieds le déclencheraient, un pot à peinture rempli d'eau sale du canal et posé en équilibre précaire sur la porte entrebâillée de leur cabane. Celle-ci fut d'ailleurs l'objet d'attaques répétées jusqu'au moment où elle fut abandonnée. Puis Jay découvrit la nouvelle cabane dans la décharge à ordures, entre une carcasse de voiture rongée par la rouille et la porte d'un vieux frigidaire, et la pilla. Partout ils laissaient leur signature, sur les vieilles cuisinières de la décharge, sur les arbres, sur les murs et les portes de toute une succession de cabanes. Gilly fabriqua un lance-pierres et s'entraîna à tirer sur des boîtes et des bocaux. Elle avait ça dans le sang. Elle ne ratait jamais son coup. Elle réussissait sans effort à pulvériser un bocal à une quinzaine de mètres. Bien sûr, il y avait eu des moments où il s'en serait fallu de peu pour qu'ils ne se fissent prendre. Une fois, Jay se laissa presque coincer à l'endroit où il cachait son vélo, près du pont de la voie ferrée. La nuit commençait à tomber et Gilly était déjà repartie chez elle mais il avait découvert, dans un coin rempli d'herbes folles, une quantité de charbon qu'il avait cachée l'année précédente — la valeur de deux sacs peut-être — et il avait tenu à les emporter avant que quelqu'un ne tombât dessus par hasard. Il était trop occupé à le mettre en sac pour remarquer les quatre filles qui venaient de surgir de l'autre côté de la voie ferrée. Glenda arriva presque à sa hauteur avant qu'il ne se rendît compte de sa présence.

Elle avait le même âge que Jay mais, pour une fille, elle était grande. On retrouvait chez elle le visage de Zeth mais les traits étroits du frère étaient encore plus accusés chez la sœur. Ses joues charnues déjà couvertes de boutons lui fermaient presque les yeux et rapetissaient sa bouche boudeuse. C'était la première fois que Jay la voyait de près et il fut presque pétrifié par sa ressemblance avec son frère. Ses copines le regardaient avec méfiance, déployées en éventail derrière Glenda comme pour lui couper le passage. Son vélo se trouvait à trois mètres de lui, caché dans les hautes herbes. Jay s'en approcha imperceptiblement.

« Il est tout seul aujourd'hui ! fit remarquer l'une des filles, une blonde, trop maigre, un mégot serré entre les dents. Elle est où, ta copine ? »

Jay se rapprocha encore du vélo mais Glenda se déplaça en même temps, se laissant glisser sur les graviers du talus dans la direction de la route. Des cailloux jaillirent sous ses chaussures de sport. Elle portait un tee-shirt coupé aux emmanchures et elle avait pris un coup de soleil. Ses gros bras de marchande de poisson lui donnaient un air étrangement adulte qui troubla Jay. Comme si elle était née ainsi.

Il feignit l'indifférence. Il aurait bien voulu dire quelque chose d'astucieux, de cinglant, mais les mots qui lui seraient venus si facilement à l'esprit dans une histoire s'étranglaient dans sa gorge.

Il dégringola le talus au bas duquel il avait caché son vélo, le sortit des hautes herbes et le poussa sur la route.

Glenda poussa un cri de rage et commença à glisser vers lui en faisant voler les graviers avec ses grosses mains carrées. La poussière s'éleva.

« Je vais t'avoir, toi ! » dit-elle d'une voix qui ressemblait de façon inquiétante à celle de son frère, mais elle était bien trop occupée à observer Jay pour contrôler sa glissade et elle fut assez comiquement projetée dans le fossé desséché qui se trouvait au bas du talus, juste à l'endroit où fleurissait un grand massif d'orties. Glenda hurla de colère et de dépit. Jay sourit et enfourcha son vélo pendant que Glenda se débattait.

Il s'éloigna tandis que les trois copines de Glenda la hissaient hors du fossé. Arrivé dans le haut de la rue, il s'arrêta et se retourna. Il vit Glenda dont le corps émergeait maintenant à moitié. La tache sombre de son visage était la fureur même. Il lui fit un petit signe de la main, un au revoir moqueur.

« Je t'aurai, tu sais. » Sa voix résonnait faiblement à travers l'espace qui les séparait. « Mon frère t'aura aussi, tu verras ! »

Jay lui fit un nouveau signe de la main, cambra son vélo dans un geste triomphal puis il s'engagea dans le chemin et disparut. Il se sentait la tête légère comme s'il venait de se réveiller dans le fauteuil du dentiste, ses mâchoires étaient douloureuses tellement il réprimait son envie de rire, et il avait du mal à respirer tellement ses côtes étaient serrées. Le talisman de Joe, accroché à un passant de la ceinture de son jean, claquait à sa hanche comme une bannière au vent. Il poussa des cris joyeux en descendant la côte qui menait au village mais le bruit de sa voix fut emporté par la brise du soir. Tout enivré de sa nouvelle puissance, il se sentait invulnérable.

Mais le mois d'août tirait à sa fin et septembre s'avançait inexorablement. Il ne restait plus qu'une semaine avant la rentrée.

31

Lansquenet, mars 1999

La semaine suivante, Jay passa toutes ses nuits à écrire. Le vendredi, on rétablit enfin l'électricité, mais, entre-temps, il s'était déjà habitué à travailler à la lumière de la lampe à pétrole. D'une certaine manière, il trouvait cela plus sympathique, cela créait l'ambiance qu'il lui fallait. Les pages de son manuscrit s'entassaient sur la table en un bloc serré. Il y en avait plus d'une centaine maintenant. Le lundi, Clairmont et ses quatre ouvriers arrivèrent pour commencer les réparations de la maison. Ils commencèrent par le toit où manquaient un grand nombre de tuiles. La plomberie aussi devait être refaite. À Agen, il réussit à dénicher une maison de location de voitures et il choisit une Citroën verte, vieille de cinq ans, pour transporter ses achats et faciliter ses visites à Lansquenet. Il acheta aussi trois rames de papier et des rubans pour sa machine à écrire. Il travaillait toujours à la tombée de la nuit, quand Clairmont et ses hommes étaient rentrés chez eux, et la pile de pages déjà tapées montait rapidement.

Il ne relisait pas les nouvelles, de peur que le bloc mental qui l'avait paralysé pendant tant d'années ne l'y guettât encore, pourtant il n'y croyait pas vraiment. Cela tenait en partie à ce coin, à cet air, à cette impression qu'il avait d'être chez lui bien qu'il ne fût pas du pays, aux liens que ce pays avait avec son passé à lui. Comme si l'on avait reconstruit Pog Hill ici, parmi les vergers et les vignes.

Le matin, quand il faisait beau, il montait à pied à Lansquenet chercher son pain. Sa cheville n'avait pas tardé à guérir et il n'en restait qu'une cicatrice à peine visible. Il commençait à prendre plaisir à la promenade et à reconnaître certaines têtes qu'il rencontrait en chemin. Joséphine lui apprit qui ils étaient et parfois bien d'autres choses. En tant que propriétaire de l'unique café du village, elle était admirablement placée pour être au courant de tout ce qui se passait. Le vieil homme, aux manières un peu brusques et coiffé d'un béret bleu marine, était Narcisse, le maraîcher qui approvisionnait l'épicier et le fleuriste du village. Malgré son allure réservée, son visage était empreint d'une ironie secrète et désabusée. Jay tenait de Joséphine que c'était un ami des gitans qui descendaient la rivière tous les étés, qu'il faisait commerce avec eux et leur procurait un travail saisonnier dans ses champs. Des années durant, il avait été en butte aux reproches d'une succession de curés du coin qui lui reprochaient sa tolérance envers eux mais Narcisse avait tenu bon et les gitans étaient restés.

Le type à cheveux roux qui travaillait pour Clairmont était Michel Roux, un gars de Bordeaux, un nomade de la rivière qui s'était arrêté pour une quinzaine de jours, il y a cinq ans, et n'était jamais reparti. La femme au foulard rouge était Denise Pitou, la femme du boulanger. La grosse femme pâle, vêtue de noir et qui portait un chapeau à larges bords pour se protéger du soleil, était Mireille Faizande, la belle-mère de Marise. Jay essayait d'attirer son attention lorsqu'elle passait devant la terrasse du café mais, pour elle, il était invisible.

Derrière chacun de ces visages, il y avait une histoire à raconter. Joséphine, accoudée au comptoir, sa tasse de café à la main, semblait prête à le faire. La timidité qu'elle avait montrée à son égard au début avait disparu et, maintenant, elle le saluait avec plaisir. Parfois ils bavardaient lorsque les clients n'étaient pas trop nombreux. Jay ne connaissait que très peu des gens dont elle parlait mais cela ne semblait pas décourager Joséphine.

« Vous voulez dire que je ne vous ai jamais parlé du vieil Albert ? Ni de sa fille ? » Elle semblait étonnée de ce qu'il ignorait. « Ils habitaient à côté de la boulangerie, enfin, à côté de ce qui était une boulangerie avant qu'elle ne devienne une chocolaterie, juste en face du fleuriste. » Jay la laissait parler et prêtait peu d'attention aux noms, aux anecdotes, aux descriptions qu'il n'écoutait que d'une oreille distraite, tout en sirotant son café et en regardant les gens passer.

« Je ne vous ai jamais raconté l'histoire d'Arnauld et du cochon qui cherchait des truffes ? Ni celle d'Armande qui s'était déguisée en Vierge Marie et avait guetté son arrivée dans le cimetière ? Eh bien voilà… »

Elle racontait des anecdotes à propos de sa meilleure amie, Vianne, qui avait quitté le pays il y a quelques années et à propos de personnes mortes depuis longtemps et dont les noms ne lui disaient rien. Mais Joséphine n'était pas du genre à abandonner. Peut-être souffrait-elle aussi de la solitude. Ceux qui venaient au café le matin étaient, pour la plupart, des vieillards taciturnes. Elle accueillait avec plaisir un auditoire plus jeune. Et petit à petit, les péripéties du feuilleton quotidien de Lansquenet-sous-Tannes absorbèrent son attention.

Jay avait conscience d'être encore une curiosité. Certains le dévisageaient avec un air franchement inquisiteur, d'autres lui souriaient, la plupart se montraient réservés, ne lui accordant qu'une politesse austère, un simple signe de tête en guise de salut et un regard en coin à son passage. Il venait presque chaque jour au Café des Marauds boire une blonde ou un café-cassis en revenant de chez Poitou. La terrasse, entourée d'une murette, était minuscule, à peine plus large qu'une section de trottoir au bord d'une route étroite mais c'était l'endroit idéal où s'asseoir pour assister à l'éveil du village. Situé juste à l'écart de la Grand-Place, c'était un endroit d'où l'on pouvait tout apercevoir : la longue pente qui descendait vers les marais, l'écran de verdure qui ombrageait la rue des Francs-Bourgeois, le clo-

cher de l'église qui égrenait son carillon à travers les
champs dès sept heures du matin, la place, la maison rose
de l'instituteur, au carrefour. Au bas de la côte, la Tannes,
noyée dans la brume, luisait faiblement et les champs au-
delà se discernaient à peine. Les premiers rayons de soleil
étaient si brillants en comparaison que les façades se détachaient presque trop blanches sur leur ombre trop brune.
Un bateau était au mouillage sur la rivière près du groupe
de maisons abandonnées qui se pressaient sur leurs pilotis
précaires au-dessus de l'eau. Une volute de fumée s'élevait
de la cheminée du bateau et une odeur de friture arrivait
jusqu'à ses narines.

Entre sept et huit heures, plusieurs personnes, des
femmes surtout, passaient, rapportant des pains ou des
sacs de croissants de la boulangerie Poitou. À huit heures,
la messe sonnait. Jay reconnaissait toujours les fidèles avec
leurs plus beaux vêtements de printemps, leurs chaussures
bien cirées, leurs chapeaux et leurs bérets. Ils avaient l'air
solennel de gens qui font quelque chose à contrecœur.
Caro Clairmont était toujours là avec son mari, lui mal à
l'aise dans des chaussures trop étroites, elle toujours élégante avec l'un de ses innombrables foulards de soie
autour du cou.

En passant, elle ne manquait jamais de saluer Jay d'un
geste ostentatoire de la main et de lui crier : « Et votre
roman, ça marche ? » Son mari, voûté et humble, faisait un
bref signe de la tête et se hâtait de poursuivre son chemin.
Pendant la messe, un groupe de vieux venait s'installer à la
terrasse, d'un air de défi un peu las. Ils prenaient un café
crème, jouaient aux échecs ou simplement bavardaient
entre eux. Jay reconnut Narcisse, le maraîcher, toujours
assis à la même place près de la porte. Dans la poche de sa
veste, il avait un catalogue de graines tout écorné qu'il sortait et parcourait en silence, une tasse de café à portée de
main. Le dimanche, Joséphine achetait des pains au chocolat et le vieil homme en prenait toujours deux qu'il portait à sa bouche d'un geste étrangement délicat pour ses
grosses mains brunies par le soleil. Il parlait peu, se contentant d'un bref signe de tête en direction des autres clients

avant de s'asseoir à sa place habituelle. À huit heures et quart, en route pour l'école, les enfants commençaient à passer en une bizarre procession d'anoraks et de Polartec violets, rouges, jaunes, turquoise, vert pomme, ornés de logos. Ils dévisageaient Jay avec une curiosité qu'ils ne cherchaient pas à déguiser. Certains éclataient de rire et criaient d'un air moqueur : « Hé ! Rosbif, Rosbif ! » en s'enfuyant. Il y avait une vingtaine d'enfants à l'école primaire de Lansquenet, divisés en deux classes ; les autres, plus âgés, devaient prendre le car pour aller à Agen et on voyait leurs nez curieux s'écraser contre les vitres couvertes de leurs graffiti.

Pendant la journée, Clairmont avait inspecté les travaux. Déjà le rez-de-chaussée avait plus d'allure et le toit était presque terminé mais Jay voyait bien que Georges était déçu par son manque d'ambition. Clairmont, lui, rêvait de verrières, de piscines couvertes, de jacuzzi et de piazza, de pelouses dessinées par un spécialiste et pourtant il accepta les choses avec philosophie lorsque Jay lui affirma qu'il n'avait aucunement l'intention d'habiter une villa comme celles de Saint-Tropez.

« Bof ! Ce que vous aimez, à ce que je comprends, c'est le rustique ! » dit-il à Jay avec un haussement d'épaules. Déjà, son regard brillait comme s'il voyait soudain quelque chose qui pourrait lui rapporter. Jay comprit que, s'il n'adoptait pas une attitude ferme avec cet homme, il serait presque sûrement inondé d'un flot d'objets dont il ne voulait pas et que l'on s'attendait à le voir acheter — des assiettes ébréchées, des tabourets pour traire les vaches, de mauvaises copies de meubles anciens, des cannes, des tuiles fêlées, des planches à découper, de vieux instruments aratoires, toutes ces choses sans valeur, oubliées, jetées, qui s'entassent dans les greniers et les caves et que l'on hésite à brûler sous prétexte que les gens veulent maintenant du rustique. Il aurait dû lui enlever tout espoir sur-le-champ mais il y avait quelque chose de touchant chez cet homme et, dans ses yeux noirs de rat, au-dessus de sa moustache tombante, une lueur à la fois humble et pleine d'absurde espoir rendait cela tout à fait impossible.

Alors Jay poussa un soupir et se prépara avec résignation à l'inévitable.

Le jeudi suivant, il aperçut Marise pour la première fois depuis leur brève rencontre. Il rentrait chez lui, le pain sous le bras, après sa promenade matinale. À l'endroit où leurs champs se touchaient, s'étendait une haie d'épines noires et un sentier courait parallèlement à la limite des propriétés. Cette haie était récente, pas plus de trois ou quatre ans, et les nouvelles pousses de mars suffisaient à peine à former un écran. Derrière, il discernait une ligne interrompue aux endroits où l'ancienne haie avait été, une rangée de souches et de touffes d'herbe, mal déguisée par un sillon récent. Jay calcula rapidement la distance. Clairmont avait raison : elle avait déplacé la limite entre les deux propriétés d'une quinzaine de mètres, vraisemblablement la première fois que le vieil homme était tombé malade. Poussé par une légère curiosité, il jeta un coup d'œil de l'autre côté. Le contraste entre son côté à elle et le sien était frappant. Du côté Foudouin, les vignes non taillées rampaient à même la terre, ne montrant aucun signe de nouvelle croissance, à part quelques bourgeons durs et bruns au bout des sarments. Les siennes, par contre, avaient été sévèrement taillées jusqu'à une hauteur d'une trentaine de centimètres, prêtes pour l'été. Il n'y avait pas de mauvaises herbes, les sillons étaient nets et réguliers et une voie d'accès assez large pour permettre le passage d'un petit tracteur avait été aménagée le long de chaque rangée de ceps. Du côté de Jay, c'était une autre histoire, les rangées s'étaient rejointes et les vignes non taillées s'enlaçaient en travers des voies d'accès. Des pousses folles de jacobée, de menthe et d'arnica jaillissaient de cet enchevêtrement. En regardant vers la propriété de Marise, il se rendit compte qu'il pouvait tout juste apercevoir le pignon de sa ferme, à la limite du champ, dissimulé derrière un groupe de peupliers.

Là-bas, il y avait des arbres fruitiers — des fleurs de pommiers se détachaient, blanches sur les branches nues —, un coin qui paraissait être un potager, un tas de bois, un tracteur, et une bâtisse qui ne pouvait être que la grange.

De la maison, elle avait dû entendre la détonation. Elle avait posé le bébé dans le berceau et était sortie sans hâte. La scène était si claire dans son esprit que Jay la voyait presque chausser ses bottes par-dessus ses grosses chaussettes, jeter sa veste trop grande sur ses épaules — c'était l'hiver — et faire crisser le sol verglacé sous ses pas. Son visage était tel qu'il l'avait vu lors de leur première rencontre, impassible. Cette vision le hantait. Ainsi vêtue, Marise avait déjà plus d'une fois rempli les pages de son nouveau roman, ils avaient à peine échangé un mot, pourtant il avait l'impression de la connaître. Il y avait en elle quelque chose qui le fascinait, un air de mystère qui l'attirait de façon irrésistible. Pourquoi lui rappelait-elle Joe ? Il n'aurait pu le dire ! La veste trop grande, peut-être, ou cette casquette d'homme enfoncée jusqu'aux yeux, cette silhouette à la fois étrange et vaguement familière à peine entrevue à l'angle d'un mur. Certes, rien dans ses traits ne pouvait lui faire penser à Joe qui n'aurait jamais présenté ce visage désolé et sans expression. Au moment où il se retourna pour s'éloigner, Jay aperçut quelque chose — une silhouette qui avançait rapidement de l'autre côté de la haie, à quelques centaines de mètres de l'endroit où il se tenait. Caché comme il l'était derrière le mince écran de buisson, ce fut lui qui la vit le premier. Il faisait chaud ce matin-là et elle s'était débarrassée de ses gros vêtements d'extérieur. Elle portait un jean et un tricot marin à rayures — ses nouveaux vêtements lui donnaient une sveltesse de jeune garçon. Ses cheveux roux avaient été maladroitement coupés au niveau de la mâchoire — elle l'avait sans doute fait elle-même, devina Jay. L'expression de son visage était si pleine de vie, si passionnée à cette minute où elle se croyait seule que Jay la reconnut à peine.

Mais elle braqua les yeux sur lui et ce fut comme si un store eût brutalement été tiré sur son visage, si rapidement qu'il se demanda si ce qu'il venait d'apercevoir la seconde précédente n'était pas un fantasme de son esprit.

« Madame ! »

Elle s'arrêta un instant et le dévisagea avec une indiffé-rence proche de l'insolence. Ses yeux étaient verts, d'un vert-de-gris étrange et pâle. Dans son roman, ils étaient noirs. Jay sourit et lui tendit la main à travers la haie.

« Madame d'Api ! Je m'excuse de vous avoir surprise. Je suis… »

Avant qu'il pût continuer, elle était déjà partie, elle s'engageait parmi les rangées de vignes sans même jeter un coup d'œil en arrière, et s'acheminait vers la ferme d'un pas égal et rapide.

« Madame d'Api ! appela-t-il. Madame ! »

Elle devait l'avoir entendu mais elle fit la sourde oreille.

Il la suivit des yeux pendant quelques minutes encore alors qu'elle s'éloignait puis, se retournant avec un hausse-ment d'épaules, il rentra chez lui. Il se dit que la déception qu'il éprouvait était ridicule. Pourquoi aurait-elle voulu lui parler ? Aucune raison ! Il avait permis à son imagination de lui jouer des tours. Au grand jour, elle ne ressemblait en rien à l'héroïne aux yeux d'ardoise sombre de son roman. Il résolut de n'y plus penser. De retour chez lui, il aperçut le camion de Clairmont qui l'attendait avec un charge-ment de vieilleries. Au moment où Jay s'engageait dans l'allée, l'homme lui fit un clin d'œil en repoussant en arrière son béret bleu.

« Holà, monsieur Jay, cria-t-il de la cabine du camion, je vous ai déniché des trucs pour votre nouvelle maison ! »

Jay soupira. Son instinct ne l'avait pas trompé. Toutes les deux ou trois semaines, Clairmont viendrait le harceler pour qu'il lui achète à un prix fou une quantité de bro-cante qu'il ferait passer pour le tout dernier cri dans le genre rustique. Un coup d'œil au contenu du camion suffit à lui confirmer que la réalité était encore pire que ce qu'il avait imaginé — des chaises cassées, des balais, des portes à moitié décapées et une tête de dragon en papier mâché, vestige de quelque carnaval.

« Eh bien, je ne sais pas vraiment », commença-t-il.

Clairmont eut un large sourire.

« Vous verrez, vous allez vous régaler ! déclara-t-il en

sortant d'un bond de la cabine et Jay remarqua qu'il avait à la main une bouteille de vin. Ça, c'est quelque chose pour vous mettre dans l'ambiance et, après, nous pourrons parler affaires. »

Il n'était pas question d'essayer de lui échapper et pourtant Jay n'avait qu'un désir : prendre un bain en écoutant le silence. Hélas, il allait devoir marchander pendant une heure dans la cuisine, boire un vin dont il n'avait pas envie et ensuite essayer de trouver une manière de se débarrasser des « objets d'art » sans blesser la susceptibilité de Clairmont. Il se résigna.

« À nos affaires, dit Clairmont en remplissant les deux verres. Aux miennes et aux vôtres ! ajouta-t-il avec un grand sourire. Je me lance dans les antiquités. Il y a de l'argent à gagner dans ce commerce-là, au Pinot et à Montauban. On achète maintenant à pas cher et on revend tout à l'arrivée des touristes. »

Jay goûta le vin qui était bon.

« Vous avez assez de place pour construire une vingtaine de chalets de vacances sur le terrain qu'occupe votre vignoble, continua Clairmont d'un ton enjoué. Ou bien… un hôtel. L'idée d'un hôtel à vous, ça vous dit quelque chose ? »

Jay fit non de la tête.

« J'aime le coin tel qu'il est », dit-il.

Clairmont soupira.

« Vous et la païenne d'Api, vous n'avez aucune imagination ! Ni l'un ni l'autre ! Ce terrain-là vaudrait une fortune dans les mains de celui qui saurait y faire. C'est un crime de le laisser tel quel alors que quelques chalets seulement suffiraient à… »

Jay avait du mal à saisir le sens du mot et à comprendre l'accent de Clairmont.

« La païenne ?… » demanda-t-il d'un ton hésitant.

Clairmont d'un brusque mouvement de tête indiqua l'autre ferme.

« Marise, oui, elle ! Nous l'appelions la Parisienne au début mais l'autre nom lui va mieux, hé ? Elle ne met jamais le pied à l'église. Elle n'a pas fait baptiser le bébé. Et jamais un mot, jamais un sourire à personne. Elle s'accroche à ce lopin de terre par entêtement, par pure rancune, alors que tous les autres... » Il haussa les épaules. « Bof, ça ne me regarde pas, hé ? Mais, à votre place, je garderais les portes fermées à clef, monsieur Jay. C'est une folle. Voilà des années qu'elle guigne ce terrain ! Elle vous jouerait bien un sale tour un de ces jours si elle en avait l'occasion. »

Jay se rembrunit au souvenir des pièges à renards posés autour de la maison.

« Une fois, elle a failli casser le nez à Mireille ! poursuivit Clairmont. Tout cela parce qu'elle s'était approchée de la petite fille. Elle n'est jamais revenue au village après ça. Elle va à La Percherie sur son vélomoteur. Je l'ai même vue aller à Agen.

— Et qui s'occupe de sa fille pendant ce temps-là ? » demanda Jay.

Clairmont eut un haussement d'épaules.

« Personne. Je crois qu'elle la laisse à la maison.

— Je m'étonne que les services sociaux n'aient pas...

— Bof ! À Lansquenet ? Ils auraient à se déplacer d'Agen ou de Montauban, peut-être même de Toulouse ! Qui s'en donnerait la peine ? Mireille a essayé, et plus d'une fois même ! Mais elle est maligne, celle-là. Elle a su leur jeter de la poudre aux yeux. Mireille aurait volontiers adopté l'enfant si on le lui avait permis. Elle a l'argent nécessaire pour s'en occuper et la famille l'aurait aidée. Mais, à l'âge qu'elle a, et s'occuper d'un enfant sourd pardessus le marché, je suppose qu'ils ont pensé... »

Jay ouvrit des yeux ronds d'étonnement. « Un enfant sourd ? »

Clairmont le regarda d'un air surpris à son tour.

« Ben oui, vous n'étiez pas au courant ? Depuis sa toute petite enfance. La mère, elle, est censée savoir s'occuper d'elle. » Il hocha la tête. « C'est ce qui la retient ici, hé ! Voilà pourquoi elle ne peut pas retourner à Paris.

— Pourquoi donc ? demanda Jay, curieux.

— C'est une question d'argent, dit Clairmont d'un ton bref, en vidant son verre.

— La ferme doit avoir une certaine valeur ?

— Oh ! oui, c'est vrai. Mais elle n'en est pas propriétaire. Pourquoi pensez-vous qu'elle tenait tellement à avoir
le Foudouin ? Sa ferme à elle, elle l'a prise à bail, et le jour
où le bail expirera elle se retrouvera à la rue, à moins
qu'elle ne réussisse à le renouveler. Et il y a peu de chance,
après ce qui s'est passé.

— Pourquoi ? Qui est le propriétaire du bail ? »

Clairmont but la dernière goutte de son verre et se
lécha les lèvres d'un air satisfait.

« Pierre-Émile Foudouin ! L'homme qui vous a vendu
votre maison, le petit-neveu de Mireille. »

Cela dit, ils sortirent dans l'allée pour jeter un coup
d'œil à ce que Clairmont avait à lui offrir. L'ensemble était
aussi peu intéressant qu'il l'avait imaginé. Il offrit à Clairmont cinq cents francs pour le chargement entier. Si les
yeux de l'entrepreneur s'agrandirent un instant, il se laissa
vite persuader. Il prit un air rusé, cligna de l'œil. « Pour les
bonnes affaires, hé, vous êtes un champion ! » et il fit disparaître le billet de banque au creux de sa main brunâtre,
avec la vitesse d'un prestidigitateur.

« Et ne vous inquiétez pas, hé. Je peux vous en trouver
d'autres ! » Le camion s'éloigna dans un nuage de poussière rouge soulevé par le pot d'échappement et Jay n'eut
plus qu'à trier les objets seulement bons pour la poubelle
qu'on lui avait laissés.

Dans une telle situation, les leçons de Joe avaient évidemment laissé leur marque et Jay trouvait toujours
difficile de jeter ce qui avait la moindre chance de servir.
Au moment même où il venait de décider de faire du bois
de chauffage de tout le chargement, il se surprit à inspecter une chose après l'autre. Il pourrait faire un châssis
valable de la porte vitrée fendue en son milieu et, en
retournant les bocaux sur de jeunes plants, il les protégerait très bien des gelées tardives. Petit à petit, il trouva un
emploi dans le jardin et dans le champ aux objets dispa-
rates apportés par Clairmont. Il réussit même à choisir un
emplacement pour la grosse tête de dragon qu'il trans-
porta avec précaution jusqu'à la limite des propriétés entre

le vignoble de Marise et le sien et qu'il installa sur un poteau tourné dans la direction de sa ferme. De la grande gueule ouverte sortait une longue langue de crêpe rouge et les yeux jaunes du dragon étincelaient.

De la magie opérant par sympathie, aurait dit Joe, un peu comme les gargouilles sur le toit d'une église. Jay était curieux de découvrir ce qu'en penserait la Païenne.

Pog Hill, été 1977

Les souvenirs que Jay avait de cette fin d'été étaient plus émoussés que ceux des années précédentes et c'était à mettre sur le compte de plusieurs choses — d'une part le ciel pâle et inquiétant qui le faisait cligner des yeux et lui causait des maux de tête, d'autre part Joe qui lui semblait un peu distant, et la présence de Gilly qui les empêchait d'avoir tous deux les longues discussions qu'ils avaient eues l'année d'avant, et enfin Gilly elle-même… Alors que juillet tirait à sa fin et que le mois d'août approchait, Jay se rendit compte qu'elle occupait constamment sa pensée. Le plaisir qu'il ressentait à sa compagnie était mêlé d'un sentiment de vulnérabilité, de jalousie et de bien d'autres encore qu'il n'arrivait pas à identifier clairement. Il était dans un état perpétuel de confusion. À chaque instant, il était proche de la colère sans comprendre à quel propos. Il se disputait fréquemment avec sa mère qui semblait cette année-là l'irriter encore plus que les autres — il avait les nerfs à fleur de peau, à vif. Il acheta un disque des Sex Pistols : *Pretty Vacant* qu'il écoutait à plein volume dans sa chambre, à la grande horreur de ses grands-parents. Il rêvait de se faire percer les oreilles. Gilly et lui allaient à Nether Edge et livraient bataille à la bande de Glenda. Ils remplissaient des sacs d'objets jetés qu'ils jugeaient pou-

voir être utiles à Joe et les lui apportaient. Ils aidaient parfois Joe dans le potager et, de temps en temps, celui-ci leur
racontait ses voyages et parlait du temps qu'il avait passé en
Afrique parmi les Massaï ou de ses randonnées à travers les
Andes. À Jay, cependant, cela semblait pour la forme, pour
ainsi dire, du rajouté, comme si Joe avait déjà l'esprit
ailleurs.

Le rituel du périmètre lui paraissait aussi avoir été
abrégé, il ne durait plus qu'une ou deux minutes et ne
comportait plus qu'un seul bâton d'encens et un sachet de
poudre à disperser au vent. Il ne lui vint même pas à l'esprit de poser des questions mais, plus tard, il comprit que
Joe, lui, avait déjà pris sa décision.

Un jour, il emmena Jay dans la pièce du fond et, de
nouveau, lui montra le coffre à graines. Voilà un an qu'il
ne l'avait pas fait. Il lui expliqua comment les milliers de
graines avaient été empaquetées, enveloppées, étiquetées,
prêtes à être plantées. Dans la pénombre, car les fenêtres
étaient toujours condamnées, le coffre couvert de poussière avait l'air délaissé et les sachets aux étiquettes déco-
lorées avaient une fragilité de vieux papier.

« Ça ressemble à rien, non ? » murmura Joe, caressant
du doigt la poussière qui couvrait le dessus du coffre.

Jay hocha la tête. La pièce sentait le renfermé et l'humidité, comme un endroit où l'on avait fait pousser des
tomates. Joe esquissa un large sourire mêlé de tristesse.

« Faut jamais croire ça, p'tit gars ! Chaque graine ici est
une bonne graine. On les mettrait en terre aujourd'hui
qu'elles lèveraient demain, à coup sûr. Comme des
fusées. » Il posa la main sur l'épaule du garçon. « Retiens
bien ça. Ce n'est pas ce que tu vois qui compte, c'est ce
qu'il y a à l'intérieur. Le cœur des choses, quoi ! »

Mais Jay n'écoutait pas vraiment, d'ailleurs il n'avait
jamais vraiment écouté cet été-là, occupé qu'il était par ses
propres pensées et si sûr, si tellement sûr, que Joe serait là
à jamais. Il avait pris le petit aparté un peu mélancolique
avec Joe pour une autre de ces leçons de morale dont les
adultes sont si friands. Il l'avait écouté en hochant la tête
d'un air distrait, s'ennuyant terriblement, dans la chaleur

oppressante de cette pièce obscure et mal aérée qu'il avait envie de quitter le plus vite possible.

Plus tard, il comprit que Joe, ce jour-là, lui avait sans doute fait ses adieux.

Lansquenet, mars 1999

Lorsqu'il arriva à la maison, Joe l'attendait. Par la fenêtre il jetait des regards critiques au potager abandonné.

« Il te faut faire quelque chose à ce potager-là, p'tit gars ! dit-il à Jay qui ouvrait la porte. Sans ça, il sera trop tard pour cet été. Tu dois retourner la terre et sarcler pendant que c'est encore temps. Et pour ces pommiers-là il faut se débarrasser du gui. Ça les tuerait, cette mauvaise herbe. »

Pendant la dernière semaine, Jay s'était presque habitué aux apparitions subites du vieil homme. Chose étrange, il s'était même surpris à les attendre avec plaisir, à se persuader qu'elles étaient innocentes, à s'inventer d'ingénieuses raisons pour expliquer leur persistance. Le Jay d'autrefois, celui de 1975, s'en serait délecté, mais, bien sûr, ce Jay-là croyait à tout. Il voulait désespérément croire à la protection astrale, aux extraterrestres, aux sortilèges, aux rituels et à la magie ! Les phénomènes étranges faisaient partie de sa routine quotidienne ; il croyait, lui, il avait confiance, lui, mais ce Jay-ci n'était la dupe de personne et pourtant, en dépit de son scepticisme, il continuait à « VOIR » le vieil homme. Cela tenait en partie à sa solitude, se disait-il, et en partie au roman, à cet étranger qui naissait du papier, du manuscrit recyclé de *Brave Cortez.*

L'acte d'écrire, vous savez, ressemble un peu à la folie, c'est une sorte d'envoûtement, pas sans danger non plus ! À l'époque où il travaillait à *Joe Patati*, il passait son temps à parler à haute voix en arpentant son petit studio de Soho, un verre à la main, menant une discussion avec lui-même, avec Joe, avec Gilly et Zeth et Glenda. Il s'attendait presque à les apercevoir devant lui quand il levait les yeux de la machine à écrire — des yeux douloureux de fatigue —, quand les tempes lui battaient et que la radio braillait à tue-tête les derniers airs à la mode. Pendant tout un été, il avait été un peu comme fou mais, cette fois-ci, ce serait différent. C'était plus facile car les personnages, eux, évoluaient sans effort autour de lui, faisant vivre les pages du café, Michel, le gars de Bordeaux aux cheveux roux dont le sourire inondait le visage au moindre prétexte, et Caro, avec son foulard de chez Hermès, Marise, Joe et Marise encore. Il n'y avait pas d'intrigue solide à son roman. Il s'agissait plutôt d'une multitude d'anecdotes, très vaguement reliées les unes aux autres, dont certaines, qu'il situait à Lansquenet, lui venaient de Joe, alors que d'autres lui avaient été racontées par Joséphine, au comptoir du Café des Marauds, et que d'autres lui avaient été inspirées par des bribes de conversation entendues ici et là. Il aimait penser qu'il avait réussi à capter quelque chose de l'air et de la lumière de l'endroit, peut-être même de la façon de raconter de Joséphine, de ce style enjoué et naturel. Son bavardage n'était jamais teinté de méchanceté. Ses anecdotes étaient toujours pleines de chaleur humaine et, le plus souvent, d'humour. Il commençait à se faire une fête de ces moments passés au café, assez en tout cas pour éprouver une légère déception les jours où Joséphine était trop occupée pour bavarder.

Il commença à se rendre au café chaque jour, même quand il n'avait aucune raison de venir au village et, mentalement, il enregistrait tout ce qu'il entendait. Au bout d'un peu moins de trois semaines, il se rendit à Agen et expédia à Nick Horneli les cent cinquante premières pages de ce manuscrit sans titre. Nick était son agent à Londres. Il était, en même temps, celui qui s'occupait de ce qui était publié sous le nom de Jonathan Winesap et celui qui se chargeait des droits d'auteur pour *Joe Patati*. Jay avait toujours trouvé sympathique cet homme désabusé et plein d'humour qui lui envoyait régulièrement de petites coupures de journaux et de magazines dans l'espoir de faire redémarrer son imagination. Il ne lui envoya pas son adresse, seulement celle de la poste restante d'Agen et il attendit une réponse.

À sa grande déception, il se rendit bientôt compte que Joséphine ne voulait pas parler de Marise, de la même façon qu'elle évitait de parler des Clairmont, de Mireille Faizande, des Merle et d'elle-même. Chaque fois qu'il essayait d'amener la conversation sur l'un d'eux, elle se découvrait du travail à faire à la cuisine et cela le confirmait dans son impression qu'il y avait des choses, des secrets qu'elle hésitait à révéler.

« Et ma voisine ? Ne vient-elle donc jamais au café ? » Joséphine ramassa un torchon et se mit à frotter la surface étincelante du bar.

« Je ne la vois pas. Je ne la connais pas très bien.

— J'ai entendu dire qu'elle ne s'entendait pas bien avec les gens du village. »

Elle eut un haussement d'épaules. « Bof !

— Caro Clairmont semble savoir pas mal de choses à son sujet. »

Un autre haussement d'épaules.

« Caro met son point d'honneur à tout savoir.

— Je suis curieux. »

D'un ton sans réplique, elle lança : « Je m'excuse mais j'ai du travail à faire.

— Je suis sûr que vous avez dû entendre quelque chose. »

Un instant elle se tourna vers lui, les joues en feu, les bras croisés contre son corps, les pouces enfoncés dans les côtes, comme pour se protéger.

« Monsieur Jay, y en a qui aiment à fourrer leur nez dans les affaires des autres et Dieu sait qu'il y a eu assez de commérages à mon sujet dans le temps ! Il y en a qui pensent qu'ils ont le droit de juger ! » La soudaine violence de ses paroles le déconcerta. Tout à coup, elle était quelqu'un d'autre, au visage étroit et tendu. Il devina brusquement que, peut-être, elle avait peur.

Plus tard ce soir-là, de retour chez lui, il repensa à leur conversation. Joe était assis à sa place habituelle, les mains croisées derrière la nuque, et la radio jouait de la musique légère mais le clavier de la machine restait froid et sans vie sous les doigts de Jay. Le fil lumineux qui conduisait son histoire s'était finalement cassé.

« Il n'y a plus rien à faire, soupira-t-il en remplissant sa tasse de café. Je n'arrive pas à progresser ! »

Joe le contemplait paresseusement, la casquette sur les yeux.

« Ce roman, je ne peux pas l'écrire. Je suis bloqué. Ça ne rime à rien ! Ça n'avance pas ! »

De l'histoire qu'il avait si clairement à l'esprit, il y a quelques nuits seulement, il ne restait presque plus rien. La fatigue lui faisait tourner la tête.

« Il faudrait que tu la connaisses, lui conseilla Joe. Cesse d'écouter les autres et tire tes propres conclusions. C'est ça ou il faut l'abandonner complètement. » Jay fit un geste d'impatience.

« Comment y arriver ? Visiblement, elle ne veut pas de ma compagnie ! Ni de celle des autres, d'ailleurs. »

Joe haussa les épaules. « C'est comme tu veux. Tu n'as jamais su faire d'effort, de toute manière.

— C'est tout à fait faux ! J'ai essayé...

— Vous pourriez habiter porte à porte pendant dix ans que ni l'un ni l'autre ne ferait le premier pas !

— C'est autre chose.

— C'est sans doute vrai ! »

Joe se leva et se dirigea vers le poste de radio. Il tripota le bouton un moment avant de tomber sur une chaîne dont le son était clair. Joe avait le truc pour trouver les chaînes qui diffusaient de vieux succès, quel que fût l'endroit où il se trouvait. Rod Stewart chantait *Tonight's the Night*.

« Tu pourrais faire un petit effort, quand même !

— C'est peut-être que je ne veux pas faire d'effort.

— Peut-être bien, oui ! »

La voix de Joe devenait de plus en plus faible, sa silhouette de plus en plus floue, à tel point que Jay voyait, derrière lui, en transparence, le mur nouvellement blanchi à la chaux. Au même moment, la radio fit entendre des grésillements désagréables et la musique disparut. Seuls les parasites bourdonnaient.

« Joe ? »

La voix du vieil homme s'entendait à peine.

« À tantôt, alors ! »

C'est toujours ce qu'il disait pour indiquer sa désapprobation ou pour signaler la fin d'une discussion.

« Joe ? »

Mais Joe était déjà parti.

34

Pog Hill, été 1977

C'est la mort d'Elvis qui avait vraiment tout déclenché, à la mi-août, et la mère de Jay le pleurait avec une violence presque sincèrement ressentie. Peut-être parce qu'ils étaient du même âge, lui et elle ! Jay en éprouvait lui-même une certaine tristesse et il n'avait jamais été réellement un de ses admirateurs ! Il avait le pressentiment d'une catastrophe inévitable, l'impression que tout se dévidait à partir du centre, comme une pelote de laine dont rien ne resterait. Ce mois d'août-là, la mort planait dans le ciel, un ciel bordé de noir, et l'air vous laissait dans la bouche un goût indéfinissable. Jay ne se souvenait pas d'avoir vu autant de guêpes que cet été-là — de longs insectes au corps arqué et brunâtre —, qui sentaient la fin de l'été et en devenaient précocement agressifs. Jay fut piqué une douzaine de fois, même à la bouche alors qu'il buvait du Coca-Cola à la bouteille, et il eut de la chance de ne pas avoir à être transporté d'urgence à l'hôpital. Tous les deux, Gilly et lui, incendièrent sept guêpiers après cela ! Oui, ils déclarèrent la guerre aux guêpes, cet été-là. Quand l'après-midi était chaud et humide, que les insectes étaient assoupis et les guêpes moins dangereuses, ils leur livraient bataille. Lorsqu'ils avaient découvert un nid, ils en bourraient l'entrée de papier journal découpé en fines lanières et d'allume-feu et ils y mettaient le feu. Au fur et à mesure que les flammes se propageaient et que la fumée envahissait le nid, les guêpes jaillissaient, bourdonnant comme des avions allemands en feu dans les vieux films de guerre en noir et blanc, elles obscurcissaient le ciel et leur gémissement était si lugubre qu'il vous en donnait le frisson, elles se dispersaient, désorientées et grondant de rage au-dessus de la zone sinistrée. Gilly et Jay se tapissaient dans un creux assez éloigné de l'endroit dangereux mais aussi proches qu'ils osaient l'être pour observer. Cette tactique, inutile de le souligner, était l'idée de Gilly qui restait accroupie, les yeux grands ouverts, le regard clair, aussi près qu'elle le pouvait. Elle ne se faisait jamais piquer. Elle semblait aussi peu menaçante pour les guêpes que le kinkajou pour les abeilles mais elle était pourtant aussi dangereuse, aussi meurtrière. Jay, lui, était secrètement terrifié et il fonçait tête baissée dans les creux pour se cacher, le cœur battant d'émotion. Mais la peur est une drogue puissante, on peut s'y adonner, et ils la recherchaient souvent, agrippés l'un à l'autre, riant de terreur et d'excitation. Un jour, poussé par Gilly, Jay enfonça deux pétards dans un nid caché dans un mur de pierres sèches et alluma les mèches. Le nid explosa, sans fumée, et les guêpes étourdies et folles de rage furent projetées dans toutes les directions. L'une d'elles réussit à se faufiler sous le tee-shirt de Jay et le piqua à plusieurs reprises. Il eut l'impression d'avoir reçu une volée de plombs, poussa un cri et se roula par terre. Mais la guêpe ne se laissait pas écraser, elle se défendait et piquait ce corps qui s'acharnait si frénétiquement à la détruire. Ils réussirent finalement à arracher le tee-shirt de Jay et à arroser la guêpe d'essence à briquet. Plus tard, Jay compta neuf piqûres. Oui, cet automne approchant était chargé d'une lourde odeur d'incendie.

35

Lansquenet, avril 1999

Le lendemain, il l'aperçut de nouveau. Avril allait faire place à mai et les vignes avaient déjà bien poussé. Jay la voyait de temps à autre y travailler : elle les poudrait de fongicide, examinait les jeunes pousses et inspectait le sol. Elle n'avait certainement pas l'intention de lui parler. Les yeux rivés à la terre, elle s'enfermait dans sa solitude. Elle lui apparut vêtue d'une salopette et de gros pulls, de chemises d'homme et de jeans, de brodequins. Ses cheveux lumineux étaient sévèrement ramenés sous son béret. Il était difficile de distinguer sa silhouette sous toute cette masse. Ses mains mêmes étaient cachées par des gants d'une grandeur étonnante. Jay essaya à plusieurs reprises de lui parler mais en vain. Une fois il frappa à la ferme mais personne ne vint lui ouvrir, et pourtant il était sûr d'avoir entendu quelqu'un derrière la porte.

« Si j'étais vous, moi, je l'éviterais, dit Caro Clairmont lorsqu'il fit allusion à l'incident. Elle n'adresse jamais la parole à personne du village. Elle sait trop bien ce que l'on pense d'elle ! »

Ils étaient attablés à la terrasse du Café des Marauds. Caro avait pris l'habitude de le rejoindre après la messe pendant que son mari allait chercher les gâteaux chez Poitou. En dépit de son amabilité exagérée, il y avait chez elle quelque chose de désagréable que Jay ne réussissait pas à s'expliquer. Peut-être était-ce son penchant à médire des autres. En sa présence, Joséphine gardait ses distances et Narcisse étudiait minutieusement son catalogue de graines avec une indifférence feinte. Mais Caro restait l'une des rares personnes du village qui semblât heureuse de répondre à ses questions et elle était au courant de tous les commérages.

« Vous devriez parler à Mireille, lui conseilla-t-elle en sucrant généreusement son café. C'est l'une de mes meilleures amies, d'une autre génération, bien sûr. Vous ne pouvez pas imaginer ce qu'elle a eu à supporter de la part de cette femme-là. » D'un geste précautionneux, elle essuya son rouge à lèvres sur la serviette avant d'avaler la première gorgée. « Il va falloir que je vous présente à elle un de ces jours ! » dit-elle.

Comme par hasard, les présentations ne furent pas nécessaires. Mireille Faizande décida de venir lui rendre visite quelques jours plus tard et elle le prit totalement au dépourvu. Il faisait chaud. Quelques jours auparavant, Jay s'était mis à travailler dans son potager et, maintenant, comme le plus gros des travaux de la maison était terminé, il passait plusieurs heures par jour dans le jardin. Il espérait que l'effort physique lui donnerait d'une façon ou d'une autre l'inspiration dont il avait besoin pour terminer son livre. Le poste de radio, pendu à un clou enfoncé dans le mur de la maison, diffusait de vieux succès. Il avait sorti de la cuisine deux bouteilles de bière qu'il avait mises à refroidir dans un seau d'eau. Torse nu, la tête et les yeux protégés par un vieux chapeau de paille découvert dans la maison, il n'était pas préparé à recevoir des visites.

Il délogeait à coups de pioche une grosse racine quand il remarqua la présence de Mireille à ses côtés. Elle avait dû attendre qu'il levât la tête.

« Oh ! excusez-moi ! » Jay se redressa, étonné. « Je ne vous avais pas vue ! »

C'était une grande femme carrée. Elle aurait pu paraître maternelle, mais non. Avec sa généreuse poitrine mal amarrée, ses hanches arrondies comme d'énormes galets, elle avait l'air taillée dans du granit. C'était comme si la couche de graisse qui l'enrobait se fût métamorphosée en quelque chose de plus dur. Le bord de son chapeau de paille révélait une bouche dont les commissures, figées vers le bas, exprimaient un chagrin infini.

« Ça fait un bon bout de chemin jusqu'ici, dit-elle. J'avais oublié ! »

Son accent très prononcé fit que, un instant, Jay ne put saisir ce qu'elle lui disait. Derrière lui, la radio jouait *Here Comes the Sun* et, juste derrière Mireille, se profilait la silhouette de Joe, et la lumière formait comme un halo à son début de calvitie.

« Madame Faizande.

— Pas de tralala, s'il vous plaît. Appelez-moi Mireille. Je ne vous dérange pas, au moins ?

— Mais non, bien sûr. Je venais de me dire qu'il était temps de m'arrêter, de toute façon !

— Oh ! » Elle jeta un coup d'œil rapide au potager à moitié bêché. « Je ne savais pas que vous étiez jardinier. »

Jay se mit à rire. « Je ne suis pas jardinier ! Je ne suis qu'un amateur, j'aime cela, c'est tout.

— Vous n'avez pas l'intention de continuer à cultiver la vigne ? » Sa voix était brutale.

Il répondit non d'un signe de la tête. « J'ai bien peur d'en être incapable !

— Vous la vendrez, alors ?

— Je ne pense pas ! »

Mireille hocha la tête de l'air de quelqu'un qui veut être sûr.

« Je croyais que vous vous étiez mis d'accord avec elle », dit-elle d'une voix presque blanche, et ses mains déformées par l'arthrite s'agitèrent convulsivement sur l'étoffe noire de sa jupe.

« Avec votre belle-fille ? »

Mireille fit oui de la tête.

« Elle a toujours voulu cette terre, dit-elle, car elle est plus haute par rapport aux marais que sa terre à elle. Elle est mieux drainée, donc jamais d'inondations pendant l'hiver, ni de sécheresse en été. C'est une bonne terre ! »

Jay la dévisagea d'un air incertain.

« Il y a eu... un malentendu, dit-il en pesant ses mots. Je sais que Marise s'attendait à... et, si elle voulait parler avec moi, nous pourrions peut-être arriver à un arrangement...

— Moi, je vous offrirais pour votre terre un prix supérieur à celui qu'elle pourrait vous offrir elle-même, dit Mireille d'un ton sans réplique. C'est déjà assez scandaleux qu'elle ait eu la ferme de mon fils sans avoir le terrain de mon père par-dessus le marché. La ferme de mon père, répéta-t-elle en haussant le ton, celle qui aurait dû être celle de mon fils et où il aurait pu, sans elle, élever ses enfants. »

Jay éteignit la radio et allongea le bras pour prendre sa chemise. « Je suis désolé, dit-il. Je ne me rendais pas compte qu'il y avait un lien de famille. »

Mireille jeta un regard de tendresse vers la façade de la maison.

« Vous n'avez pas besoin de vous excuser, dit-elle. Voilà des années qu'elle n'a pas été aussi jolie à regarder, repeinte à neuf, fenêtres et volets refaits. Après la mort de ma mère, mon père l'avait laissée tomber en ruines. Mais pas la terre, non, pas la vigne. Et quand mon pauvre Tony... » Elle s'interrompit net avec un mouvement convulsif des mains. « Elle n'a pas voulu habiter la maison de famille, eh non, Madame désirait sa maison à elle, en bas de la colline, près de la rivière, alors Tony lui a aménagé une des granges. Madame avait envie d'un jardin d'agrément, d'un patio, d'une salle de couture. Et chaque fois que la maison semblait vraiment terminée, Madame inventait autre chose. Comme si elle essayait de gagner du temps. Et puis il a fini par la ramener à la maison. » Le visage de Mireille se convulsa. « Enfin, ce que moi j'appelle la maison.

— Elle n'est pas originaire de Lansquenet ? »

Voilà qui expliquait les différences physiques : les yeux clairs, les traits délicats, la couleur des cheveux et son anglais correct, malgré son accent.

« Non, elle vient de Paris. » Le ton de Mireille exprimait bien toute sa méfiance et son ressentiment à l'égard de la capitale. « Tony a fait sa connaissance pendant les vacances. Il avait dix-neuf ans. » Elle était à peine plus âgée que lui, pensa Jay. Vingt-trois, vingt-quatre ans, à la rigueur, mais pourquoi avait-elle épousé ce fils d'agriculteur du fin fond de la campagne ? Mireille avait dû deviner la question qu'il se posait.

« Il faisait plus que son âge, monsieur Jay, et c'était un beau garçon, oui ! Un peu trop beau garçon, sans doute, et fils unique avec ça ! Il aurait pu avoir la ferme, la terre, tout, quoi ! Son père ne lui refusait jamais rien. N'importe quelle fille du village se serait estimée heureuse… mais non, mon Tony voulait mieux et il méritait mieux. » Elle s'interrompit avec un hochement de tête.

« Assez bavardé. Je ne suis pas venue ici parler de Tony. Je voulais simplement savoir si vous aviez l'intention de vendre la terre.

— Non, lui répondit-il. Cela me plaît d'être propriétaire, même si je n'ai pas de projets sérieux en ce qui concerne le vignoble. Et d'abord, j'aime être chez moi. »

Mireille sembla satisfaite de sa réponse.

« Vous me préviendriez si vous changiez d'avis ?

— Bien entendu ! Mais, vous devez avoir chaud. »

À présent qu'elle était là, Jay n'avait nulle envie de la laisser partir sans en savoir davantage sur Marise et Tony. « J'ai du vin à la cave. Peut-être en prendrez-vous un petit verre avec moi ? »

Mireille le regarda un instant et fit oui de la tête.

« Un petit verre, peut-être, dit-elle. Ne serait-ce que pour être de nouveau dans la maison de mon père.

— J'espère que vous en apprécierez les réparations ! » ajouta-t-il en la faisant entrer.

Il savait qu'il n'y avait rien à critiquer. Jay avait conservé la maison telle qu'elle avait toujours été, bien sûr les vieilles canalisations avaient été remplacées par un système plus moderne mais les éviers de pierre émaillée, la cuisinière à bois, les armoires en pin, la vieille table de cuisine couverte d'entailles étaient toujours là. Il aimait l'impression de vieilleries qui se dégageait de toutes ces choses dont chaque marque, chaque cicatrice avait son histoire. Il aimait les dalles toutes luisantes d'usure qu'il balayait sans essayer de les recouvrir de tapis. Il nettoyait le bois et le nourrissait d'huile spéciale mais il n'essayait pas d'y effacer les dégâts infligés par le temps.

Mireille regardait tout d'un œil inquisiteur.

« Et alors ? demanda Jay avec un sourire.

— Cela aurait pu être pis ! Je m'attendais à trouver des armoires en bois laminé et un lave-vaisselle.

— Je vais chercher le vin. »

Il faisait sombre dans la cave. On n'avait pas encore remplacé les fils électriques et une ampoule de faible voltage, au bout d'un vieux fil tout rongé, l'éclairait d'une lumière avare. Jay prit une bouteille dans le petit casier près de l'escalier.

Il n'en restait plus que cinq. Son désir de se montrer hospitalier lui avait fait tout oublier. La bouteille de sauternes qu'il avait finie la nuit précédente quand il avait tapé à la machine jusqu'à l'aube était la dernière. Il avait l'esprit ailleurs. Il pensait à Marise et à Tony et se demandait comment persuader Mireille de terminer son histoire. Un bref instant, je sentis les doigts de Jay se serrer autour de mon col, puis me relâcher. Il avait dû complètement oublier les « Spéciales ». Il était tellement certain qu'une autre bouteille de sauternes se cachait quelque part, dans un endroit où il n'avait pas encore regardé. À mes côtés, les « Spéciales » commençaient à s'agiter imperceptiblement, elles bougeaient, se serraient et se frottaient les unes contre les autres en ronronnant comme des chats endormis. La plus proche de moi — Églantine 1974 — fit entendre un léger cliquetis de verre. Une odeur puissante et chaude de sirop jaune d'or monta jusqu'aux narines de Jay. De doux rires me parvenaient de l'intérieur, mais, lui, Jay, bien sûr, n'entendait rien. Pourtant sa main s'arrêta un instant sur son col et j'entendis Églantine 1974 balbutier de plaisir sous sa caresse, lui susurrer des choses, le cajoler, cambrer son corps pour lui plaire. Elle fit lentement glisser son étiquette comme pour lui révéler son parfum intime.

« Sauternes, murmurait la séductrice, du sauternes, de

l'autre côté de la rivière. Un vin à délier la langue d'une vieille femme, un vin à étancher sa soif, un vin qui reste moelleux jusqu'à la dernière goutte ! » Jay saisit la bouteille avec un petit soupir de satisfaction.

« Je savais bien qu'il m'en restait une ! »

L'étiquette était à demi effacée et il n'essaya même pas de la déchiffrer dans l'obscurité. Il l'emporta, gravit l'escalier, entra dans la cuisine, la déboucha et versa.

36

« Mon père faisait le meilleur vin de toute la région, dit Mireille. À sa mort, c'est son frère Émile qui a pris la relève et c'est Tony qui aurait pris la succession.

— Je sais. C'est bien triste ! »

Elle eut un haussement d'épaules.

« Au moins, après lui, la terre est revenue à la lignée des hommes, ajouta-t-elle, ça m'aurait fait mal que cela lui revienne à elle. »

Jay eut un sourire gêné. Il semblait que quelque chose de plus puissant que le simple chagrin se cachât en elle, quelque chose qui faisait flamboyer ses yeux, mais son visage restait de pierre. Il essaya de s'imaginer ce que l'on éprouvait à la perte d'un fils unique.

« Cela m'étonne qu'elle soit restée après… », lui dit-il.

Mireille poussa un bref éclat de rire.

« Oh, bien sûr qu'elle est restée ! » Sa voix était cinglante. « Vous ne la connaissez pas. Elle est restée ici par pure rancune, par pur entêtement. Elle savait que la mort de mon oncle n'était plus qu'une question de temps et que la propriété lui reviendrait à elle, exactement comme elle l'avait toujours voulu. Mais, lui, il savait ce qu'il faisait. Il la faisait attendre, le vieux renard, lui laissant croire qu'elle l'aurait pour une bouchée de pain. »

Elle eut un nouvel éclat de rire.

« Pourquoi en voudrait-elle ? Pourquoi ne pas lâcher la ferme et retourner à Paris ? »

Mireille haussa les épaules.

« Qui peut savoir ? Pour me contrarier, peut-être. » Elle buvait son vin à petites gorgées, d'un air curieux.

« C'est quoi, ce vin-là ?

— Du sauternes. Ah zut ! »

Jay n'arrivait pas à comprendre comment il avait pu se tromper. L'étiquette à peine lisible et écrite à la main ! Le cordonnet jaune noué autour du col ! *Églantine 1974.*

« Zut ! Je m'excuse. J'ai pris la mauvaise bouteille. » Il goûta à son tour. Le breuvage était incroyablement sucré, épais comme un sirop chargé de lie. Consterné, il se tourna vers Mireille.

« Je vais en déboucher une autre. Je m'excuse vraiment. Ce n'était pas ce que j'avais l'intention de vous offrir. Je ne comprends pas comment j'ai pu me tromper de bouteille !

— Ne vous en faites pas, ça va ! » Mireille n'avait pas repoussé son verre. « J'aime bien ça. Ça me rappelle quelque chose, je ne sais pas exactement quoi. Un remède que Tony prenait quand il était petit, peut-être ? » Elle en prit une autre gorgée et le parfum de miel qui s'échappait de son verre chatouilla les narines de Jay.

« Je vous prie, madame. Vraiment, si j'…

— J'aime ça », coupa-t-elle.

D'un coup d'œil par la fenêtre derrière elle, il apercevait toujours sous les pommiers Joe dont la salopette orange brillait au soleil. Voyant que Jay le regardait, Joe agita la main et, du pouce, lui fit bonne chance. Jay reboucha le vin d'églantine et, peu disposé à le jeter, en avala une autre gorgée. Le goût était toujours abominable mais l'arôme en était puissant et merveilleux. Jay se souvenait des baies rouges, cireuses, qui éclataient dans la marmite et la remplissaient de graines et d'un jus généreux, il voyait encore Joe dans sa cuisine avec sa radio qui jouait à plein volume — *Kung Fu Fighting*, le numéro 1 du hit-parade de ce mois-là — s'interrompre de temps à autre pour démontrer l'une de ces techniques compliquées apprises au cours de ses voyages en

Orient et il voyait aussi ce soleil d'octobre qui l'éblouissait à travers les vitres fêlées…

Le breuvage semblait avoir causé une réaction semblable chez Mireille mais son palais à elle était évidemment plus entraîné au goût particulier de ce vin. Elle le savourait, curieuse, à toutes petites gorgées, s'arrêtant chaque fois pour mieux l'apprécier.

D'un ton rêveur, elle murmura : « Il a un goût d'eau de rose. Non, de roses, de roses rouges même ! »

Il n'était donc pas le seul à tomber sous le charme spécial du vin de Joe ! Jay observa soigneusement la vieille femme vider le verre, il guettait avec inquiétude sur son visage la moindre trace de désapprobation. Mais non ! Au contraire, son regard semblait avoir perdu cette expression figée qui lui était particulière et elle souriait.

« Ça alors ! Des roses ! Savez-vous que j'avais un jardin de roses à moi, autrefois ? En bas, près du verger de pommiers. Je ne sais pas ce qui lui est arrivé. Tout est allé à l'abandon après la mort de mon père. Oui, des roses rouges, et elles avaient un parfum, mais un parfum… ah ! J'ai quitté la maison dès mon mariage avec Hugues, pourtant j'y revenais tous les dimanches cueillir mes roses pendant la saison. Puis Hugues et mon père sont morts tous les deux — mais mon Tony est né cette année-là. Ç'aurait été une année terrible si mon cher petit Tony n'avait pas été là ! Mais pour les roses, c'était le plus bel été que j'eusse jamais connu. La maison en était pleine et elles montaient jusqu'au toit. Eh ! mais ce vin-là a vraiment du corps. Il me monte à la tête, vous savez ! »

Jay la regarda d'un air plein d'attention et dit :

« Je vous ramènerai chez vous en voiture. Vous n'allez pas faire tout ce chemin-là à pied ! Pas par ce soleil ! »

Mireille secoua la tête. « J'ai envie de rentrer à pied. Même à mon âge, quelques kilomètres de route ne me font pas peur. D'ailleurs… » Elle fit un signe de la tête pour indiquer l'autre ferme. « J'aime bien voir la maison de mon fils, de l'autre côté de la rivière, et si j'ai de la chance, j'apercevrai peut-être de loin sa petite fille. »

Jay avait presque oublié l'enfant. Il ne l'avait certes jamais entrevue, ni dans les champs ni en route pour l'école.

« Ma petite Rosa, sept ans qu'elle a, maintenant. Je ne l'ai pas eue près de moi depuis la mort de mon fils. Pas une seule fois ! » Sa bouche commençait à reprendre l'expression boudeuse qui lui était habituelle. Ses grosses mains difformes s'agitaient de nouveau contre sa jupe. « Ah ! Elle sait celle-là ce que cela m'a fait. Oui, elle le sait. J'aurais fait n'importe quoi pour l'enfant de mon fils. J'aurais pu racheter la ferme, j'aurais pu lui donner de l'argent car Dieu sait que je n'ai personne d'autre à qui le donner. »

Elle se leva avec difficulté, appuyant les mains sur la table pour s'aider.

« Mais elle sait qu'en échange, il lui faudrait me permettre de voir l'enfant, continua Mireille. Et que je découvrirais ce qui se passe. Si seulement on savait comment elle traite ma petite Rosa, si seulement je pouvais avoir des preuves de ce qu'elle fait !

— Je vous en prie. » Jay lui passa la main sous le coude pour lui permettre de reprendre son équilibre. « Ne vous inquiétez pas, je suis sûr que Marise s'occupe de son mieux de Rosa. »

Avec un regard plein de mépris, Mireille le coupa net. « Qu'est-ce que vous en savez, vous ? Vous étiez là peut-être, caché derrière la porte de la grange, quand mon fils est mort ? » Sa voix était devenue cassante. Son bras lui brûlait les doigts comme de la brique chaude.

« Excusez-moi, je ne voulais que… »

Mireille fit un effort pour secouer la tête. « Non, c'est à moi de m'excuser. Le soleil et votre vin corsé, tout ça me fait dire des choses que je devrais taire. Et ça me fait bouillonner le sang, rien que de penser à elle. »

Elle sourit tout à coup et Jay, surpris, eut un rapide aperçu du charme et de l'intelligence qui se cachaient sous ce rude extérieur.

« Oubliez ce que j'ai dit, monsieur Jay. Et c'est moi qui vous inviterai la prochaine fois. N'importe qui vous indiquera où j'habite ! »

Son ton ne souffrait pas de réplique.

« J'en serai enchanté. Vous ne pouvez pas savoir à quel

point je suis heureux de trouver quelqu'un qui ait l'indulgence d'écouter mon mauvais français. »

Mireille le dévisagea un bref moment, puis sourit.

« Vous êtes peut-être un étranger ici, mais en vous bat un
cœur généreux de Français et la maison de mon père est
entre de bonnes mains. »

Jay la regarda s'éloigner de sa démarche raide le long de
l'allée envahie par les mauvaises herbes dans la direction de
la limite de la propriété, puis disparaître derrière le rideau
d'arbres, au bout du verger, et il se demanda si ses roses y
fleurissaient toujours.

Il remit dans la bouteille le contenu de son verre et la
reboucha puis il rinça les verres et rentra ses outils dans la
cabane. À ce moment-là seulement, il comprit. Après bien
des journées stériles, après avoir vainement essayé de retrouver le fil de son roman inachevé qui lui échappait sans cesse,
cette fois il pouvait le voir briller, aussi clairement qu'un
louis d'or dans la poussière. Il se précipita vers sa machine à
écrire.

« À mon avis, tu pourrais les faire repartir si tu voulais,
dit Joe en contemplant l'enchevêtrement des rosiers sur la
haie. Ils n'ont pas été taillés depuis longtemps et certains
sont retournés à l'état sauvage mais tu y arriverais, avec un
peu d'effort ! »

Joe avait toujours fait semblant de ne pas s'intéresser aux
fleurs. Il préférait les arbres fruitiers, les herbes pour la cuisine et les légumes, ce qui se cueillait, se récoltait, se conservait, se séchait, se mettait en bocaux, se réduisait en com-
pote ou se transformait en vin. Pourtant il y avait toujours eu
des fleurs dans son jardin. Elles semblaient avoir été plantées là après le reste : des dahlias, des pavots, de la lavande,
des roses trémières. Des rosiers grimpants poussaient parmi
les plants de tomates. Des pois de senteur s'enroulaient
autour des rames de haricots verts. C'était un peu pour le
camouflage, et aussi pour attirer les abeilles, mais la vérité
était surtout que Joe aimait les fleurs et qu'il hésitait même
à arracher celles des mauvaises herbes.

Jay n'aurait sûrement pas trouvé la roseraie s'il n'avait su
où la chercher. Le mur de briques contre lequel les rosiers

avaient poussé s'était en partie écroulé et il n'en restait qu'une section de hauteur irrégulière sur une largeur d'environ cinq mètres.

La végétation était montée à l'assaut. Elle atteignait presque le sommet et avait créé un taillis épais parmi lequel il avait peine à reconnaître les rosiers. Avec des sécateurs, il enleva quelques ronces et mit au jour une unique rose rouge, énorme, qui poussait presque au niveau du sol.

« Une rose ancienne, fit remarquer Joe en s'approchant pour mieux la voir. C'est la reine pour les confitures. Tu devrais goûter la gelée de pétales de roses. C'est rudement bon ! »

Jay se remit à tailler, écartant les vrilles qui s'accrochaient aux buissons. Il apercevait d'autres boutons à présent, verts encore et bien fermés, à l'abri du soleil. La fleur épanouie dégageait un parfum subtil qui montait aussi de la terre.

Il passa la moitié de la nuit à écrire. Ce que Mireille lui avait raconté lui permit de faire avancer son roman d'une dizaine de pages et cela s'enchaînait bien au reste. Un peu comme s'il en avait eu besoin pour continuer. Sans cette histoire, au cœur même de son récit, son livre n'aurait plus été qu'une collection d'anecdotes hétéroclites mais la vie de Marise était le lien qui pourrait en faire un roman captivant si seulement il avait idée d'où tout cela le mènerait !

À Londres, il allait au gymnase chaque fois qu'il voulait prendre le temps de réfléchir. Ici il allait au jardin, car y bricoler lui remettait de l'ordre dans ses idées. Il se souvenait des étés à Pog Hill Lane, passés à couper et à tailler sous l'œil attentif de Joe, à mélanger la résine pour les greffes, à préparer les herbes qu'il broyait dans le grand mortier de Joe avant de les mettre en sachets. Il sentait que c'était la chose à faire ici aussi — accrocher des rubans rouges aux arbres fruitiers pour en éloigner les oiseaux, suspendre des sachets d'herbes à l'arôme puissant pour repousser les parasites.

« Tu devrais les nourrir aussi, remarqua Joe, en se penchant sur les rosiers. Un peu de ce vin d'églantines à la racine leur ferait du bien, et puis il te faudrait quelque chose contre les pucerons. »

Il avait raison, les buissons en étaient infestés et les pousses nouvelles vous en collaient aux doigts.

L'insistance de Joe à lui donner des conseils le fit sourire.

« Je vais peut-être utiliser un produit chimique cette année, suggéra Jay avec malice.

— Fichtre non ! s'exclama Joe. Tu vas tout gâcher avec tes produits. C'est pas pour ça que tu es venu ici quand même !

— Et c'est pourquoi alors, vous qui savez tout ? »

Dégoûté, Joe laissa échapper un grognement.

« Tu sais vraiment rien de rien !

— J'en sais assez pour ne pas me laisser avoir encore une fois, lui dit Jay, par vous ou vos sachets magiques, vos talismans ou vos voyages en Orient. Vous m'avez bien fait marcher, hein ? Et tout ce temps-là vous vous fichiez de moi ! »

Joe lui jeta un regard sévère par-dessus ses lunettes en demi-lune.

« J'ai jamais rigolé. Et si tu avais un grain de bon sens pour voir plus loin que le bout de ton nez, tu…

— Ah oui ? » Jay commençait à perdre patience, il arrachait les ronces les moins profondément enracinées autour du massif de roses avec une violence toute gratuite. « Pourquoi êtes-vous parti, alors ? Sans même un mot d'adieu ? Pourquoi a-t-il fallu que je retourne à Pog Hill pour y trouver la maison vide ?

— Oh, tu vas pas encore remettre ça ? »

Joe s'installa le dos appuyé au pommier et alluma une Players. La radio posée dans les hautes herbes se mit à jouer *I Feel Love*, le numéro un du hit-parade de ce mois d'août.

« Arrêtez donc ça ! » lui dit Jay d'un ton irrité.

Joe haussa les épaules, la radio laissa échapper un bref gémissement et se tut. « Si seulement tu avais planté les *rosifea* comme je voulais, continua Joe.

— Pour ça, j'avais besoin d'autre chose que de quelquesunes de vos misérables petites graines ! répliqua Jay.

— Tu as toujours été un cas difficile, toi ! » D'une chi-

quenaude adroite Joe fit voler son mégot par-dessus la haie.
« Je risquais pas de te dire que je partais, je le savais pas moi-
même ! J'avais besoin de voir du pays, de respirer l'air de la
mer, de voir la route devant moi. D'ailleurs je pensais t'avoir
laissé ce qu'il fallait. Je te le répète, si seulement tu avais
planté ces graines, si tu y avais cru. »

Jay en avait franchement assez. Il se retourna pour le
regarder bien en face. Pour une hallucination, Joe paraissait
drôlement réel, réel jusqu'au bout de ses ongles noirs. Sans
qu'il n'y eût aucune logique à ça, cela irritait encore plus Jay.

« Je ne vous ai pas appelé, hein ? » Il avait élevé la voix.
Il se sentait encore adolescent, il avait de nouveau quinze
ans et il était seul dans la cave de Joe, au milieu des bouteilles et des bocaux cassés. « Je ne vous ai jamais demandé
de m'aider. Je ne vous ai jamais appelé ! Pourquoi êtes-vous
ici, d'ailleurs ? Pourquoi ne me laissez-vous pas tranquille ? »

Joe attendit patiemment qu'il eût fini. « Ça y est. Tu as
fini de cracher ce que tu as sur le cœur ? »

Jay se remit à tailler les rosiers sans même lui jeter un
coup d'œil. « Foutez le camp, dit-il d'une voix à peine perceptible.

— Je vais peut-être justement le faire, si tu crois que je
n'ai rien d'autre à faire ni ailleurs où aller. Tu penses que j'ai
tout mon temps, hein ? » Son accent se faisait plus prononcé, comme dans les rares occasions où Jay l'avait vu se
fâcher. Jay lui tourna le dos.

« Je m'en vais alors ! » Il y avait dans sa voix quelque
chose d'irrévocable, quelque chose qui lui donna envie de
se retourner. « Ben, comme tu voudras ! À bientôt ! »

Jay s'efforça de se consacrer à la taille du buisson pendant encore plusieurs minutes. Derrière lui, il n'entendait
plus que le gazouillis des oiseaux et le bruissement du vent
qui fraîchissait en traversant les prés. Joe était parti et, cette
fois-ci, Jay n'était pas sûr de le revoir jamais.

37

En se rendant à Agen le matin suivant, Jay trouva de son agent un message plaintif qui dénotait son agitation. Les mots étaient soulignés pour faire ressortir leur importance. « Passez-moi un coup de fil, c'est urgent ! » Jay l'appela donc du café de Joséphine. Il n'y avait pas de téléphone à la ferme et il n'avait nullement l'intention d'en faire installer un. La voix de Nick lui paraissait très lointaine, comme une chaîne radio à peine audible, et les bruits du café : les verres qui s'entrechoquaient, le chuintement des pions qui glissaient sur le damier, les rires, les éclats de voix, la couvraient.

« Jay ! Jay, ah, alors, ça me fait plaisir de t'entendre ! C'est de la folie ici ! Le nouveau bouquin est sensationnel ! Je l'ai déjà envoyé à une demi-douzaine d'éditeurs. C'est...

— Mais il n'est pas encore terminé, lui fit remarquer Jay.

— Ça ne fait rien ! Ça sera formidable ! Le climat de la France te réussit, c'est sûr. Ce dont j'ai absolument besoin à présent, c'est de...

— Attends ! » Jay commençait à se sentir bousculé. « Je ne suis pas prêt. »

Nick avait dû comprendre quelque chose au ton de sa voix et il se mit à parler plus lentement.

« Eh, pas d'affolement. Personne ne va te harceler. Personne ne sait où tu te trouves !

— Et cela me convient parfaitement ! dit Jay. J'ai besoin de davantage de temps à moi. Je me sens heureux ici à faire du jardinage et à réfléchir à mon livre. »

Il savait que Nick était mentalement en train d'envisager toutes les éventualités.

« D'accord ! Si c'est vraiment ce que tu désires, je vais assurer ta tranquillité et freiner un peu les choses mais qu'est-ce que je raconte à Kerry ? Elle m'appelle tous les deux jours et elle exige de savoir ce que tu...

— À Kerry, tu ne dis absolument rien du tout, répondit Jay d'un ton décidé. Elle est bien la dernière personne que je veuille voir ici !

— Aah ! fit Nick.

— Qu'est-ce que tu veux dire par aah ?

— Tu cours les filles, c'est ça ? » Au ton de sa voix, on sentait qu'il trouvait l'idée amusante. « Tu fais de la "Recherche", quoi !

— Non !

— Tu en es sûr ?

— Absolument ! »

Il pensait en être tout à fait sûr. Voilà des semaines qu'il ne pensait plus à Marise. D'ailleurs, la femme qui avait d'abord hanté les pages de son livre ne ressemblait en rien à la recluse qui habitait de l'autre côté des champs et c'était son histoire à elle qui l'intéressait.

Devant l'insistance de Nick, il lui donna quand même le numéro de téléphone de Joséphine au cas où il aurait besoin de lui faire parvenir un message urgent. Nick lui demanda encore une fois quand il serait prêt à lui montrer la suite du manuscrit mais Jay était incapable de le lui dire et ne voulait même pas y penser. Déjà il se sentait mal à l'aise à l'idée que Nick, sans son autorisation, l'eût montré avant qu'il ne fût même terminé. Pourtant Nick ne faisait rien d'autre que son travail d'agent ! En raccrochant, il remarqua que Joséphine lui avait déjà apporté une autre cafetière pleine. Roux et Poitou étaient assis là avec Popotte, l'employée des PTT qui apportait le courrier. Un instant, Jay se trouva complètement désorienté. Il ne s'était jamais senti si loin de Londres.

Ce jour-là, comme d'habitude, il rentra à travers champs. Pendant la nuit il avait plu et le sentier était glissant, les haies dégoulinaient d'eau. Il évita la route et suivit la rivière jusqu'à la limite de la propriété de Marise, prenant plaisir à marcher dans le silence des arbres lourds de pluie.

Aucun signe de Marise dans les vignes. Un minuscule panache de fumée montait de la cheminée de l'autre ferme, c'était tout. Les oiseaux eux-mêmes s'étaient tus. Jay avait l'intention de traverser la rivière à son endroit le plus étroit, là où l'eau était la moins profonde, là où la terre de Marise touchait à la sienne. De chaque côté, la berge abrupte était couronnée d'arbres. De son côté à elle, c'était d'un écran d'arbres fruitiers et, du sien, un enchevêtrement impénétrable d'aubépines et de sureaux. En passant, il remarqua que les rubans rouges qu'il avait attachés aux branches avaient disparu, emportés par le vent sans doute. Il allait devoir inventer une meilleure façon de les fixer. À cet endroit-là, le courant se calmait et l'eau était moins profonde. Par temps de pluie, elle s'étalait, formait des îlots de roseaux et sculptait, dans le limon rouge de la berge, des formes bizarres que le soleil durcissait comme de l'argile cuite. Là, il y avait un gué et le passage des gens avait poli les cailloux lisses et luisants. Pourtant Jay était le seul à y passer maintenant. Du moins, c'est ce qu'il croyait !

Car, au moment où il arrivait à l'endroit où il devait traverser, il aperçut au bord de la rivière une petite fille accroupie, qui enfonçait un bâton dans l'eau silencieuse. À ses côtés, un petit chevreau brun la contemplait d'un air placide. Le mouvement qu'il fit soudain alerta l'enfant, qui s'immobilisa. Des yeux aussi lumineux et aussi curieux que ceux du chevreau se fixèrent sur Jay. Ils le dévisagèrent tous les deux un instant, elle, clouée sur place, les yeux grands ouverts. Jay, submergé par une impression de déjà vu, resta, figé.

C'était Gilly.

Elle portait un pull orange et un pantalon vert

remonté jusqu'aux genoux. Elle s'était débarrassée de ses chaussures qui gisaient dans l'herbe à quelques pas. De l'autre côté, un sac à dos rouge était posé, béant. Le collier de rubans rouges, noués les uns aux autres, autour du cou de la fillette éclairait le mystère de la disparition des talismans de Jay.

En l'observant mieux, il se rendit compte qu'après tout ce n'était pas Gilly. Les boucles de sa chevelure étaient couleur de châtaignes mûres plutôt que rousses et la fillette était jeune, pas plus de huit ou neuf ans, mais la ressemblance était quand même frappante. C'était le même visage mobile, constellé de taches de rousseur, la même bouche un peu large, les mêmes yeux verts et méfiants. Elle avait la même façon de vous regarder, la même position du genou replié formant un angle inattendu. Non, ce n'était pas Gilly, bien sûr, mais elle lui ressemblait tellement que son cœur en chavira. Jay comprit que ce devait être Rosa.

Elle le regarda longtemps, sans sourire, puis saisissant ses chaussures elle prit les jambes à son cou et s'enfuit. Le chevreau eut un petit sursaut apeuré puis, d'une démarche sautillante de danseuse, il s'approcha de Jay. En passant, il s'arrêta pour mordiller un instant les courroies du sac à dos abandonné. La fillette se déplaçait aussi rapidement que la chèvre, s'aidant de ses mains pour escalader la berge glissante en direction de la clôture.

« Attends ! » lui cria Jay.

Elle ne lui prêta aucune attention. Elle gravit la berge avec la rapidité d'une belette et ne se retourna que pour lui tirer la langue en un défi muet.

« Attends ! » Jay tendit les mains pour lui faire comprendre qu'il ne lui voulait aucun mal. « N'aie pas peur ! Ne t'enfuis pas ! »

La fillette le dévisagea avec curiosité ou hostilité, il n'aurait su le dire, la tête légèrement penchée de côté comme si elle se concentrait. Il n'y avait aucun moyen de savoir si elle avait compris.

« Bonjour, Rosa », dit Jay. L'enfant n'eut aucune réaction. « Je m'appelle Jay et j'habite là-bas. » Il indiqua la ferme qui se voyait à peine derrière les arbres.

Il remarqua alors qu'elle ne regardait pas exactement vers lui, plutôt vers quelque chose qui se trouvait légèrement vers la gauche et un peu plus bas que l'endroit où il se tenait. Elle semblait tendue et prête à bondir. Jay chercha dans sa poche quelque friandise à lui offrir — un bonbon ou un biscuit, mais il n'avait que son briquet. C'était un Bic bon marché, en plastique de couleur voyante, qui brillait au soleil.

« Tu peux avoir ça, si tu veux », suggéra-t-il en le lui tendant au-dessus de l'eau. L'enfant ne montra aucun intérêt. Peut-être ne savait-elle pas lire sur les lèvres, pensa-t-il. Du côté de la rivière où il se tenait, le chevreau bêla et se mit à lui donner de petits coups de tête contre les jambes. Rosa jeta un coup d'œil à Jay, puis au chevreau. Il y avait un mélange de mépris et d'inquiétude dans ses yeux. Il remarqua que son regard se posait sans cesse sur le sac à dos qui gisait au bord de la rivière et il se baissa pour le ramasser. Le chevreau cessa alors de s'intéresser à ses jambes et reporta son attention avec une déconcertante rapidité sur la manche de sa chemise. Jay tendit le sac.

« Il est à toi ? »

La petite fille avança d'un pas de l'autre côté de la rivière.

« N'aie pas peur. » Jay parlait lentement au cas où elle ne saurait pas bien lire sur les lèvres, il sourit. « Tiens, tu vois, je te l'apporte ! » Il se dirigea vers les cailloux du gué, serrant dans ses bras le sac lourd. Le chevreau le regarda d'un air peu convaincu. Tout gêné qu'il était par le sac, Jay avançait maladroitement. Il leva les yeux pour sourire à la fillette, perdit l'équilibre sur l'un des cailloux rendus glissants par la pluie et faillit tomber. Au moment où il s'y attendait le moins, le chevreau, qui le suivait de pierre en pierre avec curiosité, le poussa pour le dépasser et Jay fit un pas en avant à l'aveuglette et tomba en plein milieu de la rivière en crue.

Rosa et le chevreau silencieux contemplèrent la scène.

Ils avaient tous deux le même sourire franchement moqueur.

« Nom d'une pipe ! » Jay essaya de regagner la berge à pied. Le courant était plus fort qu'il ne l'avait prévu, et il avançait en butant sur des cailloux comme un ivrogne, ses chaussures dérapant dans la vase. À part le sac qu'il portait, il était complètement trempé.

Rosa sourit de nouveau et son visage fut transformé. Ce sourire était étrangement chaleureux et, au milieu de sa frimousse constellée de taches de rousseur, ses dents brillaient de tout leur éclat. Elle eut un rire pratiquement inaudible et frappa l'herbe de ses pieds nus dans un transport de joie. Puis, ramassant les chaussures qu'elle avait laissées tomber, de nouveau elle escalada la berge dans la direction du verger.

Gentiment, le chevreau la suivit en mordillant l'un des lacets de chaussures qui pendaient. Arrivés en haut, Rosa se retourna et lui fit un petit signe de la main mais Jay n'aurait su dire s'il s'agissait d'un geste de défi ou d'affection. Quand elle eut disparu, il se rendit compte qu'il avait toujours le sac à dos. À l'intérieur, il trouva quantité de choses auxquelles seul un enfant attache de la valeur : un bocal rempli d'escargots, quelques morceaux de bois, des galets de la rivière, de la ficelle et un certain nombre de talismans rouges soigneusement attachés avec leurs rubans de façon à former une guirlande éclatante.

Jay remit les trésors dans le sac qu'il accrocha au montant vertical d'une barrière près de la haie, à l'endroit où, voilà quinze jours, il avait accroché la tête de dragon. Il était certain que Rosa le retrouverait.

« Voilà des mois que je ne l'ai vue, lui dit plus tard Joséphine alors qu'il était au café. Marise ne l'envoie plus à l'école. C'est dommage. Une petite fille comme ça a besoin de copains ! »

Jay acquiesça.

« Autrefois, elle allait à la garderie du village, se souvint Joséphine. Elle devait avoir trois ans, peut-être moins ! Elle parlait encore un peu à ce moment-là mais je pense qu'elle n'entendait pas grand-chose.

— Oh ? » Jay sentait la curiosité s'éveiller. « Je la croyais sourde de naissance. »

Joséphine secoua la tête. « Non, c'est à la suite d'une infection, l'année de la mort de Tony. L'hiver était mauvais. La rivière avait débordé encore une fois. La moitié des terres de Marise étaient restées sous l'eau pendant trois mois et il y avait eu cette affaire avec la police... »

Jay la regarda de l'air de quelqu'un qui s'intéresse à l'histoire.

« Eh bien, oui. Depuis la mort de Tony, Mireille essayait de faire croire que Marise en était responsable. Elle disait qu'ils avaient eu je ne sais plus trop quelle sorte de querelle, que Tony ne se serait jamais donné la mort. Elle essayait d'insinuer qu'il y aurait eu un autre homme dans l'histoire ou quelque chose comme ça et que tous les deux avaient comploté la mort de Tony. »

Elle secoua la tête et fronça les sourcils. « Mireille était devenue presque folle de chagrin, ajouta-t-elle. Elle aurait dit n'importe quoi. Bien sûr, les choses ne s'arrêtèrent pas là. La police est venue, ils ont fait une enquête et puis ils sont partis. Je pense qu'ils avaient déjà jugé Mireille à ce moment-là mais elle a quand même passé les trois ou quatre années qui suivirent à écrire des lettres, à mener campagne, à faire signer des pétitions. Quelqu'un est passé une ou deux fois, c'est tout, mais cela n'a rien donné. Elle fait courir le bruit que Marise garde l'enfant dans une petite pièce fermée à clef ou quelque chose comme ça.

— Je ne pense pas que ce soit vrai. »

La petite si vivace, au visage couvert de taches de rousseur, que Jay avait vue ne lui avait pas donné l'impression d'une enfant que l'on aurait tenue enfermée.

Joséphine haussa les épaules. « Moi non plus ! dit-elle. Mais c'était trop tard, le mal était fait. Des groupes de gens se réunissaient devant le portail de la ferme et de l'autre côté de la rivière, des redresseurs de torts pour la plupart, qui n'auraient pas fait de mal à une mouche ! Marise, hélas, ne pouvait pas le savoir, elle s'était barricadée dans sa maison alors que des flambeaux brûlaient dehors et que les gens faisaient partir des pétards et lançaient des pierres dans les volets. » Elle secoua la tête.

« Lorsque les esprits se furent calmés, il était trop tard, expliqua-t-elle. Elle était déjà convaincue que tout le monde était contre elle. Et puis Rosa disparut... »

Joséphine versa un doigt de cognac dans son café. « J'imagine qu'elle a pensé que nous étions tous dans le coup. On ne peut pas cacher grand-chose dans un village et tout le monde savait que Rosa était chez Mireille. La gosse avait trois ans à l'époque et nous pensions tous que les deux femmes s'étaient réconciliées, d'une façon ou d'une autre, et que Rosa était en visite. Bien sûr, Caro Clairmont savait la vérité et certains autres aussi, Joline Drou par exemple, qui était sa meilleure amie à l'époque, et le docteur Cussonnet. Mais nous, les autres... personne n'a posé de questions. Après ce qui s'était passé, les gens estimaient qu'il valait peut-être mieux ne pas s'en mêler. Et bien sûr, personne ne connaissait vraiment Marise.

— Elle ne fait rien pour faciliter les choses, observa Jay.

— Rosa avait quitté la maison depuis trois jours environ. Mireille n'avait essayé qu'une seule fois de la faire sortir avec elle, le premier jour. Cela n'avait pas duré longtemps. On entendait l'enfant hurler jusqu'en bas des Marauds. Je ne sais pas ce qui n'allait pas mais ce n'était sûrement pas les poumons. Rien ne réussissait à la faire taire, ni les bonbons, ni les cadeaux, ni les câlins, ni les menaces. Toutes ont essayé — Caro, Joline, Toinette — mais l'enfant n'arrêtait pas de hurler. Finalement, Mireille s'est inquiétée et a fait venir le docteur. Après de longs débats, ils l'ont emmenée consulter un spécialiste à Agen. Il n'était tout simplement pas normal qu'une enfant de cet âge-là hurlât tout le temps. Ils ont cru que son esprit était dérangé, qu'elle avait peut-être été maltraitée d'une façon ou d'une autre. » Elle fronça le sourcil. « Puis Marise était venue à la garderie chercher Rosa. Elle avait découvert que le docteur et Mireille l'avaient emmenée à Agen. Je ne me souviens pas d'avoir vu quelqu'un en proie à une telle colère. Elle les a suivis à vélomoteur mais, tout ce qu'elle savait, c'était que Mireille avait conduit l'enfant dans je ne sais pas quelle sorte d'hôpital pour lui faire subir des tests, disait-elle. Je ne sais pas trop ce qu'ils essayaient de prouver. »

Elle haussa de nouveau les épaules. « Si elle avait été n'importe qui d'autre, elle aurait pu compter sur l'aide des gens du village, mais Marise ne disait jamais une parole à moins d'y être obligée, ne souriait jamais — j'imagine que les gens avaient décidé de ne pas se mêler d'affaires qui ne les concernaient pas. Voilà ce que c'était, et il n'y avait vraiment pas de mal à ça. Elle avait toujours voulu être laissée en paix et c'est exactement ce que les gens ont fait. D'ailleurs, personne ne savait vraiment où Mireille avait emmené Rosa, à l'exception peut-être de Caro Clairmont. Oh, après, on a entendu toutes sortes d'histoires mais ça, c'était bien plus tard — comment Marise était entrée avec un fusil de chasse à la main dans le cabinet de consultation de Cussonnet, avait tapé du pied et l'avait forcé à sortir et à monter dans sa voiture. À les entendre, la moitié du village en aurait été témoin. C'est toujours comme ça, hé ! Moi, ce que je peux dire, c'est que je n'étais pas là. Et, bien que Rosa fût revenue chez elle avant la fin de la semaine, on ne l'a plus jamais revue au village — ni à l'école, ni au feu d'artifice du 14 juillet, ni à la Fête du chocolat à Pâques ! » Joséphine vida d'un seul coup sa tasse de café et s'essuya les mains à son tablier. « Et c'est ainsi que cela a fini, conclut-elle d'un ton catégorique. C'est la dernière fois que nous avons vu Marise et Rosa. Je les aperçois de temps en temps — une fois par mois peut-être — en route pour Agen ou pour la jardinerie de Narcisse ou dans le champ, de l'autre côté de la rivière, c'est tout. Elle n'a pas pardonné au village ce qui est arrivé après la mort de Tony — d'avoir pris parti contre elle, d'avoir fermé les yeux lors de la disparition de Rosa. On pourrait bien lui dire que l'on n'y était pour rien, elle ne nous croirait pas ! »

Jay hocha la tête. « Ça se comprend ! Elles doivent mener une vie très solitaire », dit-il.

Il pensait à Maggie et à Gilly et à la façon dont elles réussissaient toujours à se faire des amis partout où elles allaient, comme elles faisaient du commerce et des réparations, de menus travaux pour joindre les deux bouts, comme elles étaient toujours sur la route, encaissant les insultes et les préjugés avec le même défi souriant. Mais cette femme butée et soupçonneuse était bien différente des amis de Joe à Nether Edge. Pourtant, l'enfant ressemblait tant à Gilly ! En rentrant à la ferme, il alla voir si le sac à dos était encore là. Comme il s'y attendait, on l'avait déjà enlevé. Seule restait la tête de dragon avec sa longue langue de crêpe qui pendait mais, maintenant, elle était décorée d'une guirlande de rubans rouges qui flottaient au vent, posée d'un petit air crâne sur l'épaisse crinière verte. En s'approchant pour mieux voir, Jay remarqua le bout d'une pipe en terre qui dépassait des dents du dragon et d'où sortaient, en guise de fumée, des graines de pissenlit. En passant, il réprima un sourire car il avait la quasi-certitude d'avoir aperçu quelque chose bouger dans la haie à côté de lui, un bref éclat orangé parmi la verdure printanière, et d'avoir entendu au loin le bêlement effronté d'un chevreau.

38

Plus tard, en buvant son grand crème, au Café des Marauds, il écouta d'une oreille distraite Joséphine lui raconter l'origine du premier Festival du chocolat et la résistance que lui avait opposée l'église. Saupoudré de copeaux de chocolat noir et accompagné d'un biscuit à la cannelle, le café avait très bon goût.

Narcisse était installé en face avec son inséparable catalogue de graines et un café-cassis. L'après-midi, il y avait davantage de monde mais la clientèle se composait essentiellement de vieillards qui jouaient aux échecs ou aux dames tout en parlant dans leur patois rapide. Dans la soirée, le café serait plein d'ouvriers agricoles à leur retour des champs et des fermes. Il se demanda ce que faisaient les jeunes gens le soir.

« Peu de jeunes restent ici, expliqua Joséphine. Il n'y a pas de travail à moins qu'on ne s'intéresse à l'agriculture. Et la plupart des fermes ont été si souvent divisées entre tous les garçons de la famille qu'il ne reste plus guère personne qui ait la possibilité de gagner sa vie.

— Toujours les fils, dit Jay. Jamais les filles.

— Peu de femmes voudraient prendre une ferme à Lansquenet, dit Joséphine avec un haussement d'épaules, et certains cultivateurs et distributeurs n'aiment pas travailler pour une femme. »

Jay eut un petit éclat de rire.

Joséphine le regarda. « Vous ne le croyez pas ? »

Il secoua la tête. « J'ai du mal à le comprendre, expliqua-t-il. À Londres...

— Nous ne sommes pas à Londres. » Joséphine semblait s'amuser. « Ici, les gens s'accrochent à leurs traditions, à l'église, à la famille, à la propriété. Voilà pourquoi tant de jeunes nous quittent. Ils veulent voir les choses qu'ils lisent dans leurs magazines : les grandes villes, les voitures, les boîtes, les magasins ! Mais il y en a toujours qui restent, enfin, quelques-uns ! Et quelques-uns qui reviennent aussi. »

Elle versa un autre café-crème et sourit. « Il fut un temps où j'aurais donné n'importe quoi pour m'échapper de Lansquenet, dit-elle. Je suis même partie un jour. J'ai fait mes bagages et j'ai quitté la maison.

— Que s'est-il passé ?

— Je me suis arrêtée en cours de route pour prendre un chocolat chaud, dit-elle en riant. Et je me suis rendu compte que je ne pouvais pas partir, que je n'avais jamais vraiment eu envie de partir. » Elle s'interrompit pour prendre des verres vides sur une table voisine. « Quand vous aurez vécu ici assez longtemps, vous comprendrez. Après un certain temps, les gens trouvent difficile de quitter un endroit comme Lansquenet. Ce n'est pas simplement un village. Les maisons ne sont pas simplement un endroit où habiter. Chaque chose appartient à quelqu'un, chaque personne fait partie d'une famille, et l'absence d'une seule personne peut tout changer. »

Il hocha la tête. C'était justement ce qui l'avait d'abord attiré à Pog Hill Lane, les allées et venues, les conversations par-dessus le mur, les échanges de recettes, de paniers de fruits et de bouteilles de vin, la présence constante des autres. Quand Joe y habitait, Pog Hill continuait à vivre. Son départ avait entraîné la mort de tout. Et soudain il envia Joséphine, sa vie, ses amis, la vue qu'elle avait sur les Marauds, ses souvenirs.

« Et moi, se demanda-t-il, vais-je faire une différence ?

— Bien sûr ! » Il ne s'était pas même rendu compte qu'il avait parlé à haute voix.

« Tout le monde sait que vous êtes là, Jay. Tout le monde demande de vos nouvelles mais il faut du temps pour que quelqu'un soit accepté ici. Les gens veulent savoir si vous allez rester. Ils n'ont pas envie de s'ouvrir à quelqu'un qui ne restera pas. Et certains ont peur.

— Peur de quoi ?

— Du changement. Cela vous fera peut-être rire mais la plupart des gens ici aiment le village tel qu'il est. On ne veut pas devenir comme Montauban ou Le Pinot. On ne veut pas être envahi de touristes qui achèteraient des maisons à des prix astronomiques et qui nous laisseraient un village mort pendant l'hiver. Les touristes sont comme les guêpes, une plaie ! Ils vont partout, ils mangent tout, en l'espace d'un an ils mettraient fin à la vie que nous connaissons. Il ne resterait plus rien que des pensions de famille, des galeries de jeux, mais Lansquenet, le vrai Lansquenet disparaîtrait. »

Elle hocha la tête. « Les gens vous observent. Ils vous voient en bons termes avec Caro et Georges Clairmont et ils pensent que vous et eux... » Elle hésita. « Et puis ils voient Mireille Faizande vous rendre visite et ils imaginent que vous vous proposez peut-être d'acheter l'autre ferme, l'année prochaine, quand le bail viendra à son terme.

— La ferme de Marise ? Et pourquoi voudrais-je faire cela ? demanda-t-il, curieux.

— Celui qui en serait propriétaire serait maître de toute la terre jusqu'en bas, jusqu'à la rivière. La nationale de Toulouse ne se trouve qu'à quelques kilomètres. L'endroit intéresserait les promoteurs. On construirait. Ça s'est déjà vu dans d'autres endroits.

— Pas ici, pas moi. » Jay la regarda d'un air parfaitement tranquille. « Moi je suis là pour écrire, pour achever mon roman. C'est tout ce qui m'intéresse. »

Joséphine prit un air satisfait. « Je sais. Mais vous posez tant de questions sur elle. J'ai cru que vous alliez peut-être...

— Non ! »

Narcisse lui jeta un regard de curiosité par-dessus son catalogue de graines.

Il baissa la voix et ajouta rapidement : « Écoutez. Moi, je suis écrivain. Je m'intéresse à ce qui se passe. J'aime les histoires, voilà tout ! »

Joséphine versa un autre café et saupoudra la mousse d'un sucre parfumé à la noisette.

« C'est la pure vérité, lui assura Jay. Je ne suis pas là pour faire des changements. J'aime le coin tel qu'il est. »

Joséphine le dévisagea un instant puis hocha la tête, apparemment satisfaite. « Très bien, monsieur Jay, dit-elle avec un sourire. Je vais leur dire que vous êtes un brave type. »

Et ils célébrèrent son verdict en buvant leur tasse de café à la noisette.

39

Depuis le moment où il l'avait vue à la rivière, Jay n'avait aperçu Rosa qu'à distance. De temps à autre il croyait l'avoir surprise en train de l'épier derrière la haie et, un jour, il fut certain d'avoir entendu un bruit de pas étouffé au coin de la maison et il avait, bien sûr, trouvé des traces de son passage : les modifications apportées à la tête du dragon, par exemple, les petites guirlandes de fleurs, de feuilles et de plumes laissées sur les barrières et les clôtures pour remplacer les rubans rouges qu'elle avait volés. Une ou deux fois il avait découvert, attaché à une souche d'arbre, un dessin dont le papier se déformait déjà et se décolorait au soleil — une maison, un jardin, des enfants faits de quelques traits de crayon et qui jouaient sous des arbres d'un violet fantastique. Il ne savait pas s'il fallait prendre ces choses comme des offrandes, un jeu ou un genre de moqueries. Elle était aussi furtive que sa mère mais aussi curieuse que son chevreau et leur rencontre avait dû la convaincre que Jay ne lui voulait pas de mal. Un autre jour, il les aperçut ensemble. Marise travaillait derrière la haie et, pendant quelques instants, il avait pu voir son visage. De nouveau il se rendit compte à quel point cette femme était différente de l'héroïne de son livre. Il eut le temps de remarquer la fine courbe de ses sourcils, la ligne mince mais gracieuse de ses lèvres, l'angle aigu de ses pommettes à peine colorées par le soleil. Dans certaines circonstances favorables, elle aurait pu être belle, pas pulpeuse et agréablement bien en chair comme Popotte, ni bronzée et sensuelle comme les filles du village. Non, sous sa chevelure rousse mal taillée, elle avait la beauté grave et pâle des Nordiques aux traits fins. Quelque chose bougea derrière elle, elle se leva d'un bond et se retourna vivement. À cet instant précis, il eut le temps de remarquer quelque chose de nouveau. Agile comme un chat, elle se tourna en position de défense, non pas vers lui mais dans l'autre direction, et la rapidité même de sa réaction n'empêcha pas Jay de lire sur son visage cette... quoi ?

Était-ce de la peur ?

Cela dura moins d'une seconde. Avec un cri de joie, Rosa bondit vers elle, les bras tendus, le visage fendu par un large sourire de plaisir. Encore de l'imprévu. Jay avait imaginé l'enfant intimidée, se cachant peut-être parmi les vignes comme il s'était caché, lui, devant Zeth, pendant ses séjours à Nether Edge, mais cette expression-là ne contenait que de l'adoration. Il la regarda grimper dans les bras de Marise comme à un arbre, entourant de ses jambes la taille de sa mère et lui étreignant le cou de ses bras. Pendant un instant, Jay put apercevoir de profil leurs deux visages proches l'un de l'autre. Les mains de Rosa s'agitaient doucement à la hauteur du visage de sa mère, elle lui parlait par signes à la façon des sourds. Marise pressa doucement le nez de Rosa contre le sien. Son visage s'était illuminé d'une tendresse plus profonde qu'il n'aurait jamais pu l'imaginer. Soudain il eut honte d'avoir cru, même un peu, l'accusation de Mireille — que Marise pouvait maltraiter l'enfant. Leur amour était quelque chose qui baignait l'air autour d'elles comme un rayon de soleil. Leur entente était totale, parfaite et silencieuse.

Marise remit Rosa par terre et lui parla par signes. Jay n'avait jamais vu personne communiquer ainsi et la grâce, l'expression des gestes et des visages le frappèrent. Rosa répondit par signes d'un air résolu. Il avait de plus en plus l'impression d'être un intrus. Les signes étaient trop rapides pour qu'il pût même deviner le sujet de leur conversation. Toutes deux évoluaient dans leur monde à elles et Jay n'avait jamais été témoin d'une intimité aussi profonde.

Marise riait silencieusement, comme sa fille, et le rire illuminait son visage comme le soleil qui entrerait par une fenêtre. Rosa se frottait l'estomac en riant et tapait du pied. Elles se tenaient comme si chaque partie de leur corps participait activement à leur communication, comme si, loin d'être handicapées par l'absence de sons, elles y avaient gagné autre chose de bien plus précieux.

Après cette scène, il avait pensé de plus en plus souvent à elles. C'était plus que de la curiosité pour son histoire, c'était devenu quelque chose qu'il n'arrivait pas à définir et, à ce propos, Joséphine le taquinait. Narcisse, lui, s'abstenait de tout commentaire mais il avait un regard entendu chaque fois que Jay parlait d'elle et il le faisait trop souvent. Il ne pouvait s'en empêcher. Mireille Faizande était la seule personne de sa connaissance qui voulût bien en parler à n'en plus finir. Jay était allé la voir, à plusieurs reprises, mais n'avait pu se décider à parler de la scène d'intimité dont il avait été témoin entre la mère et la fille. Lorsqu'il avait essayé de lui faire comprendre que leurs rapports étaient peut-être plus chaleureux qu'elle ne les avait dépeints, Mireille s'en était prise à lui avec mépris.

« Qu'est-ce que vous en savez, vous ? avait-elle dit d'une voix cassante. Comment pourriez-vous deviner comme elle est vraiment ? »

Son regard s'était tourné vers un vase de roses fraîches cueillies. Tout près, dans un cadre, une photo montrait un garçon aux yeux rieurs, assis sur une moto. Tony.

« Elle ne veut pas de l'enfant ! dit-elle ce jour-là d'une voix sourde. Pas plus qu'elle ne voulait de mon fils. » Son regard se durcit. « Elle a pris mon fils comme elle prend tout, pour tout gâcher, pour lui servir de jouet et elle fait à présent la même chose avec ma Rosa. Elle joue avec elle et elle s'en débarrassera dès qu'elle aura assez joué. » Ses mains s'agitèrent. « C'est de sa faute si l'enfant est sourde, dit-elle. Tony était parfait. Cela n'a pas pu provenir de sa famille à lui. Elle est méchante. Elle contamine tout ce qu'elle touche. »

Elle jeta un regard à la photo, à côté du vase. « Elle l'a trompé, vous savez. Il y a toujours eu un autre homme, un homme de l'hôpital. »

Jay se souvint qu'on avait en effet parlé d'un hôpital, d'une clinique de neurologie à Paris.

« Elle était malade ? » s'enquit-il.

Mireille lâcha un grognement de mépris. « Malade ? Vous voulez rire ! C'est exactement ce que disait Tony. Il disait qu'elle avait besoin de sa protection. Tout jeune qu'il était, mon Tony était son ancre de salut à elle. Il était fort et propre. Il croyait naïvement que tout le monde était comme lui, honnête et franc. » De nouveau, son regard se posa sur les roses. « Vous avez bien trouvé à vous occuper, remarqua-t-elle sans chaleur, vous avez ressuscité mes pauvres rosiers ! »

La phrase passa entre eux et s'évanouit comme de la fumée.

« J'ai essayé de la plaindre pour faire plaisir à Tony, continua-t-elle au bout d'un moment. Mais, même alors, ce n'était pas facile. Elle se cachait dans la maison, ne voulait parler à personne, pas même à la famille. Et puis, sans aucune raison, elle se fâchait. Elle se mettait dans des colères terribles, criait et lançait n'importe quoi. Parfois elle se blessait délibérément avec un couteau, un rasoir, tout ce qui lui tombait sous la main, et nous avons dû cacher ce qui aurait pu être dangereux.

— Combien de temps a duré leur mariage ? »

Elle haussa les épaules. « Moins d'un an, mais il l'avait courtisée plus longtemps. À sa mort, il avait vingt et un ans. »

Ses mains s'agitèrent, se serrant et se desserrant. « J'y pense toujours, dit-elle enfin. Je pense à eux deux. Il avait dû la suivre à sa sortie de l'hôpital, s'installer tout près pour qu'ils puissent se voir. Je ne puis cesser de penser que pendant toute l'année où elle a été mariée à Tony, même lorsqu'elle portait son enfant, la salope se payait de sa tête. Tous les deux se foutaient de lui, de mon fils.

— Excusez-moi ! Si vous préférez ne pas en parler... »

Mireille grogna. « Ce sont les autres qui préféreraient ne pas en parler, dit-elle d'un ton amer, et qui préféreraient ne pas y penser, qui préféreraient croire que ce sont des racontars de Mireille, la vieille folle, de Mireille qui, depuis le suicide de son fils, n'a jamais été la même. C'est tellement plus facile de ne pas s'en mêler, de la laisser vivre sa vie, d'oublier qu'elle m'a volé mon fils, qu'elle me l'a gâché, et simplement parce qu'elle le tenait en son pouvoir, comme elle m'a pris ma Rosa, ma petite-fille. » Sa voix s'étrangla dans sa gorge. De rage ou de chagrin, il n'aurait su le dire. Puis son visage redevint calme et son regard s'emplit d'une certaine satisfaction.

« Je vais lui montrer à qui elle a affaire, poursuivit-elle. L'année prochaine, quand elle aura besoin d'un toit sur la tête, quand le bail viendra à expiration, il faudra bien qu'elle vienne me voir si elle veut rester ici, hein ? Et elle veut rester, bien sûr. » Ses yeux luisaient maintenant d'une lueur sournoise.

« Pourquoi voudrait-elle rester ? » Peu importe à qui il posait la question, tout revenait à cela. « Pour quelle raison voudrait-elle habiter ici ? Elle n'a pas d'amis. Personne ne l'intéresse, ici. Et si elle veut quitter Lansquenet, comment peut-on l'en empêcher ? »

Mireille se mit à rire. « Qu'elle essaie ! dit-elle d'un ton sec. Elle a besoin de moi. Elle sait pourquoi ! »

Mireille refusa d'expliquer ce qu'elle venait de déclarer. Une autre fois, lorsque Jay alla lui rendre visite, il la trouva sur ses gardes et pas du tout prête à parler. Il comprit que l'un d'eux était allé un peu trop loin et il essaya d'être plus prudent à l'avenir, il chercha à lui plaire en lui apportant des roses.

Elle accepta ses offrandes d'assez bon cœur mais ne lui fit plus aucune confidence. Il dut se contenter des informations déjà glanées.

Il était particulièrement intéressé par les jugements variés qu'il entendait sur Marise dans le village. Si étrangement divers. Tout le monde avait son opinion mais, à part

Mireille, personne ne savait vraiment grand-chose à son sujet.

À en croire Caro Clairmont, c'était une avare et une recluse. Pour Mireille, une femme infidèle qui avait abusé de la naïveté d'un jeune homme innocent. Joséphine la tenait pour une femme courageuse qui élevait seule son enfant. Narcisse, lui, reconnaissait en elle une femme d'affaires efficace qui avait droit à sa privauté. Roux, qui avait fait les vendanges chez elle à l'époque où il voyageait sur la rivière, se souvenait d'elle comme d'une femme polie et secrète qui portait son bébé sur son dos même pour travailler dans les champs, qui lui apportait une bière bien fraîche par temps chaud et qui payait toujours ses ouvriers en espèces.

« Certains se méfient de nous, expliquait-il avec un sourire. Nous, les nomades de la rivière, toujours en mouvement ! Les gens se font des tas d'idées. Ils mettent en lieu sûr leurs objets de valeur. Ils surveillent leurs filles. Ou le contraire. Ils exagèrent. Ils sourient trop. Ils vous assènent des tapes dans le dos et vous appellent mon pote. Elle, elle n'était pas comme ça. Elle m'a toujours appelé monsieur. Elle ne parlait jamais beaucoup. On discutait du travail, d'homme à homme, pour ainsi dire. » Avec un haussement d'épaules, il vida sa bouteille de Stella.

Tous ceux à qui il s'adressait la voyaient avec leurs yeux à eux. Popotte se souvenait d'un certain matin, peu après l'enterrement. Marise était arrivée à la porte de Mireille avec une valise et le bébé dans un couffin. Popotte était en train de faire sa tournée et elle arriva à la maison au moment où Marise frappait à la porte.

« Mireille ouvrit et tira pratiquement Marise de force à l'intérieur, se rappelait-elle. Le bébé était endormi dans le couffin mais les gestes brusques l'ont réveillé et il a commencé à hurler, alors Mireille m'a arraché les lettres de la main et m'a refermé la porte au nez, mais j'entendais leurs voix, même à travers la porte, et le bébé qui continuait à hurler. Je pense que Marise avait l'intention de partir, ce matin-là. Elle avait l'air prête et ses bagages aussi mais Mireille a dû la persuader d'une façon ou d'une autre de ne pas le faire. Je sais qu'après cela elle ne venait plus guère au village. Peut-être avait-elle peur des racontars ? »

Alors les rumeurs commencèrent à courir. Chacun avait son histoire à lui. Marise avait le don étrange de susciter la curiosité, l'hostilité, l'envie et même la rage.

Lucien Merle était persuadé que son refus de céder les marais — qu'on ne cultivait d'ailleurs pas —, près de la rivière, avait mis fin à ses projets de construction.

« On pourrait quand même tirer quelque chose de ce terrain-là, répétait-il avec amertume. Il n'y a plus d'avenir dans l'agriculture mais il y en a dans le tourisme. »

Il but une longue gorgée de son diabolo menthe et secoua la tête. « Regardez donc Le Pinot ! Un seul homme, et c'est tout ce qu'il a fallu pour amener du changement. Un homme qui voyait grand. » Il soupira. « Je parie que cet homme est milliardaire à présent », ajouta-t-il d'un ton lugubre.

Jay essayait de faire un tri parmi tout ce qu'il avait entendu. D'un côté, il avait l'impression d'avoir obtenu quelques lumières sur le mystère de Marise d'Api mais, d'un autre, il n'était pas plus avancé qu'au commencement. Rien de ce qu'on lui avait appris ne cadrait complètement avec ce qu'il avait vu. Le personnage avait trop de facettes, l'essence de Marise, insaisissable, disparaissait comme de la fumée chaque fois qu'il lui semblait l'avoir enfin capturée.

Et personne n'avait encore dit un seul mot de ce qu'il avait vu de ses propres yeux : cet amour dévorant et farouche pour l'enfant, et cet instant de peur, cet air sauvage d'animal capable de tuer si nécessaire pour se protéger et protéger son petit.

Et cette peur ? De quoi aurait-elle peur à Lansquenet ? Il aurait aimé le savoir.

40

Pog Hill, été 1977

Tout tourna mal ce mois d'août-là. C'était l'époque des nids de guêpes, de la cabane à Nether Edge, d'Elvis. Et puis, le Roi du Pain écrivit pour annoncer son mariage avec Candide. On voyait leur photo dans tous les journaux, en train de monter dans une limousine, sur la Promenade à Cannes, à la première d'un film, dans un club aux Bahamas, à bord de son yacht. La mère de Jay collectionnait ces articles avec un zèle de professionnelle, elle les lisait et les relisait, se délectant à la vue de la chevelure de Candide, de ses robes. Ses grands-parents prenaient tout cela très mal et dorlotaient sa mère encore plus. Ils traitaient Jay avec une sorte de froide indifférence, comme si les gènes de son père allaient à tout moment exploser en lui comme une bombe à retardement.

Le temps gris se réchauffa mais le ciel resta couvert et blême. Les averses étaient fréquentes mais la pluie tiède ne rafraîchissait rien.

Joe travaillait sans enthousiasme dans son potager, les fruits se gâtèrent. Privés de soleil, ils pourrissaient sur les branches sans mûrir.

« C'est pas la peine de se décarcasser, p'tit gars, murmurait-il, en tâtant la queue noircie d'une pomme ou d'une poire. On a envie de tout plaquer, cette année ! »

Pourtant la mère de Gilly tira quelque chose du mauvais temps car elle avait réussi à mettre la main sur un chargement entier de ces parapluies transparents en forme de cloche alors si populaires. Elle les vendait sur le marché avec un bon petit bénéfice. Gilly estimait que cela leur permettrait de vivre au moins jusqu'en décembre. Cette pensée ne faisait qu'aggraver l'humeur sombre de Jay. Encore quelques jours et le mois finirait et, dans un peu plus d'une semaine, ce serait la rentrée. Dès l'arrivée de l'automne, Gilly partirait. Maggie parlait de se mettre en route vers le sud et de se joindre à une communauté qui s'était établie dans les environs d'Abington et rien ne l'assurait qu'elle revînt jamais.

Jay était irritable, tantôt d'une lucidité extrême, tantôt victime d'une paranoïa aiguë, il disait le contraire de ce qu'il voulait, puis se croyait victime de moqueries chaque fois qu'on lui disait quelque chose. Il se querellait fréquemment avec Gilly pour des riens. Ils se réconciliaient prudemment, jamais complètement, se flairant l'un l'autre avec une méfiance d'animal. Un pressentiment de désastre imminent alourdissait l'atmosphère.

Le dernier jour d'août, il alla seul chez Joe mais le vieil homme semblait distant, soucieux. Malgré la pluie, il n'invita pas Jay à entrer, il se tint là, sur le pas de la porte, d'un air étrangement poli. Jay remarqua qu'il avait empilé une quantité de vieilles caisses contre le mur de derrière et que son regard se dirigeait toujours vers elles comme s'il était pressé de se remettre à la tâche qu'il avait dû abandonner.

Jay éprouva soudain un élan de colère. Il méritait mieux, se dit-il. Il pensait que Joe aurait dû avoir pour lui un certain respect. Il descendit en courant vers Nether Edge, les joues en feu. Il avait laissé son vélo près de chez Joe — après l'incident du pont de la voie ferrée, la cachette n'était plus sûre. Il dégringola le talus de la voie ferrée abandonnée de Pog Hill, prit un raccourci par Nether Edge et se dirigea vers la rivière. Il ne s'attendait pas à y voir Gilly — ils ne s'étaient pas donné rendez-vous — Jay n'éprouva pourtant aucune surprise à la voir au bord de la rivière, les cheveux en broussailles, penchée au-dessus de l'eau, un long bâton à la main. Elle était à genoux en train de remuer quelque chose dans l'eau. Il arriva tout près d'elle avant qu'elle ne levât les yeux.

Son visage était rose et marbré, comme si elle avait pleuré. Jay rejeta presque immédiatement cette pensée : Gilly ne pleurait jamais.

« Ah, c'est toi ! » dit-elle d'un ton indifférent.

Jay ne répondit rien. Il enfonça les mains dans ses poches et esquissa un sourire qu'il jugea immédiatement stupide. Gilly ne sourit pas.

« Qu'est-ce que c'est ? » Il indiqua l'eau d'un signe de tête.

« Rien. » Et elle lança le bâton dans le courant qui l'emporta. L'eau était brune et couverte d'écume. Les cheveux de Gilly étaient constellés de gouttelettes de pluie qui s'accrochaient à ses boucles, comme de la bardane.

« Sacrée flotte ! »

Jay aurait voulu dire quelque chose qui eût rétabli la paix entre eux, mais l'odeur de fumée, l'imminence d'un désastre le paralysaient, comme un mauvais présage.

Soudain, Jay eut la certitude qu'il ne reverrait jamais Gilly.

« On va faire un tour à la décharge ? suggéra-t-il. En descendant, je crois que j'y ai vu de bons trucs qu'on vient de jeter. Des magazines et des choses comme ça, tu sais ! »

Gilly haussa les épaules. « Non ! »

— C'est juste le temps qu'il faut pour les guêpes ! » C'était son dernier effort désespéré. À sa connaissance, Gilly n'avait jamais refusé une occasion d'aller brûler un nid de guêpes. Les insectes sont engourdis par temps pluvieux, cela permet de s'approcher du nid plus facilement et il y a moins de danger.

« Tu veux venir avec moi chercher des nids ? J'ai vu un coin en bas près du pont où il y en a peut-être un ou deux ! »

Elle haussa encore une fois les épaules et secoua ses boucles mouillées. « Ça ne me dit rien. »

Le silence, cette fois, dura plus longtemps. Interminable, il les bâillonnait.

« Maggie s'en va la semaine prochaine, articula enfin Gilly. On va dans une sacrée bon Dieu de communauté près d'Oxford. Il y a déjà du travail pour elle là-bas, enfin, c'est ce qu'elle dit.

— Ah ! »

Il s'y attendait, bien sûr. Il n'avait rien appris de nouveau. Alors pourquoi cela lui avait-il arraché le cœur lorsqu'elle l'avait dit ?

Elle s'était retournée vers l'eau et semblait en contempler avec attention l'écume brunâtre. Les poings de Jay serrèrent dans ses poches et il sentit sa main effleurer quelque chose, le talisman de Joe, tant de fois serré qu'il en était devenu lisse et graisseux. Jay s'était si bien habitué à l'avoir dans sa poche qu'il en avait même oublié sa présence. Il s'accroupit à côté d'elle. L'odeur de la rivière montait à ses narines, une odeur aigre et métallique comme lorsqu'on nettoie des pièces à l'ammoniaque.

« Reviendrez-vous ? demanda-t-il.

— Non ! »

Il devait y avoir quelque chose d'intéressant à la surface de l'eau car ils n'échangèrent pas un regard.

« Je ne pense pas ! Maggie estime que je dois aller dans une vraie école maintenant, qu'il ne faut plus que nous soyons tout le temps sur les routes. »

De nouveau, cette rage soudaine, horrible, insensée l'envahit et le regard que Jay lança vers l'eau reflétait toute sa haine.

Il eut le désir de faire mal à quelqu'un, à lui-même, et il se redressa brusquement.

« Merde ! » C'était le mot le plus grossier qu'il connût.

Sa bouche était comme anesthésiée, son cœur aussi. D'un coup de pied, exaspéré, il arracha à la berge une motte de terre qui atterrit dans la rivière. Gilly ne leva même pas les yeux vers lui. Alors il donna cours à sa colère et, à grands coups de pied, envoya une pluie de terre et d'herbe s'abattre à la surface de l'eau. Le jean et le corsage brodé de Gilly en furent bientôt couverts.

« Arrête, mais arrête donc, ne te conduis pas comme un gosse ! » déclara Gilly d'un ton net.

C'était vrai, réalisa-t-il, il se conduisait comme un gosse, mais l'entendre le lui dire l'agaça encore plus. Comment pouvait-elle accepter leur séparation avec une telle facilité, une telle indifférence ?

Une fissure s'ouvrit, noire, béante, dans le cœur de Jay, elle grandit, grandit et il bascula dans cet abîme.

« Merde, merde, et merde ! dit-il. Eh bien, je m'en vais ! »

Pris d'une sorte de vertige, il se retourna et s'éloigna vers le talus dans la direction du chemin de halage, convaincu qu'elle allait le rappeler. Dix pas, douze, il avait maintenant atteint le chemin, il ne se retourna pas, il était sûr qu'elle le regardait. Il dépassa les arbres. De là, elle ne pouvait plus le voir et il se retourna. Gilly, toujours assise là où elle était avant, ne le regardait pas, ne le suivait pas, les cheveux tombant sur son visage, elle continuait à contempler l'eau. Et la pluie terrible couvrait de ses graffiti d'argent ce ciel brûlant de l'été agonisant.

« m.e.r.d.e ! » répéta d'un ton féroce Jay qui voulait se faire entendre mais Gilly ne le regarda pas et ce fut lui qui se détourna et recommença à s'éloigner dans la direction du pont, il se sentait plein de ressentiment et pourtant sa colère était tombée.

Bien souvent, plus tard, il se demanda ce qui serait arrivé s'il était revenu ou si elle avait levé les yeux à ce moment-là, il se demanda ce qui aurait pu être sauvé ou ce qui aurait pu être évité. Sûrement, les choses auraient pu se dérouler de façon différente à Pog Hill. Il aurait peut-être même pu faire ses adieux à Joe. Il ne le savait pas, mais il n'allait jamais plus les revoir, ni l'un ni l'autre.

41

Lansquenet, mai 1999

Depuis la visite de Mireille, il n'avait pas revu Joe. Au début, Jay se sentit soulagé de cette absence et puis, au fur et à mesure que les jours passèrent, il en éprouva un malaise. Il essaya bien de faire apparaître le vieil homme par un simple effort de sa volonté mais Joe s'entêtait à ne pas venir. Les apparitions de Joe, c'était sans importance que Jay les désirât ou non. Son absence avait quelque chose d'étrange, elle avait tout endeuillé. Jay s'attendait à chaque instant à l'apercevoir dans le jardin, jetant un coup d'œil au carré de légumes ou dans la cuisine soulevant le couvercle d'une casserole pour voir ce qui cuisait. C'est quand il s'asseyait devant sa machine à écrire qu'il avait le plus conscience de l'absence de Joe, de cet espace vide au centre des choses qui dessinait exactement la forme de Joe, conscience que, malgré tous ses efforts pour obtenir la chaîne radio qui diffusait les vieilles chansons, il n'y réussirait pas alors que Joe, lui, la trouvait du premier coup. Pis encore, son nouveau roman avait perdu la flamme qui l'animait et Jay n'avait plus envie d'écrire. Par contre, il avait pris goût à l'alcool mais s'enivrer ne faisait qu'aggraver chez lui cette impression de perte de quelqu'un qui lui était cher.

Il se répétait que c'était ridicule. Il ne pouvait pas

quand même se mettre à regretter l'absence de quelqu'un qui n'avait jamais été là et, pourtant, il ne parvenait pas à se débarrasser du sentiment que quelque chose clochait terriblement, de cette impression de deuil affreux.

Ah, si seulement tu avais voulu y croire.

Bien sûr, tout le problème était là, n'est-ce pas ? Y croire ! Le Jay d'autrefois n'aurait eu, lui, aucun mal. Il croyait à tout.

Pour achever ce qui leur restait à faire, Jay savait très bien que la seule solution était de retrouver celui qu'il était autrefois avec Joe, l'été de 1977. Mais comment le retrouver ? Il était prêt à faire n'importe quoi pour ça, oui, n'importe quoi, vraiment.

Il sortit la dernière bouteille de vin d'églantine de Joe. Elle était tout empoussiérée de son séjour dans la cave et, avec l'âge, le cordon avait pris une teinte jaune paille un peu blême. Aucun son ne parvenait de l'intérieur. La bouteille attendait, silencieuse.

À la fois intimidé et trépidant d'impatience, Jay se versa un verre et l'approcha de ses lèvres.

« Toutes mes excuses, vieux Joe. On est toujours copains, hein ? »

Et il attendit l'arrivée de Joe... Jusqu'à la nuit il attendit et, dans la cave, on entendait des rires à n'en plus finir.

42

Joséphine avait dû faire passer le message dans le village et les gens se montraient plus chaleureux envers Jay. Ils étaient nombreux à le saluer et, dans sa boulangerie, Poitou, qui ne lui avait jusque-là adressé la parole qu'avec la politesse d'un commerçant, lui demandait maintenant comment avançait son livre et le guidait dans ses achats.

« Le pain aux noix est excellent aujourd'hui, monsieur Jay. Vous devriez l'essayer avec du fromage de chèvre et quelques olives, et n'oubliez pas de laisser les olives et le fromage sur un rebord de fenêtre ensoleillé pendant une heure avant de les manger pour qu'ils aient encore plus de goût. » Il porta le bout de ses doigts à sa bouche et fit claquer sa langue. Voilà quelque chose que vous ne trouveriez pas à Londres. Poitou était boulanger à Lansquenet depuis vingt-cinq ans. Il avait des rhumatismes dans les doigts mais affirmait que la pâte à pain qu'il pétrissait les gardait souples. Jay promit de lui faire un onguent qui le soulagerait, à base de céréales — une recette de Joe.

Étrange, n'est-ce pas, comme tout lui revenait maintenant ?

Avec l'approbation de Poitou, on lui présenta Guillaume, l'instituteur en retraite, Darien qui enseignait au cours préparatoire, Rodolphe, le conducteur du minibus qui faisait le ramassage scolaire, Nénette, l'infirmière d'une maison de retraite du coin, Briançon qui était apiculteur de l'autre côté des Marauds. C'était comme s'ils avaient tous attendu le message de fin d'alerte pour satisfaire leur curiosité et que, désormais, ils se rattrapaient.

Que faisait Jay à Londres ? Était-il marié ? Non, mais sûrement il avait une copine ? Non ? Surprise. Maintenant que leurs soupçons s'étaient apaisés, leur intérêt était insatiable et ils abordaient les sujets les plus personnels avec la même innocente curiosité. Quel était le titre de son dernier roman ? Combien gagnait exactement un écrivain en Angleterre ? Avait-il paru à la télévision ? Et l'Amérique, il était déjà allé en Amérique ? À sa réponse affirmative, ils se pâmaient d'une joyeuse envie. Immédiatement cette nouvelle se répandait et était commentée dans tout le village à l'heure de la pause café ou de la petite blonde, on se la murmurait à l'oreille, elle passait de bouche à bouche et, chaque fois, on lui ajoutait un petit détail.

C'est que les bavardages allaient bon train à Lansquenet. D'autres questions suivirent, si naïves que l'on ne pouvait s'en formaliser. Et moi ? Moi, est-ce que je suis dans votre roman ? Et moi, moi ? Au début, Jay ne savait que répondre. Les gens ne réagissent pas toujours bien à l'idée d'avoir été observés, de voir leurs traits et leurs manières copiés. Les uns s'attendent même à être payés pour cela. D'autres se sentent vexés de la ressemblance. Ici, pourtant, c'était différent. Soudain chacun avait une histoire à raconter. Vous pouvez la mettre dans votre livre, lui disaient-ils. Certains les écrivaient même sur des morceaux de papier, sur du papier d'emballage, jusqu'au dos d'un paquet de graines. La plupart d'entre eux, en particulier les vieux, n'avaient que rarement ouvert un livre. Certains, comme Narcisse, avaient des difficultés à lire mais tous éprouvaient un immense respect devant la chose imprimée. Pour Joe, c'était exactement la même histoire, son milieu de mineur lui avait appris très jeune que lire n'était qu'une perte de temps et il cachait sous son lit les *National Geographic*. Cependant, les histoires que Jay lui lisait faisaient ses délices et il hochait la tête en les écoutant sans sourire. D'ailleurs, bien que Jay ne lui eût jamais vu lire autre chose que *Culpeper's Herbal* et un magazine ou deux, de temps en temps il faisait allusion à une œuvre littéraire, ce qui dénotait des études assez poussées, même si elles étaient restées secrètes. Joe aimait la poésie de la même façon qu'il aimait les fleurs et il déguisait ce goût profond, dont il avait un peu honte, sous un manque apparent d'intérêt.

Mais son jardin le trahissait. Des pensées montraient leurs collerettes étonnées au-dessus des bords des châssis. Des roses sauvages se mêlaient aux rames des haricots. En cela, les habitants de Lansquenet avaient quelque chose en commun avec Joe. Un certain romantisme se cachait sous leurs dehors matérialistes. Jay découvrit que, du jour au lendemain, il était devenu pour eux quelqu'un à aimer, quelqu'un dont on pouvait parler en secouant la tête de surprise — l'écrivain, l'Anglais un peu dingue mais sympa, hé —, quelqu'un dont on pouvait à la fois rire gentiment et admirer sans le comprendre, l'original de Lansquenet qui, à les entendre, n'aurait rien pu faire de mal. Les écoliers ne criaient plus Rosbif à son passage. Quant aux cadeaux, il en était comblé ! Un pot de miel de rayon donné par Briançon et accompagné d'une anecdote à propos de sa sœur, plus jeune que lui, et qui avait un jour essayé de préparer un lapin. Après plus d'une heure dans la cuisine, elle l'avait jeté dehors en criant : « Reprends-le ! Je ne peux pas épiauter ce maudit animal. » Un petit mot avait été rajouté à l'anecdote : « Vous pouvez mettre ça dans votre livre si vous voulez ! » Un gâteau préparé par Popotte qui l'avait posé avec soin dans sa sacoche de facteur parmi le courrier et l'avait transporté jusque chez lui sur le porte-bagages de son vélo. Un sac de semences de pommes de terre, cadeau totalement inattendu, offert par Narcisse, qui lui avait conseillé de sa voix marmonnante de le planter du côté ensoleillé de la maison. Bien sûr, leur offrir de l'argent aurait été les insulter. Jay essayait de les remercier de toutes leurs gentillesses en les invitant à prendre un bock au Café des Marauds mais il découvrit qu'à la fin il avait payé encore moins de tournées que les autres.

« Ne vous en faites pas, lui expliqua Joséphine quand il lui confia son problème, les gens d'ici sont comme ça. Ils ont besoin d'un peu de temps pour s'apprivoiser et puis... » Elle lui offrit son beau sourire.

Jay portait un cabas rempli des choses que les gens avaient laissées pour lui sous le comptoir de Joséphine — des gâteaux, des biscuits, des bouteilles de vin, une housse à coussin faite par Denise Poitou, une terrine de pâté donnée par Toinette Arnauld. Le regard de Joséphine s'arrêta sur le cabas et son sourire s'élargit encore.

« Je pense que nous avons le droit de dire que vous êtes l'un des nôtres maintenant, n'est-ce pas ? »

La seule exception à cet accueil à bras ouverts dont il était l'objet était Marise, toujours aussi distante. Voilà trois semaines déjà qu'il avait tenté de lui parler. Depuis, il l'avait bien aperçue mais de loin, deux fois sur le tracteur et une fois à pied, toujours au travail dans les champs. Quant à l'enfant, il ne l'avait pas revue. Jay se disait que la déception qu'il en éprouvait était ridicule. D'après ce que l'on racontait sur son compte, Marise n'était pas femme à se laisser influencer par ce qui se passait dans le village.

Il avait répondu à la lettre de Nick en lui envoyant cinquante autres pages du nouveau manuscrit mais, ensuite, les progrès avaient été plus lents.

C'était en partie à cause du jardinage. Il y avait beaucoup de travail et, maintenant que l'été approchait, les mauvaises herbes avaient commencé à envahir le potager. Joe avait raison. Il allait devoir agir rapidement. Il y avait des tas de plantes qui valaient la peine d'être sauvées si seulement il pouvait nettoyer les plates-bandes. Il y avait un carré d'herbes aromatiques et médicinales qui mesurait bien six mètres de côté avec une petite bordure de thym autour, du moins ce qui en restait. Il y avait, sur trois rangs, des plants de pommes de terre, de navets, d'artichauts, de carottes et de ce qui était peut-être du céleri rave. Jay semait des soucis entre les rangées de pommes de terre pour éloigner les doryphores et de la citronnelle autour des carottes pour décourager les limaces. Il devait aussi penser aux légumes d'hiver et aux salades pour l'été. Il alla

à la jardinerie de Narcisse chercher des graines et de
jeunes plants : des brocolis pour le mois de septembre, de
la roquette et de la frisée pour juillet et août. Dans le châssis qu'il avait construit avec de vieilles portes données par
Clairmont, il avait aussi semé des légumes nains — de la lai-
tue, de minuscules carottes et des navets roses qui seraient
sans doute prêts à cueillir dans un mois ou deux. La terre
était bonne, Joe avait raison. Le sol était d'une riche couleur de terre de Sienne, gardant bien l'humidité et pourtant moins lourd que de l'autre côté de la rivière, et il
contenait moins de pierres. Jay lançait celles qu'il trouvait
dans le coin où il se promettait de construire son jardin de
rocaille. Maintenant, il avait presque terminé la restauration de la roseraie. Les rosiers étaient de nouveau maintenus le long du mur par des attaches de métal, les boutons
avaient commencé à poindre et grossir et, contre la brique
pâle, une cascade de roses encore à peine ouvertes déver-
sait un parfum entêtant de vin sucré. Elles étaient
d'ailleurs à peine touchées par les pucerons. La vieille
méthode de Joe — de la lavande, de la citronnelle et des
clous de girofle dans des sachets de flanelle rouge accro-
chés aux tiges, juste au-dessus du sol — avait encore accompli des merveilles. Tous les dimanches ou à peu près, Jay
cueillait un bouquet des fleurs les plus belles et les portait
chez Mireille Faizande, place Saint-Antoine, après la
messe.

Personne ne s'attendait à voir Jay aller à la messe. « De
toute façon, tous les Anglais sont des païens. » C'est un mot
qu'ils employaient toujours avec beaucoup d'affection,
sauf quand il s'agissait de la Païenne de l'autre côté de la
rivière. Celle-là, même les vieux du village à la terrasse du
café en parlaient d'un air plein de soupçon, peut-être
parce qu'elle était femme et qu'elle vivait seule.

Quand Jay posait franchement des questions, il ne rencontrait qu'un mutisme poli. Mireille contempla longtemps les roses, elle les approchait de son visage et emplissait ses narines de leur parfum. Elle caressait leurs pétales
de ses mains d'arthritique, étrangement fines pour son
corps énorme.

« Merci. » Elle inclina la tête d'un petit air solennel.
« Je dois les mettre dans de l'eau, mes jolies roses. Entrez
donc, je vais vous faire du thé. »

La maison était propre et aérée, les murs blanchis à la
chaux et le sol couvert d'un dallage de pierres de la région.
La simplicité de la demeure n'était pourtant qu'apparente
car une tapisserie d'Aubusson ornait l'un des murs et, dans
un coin, il y avait une vieille horloge de campagne pour
laquelle Kerry aurait fait des folies. Mireille remarqua le
regard de Jay.

« Elle appartenait à ma grand-mère, dit-elle. Quand
j'étais petite fille, on l'avait mise dans ma chambre. Je me
souviens encore de son carillon lorsque je restais au lit
éveillée. Elle avait un carillon différent pour les heures, les
demi-heures et les quarts d'heure. Tony l'adorait. »

Sa bouche se pinça et elle se détourna brusquement
pour arranger les roses dans un vase.

« La petite de Tony l'aurait adorée aussi. »

Son thé était léger comme de l'eau de fleurs. Elle le
servit dans ce qui devait être son plus beau service de
Limoges avec des pinces en argent pour le sucre et le
citron.

« Je suis sûr qu'elle l'aurait en effet adorée. Si seulement sa mère ne vivait pas en recluse… »

Mireille le regarda d'un air moqueur. « En recluse ?
Non, elle est tout simplement asociale, monsieur Jay. Elle
déteste tout le monde et sa famille encore plus que les
autres. » Elle but une gorgée de thé. « Je l'aurais aidée si
elle avait bien voulu me le permettre. Je voulais qu'elles
viennent toutes les deux habiter chez moi, je voulais donner à l'enfant ce dont elle a le plus besoin : une vraie maison, une vraie famille mais elle… » Elle reposa sa tasse. Jay
remarqua qu'elle n'appelait jamais Marise par son nom.
« Elle insiste pour s'en tenir aux termes du bail et rester où
elle est jusqu'en juillet prochain quand il expirera. Elle
refuse de venir au village. Elle refuse de m'adresser la
parole ou de parler à mon neveu qui a offert de l'aider. Et
après ça ? Elle a l'intention d'acheter le terrain à Pierre-
Emile. Et pourquoi ? Parce qu'elle veut son indépendance,

dit-elle. Elle ne veut rien nous devoir ! » Le visage de Mireille se crispa. « Rien nous devoir ! Mais elle me doit tout. Je lui ai donné une maison. Je lui ai donné mon fils. De lui, il ne me reste que cette enfant et elle a réussi à me la prendre. Elle est la seule à pouvoir communiquer avec elle dans ce langage des sourds-muets qu'elle utilise. L'enfant ne connaîtra jamais son père et ne saura jamais comment il est mort. Elle s'est bien arrangée pour qu'elle n'en sache rien. Même si je pouvais... »

La vieille femme s'interrompit soudain. « Ne vous en faites pas, prononça-t-elle avec un effort de volonté. Elle finira bien par céder un jour. Elle devra céder. Elle ne peut pas résister toute sa vie. Pas quand je... » Elle s'interrompit de nouveau, et ses dents se serrèrent avec un petit bruit de porcelaine fêlée.

« Je ne comprends pas pourquoi elle devrait être aussi hostile, dit enfin Jay. Les gens du village sont si chaleureux. Regardez comme ils ont été gentils avec moi. Si elle leur en laissait seulement l'occasion, je suis sûr qu'ils l'accueilleraient à bras ouverts. Ce ne doit pas être facile de vivre seule. On penserait qu'elle serait trop heureuse de savoir que les gens s'inquiètent pour elle.

— Vous ne comprenez pas. » La voix de Mireille se fit méprisante. « Elle sait trop bien quelle sorte d'accueil elle recevrait si jamais elle osait se montrer ici. Voilà pourquoi elle ne vient pas. Depuis que Tony l'a ramenée de Paris, elle a toujours été comme ça, elle ne s'est jamais intégrée, elle n'a jamais fait le moindre effort ! Tout le monde sait ce qu'elle a fait, moi je m'en suis bien assurée ! » Et ses yeux noirs s'amincirent avec un air de triomphe.

« Tout le monde sait qu'elle a tué mon fils. »

43

« Elle exagère, vous savez », dit Clairmont d'un ton paisible.

Le Café des Marauds se remplissait rapidement des hommes qui revenaient du travail. Ils étaient là, lui, vêtu de son bleu de travail tout taché et de son béret marine, et quelques-uns de ses ouvriers dont Roux. Ils s'étaient attablés juste derrière lui. La salle était maintenant pleine de l'odeur puissante et familière des Gauloises et du café. Des gens, derrière eux, discutaient d'un match de football qui avait eu lieu récemment et Joséphine était occupée à cuire des pizzas au four à micro-ondes.

« José, un croque, tu veux bien ? »

Sur le comptoir, trônaient un saladier d'œufs durs et un petit bol de sel. Clairmont prit un œuf et l'écala avec soin.

« Ce que je veux dire, c'est que personne ne l'accuse de l'avoir vraiment tué, mais il y a d'autres façons de le faire que d'appuyer sur la gâchette, non ?

— Vous voulez dire qu'elle l'y a poussé ? »

Clairmont fit oui de la tête. « C'était un gars facile à vivre et qui l'adorait. Il faisait tout pour elle, même après leur mariage, et il n'aurait pas toléré un mot de critique à son égard. Il disait qu'elle était impressionnable et de santé délicate. Et c'était peut-être vrai. »

Il mit un peu de sel sur son œuf.

« À la façon dont il la traitait, on aurait dit qu'elle allait se briser… Elle venait de sortir d'un de ces hôpitaux, disait-il, elle était fragile des nerfs. » Clairmont se mit à rire. « Des nerfs. Elle n'avait pas les nerfs malades, non ! Mais personne n'osait dire quelque chose contre elle ! » Il haussa les épaules. « Il s'est tué à essayer de lui plaire, le pauvre Tony. Il s'était déjà à moitié tué au travail pour elle, alors il s'est tiré une balle quand elle a essayé de le quitter. »

Il mordit dans son œuf avec un plaisir un peu mélancolique.

« Oh, sûr qu'elle allait le plaquer », ajouta-t-il en remarquant la surprise de Jay. « Elle avait fait ses valises et elle était prête. Mireille les avait vues. Il avait dû y avoir une querelle, expliqua-t-il en terminant son œuf et faisant signe à Joséphine d'apporter une autre blonde. Il y avait toujours une querelle ou une autre dans cette maison-là mais, cette fois-là, elle avait vraiment l'air décidée à partir. Mireille…

— Qu'est-ce que vous désirez ? » Joséphine portait un plateau de pizzas, elle avait le visage en feu et semblait épuisée.

« Deux Stella, José. »

Joséphine lui passa les bouteilles qu'il ouvrit avec un décapsuleur fixé au comptoir. Elle lui jeta un regard irrité avant de se frayer un chemin entre les tables avec les pizzas.

« En tout cas, il n'y avait plus rien à dire, conclut Clairmont en versant les bières dans des verres. Ils ont dit que cela avait été un accident ! Évidemment, mais tout le monde sait que sa folle de bonne femme était bien derrière tout ça. » Il sourit. « Le plus drôle, c'est qu'elle n'a pas reçu un sou de lui dans son testament. Elle dépend entièrement de la famille. Le bail était un bail de sept ans et ils ne pouvaient pas y faire grand-chose — mais lorsqu'il expirera ! » Il haussa les épaules de façon expressive. « Elle devra partir et on en sera débarrassé ! »

— À moins qu'elle n'achète la ferme, dit Jay, Mireille dit qu'elle va peut-être essayer. »

Le visage de Clairmont s'assombrit. « Je ferais bien une surenchère pour qu'elle ne l'ait pas, si seulement j'avais l'argent ! déclara-t-il en vidant son verre. C'est un bon terrain à construire. Je pourrais bâtir une douzaine de maisons de vacances sur ce vieux vignoble. Pierre-Émile est un pauvre imbécile, s'il lui permet de mettre la main dessus. » Il secoua la tête. « Un petit peu de chance, c'est tout ce qu'il nous faudrait et le prix du terrain à bâtir à Lansquenet monterait en flèche. Vous n'avez qu'à regarder Le Pinot. Ce terrain rapporterait une fortune à celui qui saurait le développer mais elle ne ferait jamais ça ! Elle n'a même pas voulu céder le marécage près de la rivière quand ils avaient pensé élargir la route. Elle a mis fin au projet par simple méchanceté. » Il secoua la tête.

« Mais les choses vont s'améliorer maintenant, non ? » Sa bonne humeur reprit le dessus et son sourire semblait étrangement en désaccord avec sa moustache tombante.

« Dans un an, deux peut-être, à côté de nous Le Pinot aura l'air d'un bidonville », et il eut de nouveau son sourire à la fois humble et avide. « Une seule personne pourrait faire la différence, monsieur Jay, n'est-ce pas ? »

Il fit cogner son verre contre celui de Jay et cligna de l'œil.

« À votre santé ! »

44

C'est bizarre la facilité avec laquelle il se souvenait de tout. Quatre semaines s'étaient déjà écoulées depuis la dernière visite de Joe, et pourtant il avait l'impression que le vieil homme pouvait réapparaître à n'importe quel moment. Les sachets de flanelle rouge étaient en place dans le potager et, aux coins de la maison, les arbres en étaient décorés, à la limite des propriétés, malgré le vent qui continuait à les arracher. Les soucis qu'il avait fait pousser dans le châssis étaient en train d'éclore et leurs pétales éclataient de lumière parmi les pommes de terre que Narcisse avait données. Poitou avait préparé une couronne à son intention, en remerciement pour son onguent à base de céréales qui, affirmait-il, lui avait fait plus de bien que n'importe quel médicament.

Jay savait qu'il lui aurait dit cela, de toute façon.

Maintenant, il avait la plus belle collection d'herbes aromatiques et médicinales du village. La lavande toujours verte était déjà plus odorante que celle de Joe, et il y avait du thym et de la menthe parfumée, de la mélisse médicinale et du romarin et de grandes étendues de basilic. Il en donna un plein panier à Popotte quand elle passa avec le courrier et un autre à Rodolphe.

Joe offrait souvent aux visiteurs de petits talismans qu'il

appelait des porte-amitié et Jay commença à faire la même chose — de minuscules bouquets de lavande, de menthe, ou de sauge liés par des rubans de couleurs différentes — rouge pour qu'ils vous protègent, blanc pour qu'ils vous portent chance, bleu pour qu'ils vous guérissent. C'est bizarre comme tout lui revenait en mémoire.

Les gens croyaient qu'il s'agissait d'une coutume anglaise, c'était l'explication que l'on donnait à toutes ses excentricités et certains prirent l'habitude de porter ces petits bouquets à la boutonnière de leur manteau ou de leur veste. On était en mai mais, pour les gens du pays, il faisait encore trop frais pour porter des vêtements d'été. Par contre Jay, lui, avait depuis longtemps commencé à mettre un short et un tee-shirt comme vêtements de tous les jours. De façon étrange, c'était pour lui une consolation d'avoir repris les habitudes de Joe qui lui étaient si familières. Autrefois, quand il n'était qu'un jeune garçon, la cérémonie pour la protection du périmètre, les sachets, l'encens, les incantations en faux latin, les herbes qu'il éparpillait, trop souvent tout cela l'irritait. Il se sentait gêné comme lorsque quelqu'un à l'école chantait avec trop de ferveur pendant l'assemblée. Pour l'adolescent qu'il était, ce que Joe appelait la magie de tous les jours semblait trop terre-à-terre, trop simple, aussi dépouillé de mystère que la cuisine ou le jardinage. Malgré le sérieux que Joe mettait à ces cérémonies, elles étaient colorées, de bonne humeur et leur aspect pratique indignait le jeune romantique. Jay aurait préféré des invocations solennelles, de longues robes noires et des cérémonies à minuit. Il aurait vraiment pu avoir foi en cela. Les journaux illustrés et les romans minables qu'il lisait alors l'avaient préparé à y croire. Maintenant qu'il était trop tard, Jay se rendait compte qu'il avait redécouvert la sérénité que procure le travail de la terre — la magie de tous les jours, comme l'appelait Joe, l'alchimie du profane. Oui, maintenant il comprenait ce que voulait dire le vieil homme. Pourtant Joe ne reparaissait pas. Jay prépara la terre pour son retour avec le fini d'un semis parfaitement ratissé. Il planta et sarcla en tenant compte du cycle de la lune, comme Joe l'aurait fait.

Il fit tout exactement comme il le fallait. Il essayait d'avoir la foi.

Il se persuadait que Joe n'avait jamais été là, que tout n'avait été que le produit de son imagination mais, maintenant que Joe avait disparu, il avait besoin d'y croire. Quelque chose en lui s'accrochait à l'idée que Joe avait vraiment été là et que, lui, avait tout gâché avec sa colère et ses soupçons. Si seulement il pouvait le faire réapparaître, ce serait différent, se promettait Jay. Il y avait encore tant de choses à tirer au clair entre eux. Il se sentait furieux contre lui-même et sans aucun moyen de changer la situation. On lui avait donné une autre chance et il l'avait stupidement gâchée. Alors il travaillait dans le jardin, chaque jour, jusqu'au crépuscule. Il était certain que Joe viendrait, qu'il était capable de le faire réapparaître.

45

Peut-être à cause de ce constant retour au passé, Jay se rendit de plus en plus fréquemment au bord de la rivière, là où la berge descendait en abrupt au-dessus de l'eau. Il trouva un nid de guêpes, dans le sol, sous la haie, et l'observa avec une curiosité insatiable, fasciné. Il se souvenait de cet été de 1977. Allongé à plat ventre, il regardait les guêpes entrer et sortir de l'ouverture et il s'imaginait les entendre s'activer juste au-dessous de la surface. Le ciel au-dessus d'eux était d'un blême inquiétant et le silence entêté des dernières bouteilles de « Spécial » aussi inquiétant que la couleur du ciel. Pas même un murmure !

Il était là, étendu sur la berge de la rivière, quand Rosa le découvrit. Il avait les yeux ouverts mais semblait ne rien regarder. La radio, accrochée à une branche qui surplombait la rivière, jouait une chanson d'Elvis Presley. À côté de lui, il y avait une bouteille de vin débouchée sur l'étiquette de laquelle on lisait « Vin de framboise 1975 » mais Rosa était trop éloignée pour la déchiffrer. Un cordonnet rouge autour du col de la bouteille attira son intérêt. Pendant qu'elle l'observait, elle vit l'Anglais tendre la main vers la bouteille et boire. Il fit la grimace comme si le goût en eût été désagréable mais le vent apporta à Rosa, de l'autre côté de la rivière, l'odeur de ce qu'il buvait, une éclaboussure cramoisie de baies sauvages cueillies dans le secret des haies.

Elle le considéra un moment. Malgré ce qu'en disait sa maman, cet homme-là avait l'air inoffensif. C'était lui qui accrochait aux arbres ces drôles de petits sachets rouges et elle se demandait pourquoi. Au début, elle les avait enlevés par défi, pour se débarrasser autant que possible des indices de sa présence, mais elle en était arrivée à aimer ces petites choses qui pendaient comme des fruits rouges aux branches secouées par le vent. Elle ne refusait plus de partager avec lui sa retraite secrète. Rosa changea de position pour s'accroupir plus à son aise parmi les hautes herbes. Elle eut l'idée de traverser mais les pierres du gué avaient été recouvertes par les récentes averses et l'enfant hésitait à sauter. Près d'elle, le chevreau brun, d'un air curieux, frottait son museau contre sa manche. D'un léger mouvement de la main, elle le repoussa. Plus tard, Clopette, plus tard. Elle se demandait si l'Anglais savait qu'il y avait un nid de guêpes. Il n'était qu'à un mètre à peine de son entrée.

Jay reprit la bouteille maintenant à moitié vide, il sentait la tête lui tourner comme s'il avait été ivre. Cette impression était en partie due au ciel qui n'en finissait pas au-dessus de lui et aux gouttes de pluie qui tombaient comme des flocons de suie sur son visage.

L'odeur qui montait de la bouteille se fit plus puissante, comme celle d'un liquide en pleine fermentation dont les bulles crèvent à la surface. Il y avait quelque chose de l'allégresse dans cette odeur, comme une bouffée de plein été, de fruits trop mûrs qui tombent des branches, tiédis par la réverbération du soleil sur les graviers clairs du ballast de la voie ferrée. Ce souvenir ne lui était pas particulièrement agréable, peut-être parce que, dans son esprit, il était associé à ce dernier été à Pog Hill, à sa rencontre désastreuse avec Zeth et aux nids de guêpes que Gilly observait fascinée pendant que, lui, était accroupi. Le vin, d'ailleurs, était censé lui rappeler 1975, se dit-il, avec le sentiment d'avoir été trompé. Il datait de cette année-là, une année lumineuse, pleine de promesses et de découvertes, avec la radio qui jouait *Sailing*. En tout cas, tel avait été le cas auparavant avec les autres bouteilles. Mais celle-ci, cette machine à remonter le temps, avait deux ans de décalage, elle l'avait déposé là et elle avait renvoyé Joe encore plus loin. Il versa le reste du vin sur la terre et ferma les yeux.

Tel un petit éclair rouge, un rire étouffé s'éleva du fond de la bouteille. Jay ouvrit de nouveau les yeux, mal à l'aise, certain que quelqu'un l'observait. La lie, au fond de la bouteille, paraissait presque noire dans cette lumière sombre, oui, comme du sirop noir, comme de la mélasse. D'où il se trouvait, allongé, on aurait dit que quelque chose s'agitait presque au niveau du goulot, que quelque chose essayait de s'en échapper. Il s'assit et regarda de plus près. Plusieurs guêpes, attirées par l'odeur douceureuse, s'y étaient rassemblées et deux d'entre elles s'y étaient engluées. Une autre avait pénétré à l'intérieur de la bouteille pour en inspecter le fond. Jay fut pris d'un frisson. Les guêpes quelquefois se cachent dans les bouteilles ou les canettes, il l'avait appris, cet été-là. Une piqûre à la bouche est à la fois douloureuse et dangereuse. La guêpe remontait maladroitement la paroi de verre, les ailes alourdies de sirop, et il croyait entendre l'insecte bourdonner frénétiquement à l'intérieur. Ce n'était peut-être que l'effet du vin dont l'odeur chaude et réconfortante était comme un défi au ciel morose et s'élevait comme une colonne de fumée rouge, un signal peut-être ou un avertissement.

Soudain la proximité du nid de guêpes l'atterra. Il se rendit compte qu'il entendait les insectes, juste au-dessous de lui, sous la mince surface du sol. Il s'assit de nouveau avec l'intention de reculer mais une idée folle le posséda et, au lieu de s'éloigner, il se rapprocha un peu.

Si Gilly était là…

Avant qu'il ne pût rien y faire, il fut submergé par une vague de nostalgie qui l'envoya sans merci au fond. Peut-être était-ce l'odeur qui s'échappait de la bouteille ou du vin répandu sur la terre, le parfum de cet été qu'il avait capturé, qui l'enivrait, l'accablait. À côté, la radio fit entendre des crépitements puis commença à jouer *I Feel Love,* Jay frissonna.

C'était complètement ridicule, et il n'avait rien à prouver à quiconque. Il avait incendié son dernier nid de guêpes vingt ans auparavant, un acte insensé, périlleux même, le genre d'acte que seul un enfant qui n'a aucune idée du risque peut tenter. D'ailleurs...

S'élevant de la bouteille, lui semblait-il, mais c'était le vin sans doute, une voix, légèrement moqueuse, le cajolait — une voix qui ressemblait un peu à celle de Gilly et aussi à celle de Joe. Il s'impatientait mais son irritation cachait un certain amusement. Si Gilly était ici, tu ne serais pas si froussard !

Quelque chose remua dans les hautes herbes, de l'autre côté de la rivière. Un instant, il pensa la voir : une vague masse de couleur rousse — ses cheveux ? Quelque chose de rayé — son tee-shirt ou son pull-over ?

« Rosa ? »

Il n'y eut pas de réponse. Des hautes herbes, elle le surveillait, ses yeux verts brillant de curiosité et lui pouvait la voir maintenant qu'il savait dans quelle direction regarder. À quelques mètres, il entendait le bêlement d'un chevreau.

Rosa semblait l'encourager du regard comme si elle attendait quelque chose de lui. À ses pieds, il entendait un bruit étrange de levure, le bourdonnement des guêpes, comme si, sous la surface, la terre eût été la proie d'un ferment sauvage. Le regard plein d'espoir de Rosa et ce bruit étrange étaient trop pour lui. Il ne put résister. Un élan de joie folle lui rendit d'un seul coup ses quatorze ans et lui fit oublier tout danger.

« Regarde ça ! » dit-il, et il commença à se rapprocher du nid.

Rosa le regardait d'un air attentif. Lentement, d'un mouvement maladroit, il se rapprochait centimètre par centimètre, du trou dans la berge. Il baissait la tête comme s'il eût cru se rendre ainsi invisible des guêpes. Deux ou trois se posèrent sur son dos. L'enfant l'observa sortir de sa poche son mouchoir, dans une main il tenait un briquet — celui qu'il lui avait proposé ce jour-là près de la rivière. Il

l'ouvrit avec précaution et aspergea le mouchoir d'essence.
Puis, le tendant à bout de bras, il se rapprocha encore. Sur
le côté de la berge se trouvait un trou plus grand, un trou
de rats peut-être et, tout autour, un labyrinthe de petites
galeries creusées dans la boue. Il eut un instant d'hésitation puis, choisissant son endroit, il poussa son mouchoir à
l'intérieur du nid, ne laissant qu'un coin en dépasser
comme une mèche. Il vit l'enfant l'observer et il lui sourit.

« Banzaï ! »

Il avait dû s'enivrer, c'était la seule explication qu'il pût
trouver ensuite à son geste, et pourtant, à ce moment-là, il
n'en avait pas eu l'impression, il s'était senti parfaitement
bien. Cela lui avait paru quelque chose d'excitant. Étrange
comme ces choses-là vous reviennent. Il n'eut à battre le
briquet qu'une seule fois, et le mouchoir immédiatement
s'enflamma et brûla soudain avec une férocité incroyable.
Il devait y avoir assez d'oxygène dans le trou, tant mieux !
Pendant un bref moment, Jay regretta de n'avoir pas
apporté de feux d'artifice. Une ou deux secondes passèrent, les guêpes ne réagissaient toujours pas, puis une
demi-douzaine surgirent en crépitant comme des étincelles. Jay, en proie à une sorte d'euphorie, se dressa pour
s'enfuir. Ce fut sa première erreur ! Gilly lui avait toujours
dit de rester près du sol, de chercher une cachette, dès le
début, et de s'y accroupir sous une racine, derrière une
souche pendant que les guêpes furieuses s'envoleraient.
Cette fois-ci, Jay était bien trop occupé à regarder Rosa. Les
guêpes déferlèrent en une vague énorme et il prit la fuite
vers les buissons. Ce fut sa seconde erreur ! Il ne faut
jamais courir. Le moindre mouvement les attire, les excite.
La meilleure chose est de se mettre à plat ventre et de se
couvrir le visage, mais il était pris de panique. Il pouvait
sentir l'odeur d'essence enflammée, cette puanteur de
tapis qui brûle. Il fut piqué et se donna une grande claque
sur le bras. Plusieurs guêpes alors le piquèrent frénétiquement à travers son tee-shirt et aux mains et aux bras, passant près de ses oreilles avec un bruit d'avions de chasse,
obscurcissant le ciel, et Jay perdit le peu de bon sens qui lui
restait. Il se mit à jurer et à se donner de grandes claques

là où les guêpes se posaient. L'une d'elles le piqua juste
sous l'œil gauche, et ce fut comme une épée de lumière
qui s'enfonçait dans sa tête. Il fit un pas de côté, sans rien
voir, juste au-dessus de la rivière, et tomba dans le courant.
Si l'eau avait été moins profonde, il se serait peut-être brisé
le cou, en l'occurrence, sa chute le sauva. Il tomba le visage
dans l'eau, perdit pied, hurla et but la tasse, il remonta à la
surface et coula de nouveau puis il essaya d'atteindre
l'autre rive et, quelques secondes plus tard, il se retrouva à
plusieurs mètres en aval, le tee-shirt plein de cadavres de
guêpes noyées.

Sous le nid, le feu était déjà éteint. Jay cracha l'eau
qu'il avait avalée. Il toussait et jurait, tremblait de tout son
corps. Ses quatorze ans ne lui avaient jamais paru si loin. Il
crut entendre le rire de Gilly lui parvenir de là-bas, de cette
petite île sur laquelle elle dérivait en s'éloignant.

L'eau était peu profonde sur cette berge de la rivière.
En pataugeant maladroitement, il remonta vers la rive et
s'écroula à quatre pattes dans l'herbe. Les douzaines de
piqûres qu'il avait aux mains et aux bras enflaient déjà et
son œil était fermé comme celui d'un boxeur. Il ressemblait au cadavre d'un noyé que l'on découvre après une
semaine.

Petit à petit, il prit conscience de la présence de Rosa
qui l'observait de son poste de guet, en amont. Elle s'était
prudemment reculée pour éviter la furie des guêpes mais
il l'apercevait, perchée sur la barre horizontale la plus
haute de la clôture, à côté de la tête du dragon. Elle semblait à la fois curieuse et indifférente à son état. Le chevreau à ses côtés broutait l'herbe à belles dents.

« Jamais plus, haleta Jay. Mon Dieu, jamais, jamais
plus. »

Il commençait à envisager la possibilité de se remettre
sur ses pieds quand, soudain, il entendit des pas dans le
vignoble, de l'autre côté de la clôture. Il leva les yeux juste
à temps pour voir Marise d'Api. Tout essoufflée, elle arriva
à la barrière et, avec transport, elle saisit Rosa dans ses bras.
Il lui fallut quelques instants pour remarquer la présence
de Jay car elles s'étaient mises à parler par signes rapides.

Jay essaya de se mettre debout, il glissa, sourit et fit un geste vague de la main pour la saluer comme si, en observant les coutumes de la politesse campagnarde, il eût pu, d'une certaine manière, faire en sorte qu'elle ne remarquât rien. Il eut soudain conscience de son œil enflé, de ses vêtements trempés et de son jean couvert de boue.

« Il m'est arrivé un petit accident », expliqua-t-il.

Le regard de Marise se dirigea vers le nid de guêpes, sur le talus de la berge. À l'extérieur du trou on voyait encore les cendres du mouchoir brûlé et l'odeur d'essence leur parvenait jusque de l'autre côté de la rivière. Un accident, vraiment !

« Vous avez été piqué combien de fois ? »

Pour la première fois il crut percevoir de l'amusement dans sa voix et Jay jeta un coup d'œil rapide à ses bras et à ses mains.

« Je ne sais pas... Je ne savais pas qu'elles sortiraient aussi vite. » Il intercepta le regard qu'elle lança vers la bouteille de vin vide, et se rendit compte qu'elle en tirait ses conclusions.

« Vous ne souffrez pas d'une allergie ?

— Je ne crois pas ! » Jay tenta de se remettre debout mais il glissa et retomba sur l'herbe mouillée. Il fut pris de l'envie de vomir et de vertiges. Des cadavres de guêpes étaient encore collés à ses vêtements. Marise avait l'air déconcertée et, pourtant, elle réprimait une forte envie de rire.

« Venez avec moi, finit-elle par dire. J'ai une trousse médicale à la maison pour traiter les piqûres. Vous pourriez réagir après coup. »

Jay remonta prudemment le talus en direction de la haie. Rosa gambadait derrière, suivie par le chevreau.

À mi-chemin vers la maison, Jay sentit la menotte fraîche de l'enfant se glisser dans la sienne, il baissa les yeux et vit qu'elle lui souriait.

Le bâtiment était plus vaste qu'il ne le paraissait de la route, c'était une grange rénovée avec de grands pignons et de hautes fenêtres étroites. À mi-hauteur de la façade, une porte s'ouvrait sur le vide, il s'agissait de l'ouverture d'un grenier où l'on ramassait autrefois les balles de foin. Près de l'un des hangars, un vieux tracteur attendait. Sur le côté de la maison, il y avait un potager bien tenu, et, à l'arrière, un petit verger de pommiers bien taillés.

De l'autre côté, se trouvait un bûcher où des cordes de bois avaient été rangées pour l'hiver. Deux ou trois petites chèvres brunes erraient à l'aventure dans les sentiers qui traversaient le vignoble. Jay suivit Marise le long du chemin creusé d'ornières entre les rangées de ceps et elle l'aida, d'une main, à garder son équilibre quand ils approchèrent du portail. Il devina que c'était, à vrai dire, peut-être moins pour l'aider que pour protéger les vignes qu'il aurait pu endommager de sa démarche maladroite.

« Par ici, lui dit-elle en lui indiquant la porte de la cuisine. Asseyez-vous. Je vais chercher ma trousse médicale. »

La cuisine était propre et rangée avec, au-dessus d'un évier de pierre émaillé, une étagère où s'alignaient des cruches de terre, il y avait aussi une longue table de chêne semblable à la sienne, et une énorme cuisinière en fonte noire.

Des bouquets d'herbes — du romarin, de la sauge et du pouliot — pendaient aux poutres basses, au-dessus de la cheminée. Rosa alla au garde-manger et ramena de la limonade. Elle s'en versa un verre et s'assit à la table pour boire. Elle regardait Jay avec curiosité.

« Tu as mal ? » lui demanda-t-elle.

Il la regarda. « Alors tu peux parler », dit-il.

Rosa sourit d'un air espiègle.

« Je peux en avoir ? » Jay indiqua de la main le verre de limonade qu'elle poussa vers lui.

Elle sait lire les mouvements des lèvres aussi bien que les signes, pensa-t-il et il se demanda si Mireille le savait. Il en doutait beaucoup. La voix de Rosa était enfantine mais posée, sans aucune des variations de son qu'ont d'habitude celles des malentendants. La limonade était bonne, préparée par elles sans doute. « Merci ! »

Marise lui jeta un regard soupçonneux quand elle revint dans la cuisine avec sa trousse. Elle portait à la main une seringue jetable.

« C'est de l'adrénaline. J'étais infirmière autrefois »,
expliqua-t-elle.

Après une seconde d'hésitation, Jay tendit le bras et
ferma les yeux.

« Voilà, c'est fait. »

Il ressentit une légère brûlure au creux du coude. La
tête lui tourna pendant une seconde puis il ne sentit plus
rien. Marise le regardait d'un air amusé.

« Vous êtes bien douillet pour un homme qui joue avec
les guêpes.

— Ce n'était pas tout à fait ça, dit Jay en se frottant le
bras.

— Si vous faites ce genre de choses, il faut vous
attendre à être piqué. Vous vous en êtes tiré à bon
compte. »

Il était prêt à croire qu'elle avait raison mais ce n'est
pourtant pas ce qu'il ressentait. La tête lui bourdonnait
encore. Son œil gauche était totalement fermé par
l'enflure et la peau était lisse et tendue.

Marise alla au placard de la cuisine et en ramena un
flacon de poudre blanche dont elle versa une petite quantité dans une tasse, elle y ajouta une goutte d'eau et mélan-
gea avec une cuiller.

« C'est du bicarbonate de soude, vous devriez badi-
geonner les piqûres avec », conseilla-t-elle sans lui offrir de
l'aider.

Jay suivit son conseil, l'air un peu stupide. Ce n'était
pas du tout ainsi qu'il avait imaginé leur rencontre et il le
lui avoua.

Marise haussa les épaules et retourna vers le placard.
Jay l'observait, elle versa de l'eau bouillante dans la casserole, y ajouta du sel et y jeta les pâtes puis replaça soigneusement la casserole sur le feu.

« Je dois préparer le déjeuner de Rosa, expliqua-t-elle.
Prenez le temps qu'il vous faut ! » Malgré la politesse de ses
paroles, Jay comprit clairement qu'elle voulait le voir sortir
de sa cuisine aussi vite que possible. Il avait du mal avec le
bicarbonate de soude et il essayait d'atteindre les piqûres

qu'il avait dans le dos. Le chevreau brun passa sa tête dans l'ouverture de la porte et se mit à bêler.

« Clopette, non ! Pas dans la cuisine ! » Rosa bondit sur ses pieds et renvoya le chevreau. Marise lui décocha un regard furieux d'avertissement et l'enfant, domptée, mit la main sur la bouche. Jay la regarda, d'un air d'incompréhension. Pourquoi Marise refusait-elle de laisser l'enfant parler devant lui ? Elle fit un geste vers la table pour indiquer à l'enfant de mettre le couvert. Rosa sortit trois assiettes du placard, Marise secoua de nouveau la tête et l'enfant, à regret, remit l'une des assiettes à sa place.

« Merci pour vos soins », dit Jay en pesant soigneusement chacun de ses mots.

Marise fit un signe de la tête et continua à couper les tomates pour faire la sauce. Dans une jardinière, sur le rebord de la fenêtre, il y avait du basilic et elle en ajouta une poignée.

« Vous avez une bien jolie ferme.

— Oh ? » Il crut déceler un certain tranchant dans sa voix.

« Ne croyez pas que je pense l'acheter, ajouta-t-il rapidement. Je voulais simplement dire que c'est une belle ferme, jolie, pas du tout gâchée par le modernisme. »

Marise se retourna et le dévisagea. « Qu'est-ce que vous voulez dire exactement par l'acheter ? Avez-vous parlé à quelqu'un ?

— Non ! protesta-t-il. Je voulais dire quelque chose. Je vous jure…

— Ne jurez pas », dit-elle d'un ton catégorique. La brève chaleur humaine qu'il avait découverte en elle avait disparu. « Ne dites rien. Je sais que vous avez parlé à Clairmont. J'ai vu sa camionnette garée devant chez vous. Je suis sûre qu'il vous a mis des tas d'idées dans le crâne.

— Des idées ? »

Elle se mit à rire. « Oh, je vous connais, monsieur Mackintosh. Vous fouinez partout, vous posez des questions. D'abord vous achetez le vieux château Foudouin et puis vous vous intéressez au terrain d'en bas, près de la rivière. Qu'est-ce que vous avez derrière la tête ? Des chalets de vacances ? Un centre sportif comme au Pinot ? Ou quelque chose d'encore plus ahurissant ? »

Jay secoua la tête. « Vous vous trompez complètement. Je suis écrivain et je suis venu ici finir mon roman. Voilà tout. »

Elle le toisa d'un air cynique, un regard qui voulait le percer à jour.

« Je ne veux pas que Lansquenet devienne comme Le Pinot, dit-il d'un air convaincant. Et je l'ai dit à Clairmont tout net dès le début. Si vous avez vu sa camionnette, c'est parce qu'il continue à m'apporter sa brocante. Il s'est mis dans la tête que j'étais prêt à acheter toutes ces choses sans valeur. »

Marise commença à ajouter des échalotes poêlées à la sauce des pâtes, elle ne semblait pas entièrement convaincue mais Jay sentit qu'elle se détendait quand même un peu.

« Si je pose des questions, c'est simplement parce que je suis écrivain ; je suis curieux. Depuis des années j'avais perdu l'inspiration mais, à mon arrivée à Lansquenet... » Il n'avait plus guère conscience de ce qu'il racontait maintenant, ses yeux étaient fixés sur la chute des reins de la jeune femme sous la chemise d'homme qu'elle portait. « D'une certaine façon, il y a quelque chose de différent dans l'air d'ici et cela m'a permis d'écrire comme jamais auparavant. J'ai tout abandonné pour venir. »

Alors, tenant un oignon rouge d'une main et le couteau de l'autre, brusquement elle se retourna vers lui.

Il continua. « Je vous assure que je ne suis pas ici pour développer quoi que ce soit. Regardez-moi, je suis assis dans votre cuisine, trempé jusqu'aux os et couvert de bicarbonate de soude, vous croyez vraiment que je ressemble à un entrepreneur ? »

Elle le dévisagea un instant. « Peut-être que non, finit-elle par dire.

— J'ai acheté la propriété sur un coup de cœur. Je ne savais même pas que vous... Je ne pensais pas que... et je n'ai pas l'habitude, moi, de faire des choses sur un coup de cœur, conclut-il d'une voix qui faiblissait.

— Ça m'étonnerait, dit Marise avec un sourire. Il est difficile de croire cela d'un homme qui, délibérément, met la main dans un nid de guêpes. »

C'était un petit sourire qui aurait mérité tout au plus une note de 2 sur 10, mais un sourire tout de même, oui, définitivement un sourire !

Ils se mirent à bavarder. Jay lui parla de Londres, de Kerry et de *Joe Patati*. Il lui parla aussi de la roseraie et du potager derrière la maison. Il omit, bien sûr, de lui parler de la mystérieuse présence de Joe et de sa disparition ensuite, et des six bouteilles de vin et de la façon dont elle-même était devenue un élément indispensable à son livre. Il n'avait pas l'intention de lui donner à penser qu'il était complètement fou !

Elle termina la préparation du déjeuner — des pâtes et des haricots — et l'invita à le partager avec elles. Ensuite, ils burent un café qu'ils arrosèrent d'armagnac.

Elle lui prêta un bleu de travail de Tony pour lui permettre de changer ses vêtements trempés pendant que Rosa jouait dans la cour avec Clopette. Jay trouvait bizarre qu'elle parlât de Tony non pas comme de son mari mais comme du père de Rosa mais leur entente était trop récente, trop fragile, pour qu'il se risquât à lui poser des questions. Quand elle accepterait, ou plutôt, si elle accepterait de lui parler de Tony, elle le ferait en son temps.

Pour le moment, elle n'avait pas révélé grand-chose d'elle-même, sinon un fort esprit d'indépendance, une immense tendresse pour sa fille, l'orgueil du travail bien fait à la maison comme dans la propriété, une certaine façon de sourire, à la fois sérieuse et pourtant pleine de douceur, une façon d'écouter en ne disant rien, des gestes mesurés qui dénotaient une vive intelligence, de rares moments d'un humour un peu tordu sous un bon sens pratique. En repensant au premier jour où il l'avait aperçue, à ce qu'il avait imaginé, à la façon dont il avait écouté et presque cru les jugements de gens comme Caro Clairmont et Mireille Faizande, il se sentit rougir de honte. L'héroïne de son roman — imprévisible et dangereuse, peut-être folle — ne ressemblait en rien à cette femme

silencieuse et sereine. Il s'était laissé emporter par son imagination. Décontenancé, il but son café et résolut de ne
plus s'immiscer dans son histoire. Définitivement, sa vie à
elle et son roman à lui n'avaient rien en commun.

Ce ne fut que plus tard, beaucoup plus tard, que son
sentiment de malaise réapparut.

Marise était charmante, c'était indéniable, habile aussi,
à en juger par la façon dont elle avait évité de parler d'elle-
même, tout en le faisant parler de lui. À la fin de l'après-
midi, elle savait tout ce qu'il y avait à savoir de lui. Et pourtant, il y avait quelque chose derrière tout cela, quelque
chose qui concernait Rosa. Il se mit à penser à l'enfant.
Mireille était sûre qu'elle était maltraitée mais, de ça, il n'y
avait aucune preuve. Au contraire, l'amour entre la mère
et la fille était évident. Jay se souvint du jour où il les avait
aperçues près de la haie. Cet accord tacite par lequel les
paroles étaient superflues, oui, c'était ça : Rosa pouvait parler, sans effort et avec facilité. À la façon dont elle avait
chassé le chevreau de la cuisine, cette rapide exclamation
indignée : « Clopette, non ! Pas dans la cuisine ! » C'était
comme si elle avait l'habitude de parler au chevreau. Et à
la manière dont Marise lui avait jeté un coup d'œil, c'était
comme si elle l'avait avertie de se taire.

Mais pourquoi l'avertir ? Il se posa la question de nombreuses fois. Était-ce quelque chose que Marise ne voulait
pas qu'il entende ? L'enfant n'avait-elle pas le dos tourné à
la porte quand le chevreau était entré ? Comment avait-elle
pu savoir qu'il était là ?

46

Nether Edge, été 1977

Après avoir quitté Gilly, Jay s'assit près du pont pendant un moment. Il se sentait à la fois furieux et coupable mais il était persuadé qu'elle finirait par le suivre. Comme elle n'arrivait toujours pas, il s'allongea dans l'herbe mouillée. Il éprouvait un certain plaisir à sentir l'odeur âcre du sol et des mauvaises herbes. Il leva les yeux au ciel et y plongea son regard jusqu'à ce que la bruine qui tombait lui donnât le vertige. Il commençait à avoir froid, il se releva donc et prit le chemin du retour vers Pog Hill, le long du sentier qui avait été la voie ferrée. Il s'arrêtait de temps en temps pour examiner quelque chose au bord des rails abandonnés, plus par habitude que parce qu'il s'y intéressait vraiment. Il était tellement perdu dans ses sombres pensées qu'il ne remarqua ni n'entendit les quatre silhouettes qui surgirent en silence de derrière les arbres auxquels il tournait le dos et qui se déployèrent en demi-cercle pour l'attaque.

Quand il s'aperçut de leur présence, il était déjà trop tard. Glenda était là, avec deux de ses copines : la blonde, maigre — Karen, peut-être ? — et une fille plus jeune — Paula, à moins que ce ne fût Patty ? — qui devait avoir dans les dix ou onze ans, aux oreilles percées et à la moue boudeuse et cruelle.

Elles avaient commencé à avancer vers le sentier pour lui couper la retraite, Glenda d'un côté, Karen et Paula de l'autre. Leurs visages ruisselaient sous la pluie et leurs yeux brillaient d'impatience. Le regard étincelant de Glenda rencontra le sien au-dessus du sentier et, un instant, elle sembla presque jolie. Mais, chose terrible, Zeth était avec elle.

Jay s'arrêta, pétrifié. Les filles ne lui faisaient pas peur. Il les avait battues à la course, il les avait dominées de ses insultes et les avait feintées auparavant, d'ailleurs elles n'étaient que trois. Elles faisaient partie de ce qu'il connaissait bien à Nether Edge, comme la mine à ciel ouvert ou l'éboulis de cailloux au-dessus de l'écluse du canal, elles faisaient partie des dangers naturels, comme les guêpes — on s'en méfiait par prudence mais on n'en avait pas vraiment peur.

Zeth, lui, c'était autre chose.

Il portait un tee-shirt dont il avait remonté les manches, avec « Statu Quo » imprimé sur la poitrine. Il avait coincé un paquet de Winstons dans l'une des manches. Ses cheveux longs voletaient autour de son visage étroit et rusé. Il n'avait plus de boutons mais ses joues en avaient gardé des marques profondes — comme les cicatrices d'une cérémonie d'initiation ou des chenaux pour larmes de crocodiles. Il ricanait.

« Alors, t'as cherché des noises à ma sœur, hein ? »

Avant qu'il n'eût terminé sa phrase, Jay s'enfuyait déjà. C'était le pire endroit où se laisser encercler, trop élevé au-dessus du canal et de ses nombreuses cachettes, et trop direct, trop facile à voir car, devant lui, s'étirait la voie ferrée, désert sans fin. De chaque côté, les buissons étaient trop épais pour qu'on pût y pénétrer et trop bas pour être à l'abri des regards. Un profond fossé et un écran de verdure le cachaient des maisons les plus proches. Avec ses chaussures de tennis, il dérapait dangereusement sur les graviers.

Glenda et ses copines étaient devant lui, Zeth à deux pas derrière. Jay choisit ce qui lui parut la meilleure solution, il fit une feinte pour éviter les deux filles et fila droit vers Glenda. Elle fit un pas de côté pour l'intercepter et tendit ses gros bras charnus en avant, comme si elle allait bloquer une balle mais, de toutes ses forces, il la repoussa d'un coup d'épaules, tel un champion de football américain, et dévala en bolide le chemin de la voie ferrée abandonnée.

Il entendit Glenda brailler derrière lui mais la voix de Zeth qui le suivait semblait dangereusement proche, beaucoup trop proche. « Ah, mon p'tit salaud ! » Jay ne se retourna pas. Il y avait un pont sur la voie ferrée et un déblai à quatre cents mètres de Pog Hill avec un sentier qui remontait vers la rue. Il y aurait d'autres sentiers qui menaient à la venelle et au terrain vague de l'autre côté. Si seulement il pouvait aller jusque-là... et le pont n'était pas loin. Il était plus jeune que Zeth et plus léger aussi, il pourrait donc courir plus vite que lui et, s'il pouvait atteindre le pont, il y aurait là des tas d'endroits où se cacher. Alors il jeta un coup d'œil par-dessus son épaule. L'espace qui les séparait avait grandi, trente à quarante mètres. Glenda s'était relevée et courait aussi mais, malgré sa taille, Jay ne se préoccupait pas d'elle. Elle était déjà essoufflée et ses seins énormes montaient et descendaient de façon grotesque dans son corsage trop étroit. Zeth trottait à ses côtés sans effort mais, au moment où Jay se retourna, il accéléra soudain et les coudes au corps, pour mieux garder son rythme, il piqua un sprint formidable qui fit voler les graviers sous ses chaussures.

Jay commençait à avoir la tête qui tournait et sa langue brûlait dans sa gorge sèche. Maintenant il apercevait le pont, juste à la courbe de la voie ferrée, et la rangée de peupliers qui indiquait où était le poste d'aiguillage abandonné. Encore cinq cents mètres et il y serait !

Le talisman de Joe était toujours dans sa poche, il le sentait contre sa cuisse pendant qu'il courait, et il éprouva un vague soulagement à savoir qu'il était là. Il aurait tout aussi bien pu l'avoir oublié. Il avait eu trop à faire cet été-là, il avait été trop occupé par sa propre mauvaise humeur pour avoir le temps de penser à la magie.

Il espérait seulement qu'elle opérait toujours.

Il atteignit le pont, la distance entre eux était toujours plus grande et il chercha des yeux quelque part où se cacher. Il serait trop risqué d'essayer de grimper le raidillon qui menait à la route. Jay était essoufflé maintenant et il y avait bien encore vingt mètres de sentier de terre battue avant la route et le salut. Il serra dans son poing le talisman de Joe et s'engagea dans l'autre direction, celle qu'ils ne s'attendraient pas à le voir prendre, celle qui passait sous le pont puis filait derrière vers Pog Hill. Il y avait là un massif d'épilobes montées en graines derrière l'arche du pont. Il s'y jeta, tête la première, les tempes battantes, le cœur étreint d'une sombre exaltation. Sauvé, il était sauvé !

De sa cachette, des voix lui parvenaient. Celle de Zeth paraissait toute proche, mais celle de Glenda était assourdie par la distance, rendue plus grave par l'acoustique dans cet espace vide entre le pont et le talus.

« Où est-ce qu'il est passé, bon sang ? »

Jay l'entendait, de l'autre côté de l'arche du pont, il l'imaginait en train de le chercher le long du sentier et de mesurer de l'œil les distances. Il se fit tout petit sous les hautes plumes blanches des épilobes qui se balançaient au vent.

« Tu l'as laissé filer ! dit Glenda hors d'haleine d'avoir couru.

— Non, il est là quelque part. Il ne peut pas être loin ! »

Des minutes passèrent. Pendant qu'ils inspectaient le coin, Jay serrait dans sa main fermée le talisman de Joe. Le talisman avait marché auparavant alors qu'il n'y croyait pas mais, depuis, il avait appris sa leçon et il y croyait ferme. Il croyait vraiment à la magie. Il entendit le bruit des pas de quelqu'un qui écrasait les débris accumulés sous le pont et traversait l'espace couvert de graviers mais il n'avait pas peur, il était invisible, il croyait à la magie vraiment, vraiment...

« Il est là ! »

C'était la fille de dix ans, Paula ou Patty, debout jusqu'à la taille dans l'écume blanche des épilobes.

« Vite, Zeth, attrape-le, attrape-le ! »

Jay commença à reculer vers le pont, à chacun de ses mouvements il soulevait une vague de graines blanches qui s'envolaient. Le talisman pendait lamentablement entre ses doigts. Le visage couvert de sueur, Glenda et Karen tournaient au coin de l'arche du pont.

De l'autre côté, il y avait un profond fossé plein de grandes orties. Pas question de prendre la fuite par là. Zeth alors apparut, sous le pont. Il lui prit le bras et l'attira vers lui par l'épaule d'un geste terriblement amical, un geste d'accueil auquel personne ne résiste. Zeth sourit.

« T'es pris, mon Zizi ! »

La magie avait dû finir par s'user.

Comme dans les rêves, un curieux silence s'était abattu. D'abord, elles avaient retiré son tee-shirt et, pendant qu'il hurlait et se débattait en jetant des coups de pied, elles l'avaient poussé dans le fossé où fleurissaient les orties.

Il avait essayé d'en sortir mais Zeth s'acharnait à l'y faire retomber. Les feuilles d'orties provoquaient des plaques rouges dont il ressentirait les démangeaisons et les brûlures pendant des jours et des jours. Juste avant de se sentir soulevé par les cheveux, Jay s'était couvert le visage de ses bras en pensant vaguement : comment se fait-il que cela n'arrive jamais à Clint ? Très doucement, il entendit Zeth lui dire : « Et maintenant, c'est mon tour, à nous deux, mon gars ! »

Dans un roman, il se serait vaillamment défendu. Pas lui ! Il leur aurait au moins jeté un défi, aurait eu une sorte de beau geste, de bravade désespérée. Tous ses héros faisaient cela !

Mais Jay n'était pas un héros.

Il commença à hurler avant même d'avoir reçu le premier coup. Peut-être était-ce la raison pour laquelle il échappa à une raclée plus grave. Cela aurait pu être pis, pensa-t-il après coup quand il inspecta ses blessures. Il saignait du nez, il avait des contusions, son jean était troué aux genoux après un dérapage et une chute sur le ballast mais sa montre était la seule chose cassée. Ce n'est que beaucoup plus tard qu'il comprit que quelque chose d'autre, quelque chose de bien plus grave et de bien plus permanent qu'une montre ou même un os s'était brisé en lui ce jour-là, quelque chose qui concernait sa foi, devinat-il un peu obscurément. Quelque chose en lui s'était déchiré qu'on ne pourrait plus réparer.

La magie s'était envolée de sa vie, avait dit Joe.

Il raconta à sa mère qu'il était tombé de son vélo. C'était un mensonge plausible — assez plausible en tout cas pour expliquer son jean en lambeaux et l'enflure de son nez. D'ailleurs, elle ne fit pas autant d'histoires que Jay l'avait imaginé ; il était tard déjà et tout le monde regardait une reprise de *Blue Hawaii* qui faisait partie des films que l'on passait à la télévision pour la commémoration de la mort d'Elvis.

Lentement il rangea son vélo puis se prépara un sandwich, prit un Coca-Cola dans le frigidaire et monta dans sa chambre écouter la radio. Tout cela semblait faussement normal, comme si Gilly, Zeth et Pog Hill s'étaient depuis longtemps évanouis dans le passé. Les Stranglers jouaient *Straighten Out*.

Ce week-end-là, Jay et sa mère partirent, et pour lui ce n'était pas un au revoir qu'il disait mais un adieu.

47

Lansquenet, mai 1999

Jay travaillait dans le jardin quand Popotte arriva avec son sac de facteur. Petite et rondelette, elle avait un minois de fleur au-dessus de son pull rouge. Elle avait l'habitude de déposer sa vieille bicyclette sur le côté de la route et d'apporter le courrier à pied, le long du sentier.

« Ah monsieur Jay, soupira-t-elle, en lui passant un paquet de lettres. Si seulement vous habitiez un peu plus près de la route ! Ma tournée est toujours une demi-heure plus longue quand il y a du courrier pour vous et je perds bien dix kilos chaque fois que je viens jusqu'ici. Ça ne peut pas durer comme ça ! Vous devriez installer une boîte aux lettres ! »

Jay lui fit un grand sourire. « Entrez donc manger un des chaussons aux pommes tout chauds que j'ai achetés chez Poitou. J'ai du café sur le feu. J'allais justement en boire un. »

Popotte prit l'air aussi sévère que son visage jovial le lui permettait.

« Essayez-vous d'acheter mon silence ?

— Non, madame ! » Il sourit. « Simplement de vous détourner du droit chemin ! »

Elle éclata de rire. « D'accord pour le chausson aux pommes, je me sens un besoin de calories ! »

Pendant qu'elle mangeait, Jay ouvrit son courrier : une facture d'électricité, un questionnaire de la mairie d'Agen et un petit paquet plat enveloppé de papier brun, l'écriture de l'adresse était toute petite, appliquée, presque familière. Il venait de Kirby Monckton. Les mains de Jay commencèrent à trembler.

« J'espère qu'il n'y a pas que des factures, dit Popotte qui finissait son chausson et en prenait un autre, car je n'ai pas l'intention de me crever à vous apporter le genre de courrier dont vous ne voulez pas. »

Jay ouvrit le paquet avec difficulté. Deux fois il dut s'interrompre tellement ses mains tremblaient. Le papier d'emballage était épais et renforcé à l'intérieur par un morceau de carton. Il n'était accompagné d'aucun message. Au lieu de cela, il y avait un bout de papier jauni replié soigneusement de façon à retenir une petite pincée de minuscules graines noires. Un seul mot était écrit au crayon sur le papier : « Spéciales. »

Popotte parut inquiète. « Ça va ? » Il devait avoir l'air étrange, la bouche ouverte, tenant les graines d'une main et le papier de l'autre.

« Ce sont simplement des graines que j'attendais et qui me viennent d'Angleterre, articula Jay avec effort. J'avais… j'avais oublié. »

Les idées tournoyaient dans sa tête à lui en donner le vertige. Il se sentait sans réaction, comme endormi devant l'énormité de ce que représentait la présence de ce minuscule paquet de graines. Il but une gorgée de café puis étala les graines sur le papier jaune pour les examiner.

« Ça n'a pas l'air de grand-chose, fit remarquer Popotte.

— Vous avez raison, elles n'en ont pas l'air. » Il y en avait peut-être une centaine, à peine assez pour couvrir la paume de sa main.

« N'va pas éternuer surtout ! » dit Joe, juste derrière lui, et Jay laissa presque tomber le tout de surprise. Le vieil homme était là, debout contre le placard de la cuisine, l'air aussi naturel que s'il n'était jamais parti. Il portait un bermuda totalement incongru et un tee-shirt « Born to Run » avec ses brodequins de mineur et sa casquette. Il avait l'air parfaitement réel et pourtant le regard de Popotte qui semblait cependant posé juste en face de lui ne changea pas de direction. Joe sourit et mit un doigt dans sa bouche.

« Prends ton temps, mon p'tit gars, lui conseilla-t-il gentiment, j'vais faire un tour au jardin en attendant. »

Jay le regarda lentement sortir de la cuisine puis se promener dans le jardin. Il luttait contre un désir presque irrésistible de courir le rejoindre. Popotte reposa sa tasse et le regarda avec curiosité.

« Vous avez fait des confitures aujourd'hui, monsieur Jay ? »

Il fit non de la tête. Derrière elle, par la fenêtre de la cuisine, il voyait Joe, penché au-dessus du châssis qu'il avait fabriqué.

« Oh ! » Popotte n'était pas encore tout à fait convaincue, elle humait l'air. « Je croyais sentir quelque chose comme du cassis et du sucre qui brûlaient. »

Elle aussi, alors, devinait sa présence ? Pog Hill Lane avait toujours eu cette odeur de levure, de fruits et de sucre caramélisé, que Joe fût en train ou non de faire du vin. Les tapis, les rideaux, le bois en étaient imprégnés et l'odeur le suivait partout où il allait, s'accrochait à ses vêtements et dominait les relents de fumée de cigarette qui l'entourait.

« Je voudrais semer ces graines aussi vite que possible.

— Oh ? » Elle s'approcha pour mieux voir. « C'est vraiment quelque chose de spécial, n'est-ce pas ?

— Eh oui ! lui dit-il. Quelque chose de spécial. »

48

Pog Hill, automne 1977

Le mois de septembre ne fut pas meilleur. Elvis réapparut dans le hit-parade avec *Way Down*. Jay, sans enthousiasme, commença à préparer son examen d'entrée en première pour l'année suivante. Les choses semblaient redevenues normales. Cependant, le pressentiment de catastrophe imminente était toujours là, renforcé même, si cela était possible, par la monotonie de la routine. Il s'étonnait de n'avoir aucune nouvelle de Joe ni de Gilly. Ce n'était pourtant pas surprenant puisqu'il avait quitté Kirby Monckton sans dire au revoir ni à l'un ni à l'autre. Dans *The Sun*, il y eut une photo de sa mère au bras d'un moniteur d'éducation physique de vingt-quatre ans, devant une boîte de nuit de Soho. Marc Bolan fut tué dans un accident d'automobile et, quelques semaines plus tard, ce fut le tour de Steve Gaines et de Ronnie Van Zant dans un accident d'avion.

Soudain, c'était comme si tout dans son monde à lui s'effritait et disparaissait. Personne d'autre que lui n'en semblait conscient. Ses copains bravaient les interdits en fumant des cigarettes et en faisant le mur pour aller au cinéma. Jay les observait avec mépris. Lui avait pratiquement cessé de fumer, cela lui semblait maintenant quelque chose d'absurde, de presque puéril, et l'abîme entre lui et ses camarades se creusait de plus en plus. Certains jours, il lui semblait être de dix ans leur aîné.

Le 5 novembre arriva. Les autres allumèrent un grand feu dans la cour et firent rôtir des pommes de terre dans la cendre. Jay resta dans le dortoir et les observa par la fenêtre. Tout autour de lui était baigné d'amertume et de nostalgie.

Des gerbes d'étincelles jaillissaient du feu, éclaboussaient le ciel et disparaissaient dans la fumée. L'odeur de graisse chaude et la puanteur du papier dont on enveloppait les saucisses lui parvenaient. Pour la première fois il comprit à quel point Joe lui manquait.

En décembre, il fit une fugue.

Il emporta son pardessus, quelques vêtements, son sac de couchage, sa radio et de l'argent, et fourra le tout dans un sac de sport. Il imita une signature sur une permission de sortie et quitta l'école un peu avant le petit déjeuner pour se donner autant d'avance que possible. Il alla en auto-stop jusqu'à l'autoroute puis un autre automobiliste l'emmena jusqu'à Sheffield. Il savait précisément où il allait.

Il mit deux jours à atteindre Kirby Monckton. Après avoir quitté l'autoroute, il fit la plupart du chemin à pied, traversant les champs pour atteindre les sommets des landes. Il dormit dans un arrêt d'autobus jusqu'à ce qu'une voiture de police s'y garât. Alors il fut pris de panique et n'osa plus s'arrêter de peur de se faire ramasser.

Il faisait froid mais il ne neigeait pas. Le ciel était maussade et Jay portait tous les vêtements de rechange qu'il avait emportés sans réussir à se réchauffer. Il avait les pieds couverts d'ampoules, ses chaussures étaient raidies par la boue mais, tout le temps, il se raccrochait au souvenir de Pog Hill Lane et à la certitude que Joe l'y attendait, au souvenir de la maison de Joe avec sa chaude atmosphère, l'odeur des confitures qui cuisaient et des minces tranches de pommes qui séchaient au four, la cuisine avec la radio qui jouait sur le rebord de la fenêtre au milieu des pieds de tomates.

Il y arriva en fin d'après-midi. Il se força à gravir les quelques derniers mètres jusqu'à l'arrière de Pog Hill Lane, balança son sac par-dessus le mur de Joe et l'enjamba. La cour était déserte.

Au-delà, le jardin paraissait nu, abandonné. Joe avait bien réussi le camouflage ! Même de la cour, on aurait dit que, depuis des mois, personne n'habitait plus là. Les mauvaises herbes avaient poussé entre les dalles de pierre et le froid les avait tuées mais elles étaient là encore, toutes scintillantes de gelée blanche. Les fenêtres étaient clouées, la porte fermée à clef.

« Joe ! » Il frappa à la porte. « Joe ? Ouvrez-moi, s'il vous plaît ! » Pas de réponse. La maison semblait morne, indifférente, moirée sous sa parure d'hiver.

Avec une absurde impatience, Jay secoua la poignée de la porte et appela. Il entendait, faible écho dans une salle vide, sa voix résonner à l'intérieur.

« Joe ?

— Il n'y a personne, mon gars. »

La vieille femme le regardait par-dessus le mur de ses yeux noirs, curieux, sous un foulard jaune. Jay la reconnut vaguement, elle était souvent venue le premier été, c'est elle qui apportait à Joe des tartes aux fraises en remerciement des produits du jardin qu'il lui avait donnés.

« Madame Simmonds ?

— Oui, c'est moi, et vous vouliez voir M. Cox, n'est-ce pas ? »

Jay fit oui de la tête.

« Eh bien, il n'est pas là, il est parti. Nous, on pensait qu'il était mort mais la Janice elle nous a dit qu'il avait simplement pris son sac et qu'il avait fichu le camp un jour, comme ça. Vous ne le trouverez plus ici maintenant. »

Jay la regarda, ahuri. Ce n'était pas possible, non, Joe ne pouvait pas être parti, Joe avait promis...

« Ils sont en train d'abattre les maisons de Pog Hill Lane, vous savez, dit-elle pour faire la conversation. Ils vont bâtir des appartements de luxe. On a bien besoin de luxe après tout ce qu'ils nous ont fait voir ! »

Jay fit semblant de n'avoir rien entendu. « Joe. Je sais que vous êtes là ! Allez, sortez, mais sortez donc !

— Vous n'avez pas besoin de crier comme ça, dit Mme Simmonds.

— Joe ! Joe ! Ouvrez-moi, Joe !

— Eh ! dites donc, faites attention ou je vais appeler la police ! »

Jay fit un geste pour l'apaiser. « D'accord, d'accord. Je m'excuse. Je m'en vais. Encore toutes mes excuses. »

Il attendit son départ puis il revint à pas de loup et fit le tour de la maison. Il était toujours sûr que Joe était là, quelque part, furieux contre lui peut-être, attendant qu'il s'en allât. Après tout, ce n'était pas la première fois qu'il se faisait prendre à ça ! Il chercha partout dans le jardin abandonné, s'attendant à l'apercevoir en train d'inspecter ses arbres ou dans sa serre — dans le poste d'aiguillage — mais il n'y avait aucun signe de présence récente à part la sienne. Ce fut seulement quand il remarqua ce qui n'était plus là qu'il reconnut enfin la vérité. Pas une rune, pas un ruban, pas un seul signe tracé sur un tronc d'arbre ou une pierre. Les sachets rouges avaient été enlevés des côtés de la serre, du mur et des branches d'arbres. Dans les allées, les pierres arrangées soigneusement pour former des signes avaient été éparpillées et n'étaient plus que des débris informes. Les calendriers lunaires, agrafés au mur de la cabane et de la serre, les symboles obscurs attachés aux arbres avec du papier collant, toutes les marques que Joe avait tracées et qui faisaient partie de sa technique à lui avaient disparu. Les châssis avaient été culbutés et les plantes à l'intérieur abandonnées à leur sort. Les fruits tombés de l'automne jonchaient le verger et leur masse brunâtre était déjà en partie absorbée dans la terre durcie par le gel. Des fruits par centaines, des poires, des pommes, des prunes, des cerises tardives, des fruits tombés, ce sont eux qui lui firent accepter la vérité.

Oui, Joe était parti.

La porte de derrière était mal fermée et Jay réussit à la soulever avec un levier et à l'ouvrir, il pénétra alors dans la maison déserte. Une odeur de pourri l'assaillit. Dans la cuisine, des plants de tomates, hauts sur tige, avaient grandi dans l'obscurité. Ils avaient tendu leurs pousses étiolées vers le mince rayon de lumière au bord de la fenêtre avant de s'étirer et, privés d'eau, de succomber en atteignant le rebord de l'évier. En partant, Joe avait tout laissé, sans toucher à rien : sa bouilloire était sur la cuisinière et, à côté, sa boîte à biscuits — il y en avait même encore quelques-uns à l'intérieur, un peu rassis mais mangeables — et, derrière la porte, son pardessus pendait à une patère. Il n'y avait plus d'électricité dans la cave mais assez de jour filtrait de la cuisine pour qu'on y pût voir, disposées avec soin sur les étagères, les rangées de bouteilles, de bocaux, de dames-jeannes qui luisaient comme des pierres précieuses à la lumière glauque de ce monde des profondeurs.

Jay fouilla la maison de fond en comble mais il y avait peu de choses à trouver. Joe n'avait jamais eu beaucoup de biens et, à en juger, le vieil homme n'avait pratiquement rien emporté. Son vieux sac n'était plus là, le volume de *Culpeper's Herbal* non plus et quelques vêtements, dont sa casquette de mineur et ses chaussures, avaient aussi disparu. Le coffre à graines, lui, était toujours là à côté du lit mais Jay découvrit en l'ouvrant qu'il avait été vidé de son contenu. Graines, racines, enveloppes et tortillons de papier journal fané, aux étiquettes soigneusement écrites, tout s'était envolé. Dans le coffre, il ne restait plus que de la poussière.

Où qu'il fût, il avait emporté ses graines avec lui, mais où était-il donc ? Ses cartes étaient toujours pendues aux murs, chacune à sa place, annotées de la petite écriture appliquée de Joe mais, là non plus, il n'y avait aucune indication de l'endroit où il était allé. Ses nombreux itinéraires, tracés au crayon de couleur et se recoupant à une douzaine d'endroits différents, ne laissaient rien deviner : Brésil, Népal, Haïti, Guyane française… Jay chercha sous le lit sans rien y découvrir de plus qu'une boîte de carton pleine de vieux magazines. Poussé par la curiosité, il les sortit. Joe n'avait pas consacré beaucoup de temps à la lecture et, à part le volume de *Culpeper's Herbal* et un journal de temps en temps, Jay ne l'avait que très rarement vu lire.

Quand il le faisait, c'était d'ailleurs avec la lenteur appliquée d'un homme qui avait quitté l'école à quatorze ans et suivait du doigt la ligne qu'il déchiffrait. Ces magazines-là étaient décolorés par le temps mais ils étaient classés avec soin dans la boîte et protégés par un bout de carton pour éviter d'être abîmés par la poussière. Les dates, imprimées sur les couvertures, lui firent écarquiller les yeux : 1947, 1949, 1951, 1964. De vieux magazines aux couvertures familières jaunes et noires — de vieux numéros du *National Geographic*.

Assis par terre, Jay commença à en feuilleter les pages que l'âge avait rendues fragiles. Ces magazines avaient quelque chose de consolant, c'était comme si, en les touchant simplement, il pouvait se rapprocher de Joe. C'étaient les endroits que Joe avait vus, les gens parmi lesquels il avait vécu — des souvenirs de ses longues années sur les routes. C'était la Guyane française, l'Égypte, le Brésil, l'Afrique du Sud, la Nouvelle-Guinée. Les couvertures, autrefois aux couleurs éclatantes, gisaient maintenant les unes à côté des autres dans la poussière du parquet. Jay remarqua que certaines pages y avaient été marquées, d'autres annotées au crayon : Haïti, l'Amérique du Sud, la Turquie, l'Antarctique. C'était donc ses voyages, les vagabondages de sa jeunesse. Chacun portait une date, une signature, un code en couleurs.

Une date. Une signature.

Un soupçon glacé le fit frissonner. Lentement au début, puis peu à peu avec une certitude horrible, il comprit la vérité : les cartes, les anecdotes, les vieux numéros du *National Geographic* qui remontaient jusqu'à la guerre…

Les yeux rivés aux magazines, il essayait de trouver une autre raison, quelque chose qui expliquerait… mais il ne pouvait y avoir bien sûr qu'une seule explication.

Il n'y avait jamais eu de voyages. Joe Cox était mineur, il l'avait toujours été et cela depuis le jour où il avait quitté l'école et jusqu'au moment où il avait eu l'âge de la retraite. Quand le puits de Nether Edge avait fermé, il s'était installé dans la maison de Pog Hill Lane qu'il louait à la municipalité et, là, il avait vécu de sa pension de mineur — augmentée peut-être d'une allocation d'invalidité en raison de sa main gauche estropiée — en rêvant de voyages lointains. Toutes ses expériences, ses anecdotes, ses aventures, les dangers auxquels il avait échappé, ses gasconnades, les dames qu'il avait soi-disant connues à Haïti, ses gitans, tout venait de ce tas de vieux magazines, tout était aussi faux que sa magie, que son alchimie du profane. Et ses précieuses graines…? Commandées sans doute à des grainetiers ou achetées par correspondance, par catalogues, pendant que, solitaire, il filait son tissu de rêves… des mensonges, vraiment !

Car tout n'avait été que tromperies, fausseté, oui, mensonges ! Brutalement, il fut envahi d'une colère contre laquelle il se sentit impuissant. Cela dépassait toute raison. C'était le résultat de tout le chagrin, de tout le bouleversement des derniers mois, l'abandon de Gilly, la trahison de Joe, c'étaient ses parents, c'était lui-même, c'étaient l'école et Zeth et Glenda et sa bande, c'étaient les guêpes. Ses multiples rages contre le monde entier fusionnèrent soudain en une énorme explosion de chagrin et de fureur. Il lança les magazines à l'autre bout de la pièce et, à grands coups de pied, il les dispersa, en piétina les pages, arrachant les couvertures, écrasant les images dans un mélange de boue et de poussière. Il arracha les cartes des murs et renversa le coffre à graines vide. Il descendit dans la cave en courant et fracassa tout ce qui lui tomba sous la main : les bouteilles, les bocaux, les conserves de fruits, les alcools. Les éclats de verre crissaient sous ses pieds.

Comment Joe avait-il pu mentir ?

Comment l'avait-il pu ?

Il oubliait que c'était lui qui était parti, lui qui avait perdu la foi. Il ne pouvait penser qu'à une chose : la tromperie de Joe. D'ailleurs, n'était-il pas revenu, lui ? Il était là, n'est-ce pas ? Si jamais la magie avait existé, elle s'était évanouie depuis bien longtemps.

Il remonta à la cuisine, épuisé et lugubre. Il s'était blessé à un éclat de verre. Il essaya de rincer sa main dans l'évier mais l'eau avait déjà été coupée. C'est à ce moment-là qu'il aperçut l'enveloppe, appuyée avec soin contre l'égouttoir, près de la fenêtre, à côté d'un gros savon de Marseille tout desséché. Son nom était écrit en petites lettres majuscules toutes tremblées dans le haut de l'enveloppe. C'était trop volumineux pour n'être qu'une lettre, c'était pansu comme un petit paquet. Maladroitement, Jay en déchira l'emballage, croyant que Joe ne l'avait peut-être pas oublié après tout, que ceci devait être une sorte d'explication, un geste… un talisman.

Mais dans l'enveloppe, il n'y avait aucune lettre, il y regarda deux fois, pas même le moindre bout de papier.

Au lieu de cela, il y avait un petit sachet — il reconnut un des paquets de graines que Joe avait gardés dans le coffre, un sachet dont l'étiquette à peine visible, au crayon rouge, disait « Spéciales ».

Jay arracha un coin du sachet. À l'intérieur, des graines, de minuscules graines, pas plus grosses que des pucerons, une centaine peut-être ou plus, s'échappaient de ses doigts malhabiles pendant qu'il faisait un effort de compréhension. Aucun mot d'explication. Aucune lettre. Aucune indication. Rien que des graines.

Que devait-il bien en faire ? La colère monta en lui. Fallait-il les planter dans son jardin ? Faire pousser un haricot géant et s'en servir comme d'une échelle pour atteindre le pays des Chimères ? Un ricanement de fureur l'ébranla. Que devait-il faire au juste ?

Il fit rouler les graines entre ses doigts sans comprendre. Avec un petit rire triste, des larmes soudain jaillirent de ses yeux.

Jay sortit, grimpa sur le mur de derrière et, déchirant le sachet, il jeta les graines au vent glacial et humide qui, d'un souffle, les emporta comme autant de pucerons dans les profondeurs de la tranchée. Il déchira en menus morceaux le reste du sachet qui partit en papillonnant à leur suite. Son moment de triomphe avait un goût amer.

Plus tard, il s'avoua qu'il n'aurait pas dû faire cela, que ces graines-là avaient peut-être quelque chose de magique après tout, mais il était trop tard.

Si Joe lui avait laissé quelque chose, il ne l'avait pas trouvé, c'était sûr.

49

Lansquenet, *été 1999*

Le mois de juin arriva, toutes voiles déployées, comme un navire dans le bleu du ciel. C'était le temps idéal pour écrire — le livre de Jay s'était allongé d'une bonne cinquantaine de pages — mais encore meilleur pour les plantations : choisir les jeunes plants, les repiquer dans leur carré soigneusement ratissé, sélectionner les pommes de terre et les planter en rangs bien droits, puis le désherbage : arracher les guirlandes de grateron, la petite angélique qui envahissait les cassissiers, et il fallait cueillir les fraises et les framboises, cachées dans la verdure, pour les confitures. C'était là un des plaisirs favoris de Joe.

« Y a rien de tel que ramasser les fruits dans son propre jardin », disait-il, les dents serrées sur sa cigarette.

Cette année-ci était bonne pour les fraises, il y en avait trois rangs de cinquante mètres de long — assez pour en vendre, s'il l'avait voulu — mais Jay ne s'intéressait pas à ça. Au contraire, il en offrait à ses nouveaux amis. Il fit des confitures, et en dévora des kilos en les cueillant, encore saupoudrées de terre rougeâtre. Les épouvantails de Joe — de souples cannes décorées de rubans de papier argenté et de l'inévitable talisman rouge — suffisaient à décourager les oiseaux.

« Tu devrais faire du vin, p'tit gars, conseilla Joe. Moi,

j'avais jamais assez de fraises mais j'aimerais voir ce que ça donnerait. »

Jay se rendit compte qu'il acceptait maintenant la présence de Joe sans se poser de questions. Ce n'était pas qu'il n'avait pas de questions à poser mais simplement qu'il ne pouvait se résoudre à les poser. Il valait mieux laisser les choses telles qu'elles étaient et accepter la situation comme un autre de ces miracles quotidiens. Trop d'investigations révéleraient peut-être plus de choses qu'il n'avait envie de savoir. Sa colère, d'ailleurs, n'avait pas entièrement disparu. Elle dormait en lui, telle une graine prête à germer sous de bonnes conditions. Pourtant, par rapport au reste, cela semblait moins important à présent, appartenant à une autre vie, et Joe l'avait toujours dit : trop de bagages, ça vous empêche d'avancer ! Le soir, lorsque la chaleur de la journée était tombée, il travaillait à son livre, sous le regard de Joe, allongé sur le lit, dans un coin de la pièce, les brodequins posés le long du mur ou contemplant les champs de ses yeux clairs, en fumant nonchalamment une cigarette.

Le roman était comme le jardin et le verger, à ce stade-là il fallait y consacrer de plus en plus d'efforts. Au fur et à mesure, il se mettait à ralentir, à hésiter, à avancer par à-coups. Son idée du dénouement était toujours aussi floue que lorsqu'il avait commencé. Il passait de plus en plus de temps à contempler la machine à écrire, à regarder par la fenêtre ou à rechercher des silhouettes dans les ombres qui se projetaient sur les murs blanchis à la chaux. Avec un liquide correcteur, il reprenait ses fautes de frappe. Il numérotait les pages, soulignait les titres. Il faisait n'importe quoi pour se donner l'impression qu'il continuait à travailler. Joe, cependant, n'était pas dupe.

« T'as pas écrit grand-chose, p'tit gars », remarqua-t-il un soir que Jay n'avait presque rien écrit. Son accent s'était fait plus prononcé comme cela lui arrivait quand il était particulièrement sarcastique. Jay secoua la tête.

« Si, ça avance assez bien !

— Tu devrais en finir, ajouta Joe. Il faut t'en débarrasser pendant que tu le peux encore.

— Je ne peux pas faire ça », répondit Jay d'un ton irrité.

Joe eut un haussement d'épaules.

« Je parle sérieusement, Joe. Je ne peux pas !

— Ça n'existe pas ce mot-là : j'peux pas ! » C'était encore un des dictons de Joe. « As-tu envie de finir ce livre, oui ou non ? Moi, je suis pas ici pour toujours et tu le sais. »

C'était la première fois que Joe laissait entendre qu'il n'allait peut-être pas rester et Jay releva brusquement les yeux.

« Que voulez-vous dire ? Vous venez d'arriver… »

Joe haussa de nouveau les épaules avec nonchalance.

« Voyons… » Comme si la chose était évidente, comme s'il y avait des choses que l'on n'avait pas besoin de dire. Mais Joe était plus direct. « J'voulais te donner un p'tit coup de pouce, déclara-t-il, enfin. Te mettre sur le bon chemin, si tu veux, mais rester, c'est une autre affaire.

— Vous allez partir ?

— Sans doute, mais pas tout de suite. »

Sans doute. Le mot résonnait comme un caillou qui tombe dans une eau dormante.

« Encore ! » Son ton se fit plus accusateur.

« Pas tout de suite !

— Mais bientôt ! »

Joe haussa les épaules encore une fois et finalement laissa tomber : « J'en sais rien ! »

Il sentit en lui la colère, cette vieille connaissance, cette fièvre dont il ne se débarrassait pas, qui montait en lui comme une bouffée de chaleur et lui picotait la nuque. Une colère contre lui-même, contre ce besoin qu'il n'arrivait pas à satisfaire.

« Il faut bien changer un jour ou l'autre, mon gars. C'est vrai pour nous deux. Pour toi plus que jamais. »

Le silence retomba.

« J'vais sans doute rester encore un peu, pourtant. Jusqu'à l'automne au moins. »

Tout à coup, Jay réalisa qu'il n'avait jamais vu le vieil homme en hiver. Comme si seul l'été le faisait apparaître.

« Pourquoi êtes-vous ici, au juste ? Joe, êtes-vous un fantôme ? Est-ce ça ? Êtes-vous venu me hanter ? »

Joe éclata de rire. À la lumière de la lune qui filtrait

entre les volets, on eût dit une apparition mais son sourire n'avait rien de macabre.

« T'as toujours posé trop de questions. » Son accent, maintenant très prononcé, était comme une moquerie, un clin d'œil à la nostalgie. Jay se demanda soudain si cela aussi n'était pas faux. « J'te l'ai dit au début, hein ? Les voyages astraux, p'tit gars. Moi, je voyage en dormant. C'est ma spécialité ! J'peux aller n'importe où : en Égypte, à Bangkok, au pôle Sud, chez les vahinés d'Hawaii ou voir l'aurore boréale. J'ai vu tout ça et c'est pourquoi j'passe tant de temps à roupiller ! » Il se mit à rire et fit voler le mégot de sa cigarette sur les dalles de ciment.

« Si c'est vrai, où êtes-vous en ce moment ? »

La voix de Jay était remplie de méfiance, comme toujours lorsqu'il soupçonnait Joe de se moquer de lui.

« Je veux dire : où êtes-vous réellement ? Le paquet de graines portait le timbre de Kirby Monckton. Est-ce que vous êtes...

— De toute façon, ça n'a pas d'importance. » Joe alluma une nouvelle cigarette dont l'odeur, dans la petite pièce, était étrangement forte. « L'important, c'est que je sois ici. »

Il ne dit rien de plus. Dans la cave, sous leurs pieds, les dernières « Spéciales » s'agitaient dans une frénésie de désir et d'impatience. Elles ne faisaient guère de bruit mais, moi, je devinais leur fermentation, ce rapide bouillonnement de levure qui ne pouvait qu'annoncer des ennuis.

« Bientôt, semblaient-elles murmurer dans l'obscurité de leurs berceaux de verre. « Bientôt, bientôt, bientôt. » Elles ne se taisaient plus, maintenant. Couchées à mes côtés dans la cave, elles semblaient plus vivantes, plus éveillées que jamais et leurs voix s'élevaient en une cacophonie de grincements, de grognements, de rires et de cris aigus qui secouait la maison jusqu'à ses fondations. Bleue de mûres, noire de prunes de Damas, il ne restait plus qu'elles et pourtant leurs voix s'étaient enflées, comme si l'énergie libérée par les autres bouteilles, toujours active, déclenchait dans les trois autres une agitation frénétique. L'air pétillait de leur activité qui avait même pénétré le sol.

Joe aussi était là tout le temps, ne sortant que rarement,

même lorsque des visiteurs arrivaient. Jay devait se rappeler qu'ils n'avaient pas conscience de la présence de Joe bien que leurs réactions indiquassent qu'ils percevaient pourtant quelque chose quand il était là. Pour Popotte, c'était l'odeur de fruits qui cuisaient. Pour Narcisse, un bruit qui ressemblait à une pétarade de voiture. Pour Joséphine, l'approche d'un orage qui faisait se dresser les poils sur ses bras et la rendait nerveuse comme un chat. Jay recevait de nombreuses visites : Narcisse, qui livrait tout ce qu'il fallait pour le jardin, était devenu très aimable. Il regardait, d'un œil approbateur, le potager récemment remis en état et en grognait de plaisir.

« Pas mal, disait-il en écrasant sous son pouce un brin de basilic pour en libérer le parfum. Pour un Anglais, on pourrait faire de vous un fermier ! »

Les graines « Spéciales » de Joe avaient été plantées et Jay se remit au travail dans le verger. Il eut besoin d'une échelle pour grimper assez haut et arracher le gui qui envahissait les arbres et de filets pour protéger les jeunes fruits contre les oiseaux. Il y avait une centaine d'arbres, négligés ces dernières années mais toujours sains — des poiriers, des pommiers, des pêchers et des cerisiers. D'un haussement d'épaules, Narcisse rejeta l'idée de la culture des arbres fruitiers.

« On ne gagne pas sa vie à cultiver ça, déclara-t-il d'un ton maussade. Tout le monde en fait mais il y en a trop et on finit par donner les fruits à manger aux cochons. Mais si vous aimez les conserves... » Il hocha la tête devant l'excentricité de la chose. « Il n'y a pas grand mal à ça, je suppose, hein ?

— Je vais peut-être essayer de faire un peu de vin », avoua Jay avec un sourire.

Narcisse le regarda d'un air perplexe. « Du vin, avec des fruits... ? »

Jay remarqua que le raisin aussi est un fruit mais Narcisse fit non de la tête d'un air complètement ahuri.

« Bof, si vous aimez ça, mais c'est bien anglais ! »

Avec humilité, Jay concéda qu'en effet c'était très anglais. Narcisse aurait peut-être envie d'en goûter. Un sou-

rire malicieux illumina son visage. Les dernières « Spéciales » se frottèrent les unes aux autres d'impatience. L'air
était plein de cette liesse de Carnaval qui les agitait.

Vin de mûre 1976. Cela avait été un bon été pour les
mûres. Elles étaient grosses, violettes, toutes gonflées de jus
cramoisi. Leur bouquet était pénétrant. Jay se demandait
quelle serait la réaction de Narcisse quand il y goûterait.

Le vieil homme en prit une gorgée et la garda sur sa
langue. Le temps d'un éclair, il crut entendre de la musique,
le battement impérieux du tambour et le gémissement d'un
biniou, de l'autre côté de l'eau. Les gitans de la rivière,
pensa-t-il vaguement, bien qu'il fût un peu tôt pour eux car
la plupart n'arrivaient qu'à l'automne, à la recherche d'un
travail saisonnier. Et, avec la musique, vint l'odeur de fumée,
de pommes de terre sautées et de boudin, comme en préparait Marthe. Voilà bien dix ans qu'elle était morte, et une
trentaine d'années ou plus qu'elle était arrivée cet été-là
avec les gitans.

« Pas mauvais. » Sa voix était un peu rauque lorsqu'il
reposa le verre vide sur la table. « Ça a un goût de... » Il avait
du mal à se souvenir de quoi mais l'odeur ne le quittait pas,
l'odeur de la cuisine de Marthe, de la fumée qui parfumait
ses cheveux et lui rougissait les joues. Quand il la peignait,
le soir, dénouant les boucles brunes du chignon serré dans
lequel elle les ramassait, tous les effluves d'une journée passée à faire la cuisine étaient emprisonnés dans le duvet qui
moussait sur sa nuque : l'odeur de pain aux olives, de boudin, de brioche et de fumée de bois. Et lorsque, du bout des
doigts, il libérait cette fumée, une cascade de boucles tombaient dans ses mains ouvertes.

« Ça a un petit goût de fumée. »

De fumée. Ça devait être cela qui lui faisait venir les
larmes aux yeux, se dit obscurément Narcisse, ça ou l'alcool.
Enfin, quoi que l'Anglais eût mis dans son vin, c'était...

« Puissant. »

50

Le mois de juillet déjà à l'horizon, le temps se fit plus chaud, plus torride. Jay en arriva à être reconnaissant de n'avoir à s'occuper que de quelques rangs de légumes et de fruits car, malgré la proximité de la rivière, le sol s'était desséché et avait craquelé. Sous les assauts du soleil, son habituelle couleur de feuille morte avait d'abord pris une teinte rose thé puis presque blanche. Il lui fallait passer deux heures par jour à arroser pour que la terre pût boire à sa soif. Il profitait de la fraîcheur du soir et de l'aube et se servait d'ustensiles découverts dans la cabane abandonnée de Foudouin : de grands arrosoirs de métal pour porter l'eau et, pour l'amener de la rivière, une pompe à main qu'il installa près de la tête de dragon, à l'endroit où ses terres touchaient au vignoble de Marise.

« Celle-là ne souffrira pas du temps, lui confia Narcisse alors qu'ils prenaient le café ensemble aux Marauds. Même au plus fort de l'été, ses terres à elle ne se dessèchent jamais. On y a installé un système de drainage, il y a des années, lorsque j'étais garçon, des tuyaux et des tuiles, je crois, bien avant que le vieux Foudouin ne pensât à acheter la propriété. Pourtant, à présent, tout est en ruines. Je doute fort qu'elle ait jamais eu l'idée de refaire le drainage. » Il n'y avait aucune amertume dans sa voix. « Et si elle ne réussit pas à le faire seule, dit-il brusquement, elle ne le fera pas faire par d'autres ! Elle est comme ça, hé ! »

Narcisse souffrait de la chaleur intense de ce mois de juillet. Sa jardinerie était à son stade le plus vulnérable. Il y avait des glaïeuls, des pivoines, des lys, tout prêts à être expédiés aux magasins, des primeurs dans leur extrême fragilité et de jeunes fruits en train de grossir sur les branches de ses arbres. Le brusque coup de chaleur allait flétrir les fleurs dont chacune avait besoin d'un arrosoir d'eau tous les jours, griller les fruits sur les branches et faire roussir les feuilles.

« Bof ! dit-il avec un haussement d'épaules philosophe. C'est comme ça depuis le début de l'année. Pas de pluie, pour ainsi dire, depuis le mois de février. Juste assez pour humidifier le sol, hé, mais pas assez pour atteindre en profondeur, là où ça compte. Encore une fois ça sera mauvais pour les affaires ! » Il indiqua de la main le panier de légumes à ses côtés, une offrande pour la table de Jay, et hocha la tête. « Regardez-moi ça. Les tomates étaient grosses comme des balles de cricket. J'ai honte de les vendre. Je les donne. » Il avala une gorgée de café d'un air morose. « Autant tout laisser tomber maintenant », ajouta-t-il.

Bien sûr, il n'était pas sérieux. Narcisse, autrefois si taciturne, était devenu ces jours-ci assez bavard. Sous un extérieur sévère se cachaient un cœur d'or et une rude chaleur humaine qui le faisaient aimer de tous ceux qui prenaient le temps de faire sa connaissance. C'était l'unique habitant du village chez lequel Marise s'approvisionnât, peut-être parce qu'il employait les mêmes ouvriers qu'elle. Une fois tous les trois mois, il effectuait sa livraison à la ferme : de l'engrais, de la poudre insecticide pour la vigne, des graines.

« Elle ne recherche pas la compagnie » fut son seul commentaire. « Et la plupart des femmes devraient en faire de même ! » L'année d'avant, elle avait installé, à la limite la plus éloignée de son deuxième champ, un combiné d'arrosage qui utilisait l'eau de la rivière. Narcisse l'avait aidée à le porter et à l'assembler, bien que ce fût elle qui eût creusé des tranchées à travers le champ pour atteindre l'eau, puis enterré les tuyaux bien profond. Là, tous les trois ans, elle cultivait du maïs et du tournesol, récoltes qui ne supportent pas la sécheresse aussi bien que la vigne. Narcisse lui avait offert son aide mais elle avait refusé.

« Si quelque chose vaut la peine qu'on le fasse, ça vaut la peine qu'on le fasse soi-même », lui avait-elle fait remarquer. Le combiné d'arrosage fonctionnait la nuit entière à cette période-là car il était inutile d'arroser pendant la journée quand l'eau s'évaporait en l'air avant même d'avoir atteint la récolte. Jay l'entendait par sa fenêtre ouverte, un vrombissement sourd qui traversait l'air tranquille. Et le clair de lune baignait d'une écume spectrale les formes blanches qui montaient des tuyaux. D'après Narcisse, sa récolte principale était le raisin. Le maïs et le tournesol étaient cultivés pour le bétail, les légumes et les fruits destinés à l'usage personnel de Marise et de Rosa. Quelques chèvres leur fournissaient le lait et le fromage et vagabondaient en toute liberté dans la cour de ferme comme autant d'animaux domestiques. Le petit vignoble ne produisait que huit mille bouteilles par an. Pour Jay, la quantité était appréciable et il le dit. Narcisse sourit : « Pas assez, corrigea-t-il laconiquement. Bien sûr, c'est du bon vin. Le vieux Foudouin savait ce qu'il faisait quand il avait planté ces vignes-là. Avez-vous remarqué comment ce terrain-là descend rapidement vers les marais ? »

Jay opina de la tête.

« C'est la raison pour laquelle elle peut cultiver ces vignes-là — du chenin. Elle fait les vendanges très tard, en octobre ou novembre, elle les trie à la main, grappe par grappe, sur les ceps. Le raisin est presque desséché, à ce moment-là. Mais chaque matin, quand la brume monte des marais, elle humidifie la vigne et produit la pourriture noble, celle qui donne au raisin son goût sucré et son bouquet. » Narcisse eut l'air de réfléchir. « Elle doit bien en avoir une centaine de fûts qui vieillissent dans les tonneaux de chêne de sa cave. Au bout de dix-huit mois, ce vin-là vaut cent francs la bouteille, peut-être plus. Voilà comment elle a pu se permettre de faire une offre pour votre ferme.

— Elle doit vraiment tenir à rester, remarqua Jay. Si elle a de l'argent, n'aurait-elle pas été contente de partir ? On m'a dit qu'elle ne s'entendait pas bien avec les gens du village. »

Narcisse le dévisagea et répondit brusquement : « Elle ne se mêle pas des affaires des autres, c'est tout ! »

Et la conversation continua à rouler sur l'agriculture et ses problèmes.

51

L'été ouvrait sa porte sur un jardin secret. Le livre de Jay restait inachevé mais il n'y pensait plus que rarement. L'intérêt qu'il portait à Marise avait depuis longtemps dépassé la simple nécessité de recueillir du matériel pour son roman.

La chaleur augmenta jusqu'à la fin de juillet. Un vent violent et torride dessécha le maïs, les épis crépitaient sous son souffle sauvage. Narcisse hochait la tête d'un air fataliste et affirmait avoir vu venir tout ça. Chez Joséphine, les ventes de boissons doublèrent. Joe consulta les heures des marées et les calendriers lunaires et donna à Jay des conseils précis quant au moment d'arroser afin d'en obtenir les meilleurs résultats.

« Ça va pas tarder à changer, p'tit gars, disait-il. Tu verras ! » Il n'avait pas grand-chose à perdre, d'ailleurs : quelques rangs de légumes. Et même s'il y avait une période de sécheresse, le verger produirait plus de fruits que Jay ne pouvait en consommer. Dans le café, Lucien Merle secouait la tête, prenant un sombre plaisir à la situation.

« Vous voyez ce que je veux dire, disait-il. Même les cultivateurs le savent. Il n'y a plus d'avenir dans l'agriculture. Les gens comme Narcisse s'entêtent parce qu'ils ne savent rien faire d'autre mais la génération montante, hé, les jeunes savent bien qu'il n'y a pas d'argent à faire là-dedans ! Ce sont les subventions du gouvernement qui les font vivre. Une seule mauvaise année, c'est tout ce qu'il faut et voilà, pour planter l'année suivante, on doit faire un emprunt au Crédit mutuel. Et la vigne ne vaut pas mieux. » Il eut un bref éclat de rire. « Trop de petits vignobles et pas assez d'argent. On ne gagne plus sa vie dans une ferme. Voilà ce que les gens comme Narcisse ne comprennent pas. » Il baissa la voix et se rapprocha un peu. « Mais tout ça va changer, dit-il d'un air entendu.

— Oh ? » Jay commençait à en avoir assez de Lucien et de ses grands espoirs pour Lansquenet. Cela semblait son unique objet de conversation depuis quelque temps, avec sa méthode pour le faire ressembler au Pinot. Georges Clairmont et lui avaient mis des affiches sur la grand-route et sur la route de Toulouse qui passait à côté. Elles étaient censées attirer des flots de touristes dans le village.

Visitez Lansquenet-sous-Tannes !
Visitez notre église historique,
Notre viaduc romain.
Goûtez nos spécialités.

La plupart des gens les regardaient avec indulgence : si le commerce en profitait, tant mieux ! Les autres étaient indifférents car Georges et Lucien avaient une réputation de bâtisseurs de grands projets qui n'arrivaient jamais à rien. Caro Clairmont avait plusieurs fois essayé d'inviter Jay à dîner mais il avait jusqu'alors réussi à remettre l'inévitable à plus tard. Elle espérait qu'il consentirait à parler à son cercle littéraire à Agen mais l'idée le remplissait d'ennui.

Il plut ce jour-là pour la première fois depuis des semaines, une pluie battante, à peine rafraîchissante, qui tombait d'un ciel chauffé à blanc. Comme d'habitude, Narcisse grommela qu'elle était venue trop tard et ne dure-rait jamais assez longtemps pour mouiller la terre. Pour-tant, elle persista longtemps dans la nuit, faisant déborder les gouttières et rebondissant sur la terre durcie par le soleil avec d'allègres crépitements.

Le matin suivant, la brume était là. Une bruine maussade avait remplacé le déluge. Devant le jardin inondé, Jay sut à quel point l'averse avait été torrentielle. Cependant, malgré l'absence du soleil, les flaques avaient déjà commencé à disparaître, l'eau s'enfonçant en profondeur et comblant les fissures de la terre.

« On en avait drôlement besoin, fit remarquer Joe en se penchant pour examiner de jeunes plants. T'as eu de la veine d'avoir protégé ces pommes de terre-là, sans quoi la pluie te les emportait ! »

Les « Spéciales », dans un châssis douillettement blotti contre le mur du côté de la maison, étaient bien à l'abri. Jay remarqua qu'elles grandissaient à une vitesse prodigieuse, les premières qu'il avait plantées mesuraient maintenant une trentaine de centimètres et leurs feuilles, en forme de cœur, s'étalaient en éventail derrière la paroi de verre. Il y en avait au moins une cinquantaine, prêtes à être repiquées. Vu les exigences de l'espèce, c'était un remarquable succès. Joe se plaisait à dire qu'il lui avait fallu cinq ans avant de découvrir le sol qui leur convenait.

« Eh oui ! » Joe contemplait les plants d'un air satisfait. « C'est p'être bien une terre comme ça qui leur fallait. »

Une autre lettre de Nick arriva ce matin-là. Elle l'informait de deux nouvelles offres faites par des maisons d'édition pour le roman inachevé et Nick suggérait qu'il ne s'agissait pas là de leur dernière offre, bien que les sommes qu'il citait eussent paru à Jay excessives et presque ridicules. La vie qu'il avait menée à Londres, Nick, l'université, les pourparlers au sujet de son roman, tout cela lui paraissait sans réalité, totalement sans importance à côté des dégâts infligés par cet orage inattendu. Toute la matinée il travailla dans le jardin, sans penser à rien.

52

Le mois d'août fut anormalement pluvieux, à Lansquenet. Des averses tous les deux jours et, le reste du temps, un ciel couvert et un vent cinglant qui fouettait les récoltes et arrachait les feuilles. Joe hochait la tête et disait qu'il s'y était attendu. Il était le seul à le dire, d'ailleurs. La pluie implacable arrachait la terre arable et exposait les racines des arbres. Jay, bravant les averses, alla au verger placer des bouts de vieux tapis au pied de ses arbres pour les protéger de l'eau et de la pourriture. C'était un truc qu'il avait appris à Pog Hill Lane et qui marchait à merveille. Mais sans un certain nombre d'heures de soleil, les fruits tomberaient des arbres sans se développer, sans mûrir. Joe haussa les épaules : il y aurait d'autres années. Jay n'en était pas certain, lui. Depuis le retour du vieil homme, il était devenu particulièrement conscient des changements survenus en Joe, il remarquait chaque nuance dans sa façon de parler, chaque mot qu'il utilisait. Il observa que Joe parlait moins qu'autrefois, que sa silhouette était parfois floue, que la radio qui, depuis le mois de mai, ne jouait que des vieux succès, maintenant émettait des parasites pendant plusieurs minutes avant de donner de la musique. Comme si Joe lui-même était un signal de plus en plus faible qui disparaîtrait bientôt.

Le plus terrible était que Jay pensait en être personnellement responsable : Lansquenet avait pris le dessus et éclipsait Joe. Les averses et les chutes de température diluaient les odeurs qui accompagnaient les apparitions du vieil homme : l'odeur de sucre, de fruits, de levure et de fumée et, depuis quelques semaines, ces odeurs, se dissipaient au point qu'à certains moments, si pénibles à supporter, il se sentait solitaire, affligé, comme quelqu'un qui veille au chevet d'un mourant, d'un être très cher dont il guette le prochain souffle.

Depuis l'épisode des guêpes, Marise ne l'évitait plus. Ils échangeaient un bonjour par-dessus la clôture ou la haie et, bien qu'elle n'exprimât que rarement de l'exubérance ou une grande cordialité, Jay devinait qu'elle avait commencé à le trouver sympathique et, quelquefois, ils faisaient un brin de conversation. Pour elle, septembre était un mois particulièrement occupé. Le raisin, complètement développé, commençait à dorer mais la pluie, qui n'avait pas vraiment cessé depuis le mois précédent, créait de nouveaux problèmes. Narcisse mettait cet été désastreux sur le compte de l'effet de serre. D'autres faisaient de vagues allusions à El Niño, aux usines de produits chimiques de Toulouse, au récent tremblement de terre au Japon. Mireille Faizande, avec une moue entendue, parlait des catastrophes des années passées. Joséphine, elle, rappelait cet affreux été 1975, lorsque la Tannes s'était desséchée et que des renards porteurs de la rage étaient sortis des marais et s'étaient précipités dans le village. Il ne pleuvait pas tous les jours, bien sûr, mais le soleil se montrait rarement dans le ciel, pièce d'argent ternie qui ne dégageait qu'une avare chaleur.

« Si ça continue comme ça, personne n'aura de fruits cet automne ! » grommelait Narcisse d'un ton maussade. Les pêches, les abricots et les fruits à peau délicate étaient déjà condamnés. La pluie en avait rongé la tendre chair et ils tombaient à terre, moisis avant d'avoir atteint leur plein développement. Les tomates ne mûrissaient pas. Les pommes et les poires ne réussissaient guère mieux. Leur peau cireuse les protégeait jusqu'à un certain point, mais pas complètement. C'étaient les vignes qui souffraient le plus, pourtant.

À cette époque de son développement, le raisin avait besoin de soleil, disait Joe, surtout celui dont la récolte était la plus tardive, le chenin, dont on faisait les vins nobles et qui devait sécher au soleil comme les raisins secs. Hélas, cette année-ci, la pourriture noble n'avait aucun titre de noblesse. Ce fut une pourriture toute plébéienne qui attaqua la récolte. Marise fit venir de la ville des bâches de plastique qu'elle installa au-dessus des rangées de vigne à l'aide de grands cerceaux de métal. Elles abritèrent la vigne des pires ravages de la pluie mais ne protégèrent en rien les racines exposées. Le plastique contrecarra l'effet des rares moments de soleil et le raisin souffrit de l'humidité qu'il causait. Sous les pas des ouvriers, la terre s'était changée en boue liquide. Comme Joe autrefois, Marise posa des bouts de tapis et de carton entre les rangées de vigne pour éviter d'aggraver les dégâts causés par la pluie, mais en vain.

Le jardin de Jay s'en tira un peu mieux. Plus loin des marais, plus élevée, sa propriété était pourvue de rigoles d'écoulement naturelles qui évacuaient le trop d'eau vers la rivière en contrebas. Cela étant, la Tannes monta plus haut que jamais, inonda le vignoble du côté de Marise et menaça sérieusement la propriété de Jay, rongeant la rive à tel point que d'énormes pans de terre s'étaient déjà effondrés dans la rivière. Rosa avait reçu l'ordre de ne pas s'approcher de la berge minée par l'érosion.

Pour l'orge, ce fut un désastre total. Tous les champs autour de Lansquenet avaient été sacrifiés à la pluie. Un cercle apparut dans l'un des champs de Briançon et les plus crédules parmi les clients de Joséphine se mirent à envisager l'existence d'extraterrestres. Roux affirmait que le jeune fils de Clairmont, un garçon espiègle, et sa petite copine en savaient là-dessus plus qu'ils n'en voulaient dire. Briançon annonça que les abeilles produisaient moins cette année car il y avait moins de fleurs, et leur miel était de médiocre qualité. Il faudrait se serrer la ceinture pendant l'hiver.

« C'est déjà assez difficile de tirer assez d'argent de la récolte de cette année pour planter au printemps prochain, expliqua Narcisse. Vous voyez, quand la récolte s'annonce mauvaise, on est obligé de planter en empruntant. Et la terre louée devient de moins en moins rentable, pardessus le marché. » Il se versa avec soin de l'armagnac sur ce qui restait de marc de café chaud au fond de sa tasse et l'avala d'un trait. « Le maïs et le tournesol ne rapportent plus assez, avoua-t-il, et même les fleurs et les produits du jardin ne nous donnent plus les mêmes bénéfices qu'auparavant. On a besoin de quelque chose de nouveau.

— De riz, peut-être », suggéra Roux.

Clairmont, malgré un été de mauvaises affaires, se montrait moins abattu. Il était récemment monté vers le nord avec Lucien Merle et était revenu plein d'enthousiasme pour ses projets concernant Lansquenet. On croyait comprendre qu'il allait s'associer à Lucien pour une nouvelle campagne, destinée à promouvoir Lansquenet dans la région d'Agen, mais tous deux restaient plus réservés que d'habitude à propos de leur affaire. Caro aussi prenait des airs malins et satisfaits, s'arrêtant deux fois à la ferme. « En passant », disait-elle bien que ce fût à des kilomètres de l'endroit où elle était censée aller, et ne restant que juste le temps de prendre un café. Elle racontait tous les potins, se montrait enchantée de la façon dont Jay avait rénové la ferme et extrêmement curieuse au sujet du livre, lui laissant entendre que son influence dans les cercles littéraires de la région lui assurerait le succès.

« Vous devriez sérieusement essayer de vous trouver des contacts en France, lui dit-elle d'un ton naïf. Toinette Merle connaît beaucoup de gens dans les médias, vous savez. Elle pourrait peut-être vous organiser une interview avec l'un des magazines de la région ? »

En essayant de maîtriser son sourire, il lui expliqua que l'une des raisons principales pour lesquelles il s'était réfugié à Lansquenet avait été son désir d'éviter tout contact avec les médias.

Caro répondit en minaudant que ce devait avoir quelque chose à voir avec le tempérament artistique.

« Enfin, vous devriez y penser sérieusement, continua-t-elle d'un ton insistant. Je suis sûre que la présence parmi nous d'un écrivain de renom nous donnerait à tous le coup de pouce dont nous avons besoin. »

Sur le moment, Jay ne prêta guère attention à ce qu'elle disait. Il était sur le point d'achever son nouveau roman pour lequel il avait passé un contrat avec World Wide, une grande maison d'édition internationale, et il s'était donné pour but de le terminer avant octobre. En se servant de tuyaux de béton fournis par Georges, il travaillait à la réfection et à l'amélioration des vieux fossés de sa propriété. Son toit avait d'ailleurs commencé à fuir et Roux avait offert de l'aider à le réparer et à refaire les joints de ciment des murs de briques. Jay était trop occupé pour accorder beaucoup d'importance à Caro et à ce qu'elle mijotait.

C'est pourquoi l'article de presse le prit totalement au dépourvu. Il ne l'aurait même pas remarqué si Popotte ne l'avait aperçu dans un journal d'Agen et découpé pour le lui faire lire. Le plaisir que prenait Popotte à cette affaire était vraiment touchant mais cela mit immédiatement Jay mal à l'aise. C'était après tout la première indication du lieu où il se trouvait. Il ne se souvenait pas des mots exacts de l'article mais il y avait là beaucoup de sottises sur les débuts brillants de sa carrière d'écrivain. On s'enorgueillissait de la manière dont il s'était enfui de Londres pour venir retrouver son moi intime à Lansquenet. Le gros de l'article était une série de platitudes, de clichés et de vagues spéculations. Pis encore, il y avait une photo, prise au Café des Marauds, le 14 juillet, avec Jay, Georges, Roux, Briançon et Joséphine, assis au bar avec des bouteilles de blonde à la main. Sur la photo, Jay portait un tee-shirt noir et un short en madras. Georges fumait une Gauloise. Jay ne se souvenait plus qui avait pris la photo. Cela aurait pu être n'importe qui. Elle était ainsi légendée : « Jay Mackintosh et ses amis au Café des Marauds, Lansquenet-sous-Tannes. »

« Eh ben, tu pouvais pas rester caché pour toujours,

p'tit gars, commenta Joe lorsque Jay lui raconta l'histoire. Fallait bien qu'les gens l'apprennent un jour ! »

Jay était assis devant sa machine à écrire dans la salle de séjour, une bouteille de vin à portée de la main et une tasse de café à portée de l'autre. Joe, lui, portait un tee-shirt avec « Elvis est en vie, bien portant. Il habite Sheffield », imprimé sur la poitrine. Jay remarqua que, maintenant et de plus en plus souvent, sa silhouette semblait floue aux bords, comme une photo trop agrandie.

« Je ne vois pas pourquoi, dit-il. Si je veux vivre ici, cela me regarde et moi seul, n'est-ce pas ? »

Joe hocha la tête.

« P't-être ben. Mais tu vas pas continuer comme ça, hein ? Y a des papiers à remplir. Des permis. Des machins... Et tu vas bientôt manquer de sous. » C'était vrai. Les quatre mois passés à Lansquenet avaient fait un gros trou dans ses économies. Les réparations de la maison, les meubles, les outils, ce dont il avait eu besoin pour le jardin, les tuyaux de drainage, les dépenses quotidiennes pour la nourriture et les vêtements, sans parler de l'achat de la ferme elle-même, les avaient entamées au-delà de son attente.

« J'aurai de l'argent avant peu, répondit-il. Je vais signer le contrat pour mon livre d'un jour à l'autre. » Il cita la somme qu'il allait toucher, s'attendant à le voir se taire à l'annonce d'un tel chiffre mais Joe se contenta de hausser les épaules.

« Moi, j'préférerais un billet de cent francs dans la main qu'un chèque dans l'courrier, dit-il abruptement. J'avais tout simplement envie de te voir démarrer, rien que ça, et m'assurer que tout allait bien. »

Avant de partir... Il n'avait même pas besoin de l'ajouter. Les mots n'auraient pu être plus éloquents s'il les avait prononcés.

53

Et la pluie continuait sans répit. La température restait étrangement élevée et le vent n'apportait aucune fraîcheur. L'orage grondait souvent la nuit, des éclairs de chaleur bondissaient d'un bout à l'autre de l'horizon et, dans le ciel, montaient des lueurs rouges de mauvais augure.

À Montauban, une église, frappée par la foudre, brûla complètement. Depuis l'incident du nid de guêpes, Jay s'était tenu sagement à l'écart de la rivière. De toute manière, Marise lui avait dit que c'était dangereux. Les berges, gravement minées par le courant, s'effondraient subitement dans l'eau. La chute était facile, la noyade aussi. Les accidents arrivent. Marise ne faisait aucune allusion à Tony au cours de leurs conversations. Lorsque Jay abordait le sujet, elle rentrait dans sa coquille. Quant à Rosa, elle n'en parlait qu'en passant. Jay commença à penser que ce qu'il avait cru deviner ce jour-là était sans fondement. Après tout, il était fiévreux et il souffrait. Ce n'était qu'une illusion provoquée par les piqûres de guêpes. Pourquoi Marise le tromperait-elle ? Pourquoi Rosa le ferait-elle ? En tout cas, Marise avait des soucis. Le maïs avait été détruit par la pluie et la pourriture était montée au cœur même des épis qui mûrissaient. Les têtes des tournesols, alourdies par l'eau, pendaient toutes molles sur leurs longs cous brisés. Mais c'était la vigne qui souffrait le plus. Le 13 septembre, la Tannes déborda et inonda le vignoble. À cause de sa pente raide, la partie la plus élevée du champ fut la moins affectée, mais la plus basse se retrouva sous une vingtaine de centimètres d'eau. D'autres cultivateurs en pâtirent aussi mais ce fut Marise, dont les terres étaient marécageuses, qui fut le plus touchée. La maison était entourée de mares stagnantes. Deux chèvres furent noyées. Elle dut ramener les autres à la grange pour éviter que le sol ne fût endommagé davantage mais le fourrage était humide et peu appétissant, le toit n'était plus étanche et les vivres commencèrent à moisir.

Elle ne se plaignit à personne de sa situation. C'était chez elle une habitude, une question d'orgueil. Même Jay, qui pourtant se rendait compte de certains dégâts, n'en devinait pas l'étendue. La maison était située dans un creux, plus bas que le vignoble. La Tannes l'entourait à présent comme un lac. La cuisine était inondée. Marise balayait l'eau qui recouvrait les dalles, mais elle revenait toujours. Dans la cave, elle montait jusqu'aux genoux. Il fallut déplacer un à un les tonneaux de chêne et les transporter en lieu sûr. Le générateur d'électricité, dans un des petits hangars, eut un court-circuit et tomba en panne. Et la pluie continuait, implacable. Marise contacta son entrepreneur à Agen et lui commanda pour cinquante mille francs de tuyaux de drainage en demandant qu'on les livrât le plus tôt possible. Elle avait l'intention de se servir des chenaux existants pour y installer un réseau de tuyaux qui évacueraient l'eau autour de la maison vers les marécages, d'où elle s'écoulerait naturellement dans la Tannes.

On construirait une levée de terre, une sorte de digue, pour protéger la ferme, au moins jusqu'à un certain point. Le travail serait difficile. L'entrepreneur ne pouvait envoyer aucun de ses ouvriers avant novembre — il y avait de grands travaux à terminer au Pinot et Marise refusait de demander de l'aide à Clairmont. D'ailleurs, même si elle lui en demandait, elle n'avait que peu de chances d'en obtenir. De toute façon, elle ne voulait pas de lui sur ses terres. Le faire venir serait avouer sa défaite. Elle se mit donc au travail seule, creusant les fossés en attendant la livraison des tuyaux. Comme pendant la guerre de tranchées, l'opération n'avançait que très lentement. Elle se persuadait que c'était une guerre qu'elle livrait, une guerre contre la pluie, contre la terre, contre les gens du village et cela lui remontait le moral. C'était une situation romantique.

Le 15 septembre, Marise prit une autre décision. Rosa, jusqu'ici, avait couché avec Clopette dans sa petite chambre sous l'avant-toit de la maison mais, maintenant qu'il n'y avait plus d'électricité et que le bois de chauffage sec leur faisait défaut, elle n'avait plus le choix : l'enfant devait partir.

Lors de la dernière inondation de la Tannes, Rosa avait souffert d'une infection qui l'avait laissée sourde des deux oreilles. Elle n'avait alors que trois ans et il n'y avait personne à qui Marise eût pu la confier. Tout l'hiver, elles avaient dormi ensemble dans la chambre sous l'avant-toit, exposées à l'âcre fumée noire de la cheminée et à l'humidité de la pluie qui ruisselait le long des vitres. L'enfant, qui souffrait d'abcès dans les deux oreilles, avait hurlé de douleur des nuits entières. Rien, pas même la pénicilline, n'avait semblé la soulager. Jamais plus, se dit Marise. Cette fois-ci, il fallait que Rosa partît jusqu'à la fin du déluge, jusqu'à ce que l'on pût réparer le générateur, jusqu'à l'installation du système de drainage. La pluie ne serait pas éternelle. On aurait déjà dû en voir la fin depuis longtemps. D'ailleurs, si l'on pouvait terminer les travaux maintenant, une partie de la récolte pouvait être sauvée.

Il n'y avait pas d'autres possibilités. Il fallait que Rosa partît pour quelques jours, mais pas chez Mireille. Rien que de penser à elle, Marise sentit son cœur se serrer. Chez qui, alors ? Au village, chez personne. Elle ne faisait confiance à aucun. Bien sûr, c'était Mireille qui faisait courir les ragots mais, eux l'écoutaient. Enfin, peut-être pas tous. Pas Roux, ni les nouveaux arrivés comme lui, et pas Narcisse non plus. Elle leur faisait jusqu'à un certain point confiance, mais laisser Rosa chez l'un des deux serait împossible. Les gens le sauraient. Au village, rien ne pouvait rester longtemps secret.

Elle envisagea une pension à Agen, un endroit où Rosa serait en lieu sûr pendant quelque temps mais cela aussi présentait un risque. L'enfant était trop jeune pour qu'on la laissât seule. Les gens poseraient des questions. D'ailleurs, la pensée même de savoir Rosa si loin lui mettait une douleur sourde dans sa poitrine. Elle avait besoin de la savoir près d'elle.

Il ne restait plus que chez l'Anglais. C'était un endroit idéal : assez éloigné du village pour que le secret fût gardé mais assez proche de sa ferme à elle pour lui permettre de voir l'enfant chaque jour. On pourrait préparer pour Rosa une chambre dans l'une des vieilles pièces. Marise se souvenait, sous l'avant-toit, d'une chambre bleue qui avait dû être celle de Tony, avec un lit d'enfant en forme de bateau et un globe de verre bleu qui servait de lampe. Cela ne durerait que quelques jours, deux semaines à la rigueur. Et elle le paierait pour ça. C'était l'unique solution !

54

Elle arriva un soir, à l'improviste. Jay n'avait pas échangé un mot avec elle depuis plusieurs jours. Il n'était d'ailleurs pas sorti, sauf pour acheter du pain au village. Le café était triste sous la pluie, la terrasse avait fait place à la route au fur et à mesure que l'on avait ramassé les tables et les chaises. La pluie dégoulinait des parasols aux couleurs délavées. Aux Marauds, une odeur nauséabonde avait commencé à monter de la Tannes, des miasmes tièdes et fétides déferlaient des marécages en direction du village. Les gitans eux-mêmes s'en allaient avec leurs péniches vers des eaux plus tranquilles et plus parfumées.

Arnauld parla de faire appel à un faiseur de miracles pour résoudre le problème de la pluie — il y en avait encore quelques-uns dans la région — et son idée rencontra moins de mépris amusé qu'elle n'en aurait reçu quelques semaines auparavant. Narcisse fronçait les sourcils et hochait la tête en répétant qu'il n'avait jamais rien vu de pareil. De mémoire d'homme, on n'avait rien connu de semblable.

Il était presque dix heures du soir. Marise portait un imperméable jaune. Rosa, qui se tenait derrière elle, en portait un bleu ciel avec des bottes rouges. Leurs visages, ruisselant de pluie, luisaient comme de l'argent contre le terne safran du ciel qu'illuminaient de lointains éclairs. Le vent secouait furieusement les arbres.

« Quelque chose ne va pas ? » Jay était si étonné de leur arrivée que, d'abord, il ne pensa pas à les inviter à entrer. « Quelque chose est arrivé ? »

Marise fit non de la tête.

« Entrez donc, je vous en prie. Vous devez être gelées. »

Jay jeta automatiquement un regard derrière lui. La pièce était assez bien rangée, si ce n'est quelques tasses vides, restées sur la table. Il surprit le coup d'œil curieux que Marise jetait à son lit, dans un coin de la pièce. Depuis les réparations du toit, il n'avait pas encore trouvé le temps de le déplacer.

« Je vais préparer une boisson chaude, suggéra-t-il. Ôtez vos imperméables. » Il les mit à sécher dans la cuisine et fit chauffer de l'eau. « Café ? Chocolat ? Vin chaud ?

— Un chocolat pour Rosa, merci, répondit Marise. On n'a pas d'électricité. Le générateur est en panne !

— Mon Dieu !

— Ce n'est pas grave. » Sa voix était calme, impersonnelle. « Je peux le réparer. Ce n'est pas la première fois. Les marécages sont souvent inondés. » Elle le regarda droit dans les yeux. « Je me vois forcée de vous demander un service », dit-elle comme à regret. Jay pensa que c'était là une étrange façon de s'exprimer : je me vois forcée…

« Mais, bien sûr, n'importe quoi », dit-il.

Marise s'assit à la table, d'un air un peu raide. Elle portait un jean et un pull vert qui mettait en valeur les paillettes émeraude de ses yeux. Elle frôla des doigts le clavier de la machine à écrire d'un air hésitant. Jay remarqua que ses ongles, coupés très courts, étaient sales.

« Ne vous croyez pas obligé d'accepter, dit-elle. C'est seulement une idée qui m'est venue.

— Continuez.

— Vous écrivez avec ça ? » Sa main se posa de nouveau sur la machine. « Vous écrivez vos romans avec ça, je veux dire ? »

Jay fit oui de la tête. « J'ai toujours été en retard sur le progrès, avoua-t-il. Je ne peux pas supporter les ordinateurs. »

Elle eut un sourire. Il remarqua qu'elle avait l'air épuisée, ses yeux fatigués semblaient gonflés. Pour la première fois, et à son grand étonnement, il pensa qu'elle était fragile.

« C'est à cause de Rosa, finit-elle par articuler. L'idée qu'elle pourrait prendre froid, tomber malade, si elle restait à la maison... Je me demandais si vous pourriez lui trouver un petit coin ici, à la ferme, pour quelques jours. Quelques jours seulement, répéta-t-elle. Jusqu'à ce que je puisse remettre la maison en état. Je vous paierai. » Et elle sortit une liasse de billets de la poche de son jean, la posa sur la table et la poussa vers lui. « C'est une enfant sage et elle ne vous empêchera pas de travailler.

— Je ne veux pas d'argent, dit Jay.

— J'ins...

— Je serai tout à fait heureux d'héberger Rosa, et vous aussi, si vous voulez. Il y a assez de place ici pour vous deux. » Elle le contempla d'un air stupéfait comme si le fait qu'il eût cédé si facilement l'étonnât.

« J'imagine les ennuis que l'inondation a provoqués, ajouta-t-il. N'hésitez pas à vous servir de la ferme aussi longtemps que cela vous plaira, et si vous avez envie d'apporter ici des vêtements de rechange...

— Oh non, se hâta-t-elle de répondre. J'ai trop de travail à la maison. Mais Rosa... » Sa gorge se serra. « Je vous serais très obligée si vous acceptiez... »

Rosa explorait la pièce. Jay la regardait s'intéresser à la pile de feuillets tapés sur le bout du lit.

« C'est de l'anglais ? lui demanda-t-elle d'un air de curiosité. C'est ton livre anglais ? »

Jay fit oui de la tête. « Va voir si tu peux trouver des biscuits dans la cuisine, lui dit-il. Le chocolat sera bientôt prêt ! »

Rosa sortit en gambadant. « Je peux amener Clopette quand je viendrai ? cria-t-elle de la cuisine.

— Je n'y vois aucun inconvénient », répondit Jay avec douceur.

De l'autre pièce, Rosa lança un cri de triomphe. Le visage sans expression, Marise contemplait ses mains pour ne pas montrer de réaction.

Dehors, le vent faisait claquer les volets.

« Peut-être accepteriez-vous ce verre de vin, à présent ? » suggéra Jay.

55

Et il n'en resta plus qu'une, la toute dernière des « Spéciales » de Joe. Il n'y en aurait jamais plus. Il tendit la main vers le casier à bouteilles, la saisit et hésita à la déboucher, mais déjà la Prune de Damas 1976, au cordonnet noir, avait pris vie dans sa main et, entre ses doigts, commencé à dégager son bouquet effervescent. Joe s'esquiva, comme souvent quand il y avait du monde. Jay pouvait tout juste l'apercevoir, debout, dans l'ombre, à côté de la porte de la cuisine, avec la lumière de la lampe qui se reflétait sur son front chauve. Il portait un tee-shirt avec l'inscription « Grateful Dead » et tenait à la main son casque de mineur. Jay ne voyait pourtant que la tache floue de son visage mais il était sûr qu'il souriait.

« Je ne sais pas si vous allez aimer ça, dit Jay en versant le vin. C'est une recette un peu extraordinaire. » Le liquide violet avait un goût corsé, un bouquet puissant, presque écœurant. Jay lui trouva un arrière-goût qui lui rappelait ces boissons gazeuses que Gilly aimait tant. Pour Marise, c'était plutôt comme un pot de confitures gardé trop longtemps et qui aurait cristallisé. Son fort goût de tannin la pénétra tout entière et la raviva.

« C'est bizarre, dit-elle, les lèvres à demi paralysées, mais j'aime ça, je crois. » Elle en prit une nouvelle gorgée et sentit une chaleur envahir sa gorge et lui réchauffer le corps. Un parfum inonda la pièce et l'illumina comme un flot de lumière. Jay pensa soudain que boire ensemble la dernière des bouteilles de Joe était une occasion particulièrement bien choisie. Étonnant que le goût, pourtant étrange, fût si curieusement agréable ! Comme l'avait prédit Joe, il finissait peut-être par s'y habituer.

« Ça y est, je les ai trouvés ! annonça Rosa qui apparut dans l'encadrement de la porte, un biscuit dans chaque main. Je peux monter voir ma chambre ? »

Jay fit signe que oui.

« C'est ça, vas-y. Je t'appellerai dès que le chocolat sera prêt ! »

Marise le contempla. Elle aurait dû rester sur ses gardes, elle se sentait inondée d'une chaude tendresse et toutes ses craintes s'évanouissaient. Elle se sentait très jeune de nouveau, comme si le bouquet de ce vin étrange avait libéré en elle des souvenirs de son enfance. Une robe de fête, d'un velours qui avait exactement la couleur de ce vin et que l'on avait taillée dans une vieille jupe de mémé, un air de piano, une nuit noire et un ciel constellé d'étoiles. Ses yeux à lui étaient précisément de la même nuance. Elle avait l'impression de le connaître depuis des années.

« Marise, dit doucement Jay. Vous savez que vous pouvez me parler. »

C'était comme si, durant ces sept longues années qui s'étaient écoulées, elle avait traîné derrière elle quelque chose de lourd dont elle venait seulement de s'apercevoir. C'était simple : « Vous pouvez me parler. » Tous les secrets cachés dans la bouteille de Joe, maintenant libérés, croissaient rapidement dans l'air immobile, comme les pampres de la vigne, et remplissaient les ténèbres de leur présence.

« Rosa n'a aucun problème d'oreille, n'est-ce pas ? »

Ce n'était pas, à proprement dit, une question. Elle secoua la tête et les paroles fusèrent de sa bouche comme des balles. « L'hiver était mauvais. Elle avait eu des infections de l'oreille et il y a eu des complications. Pendant six mois, elle a été sourde. Je l'ai emmenée voir des spécialistes. Elle a subi une opération. Cela a coûté très cher. On m'avait prévenue de ne pas m'attendre à un miracle. »

Elle prit une autre gorgée du vin de Joe. Il y avait des cristaux de sucre au fond du verre et la lie sirupeuse avait un goût de gelée de prunes de Damas.

« Je lui ai fait donner des leçons, continua-t-elle Et j'ai moi-même appris à communiquer par signes, puis j'ai continué à les lui enseigner. Elle a subi une seconde opération, encore plus coûteuse que la première. Au bout de deux ans, elle avait retrouvé quatre-vingt-dix pour cent de ses facultés auditives. »

Jay hocha la tête. « Alors, pourquoi cette comédie ? Pourquoi ne pas tout simplement… ?

— Mireille ! » Ce vin, qui aurait dû lui délier la langue, l'avait au contraire rendue avare de ses mots. Étrange !

« Elle avait déjà essayé de me la prendre. D'après elle, l'enfant était tout ce qui lui restait de Tony. Je savais que, si elle arrivait à se faire confier Rosa, elle ne me la redonnerait plus jamais. Je voulais l'en empêcher. Je ne pouvais pas imaginer un autre moyen. Si elle ne pouvait pas communiquer avec elle, si elle pensait qu'elle était handicapée d'une façon ou d'une autre… » Sa gorge se serra. « Mireille n'a jamais pu supporter les imperfections. Ce qui n'est pas parfait ne l'intéresse pas. C'est pourquoi… lorsque Tony… »

Elle s'interrompit brusquement. Il était imprudent de se confier à lui. Ce vin lui en faisait dire davantage qu'elle ne voulait. Le vin rend loquace et tout bavardage est dangereux. Le dernier homme en qui elle avait confiance était mort. Tout ce qu'elle touchait était condamné — la vigne, Tony, Patrice, tout mourait. Elle en était arrivée à croire qu'il s'agissait de quelque chose qu'elle portait en elle et qui infectait tous ceux avec qui elle entrait en contact. Mais le vin malin la berçait doucement dans sa nacelle de parfums et de souvenirs, la faisait parler d'elle et de sa vie secrète, lentement, habilement. « En moi, tu peux avoir confiance », lui chantonnait-il de sa voix suave de chanteur de charme.

Marise se versa un autre verre et le vida d'un trait, sans plus se soucier des conséquences.

« Je vais vous raconter… » dit-elle.

56

« Quand je l'ai connu, j'avais vingt et un ans, commença-t-elle. Lui était plus âgé que moi. Il était malade et venait se faire traiter dans le service psychiatrique de l'hôpital de Nantes où j'étais élève infirmière. Il s'appelait Patrice. »

Il était grand et brun, comme Jay, et parlait trois langues. Il lui apprit qu'il était maître de conférence à l'université de Rennes et divorcé. À la fois drôle et désabusé, la dépression dont il souffrait lui donnait un certain chic. Une série d'entailles à son poignet droit avait laissé des cicatrices qui témoignaient de son suicide manqué. Il buvait et s'était autrefois drogué. Elle le croyait guéri.

Marise ne levait pas les yeux. En parlant, elle regardait obstinément ses doigts courir du haut en bas de la tige de son verre, comme si c'eût été une flûte de cristal.

« À vingt et un ans, on est tellement pressé de rencontrer l'amour qu'on le découvre dans les traits du premier étranger venu, dit-elle d'une voix douce. Et Patrice était vraiment un étranger. Nous nous sommes vus plusieurs fois en dehors de l'hôpital. J'ai passé la nuit avec lui. Une fois, et ce fut tout. »

Ensuite, il avait changé, presque du jour au lendemain. Comme si une cage d'acier s'était abattue sur eux et les avait pris au piège. Il était devenu possessif, non plus de la façon charmante, légèrement inquiète, qui l'avait attirée au début, mais d'une manière froide et calculatrice qui l'effrayait. Leurs querelles étaient constantes. Il la suivait quand elle allait au travail, lui faisait des scènes dans la salle d'hôpital. Puis, il essayait de se faire pardonner ses accès de colère en l'inondant de cadeaux coûteux, ce qui l'épouvantait davantage. Il finit par pénétrer un soir, par effraction, dans son appartement où il la menaça d'un couteau en essayant de la violer.

« Alors j'ai décidé que c'était la fin et que je ne pouvais plus supporter ça, dit-elle. J'ai fait semblant d'entrer dans son jeu pendant quelque temps et puis, sous un prétexte quelconque, je suis allée dans la salle de bains. Lui avait des tas de projets en tête. Nous devions partir ensemble dans un coin qu'il connaissait, là-bas, en pleine campagne, où j'aurais été à l'abri. Oui, voilà ce qu'il affirmait : à l'abri. » Elle fut secouée d'un frisson.

Marise s'était enfermée au verrou dans la salle de bains, était montée sur le toit en passant par la fenêtre et de là descendue par l'échelle de secours, et elle avait gagné la rue. Quand la police était arrivée sur les lieux, Patrice était déjà parti. Elle avait fait remplacer les serrures des portes et installer des dispositifs de sécurité aux fenêtres.

« L'histoire ne s'est hélas pas arrêtée là. Il avait pris l'habitude de garer sa voiture en bas de mon immeuble et me surveillait à longueur de temps. Il me faisait livrer des paquets, des cadeaux, des menaces, des fleurs. » Il était du genre à ne pas se décourager. Au fil des semaines, les choses s'étaient aggravées. Elle avait reçu une couronne funéraire à l'endroit où elle travaillait. Les serrures avaient été forcées et on avait repeint, en noir, en son absence, tout l'appartement. Elle avait reçu, à son anniversaire, un petit paquet enveloppé de papier argenté qui contenait des excréments. Sa porte avait été couverte de graffiti. Elle avait reçu une montagne d'articles, vendus par correspondance, dont elle ne voulait pas : des sous-vêtements érotiques, des outils agricoles, du matériel d'orthopédie, de la littérature pornographique. Petit à petit sa résistance nerveuse s'était émoussée mais la police avait été incapable de l'aider. En l'absence de preuves physiques de brutalité, ils n'avaient que peu de chances de le poursuivre. Ils s'étaient rendus à l'adresse donnée par Patrice à l'hôpital, pour découvrir en fin de compte qu'il s'agissait d'un chantier de bois, à la périphérie de Nantes et que, là, personne n'avait jamais entendu parler de lui.

« J'ai fini par déménager, dit-elle. J'ai quitté l'appartement et pris le train pour Paris. J'ai changé de nom. J'ai loué un petit deux-pièces dans la rue de la Jonquière et trouvé du travail dans une clinique de Marne-la-Vallée. Je me croyais en sécurité. »

Huit mois plus tard, il l'avait pourtant retrouvée.

« Il s'était procuré mon dossier médical, expliqua Marise. Il avait dû persuader quelqu'un à l'hôpital de le lui remettre. Il savait se montrer persuasif, donner des explications très plausibles. »

Elle avait déménagé de nouveau, avait changé encore une fois de nom et teint ses cheveux. Pendant six mois, elle avait travaillé, comme serveuse, dans un bar de l'avenue de Clichy avant de retrouver un poste d'infirmière. Elle avait tenté de faire disparaître son nom de tout document officiel. Elle avait laissé expirer sa police d'assurance médicale et n'avait pas fait transférer son dossier. Elle avait annulé sa carte de crédit et réglé toutes ses factures en espèces. Cette fois-là, il avait fallu à Patrice presque une année entière pour découvrir sa nouvelle adresse.

En un an, il avait beaucoup changé. Il avait la tête rasée et s'habillait de vêtements qui venaient des surplus de l'armée. Il avait organisé le siège de son appartement avec une précision toute militaire. Cette fois, plus de mauvaises plaisanteries, de pizzas non commandées, ni de messages suppliants. Il n'y avait même plus de menaces. Elle l'avait vu, deux fois, assis dans une voiture sous sa fenêtre mais, après deux semaines pendant lesquelles elle ne l'avait plus aperçu, elle avait commencé à penser qu'elle s'était peut-être trompée. Quelques jours plus tard, une forte odeur de gaz l'avait réveillée. Il avait réussi à faire un branchement en contournant le circuit et elle n'avait pu trouver où couper le gaz. Elle avait essayé d'ouvrir la porte mais il l'avait coincée de l'extérieur. Il avait même cloué les fenêtres, pourtant elle habitait au troisième étage ! La ligne téléphonique avait été coupée. Elle avait réussi à briser une fenêtre et crié à l'aide. Il s'en était fallu de très peu.

Elle s'était enfuie à Bordeaux où elle avait recommencé sa vie et c'est là qu'elle avait fait la connaissance de Tony.

« Il avait dix-neuf ans, précisa-t-elle. Je travaillais dans le service psychiatrique du grand hôpital municipal où il était en traitement. J'avais cru comprendre qu'il avait fait une dépression à la suite du décès de son père. » Elle grimaça un sourire. « J'aurais dû avoir assez de bon sens pour ne pas m'immiscer dans la vie privée d'un autre malade, mais nous étions si vulnérables, tous les deux ! Lui était très jeune, et moi, j'étais flattée de ses attentions, c'est tout. Et, nous nous entendions bien. Je savais le faire rire et cela me flattait ! »

Avant qu'elle ne se fût rendu compte des sentiments de Tony à son égard, il était tombé amoureux d'elle.

« Je me suis dit que je pourrais l'aimer, dit-elle, qu'il était drôle, gentil, facile à manipuler et, après Patrice, je croyais que c'était la seule chose que je pusse désirer. Il me parlait sans cesse de cette ferme, de cet endroit. À l'entendre, c'était un coin très beau, où je serais totalement en sécurité. Tony m'offrait une sorte de protection et, en plus, il avait besoin de moi. C'était une chose importante ! »

Elle s'était laissé persuader. D'abord, Lansquenet lui avait paru tout ce dont elle avait jamais rêvé mais, bientôt, il y avait eu des heurts entre Marise et la mère de Tony qui refusait d'accepter la vérité à propos de la maladie dont souffrait son fils.

« Elle refusait de m'écouter, expliqua Marise. Tony était sujet à des sautes d'humeur. Il avait besoin de médicaments. S'il n'en prenait pas, son état empirait et il s'enfermait des journées entières dans la maison, ne se lavant pas, ne faisant que regarder la télévision, boire de la bière et manger. Aux yeux des autres, rien d'anormal, ce qui causait le problème. Il fallait le contrôler à longueur de temps.

Je devais jouer le rôle de la femme qui harcèle son mari. Il le fallait bien ! »

Jay versa ce qui restait de la bouteille dans le verre de la jeune femme. De la lie se dégageait un puissant arôme et, un instant, il crut retrouver, réunis dans ce dernier verre, le bouquet de tous les autres vins précédents de Joe, celui de la framboise et celui des pétales de roses, celui des baies de sureau et celui des prunes de Damas et même celui du vin de pommes de terre. C'est la fin des « Spéciales », se dit-il avec un petit pincement au cœur. La magie est épuisée.

Marise s'était tue.

Ses cheveux d'un roux d'érable retombaient sur son visage. Jay eut soudain l'impression de l'avoir toujours connue et sa présence à sa table lui sembla aussi naturelle et familière que celle de sa vieille machine à écrire. Il posa la main sur la sienne. Elle leva vers lui des yeux dont les paillettes avaient la couleur des arbres de son verger.

Ses lèvres auraient un goût de roses.

« Maman ! »

La voix aiguë de Rosa déchira l'instant et le fit basculer dans le présent. « J'ai trouvé une petite chambre là-haut ! Il y a une fenêtre ronde et un lit bleu en forme de bateau. C'est un peu poussiéreux mais je pourrais la nettoyer, n'est-ce pas, maman, n'est-ce pas ? »

Elle retira sa main.

« Bien sûr. Si monsieur… si Jay… » Marise avait l'air confus de quelqu'un qui se réveille au sortir d'un rêve et elle repoussa son verre à moitié vide.

« Il faut que je parte, dit-elle rapidement. Il se fait tard. Je vais rapporter les affaires de Rosa. Merci de…

— Il n'y a pas de quoi. » Jay essaya de poser la main sur son bras mais elle s'écarta. « Vous pouvez rester toutes les deux, si vous le voulez. J'ai beaucoup de…

— Non ! » Elle était soudain redevenue l'ancienne Marise, ses confidences étaient finies. « Je dois vous apporter ce dont Rosa a besoin pour la nuit. Il est grand temps qu'elle aille au lit. » Elle prit un instant Rosa dans ses bras et la serra de toutes ses forces. « Sois sage, toi, conseilla-t-elle. Et je vous en prie, pas un mot de tout cela au village, pas un mot à qui que ce soit ! » ajouta-t-elle à l'intention de Jay.

Elle prit son imperméable jaune à la patère, derrière la porte de la cuisine, et le passa. Dehors, la pluie continuait à tomber.

« C'est promis ? demanda Marise.

— Bien sûr ! »

Elle eut une brève inclinaison polie de la tête, comme si c'était une affaire qu'ils venaient de conclure.

La seconde d'après, elle avait disparu sous la pluie.

Jay referma la porte et se tourna vers Rosa.

« Eh bien, ce chocolat, il est prêt ? » demanda-t-elle.

Il lui fit un grand sourire. « Et si on allait voir ? »

Il versa le liquide chaud dans une grande tasse à fleurs. Rosa s'assit en boule sur le lit de Jay, la tasse à la main, et l'observa d'un œil curieux ranger les tasses et les verres et remettre à sa place la bouteille vide.

« Et lui, c'est qui ? finit-elle par lui demander. C'est un Anglais lui aussi ?

— Qui ça ? » lui répondit Jay de la cuisine où il faisait couler de l'eau dans l'évier.

« Le vieux monsieur, dit Rosa. Le vieux monsieur qui habite là-haut ! »

Jay éteignit le robinet et la regarda.

« Tu l'as vu ? Tu lui as parlé ? »

Rosa fit oui de la tête.

« Le vieux monsieur avec le chapeau rigolo, dit-elle. Il m'a dit de te dire un truc. » Elle avala une énorme lampée de chocolat qui lui laissa une moustache brune à la lèvre supérieure. Jay fut agité d'un frisson, presque de frayeur.

« Qu'a-t-il dit ? murmura-t-il.

— Il a dit de ne pas oublier les "Spéciales", répondit-elle. Et que tu saurais bien ce qu'il fallait faire !

— Rien d'autre ? » La gorge sèche, Jay sentait son cœur battre la chamade.

« Si ! » Elle fit un signe de tête énergiquement affirmatif. « Il m'a dit de te dire adieu ! »

57
Pog Hill Lane, *février 1999*

Vingt-deux années passèrent avant que Jay ne retournât à Pog Hill. Sa colère, en partie, et sa peur aussi, pouvaient l'expliquer. Il n'avait jamais eu l'impression d'être chez lui auparavant. Londres n'était définitivement pas l'endroit qu'il aurait choisi d'habiter et ses autres domiciles semblaient tous se ressembler, à quelques détails près, de dimension et d'architecture. Les appartements, les studios, la maison de Kerry à Kensington n'avaient été que des lieux de passage. Mais, cette année-là, c'était autre chose. Choisis le cliché qui te convient, aurait dit Joe ! Peut-être était-ce simplement qu'il existait des choses plus redoutables que son retour à Pog Hill. Voilà quinze ans qu'il avait écrit *Joe Patati* et, depuis, il n'avait plus rien produit. Cela dépassait de loin la perte d'inspiration bien connue des écrivains. Il avait l'impression d'être prisonnier d'une certaine époque et condamné à faire revivre pour l'éternité les rêves de son adolescence. *Joe Patati* avait été le premier, le seul, livre adulte qu'il eût écrit. Pourtant, au lieu de le libérer, il l'avait emprisonné davantage dans le monde de son enfance.

En 1977, il avait rejeté toute magie. Il en avait eu assez, avait-il décidé, définitivement assez. Il était seul maintenant et c'était précisément ce qu'il désirait. C'était comme

si, en laissant les graines de Joe partir au vent de la tranchée à Pog Hill, il eût lâché tout ce à quoi il s'était accroché au cours des trois années précédentes : les rubans
rouges, Gilly, les cachettes, les nids de guêpes, les prome-
nades le long de la voie ferrée et les bagarres à Nether
Edge. Tout avait été englouti dans la tranchée avec les
détritus et les cendres. Et puis, *Joe Patati* avait bien mis fin
à tout cela, du moins l'avait-il cru. Il avait dû en rester
quelques traces, pourtant. De la curiosité sans doute,
quelque chose comme une démangeaison au fond de sa
mémoire, qui continuait à le tourmenter, un reste de
croyance.

Peut-être s'était-il trompé ? Après tout, quelles preuves
avait-il vraiment trouvées ? Des cartons remplis de magazines ! Une carte marquée au crayon de couleur ! Peut-être
avait-il tiré trop hâtivement des conclusions ? Joe pouvait
avoir dit la vérité, après tout.

Peut-être était-il revenu ?

Il osait à peine imaginer la chose. Joe, de retour à Pog
Hill ! Son cœur se serrait à cette seule pensée. Il imaginait
la maison telle qu'elle était, recouverte de plantes grim-
pantes mais avec un potager bien tenu, derrière le
camouflage habituel, avec les arbres garnis de rubans
rouges et la cuisine chaude de l'odeur du vin qui fermentait. Plusieurs mois passèrent avant qu'il ne pût se décider
à entreprendre le voyage. Kerry trouverait que l'idée était
bonne, elle le poussait presque à y aller, espérant qu'il y
aurait là une nouvelle source d'inspiration, un nouveau
livre qui attirerait sur lui le regard des critiques et des
médias. Elle voulait à tout prix l'accompagner et elle
insista tellement qu'il finit par accepter.

Il avait commis là une lourde erreur. Il le comprit dès
leur arrivée. Les nuages déversaient une lavasse couleur de
suie. Nether Edge était devenu le chantier de construction
d'un grand ensemble de résidences privées avec vue sur la
rivière ; des bulldozers et des tracteurs se déplaçaient lentement sur ce qui avait été autrefois la voie ferrée, entre
des rangées de petites maisons coquettes et toutes semblables. Certains champs avaient été transformés en parcs

d'exposition pour automobiles, en supermarchés, et en complexes commerciaux. Le magasin du marchand de journaux même, où tant de fois Jay était allé acheter des cigarettes et des magazines pour Joe, avait changé. Les dernières mines de Kirby avaient été fermées il y avait des années. Quant au canal, les fonds réunis pour la célébration du millénaire avaient été employés à sa restauration et le projet était d'y créer un centre où les touristes pourraient descendre au fond d'un puits de mine aménagé à leur intention ou faire un tour en péniche sur le canal nouvellement nettoyé.

Il va sans dire que Kerry trouva cela « charmant ». Mais le pire était à venir.

Jay s'était attendu à ce que Pog Hill, au moins, eût survécu. La rue principale, bordée de tilleuls, n'avait guère changé, elle, avec ses maisons datant de l'époque édouardienne, élégantes malgré leurs façades noircies. Le pont était tel qu'il s'en souvenait, mais on avait installé un nouveau passage clouté à une extrémité ; la rangée de peupliers qui marquait l'entrée de Pog Hill Lane était là aussi. Jay eut un curieux petit serrement de cœur quand il arrêta la voiture sur la ligne jaune pour regarder la colline.

« Alors c'est ça ? demanda Kerry, en vérifiant son maquillage dans le rétroviseur. Mais je ne vois aucun panneau, rien du tout ! »

Jay se tut et descendit de la voiture. Kerry le suivit.

« C'est ici que tout a commencé ? » Le ton de sa voix trahissait une légère déception. « Bizarre, j'aurais cru qu'il y aurait plus d'atmosphère, enfin, quelque chose de spécial. »

Il ne répondit pas et fit quelques pas en direction de la colline.

On avait changé le nom de la ruelle et il ne trouverait plus le nom de Pog Hill Lane sur aucune carte, celui de Nether Edge non plus, ni aucun des noms des endroits qui avaient formé le décor de sa vie pendant ces trois étés, il y avait si longtemps. Le lieu s'appelait maintenant Meadowbank View. Les maisons abattues avaient été remplacées par une rangée d'appartements à deux étages, en brique,

avec de petits balcons et des jardinières de plastique plantées de géraniums. Sur un mur du bâtiment le plus proche,
on pouvait lire : « Maison de retraite. Appartements de
qualité. » Jay s'arrêta à l'endroit où la maison de Joe se
trouvait. Il n'y avait plus rien, c'était un parking bitumé
« Pour riverains » d'un côté et, derrière les appartements,
là où avait été le potager de Joe, s'étendait une pelouse carrée avec un petit arbre solitaire. Du verger de Joe, de son
jardin d'herbes aromatiques, de ses rangs de cassissiers, de
framboisiers, de groseilliers, de ses vignes, de ses pruniers
et de ses poiriers, de ses carrés de carottes et de panais, de
ses « Spéciales », il ne restait plus rien, rien du tout.

Kerry le prit par la main. « Pauvre chéri, lui murmura-
t-elle à l'oreille. Cela te bouleverse vraiment à ce point ? »
À l'entendre, elle éprouvait presque un certain plaisir
à l'idée de son accablement. Jay secoua la tête.

« Attends-moi dans la voiture, veux-tu ? »

Kerry fronça les sourcils. « Mais Jay...

— Deux minutes seulement, d'accord ? »

Un peu plus, et il aurait été trop tard. S'il se retenait
plus longtemps, il avait l'impression qu'il allait exploser. Il
courut jusqu'au mur qui bordait la tranchée et regarda.
On avait commencé à la combler. Des sacs d'ordures ménagères couvraient le sol, de vieux réfrigérateurs, des pneus,
des caisses de bois, des palettes, des boîtes de conserve, des
piles de magazines liés par un bout de ficelle. Jay sentit un
étrange rire sourdre dans sa gorge. C'est Joe qui aurait
aimé ça ! Son rêve s'était enfin réalisé. La pente abrupte
était jonchée d'objets apparemment jetés au hasard par les
passants : un landau de bébé, un chariot de supermarché,
le cadre d'un vieux vélo.

La tranchée de Pog Hill était maintenant un dépôt
d'ordures. Jay se hissa avec effort et se mit à cheval sur le
mur. De là, la voie ferrée qu'il n'apercevait pas réellement
semblait lointaine, en contrebas, une chute presque
abrupte à travers un fouillis de buissons dans un océan de
détritus. À l'autre extrémité du mur, les amateurs de
graffiti s'étaient mis à l'œuvre. Un soleil pâle apparut et fit
scintiller la pente couverte de tessons de bouteilles. Là,

appuyée à une souche d'arbre qui en ressortait, une bouteille encore indemne était couchée et, sur son fond, rico-
chait un rayon de lumière. C'était l'une des bouteilles de
Joe.

Jay ne pouvait s'expliquer comment celle-ci avait pu
échapper à la démolition de la maison, encore moins comment elle avait pu ne pas se casser. Mais, aucun doute, elle
appartenait à Joe. Le cordonnet de couleur, aussi bien que
l'étiquette où l'on pouvait déchiffrer, de l'écriture soignée
du vieil homme, le mot « Spéciale », en étaient la preuve.

En commençant à descendre prudemment en direction du pont, un peu plus bas, Jay crut apercevoir quelques
autres possessions de Joe qui jonchaient la pente : une pendule cassée, une bêche, des seaux et des pots dans lesquels
il avait autrefois cultivé des plantes. C'était comme si un
homme gigantesque s'était dressé au sommet de la pente
et avait déversé le contenu de la maison de Joe dans la tranchée en bas. En évitant les éclats de verre, Jay avança avec
précaution parmi les poignants débris : ici de vieux exem-
plaires du *National Geographic*, là les restes d'une chaise de
cuisine, un peu plus bas, le coffre à graines avec ses pieds
cassés et une porte à demi arrachée.

Il fut soudain envahi d'une rage folle, une sorte de
réaction complexe dirigée aussi bien contre lui que contre
Joe qui avait permis que la chose arrivât, et ou contre celui
qui, de là-haut, avait précipité dans ce trou la vie entière
d'un vieil homme, comme s'il ne s'était agi que d'ordures
dont il eût fallu à tout prix se débarrasser. Pourtant il y
avait là quelque chose de plus horrible, la prise de
conscience insupportable qu'il aurait dû, lui, venir ici plus
tôt, qu'il y avait sûrement eu là quelque chose qu'il aurait
pu, qu'il aurait dû, découvrir, mais il était arrivé trop tard,
comme toujours.

Lorsque Kerry vint à sa recherche, presque une heure
plus tard, Jay, couvert de saletés, le pantalon maculé de
boue jusqu'aux genoux, cherchait encore. Dans un carton,
il portait six bouteilles qu'il avait ramassées en descendant
la pente et qui, par miracle, étaient indemnes.

Les « Spéciales ».

58

Lansquenet, été 1999

C'était fini. Jay sut immédiatement que Joe était parti. Cet adieu-là avait quelque chose de définitif qu'il était impossible de mal interpréter. Comme si le vieil homme s'était volatilisé avec la dernière goutte de son vin. Pendant plusieurs jours, Jay refusa d'accepter l'évidence, se disant que Joe reviendrait, qu'il n'était pas parti pour de bon, qu'il ne lui aurait pas joué ce tour-là, pas une deuxième fois. Mais il était conscient qu'il ne percevait plus sa chaleur, et l'odeur de tabac ne traînait plus dans la maison. La radio avait cessé de diffuser les vieux succès et, sur la même longueur d'ondes, une chaîne locale vous bombardait les oreilles des derniers tubes à la mode.

Plus jamais il ne distinguerait la silhouette de Joe à l'angle d'un châssis, derrière la cabane ou en train d'inspecter les arbres du verger et, quand il tapait à la machine, il n'y avait plus personne à côté de lui sauf Rosa qui descendait parfois furtivement l'escalier pour s'allonger sur son lit et le regarder. Le vin était redevenu ce qu'il était, du simple vin, sans effets spéciaux. Cette fois, Jay ne ressentait plus aucune colère, seulement la sensation de la fatalité de la chose. Une fois encore la magie s'était épuisée.

Une semaine s'écoula. Les averses s'espacèrent, causant de nouveaux dégâts. Jay et Rosa restaient, la plupart

du temps, à l'intérieur. Rosa n'était pas difficile à garder.
Elle savait s'occuper seule. Elle lisait pendant des heures
dans sa chambre, arrangée sous l'avant-toit, jouait au
scrabble ou partait en promenade avec Clopette à travers
champs, en faisant gicler l'eau de toutes les flaques. Quelquefois elle écoutait la radio, ou jouait avec de la pâte dans
la cuisine car, de temps en temps, elle faisait de petits biscuits durs avec de la farine. Marise les rejoignait chaque
soir et préparait le dîner, ne restant que le temps du repas,
afin de s'assurer que Rosa allait bien avant de retourner au
travail. Le générateur avait été réparé. Les chenaux de
drainage prenaient un certain temps mais, encore
quelques jours, et le travail serait terminé. Elle avait fait
appel à Roux et à quelques ouvriers du chantier de Clairmont pour l'aider. Pourtant le vignoble restait à moitié
inondé.

Jay ne recevait que peu de visites. Popotte passa deux
fois avec du courrier, et une autre fois avec un gâteau de la
part de Joséphine, mais Rosa, à ce moment-là derrière la
maison, demeura inaperçue. Clairmont arriva une fois
avec un chargement de bric-à-brac mais ne resta pas. Maintenant que le gros du mauvais temps était passé, chacun
avait du travail.

La présence de Rosa emplissait la maison. Cette compagnie, après le départ de Joe, était d'autant plus bienvenue que la maison semblait curieusement vide, comme s'il
y manquait quelque chose de familier. Pour son âge, Rosa
était très silencieuse et, parfois, Jay se prenait à penser
qu'elle appartenait davantage au monde de Joe qu'au sien.
Sa mère lui manquait cependant. Elles n'avaient été sépa-
rées qu'une seule fois. Chaque soir, elle accueillait Marise
avec une muette étreinte délirante.

Les repas qu'ils prenaient ensemble étaient enjoués et
animés mais il y avait chez Marise une retenue que Jay
n'avait pas encore réussi à dissiper. Elle ne parlait que rarement d'elle-même. Elle ne faisait jamais allusion à Tony et
n'offrit pas de continuer l'histoire commencée le jour de
l'inondation. Jay n'essaya même pas de l'y amener. Il avait
le temps !

Quelques jours plus tard, Popotte apporta un paquet envoyé par Nick. Il contenait les contrats du nouvel éditeur de Jay et un certain nombre d'articles de journaux qui dataient de juillet à septembre. Il y avait aussi un court message de Nick : « Je crois que ceci pourrait t'intéresser. »

Jay sortit les coupures de journaux.

Toutes le concernaient d'une façon ou d'une autre. Il les parcourut. Trois courts articles dans des journaux anglais s'interrogeaient sur sa disparition. Un autre, tiré du *Publishers Weekly*, parlait brièvement de son retour à la littérature et de son nouveau roman. Un article rétrospectif, tiré du *Sunday Times*, portait le titre « Qu'est-il donc arrivé à *Joe Patati* ? », accompagné de photos de Kirby Monckton. Jay tourna la page. Là, il fut surpris de découvrir une photo de Joe qui le regardait avec un sourire espiègle au-dessous de la question : « S'agit-il du vrai *Joe Patati* ? »

Il ne pouvait détacher ses yeux de cette photo : Joe devait avoir cinquante, cinquante-cinq ans peut-être. Nu-tête, il avait la cigarette aux lèvres et ses petites lunettes en demi-lune étaient perchées tout au bout de son nez. Entre les mains, il tenait un grand pot de chrysanthèmes avec une rosette indiquant « Premier Prix ». Dessous on lisait : « Un original du coin ». L'article continuait ainsi : « Mackintosh, avec sa réserve habituelle, n'a jamais cru devoir nous révéler l'identité du vrai Joe. Pourtant nous tenons de source sûre que cet homme aurait bien pu servir d'inspiration à celui qui allait devenir le jardinier préféré de la nation. Joseph Cox, né à Sheffield en 1912, d'abord employé comme chef-jardinier dans un grand domaine, a travaillé ensuite pendant trente ans comme mineur au puits de Kirby Monckton jusqu'au moment où des ennuis de santé l'ont forcé à prendre sa retraite. Connu dans la région comme un original, M. Cox a habité de nombreuses années dans Pog Hill Lane. Il n'a pu être interviewé à sa résidence actuelle, la maison de retraite de Meadowbank, où miss Julie Moynihan, infirmière de service de jour, l'a ainsi décrit à notre reporter : "Un vieux monsieur charmant... un trésor inépuisable d'anecdotes... et je suis ravie de penser qu'il aurait pu être le vrai Joe." »

Jay, agité d'émotions contradictoires, regarda à peine le reste de l'article. L'idée d'avoir été si près de lui sans le savoir, de n'avoir pas, d'une façon ou d'une autre, deviné sa présence, le remplissait de stupéfaction. Il éprouvait surtout un infini soulagement, une joie suprême à la pensée qu'il était donc possible de racheter ses erreurs après tout. Joe habitait toujours Pog Hill. On pouvait tout recommencer.

Il se força à finir l'article. Rien de nouveau : un résumé de *Joe Patati*, avec une photo de la couverture de l'édition originale, une petite photo du Roi du Pain avec Candide à son bras, prise deux ans avant leur divorce. Le nom de la journaliste — K. Marsden —, en bas de l'article, lui était vaguement familier mais il lui fallut plusieurs minutes pour reconnaître le nom de Kerry avant qu'elle ne fit carrière à la télévision.

Bien sûr, Kerry. C'était évident. Elle était au courant de Pog Hill Lane et de Joe, et elle en savait long, bien sûr, à propos de Jay lui-même. Elle avait accès à des photos, des agendas, des papiers. Elle avait passé cinq ans à l'écouter divaguer et raconter ses souvenirs. Un bref instant, il en éprouva de l'appréhension.

Que lui avait-il dit précisément ? Quel secret avait-il divulgué ? Après la façon dont il l'avait quittée, pouvait-il vraiment s'attendre à une certaine loyauté ou à de la discrétion de sa part ? Ce qu'il pouvait espérer de mieux, c'était qu'elle s'en tiendrait au domaine purement professionnel et qu'elle se tairait à propos de sa vie privée. Il comprit qu'il ne la connaissait pas assez pour deviner ce qu'elle ferait.

Mais, à ce moment-là, rien de tout cela ne lui semblait important. Joe seul comptait. En quelques heures, se disait-il, fou de joie, il serait dans l'avion pour Londres, de là il prendrait le rapide vers le nord où il pourrait arriver dans la soirée. Il le retrouverait. Il pourrait même le ramener, si c'était ce que le vieil homme voulait. Enfin il lui montrerait Château Foudouin !

Une coupure de journal, pas plus grande qu'un carnet de timbres, se détacha et tomba en papillonnant sur le plancher. Jay la ramassa et la retourna. C'était trop court pour être un article. Elle avait dû se trouver cachée parmi les autres.

Au stylo-bille, quelqu'un avait écrit dans le haut : *Kirby Monckton Post*.

« Décès.

« Le 15 septembre 1999, Joseph Edwin Cox a succombé à une longue maladie et a trouvé le repos éternel. »

> *Un rayon de soleil, je me sais pardonné,*
> *Chants d'oiseaux à l'éveil, ma joie est retrouvée,*
> *Que partout ici-bas, je sois dans mon verger,*
> *Plus près de toi, mon Dieu qui m'a fait jardinier.*

Jay contempla longtemps le papier, qui enfin glissa de ses doigts. Malgré la grisaille de la journée, il le voyait toujours, de son œil intérieur, mais son cerveau refusait de traiter cette information, tournait à vide, la rejetait. Jay ne regardait rien, ne pensait à rien.

59

Jay vécut les jours suivants dans une sorte de stupeur léthargique. Il dormait, mangeait, buvait sans rien enregistrer. Le vide que Joe avait laissé dans sa vie avait démesurément grandi et, maintenant, ses proportions monstrueuses lui bloquaient la lumière. Sous son lit, le livre qu'il était sur le point de terminer ramassait la poussière, abandonné. Il ne pleuvait plus, pourtant il ne pouvait se résoudre ne serait-ce qu'à regarder le jardin. Les « Spéciales », oubliées dans leur châssis, montaient en attendant d'être replantées ailleurs.

Les fruits, épargnés par le mauvais temps, tombaient à terre sans qu'il les ramassât. Les mauvaises herbes, qui avaient poussé vigoureusement pendant la pluie, commençaient à tout envahir. Dans un mois, il ne resterait plus rien de son travail.

« Un rayon de soleil, je me sais pardonné... »

Le pire était de ne pas savoir. L'idée que la clef du mystère avait été à sa portée et qu'il l'avait de nouveau perdue, comme ça, bêtement, inexplicablement, semblait si dénuée de sens. Dans son imagination, Joe le regardait de sa cachette, dans les coulisses, prêt à bondir en criant : « Attrapé ! » Car tout n'était qu'une plaisanterie, après tout, un énorme canular, et ses amis étaient alignés derrière le rideau, avec des serpentins et des mirlitons, Gilly et Maggie, Joe et ceux de Pog Hill Lane, tous avaient enfin retiré leurs masques et montraient leurs vrais visages. Et la détresse faisait place aux rires au fur et à mesure que se révélait la vérité. Mais Jay n'avait pas été invité à cette partie-là. Il n'y avait plus de « Spéciales ». Elles étaient toutes épuisées. Vin de mûres et de fleurs de sureau, vin de pommes de terre et de baies d'églantier, tous ces bons vins, il ne les retrouverait plus... Plus de magie, jamais plus.

Pourtant, moi, je continuais à les entendre. Un peu de leur essence s'était évaporée, absorbée par l'air. Elle faisait maintenant partie de cette maison, elle s'y était fixée comme l'odeur de cigarettes et de sucre caramélisé, dans les boiseries et les plâtres. Tout bourdonnait de cette présence disparue, bourdonnait, chantonnait, et riait aux éclats plus fort que jamais. Les pierres et les tuiles et le bois poli, tout s'agitait, murmurait. Bouillonnant d'impatience, jamais tranquilles, jamais silencieux, ils susurraient. Seul Jay n'entendait rien. Sa tristesse s'était enfouie au-delà de la nostalgie des choses qui ne sont plus, elle s'était enlisée dans une mélancolie profonde dont rien ne pourrait le tirer, pensait-il. Il se souvenait de chacune des fois où il avait détesté Joe, de chacune des fois où il avait maudit celui qui, croyait-il, l'avait abandonné, il se souvenait des choses qu'il s'était dites à lui-même, de celles qu'il avait dites à d'autres, de ces choses terribles. Il pensait aux années où il aurait pu retrouver Joe mais où il n'avait fait aucun effort dans ce sens. Il aurait pu engager un détective privé, payer quelqu'un pour faire des recherches. Mais non, il était resté là, à attendre que Joe le retrouvât, lui. Toutes ces années avaient été perdues, sacrifiées à son orgueil, il était maintenant trop tard.

Une citation dont il ne réussissait pas à se souvenir parfaitement lui revenait à la mémoire, selon laquelle le passé serait une île perdue au milieu du temps. Eh bien, il avait loupé le dernier bateau en partance, pensait-il avec amertume. Pog Hill faisait maintenant, et pour toujours, partie de ces endroits perdus où il ne pourrait jamais plus retourner. Plus que perdus, même, car, Joe parti, c'était comme si Pog Hill n'eût jamais existé.

« Un rayon de soleil, je me sais pardonné. »

Ce qu'il avait fait était encore plus grave. Joe avait vraiment été là, se disait-il. Tout cet été-là, Joe était bien vivant, à Pog Hill. Il avait pourtant parlé de voyages astraux : « C'est pour cela que je passe tout mon temps à dormir. » Joe était venu à lui. Il avait essayé de se faire pardonner et il était quand même mort, seul.

La présence de Rosa faisait du bien à Jay. Les visites de Marise aussi lui remontaient momentanément le moral. Il devait rester sobre toute la journée. Même si elles lui semblaient dénuées de sens, il devait vaquer à ses occupations quotidiennes.

Marise devina que quelque chose s'était passé mais les travaux de la ferme la préoccupaient trop pour qu'elle pût lui accorder davantage qu'une attention passagère. Les travaux de drainage étaient presque terminés, le vignoble était dégagé des eaux stagnantes et la Tannes avait regagné son lit.

Marise avait dû sacrifier une partie de ses économies à payer les ouvriers et le nouveau matériel, mais elle se sentait pleine de courage. Si l'on sauvait la récolte, il y avait de l'espoir pour l'année suivante. Si seulement elle se procurait assez d'argent pour racheter la propriété — la terre ne convenait pas vraiment à la construction et la plus grande partie était trop marécageuse pour la culture. Elle savait que Pierre-Émile ne tenait pas à la louer à bail, cela ne rapportait pas assez. Il avait sa famille à Toulouse. Il vendrait, elle le savait. Elle se disait qu'il y avait de bonnes chances que le prix de la propriété fût assez bas. Après tout, ici ce n'était pas comme au Pinot. Sans doute, elle pourrait se procurer l'argent. Il ne lui fallait que vingt pour cent du prix. Elle espérait seulement que Mireille ne s'en mêlerait pas. Après tout, la vieille n'avait pas intérêt à la voir partir, au contraire, mais il fallait que la direction de la propriété fût confiée à Marise. Elle n'avait aucune envie d'être à la merci d'un autre bail. Mireille comprenait pourquoi. Quelle que fût la répugnance de la vieille dame, elles avaient besoin l'une de l'autre. En équilibre sur un pont, chacune s'accrochant à un bout de la corde, si l'une lâchait, elles tomberaient toutes deux.

Marise n'avait pas le moindre scrupule à mentir. Après tout, elle avait rendu service à Mireille. Arme trop épouvantable pour être utilisée en période de guerre, le mensonge les protégeait, mais le temps leur manquait. Le bail de Marise allait expirer et Mireille était menacée par l'âge et la maladie. La vieille femme voulait la voir quitter la ferme parce qu'elle serait alors très vulnérable. Marise se demandait seulement si la menace proférée, il y a longtemps, ferait toujours de l'effet. Peut-être, n'avait-elle plus aucune importance ? L'idée de perdre Rosa leur avait autrefois imposé le silence, mais maintenant.,. Elle se demandait ce que Rosa représentait encore pour Mireille.

Elle se demandait ce que chacune d'elles avait encore à perdre.

60

Ce fut un gazouillis d'oiseaux qui réveilla Jay. Il entendait Rosa aller et venir là-haut. Une lumière jaune paille filtrait à travers les volets. Un instant, il éprouva un bien-être profond, puis le souvenir de la mort de Joe frappa soudain sa mémoire, douleur brutale qui le prenait au dépourvu et l'accablait. Chaque jour il se réveillait avec l'espoir que les choses auraient changé mais, chaque matin, il était déçu.

Vacillant sur ses jambes, et à moitié nu, il mit de l'eau à chauffer. Il s'éclaboussa le visage d'eau froide au robinet de la cuisine puis il avala son café brûlant. Là-haut, Rosa faisait couler son bain. Il prépara sur la table le petit déjeuner : un bol de café au lait et, à côté, trois morceaux de sucre enveloppés dans du papier, une tranche de melon, des céréales. Rosa avait bon appétit.

« Rosa ! Ton déjeuner est servi ! » Sa voix était enrouée. Un certain nombre de mégots s'accumulaient dans une soucoupe, pourtant il ne se souvenait pas d'avoir acheté ni fumé des cigarettes. Un court instant, il ressentit au cœur une douleur violente, comme un coup de poignard, qui aurait pu être de l'espoir mais, dans la soucoupe, il n'y avait aucun mégot de Players.

Quelqu'un frappa à la porte. Ce sera Popotte, pensa-t-il avec effort. Elle m'apporte probablement une facture

ou une lettre angoissée de Nick exigeant de savoir pourquoi je n'ai pas encore renvoyé les contrats. Il avala une
nouvelle gorgée de ce liquide qui avait goût de vieux café
et se dirigea vers la porte.

Quelqu'un se tenait sur le seuil, impeccable avec son
pantalon gris et son cardigan en cachemire, son élégante
nouvelle coupe de cheveux, ses chaussures JP Tod, son
imperméable de chez Burberry et un attaché-case rouge de
Louis Vuitton.

« Kerry ? »

Pendant un instant, il se vit avec ses yeux à elle : nu-
pieds, pas rasé, pris au piège. Elle lui adressa un sourire
radieux.

« Mon pauvre Jay. Une vraie épave. Puis-je entrer ? »

Jay hésita. Elle était trop enjôleuse. Il s'était toujours
méfié de son ton doucereux. Trop souvent, autrefois, il
annonçait le début des hostilités.

« Mais oui, si tu veux. D'accord.

— Quelle merveilleuse maison. » Elle passa à côté de
lui, comme emportée par son envie. « Le coffre à épices a
tellement d'allure. Et le dressoir ! »

Elle restait là, dans toute son élégance, cherchant des
yeux une place où s'asseoir. Jay dégagea le dossier d'une
chaise des vêtements sales qui y étaient posés et la lui indiqua d'un mouvement de tête.

« Désolé de tout ce bazar », commença-t-il. Il ne comprit que trop tard que son ton d'excuse donnait l'avantage
à cette femme. Elle lui adressa un de ces sourires bien
connus signés K. O'Neil et s'assit en croisant les jambes.

Elle ressemblait à un magnifique chat siamois. Jay
n'avait aucune idée de ce qu'elle avait en tête. Il n'avait
jamais pu savoir ce qu'elle pensait. Le sourire aurait pu
être authentique, qui pouvait le savoir ?

« Comment m'as-tu déniché ? » Il fit un nouvel effort
pour effacer de sa voix ce qui aurait pu passer pour une
excuse. « Je ne me suis pas exactement donné du mal pour
attirer l'attention sur l'endroit où je vivais.

— Que crois-tu ? C'est Nick qui me l'a dit ! » Elle sourit. « Oh, bien entendu, j'ai dû le persuader mais tu dois

comprendre que tout le monde se pose des questions à ton sujet. Ce départ inattendu, le fait que tu gardes secret ce nouveau projet... »

Elle lui lança un regard plein de malice et posa la main sur son épaule. Il remarqua que ses yeux avaient changé de couleur — bleus au lieu de verts. Joe avait raison à propos de verres de contact !

Il haussa les épaules sans répondre.

« Je comprends parfaitement. » Elle mit la main sur ses cheveux, les aplatit un peu et les écarta de son front. Elle était d'autant redoutable qu'elle se montrait maternelle. « Tu as vraiment l'air à bout. Qu'est-ce que tu as bien pu faire ? Trop de veilles, sans doute ? »

Jay lui écarta la main.

« J'ai lu ton article », dit-il.

Kerry haussa les épaules. « Oui, j'ai écrit quelques petites choses pour les suppléments littéraires, répondit-elle. Je n'ai pas pu éviter de m'apercevoir que Forum devenait un tant soit peu exclusif, tu ne penses pas ? Trop limité ?

— Qu'est-ce qui ne va pas ? On n'a pas renouvelé ton contrat pour une autre série ? »

Kerry leva les sourcils. « Chéri, tu es devenu sarcastique, c'est nouveau, ça ! dit-elle. Je suis très contente. La chaîne 5 a eu une idée merveilleuse. » Elle jeta un coup d'œil aux céréales, au café et aux fruits, tout prêts sur la table. « Je peux ? J'ai une faim de loup. »

Jay la regarda se verser un bol de café au lait et s'aperçut qu'elle jetait un coup d'œil à son propre bol qu'il tenait à la main.

« Tu vis vraiment à la française, n'est-ce pas ? Tu bois ton café dans un bol, tu fumes des Gauloises au petit déjeuner. Tu attends une visite ou est-ce indiscret de te poser la question ?

— Je m'occupe de la gosse de la voisine, lui dit Jay en essayant de ne pas avoir l'air de se défendre. Ce n'est que pour quelques jours, en attendant la fin des inondations. »

Kerry se mit à sourire. « Oh, comme c'est gentil. Je suis

sûre que je saurai deviner de quelle enfant il s'agit aussi,
J'ai lu ton manuscrit, tu sais.

— Tu l'as lu ? » s'exclama-t-il sans plus songer à mas-
quer sa réaction. Il aurait fallu être aveugle pour ne pas
avoir remarqué le mouvement involontaire de son bras et
le café chaud qu'il avait répandu sur le sol. Elle sourit de
nouveau.

« Enfin, je l'ai parcouru. Ce style un peu naïf est très
agréable et inattendu, tout à fait ce qui plaît en ce
moment. Et la couleur locale est si juste. Il me fallait à tout
prix voir tout cela de mes propres yeux. D'ailleurs, en réalisant comme les deux étaient si bien faits l'un pour l'autre,
je veux dire ton livre et mon émission… »

Jay secoua sa tête douloureuse. Il avait laissé passer
quelque chose d'essentiel dans ce qu'elle avait dit. « Je ne
comprends pas ! »

Kerry le regarda en feignant l'impatience. « J'étais justement sur le point de t'expliquer. Il s'agit de la future
émission sur la 5 : "Nouveaux Horizons". Cela va tourner
autour des Britanniques qui se sont établis à l'étranger,
une espèce de documentaire qui s'intéresse à une certaine
façon de vivre. Lorsque Nick a parlé de cet endroit merveilleux, sans compter ce qui se passe dans ton roman, cela
m'a semblé une aubaine à ne pas manquer.

— Attends un instant. » Jay posa son bol de café sur la
table. « Tu ne te serais pas mis dans la tête de m'associer à
tes projets à toi, j'espère ?

— Mais si, bien sûr, répliqua Kerry avec impatience.
L'endroit s'y prête parfaitement. J'ai déjà parlé à quelques
personnes du coin et ils s'intéressent beaucoup à cette
idée. Et toi, tu es le sujet idéal. Imagine un peu la publicité
que cela te fera lorsque ton livre sortira… »

Jay refusa d'un signe de tête. « Non ! Cela ne m'intéresse pas, dit-il. Écoute, Kerry, je sais que tu es en train d'essayer de m'aider mais la dernière chose dont j'ai besoin en
ce moment, c'est la publicité. Je suis venu ici pour y être
seul.

— Seul ? » interrogea Kerry d'un ton ironique. Jay
remarqua que son regard se dirigeait vers la cuisine, der-

rière lui. Il se retourna. Rosa se tenait derrière la porte, en pyjama rouge, les yeux pétillants de curiosité, les cheveux en broussaille.

« Salut ! dit Rosa avec un sourire. C'est qui, cette dame ? C'est une Anglaise ? »

Le sourire de Kerry s'accentua. « Et toi, tu dois être Rosa ? J'ai tellement entendu parler de toi. Et tu sais, ma chérie, j'imaginais que tu étais sourde ?

— Kerry ! »

Jay avait l'air crispé, mal à l'aise. « On discutera plus tard. Ce n'est pas vraiment le moment, maintenant. D'accord ? »

Kerry avala nonchalamment une gorgée de café. « Tu n'as pas besoin de faire des manières avec moi, dit-elle. C'est une jolie petite fille et je suis sûre qu'elle ressemble à sa maman. J'ai l'impression de les connaître déjà toutes les deux. C'est si charmant d'avoir eu l'idée de baser tous tes personnages sur des personnes réelles. Un peu comme dans un roman à clefs. Je suis persuadée que c'est quelque chose qui ressortira à merveille dans l'émission. »

Jay la regarda bien en face. « Je ne ferai aucune émission.

— Je suis certaine que tu changeras d'avis quand tu auras eu le temps d'y penser, répliqua-t-elle.

— Sûrement pas », dit Jay.

Kerry leva les sourcils. « Mais pourquoi pas ? C'est une idée parfaite et qui aurait le mérite de relancer ta carrière !

— Et de relancer la tienne en même temps ! dit-il d'un ton sec.

— Sans doute, mais serait-ce une si mauvaise chose, après tout ce que j'ai fait pour toi, après tout le travail que cela a représenté ? Tu me dois peut-être un petit quelque chose en retour ? Quand tout sera terminé, j'écrirai peut-être la biographie de Jay Mackintosh en me servant de détails que je suis la seule à connaître. Je pourrais donner un bon coup de pouce à ta carrière littéraire si tu voulais me le permettre.

— Je te dois quelque chose ? » Cette seule pensée l'aurait autrefois fâché, culpabilisé. Maintenant, elle lui sem-

blait plutôt frôler le ridicule. « Tu t'es servie de cet argu-
ment-là un peu trop souvent, Kerry. Il est usé. Les rapports
humains ne marchent pas au chantage psychologique. Ils
n'ont jamais marché à ça.

— Oh, je t'en prie ! » Elle fit un effort pour se maîtriser. « Qu'en sais-tu, toi ? Les seuls rapports humains qui
aient jamais eu d'importance pour toi ont été ceux que tu
avais avec ce vieux menteur qui t'a fait tourner comme une
toupie et t'a planté là le jour où cela l'a arrangé. C'était
toujours : Joe disait ceci, Joe faisait cela. Maintenant qu'il
est mort, tu vas peut-être devenir assez adulte pour comprendre que c'est l'argent et non la magie qui fait marcher
le monde ! »

Jay sourit. « Eh bien, en voilà un discours, dit-il avec
douceur. Mais, comme tu l'as remarqué, Joe est mort, en
effet. Il n'est donc plus question de lui, maintenant. C'était
peut-être la vérité quand je suis arrivé ici. J'essayais sans
doute de recréer le passé, de devenir Joe, en quelque sorte,
mais plus maintenant. »

Elle le contempla. « Tu as changé, constata-t-elle.

— Peut-être.

— J'ai cru d'abord que c'était le coin, poursuivit-elle.
Ce petit trou lamentable avec son unique stop et ses
masures en bois au bord de la rivière. Tu aurais été capable
d'en tomber amoureux, d'en faire un autre Pog Hill, mais
ce n'est pas vraiment ça, n'est-ce pas ? »

Il fit non de la tête. « Non, pas tout à fait !

— C'est pire et cela saute aux yeux ! » Elle eut un petit
rire nerveux. « De toi, on aurait dû s'y attendre ! Alors c'est
ici que tu as trouvé ta muse, n'est-ce pas ? Au milieu de ces
petits vignobles pourris et de ces chèvres ridicules ? C'est si
terriblement démodé. Il faut être aussi tordu que toi ! »

Jay la contempla. « Que veux-tu dire ? »

Kerry haussa les épaules, elle avait l'art de paraître à la
fois amusée et méchante. « Je te connais, Jay. Tu es
l'homme le plus égoïste que j'aie jamais rencontré. Tu ne
fais jamais un effort pour qui que ce soit. Alors comment
se fait-il que tu t'occupes de sa gosse à elle ? On voit bien
que ce n'est pas seulement de l'endroit que tu es tombé

amoureux. » Elle gloussa de colère. « Cela devait t'arriver
tôt ou tard, déclara-t-elle. Quelqu'un réussirait à se faire
aimer de toi. À un moment, j'ai même cru que je pourrais
être celle-là. Dieu sait si j'ai assez agi dans ce but ! J'aurais
mérité que ce fût moi. Parce que, à la vérité, qu'a-t-elle
jamais fait pour toi, elle ? Est-elle même consciente de ton
œuvre littéraire ? Cela a-t-il seulement la moindre importance à ses yeux ? »

Jay se versa un second bol de café et alluma une cigarette. « Non, dit-il. Je ne crois pas qu'à ses yeux cela ait la
moindre importance. C'est la terre qui compte pour elle,
la vigne, sa fille. Des choses tangibles, quoi ! » Et cette pensée le fit sourire.

« Tu te fatigueras vite de ces choses-là, l'avertit-elle
d'une voix méprisante. Tu n'as jamais été capable de vivre
dans le monde réel. Tu t'es toujours réservé la possibilité
de fuir chaque fois que tu avais un problème. Attends seulement que les choses deviennent un peu trop tangibles et
tu disparaîtras comme un éclair.

— Non, pas cette fois-ci. » Sa voix était parfaitement
calme. « Pas cette fois-ci !

— C'est ce que l'on verra ! conclut-elle froidement.
N'est-ce pas... ? Après avoir terminé, bien sûr, l'émission
"Nouveaux Horizons" ! »

Dès le départ de Kerry, Jay partit en voiture à Lansquenet après avoir recommandé à Rosa de ne pas quitter la
maison. Là, il appela Nick Horneli au téléphone et donna
libre cours à sa colère, mais Nick était moins prêt à le comprendre qu'il ne l'avait imaginé.

« J'ai cru que cela te ferait une bonne publicité, dit-il
d'une voix affable. Dans le domaine de l'édition, Jay, ce
n'est pas tous les jours que l'on a une deuxième chance et
je pensais que tu aurais été plus enthousiaste pour en tirer
le maximum.

— Oh ! » Ce n'était pas ce qu'il s'était attendu à
entendre et il se sentit un peu pris au dépourvu. Il se
demanda ce que Kerry avait raconté.

« Je n'ai nulle envie de te brusquer mais j'attends toujours que tu signes les contrats et que tu m'envoies la der-

nière partie de ton manuscrit. Ton éditeur commence à s'énerver et se demande quand tu auras terminé. Si tu pouvais seulement m'en envoyer une première version…

— Non ! » Jay avait conscience de la fatigue nerveuse qui se décelait dans son intonation. « Je ne veux pas me laisser pousser. »

La voix de Nick prit soudain un ton d'indifférence effrayante. « Souviens-toi, Jay, que, de nos jours, tu ne représentes rien de sûr. Tu es une espèce de légende, d'accord, et ce n'est pas une mauvaise chose, mais tu as aussi une certaine réputation à…

— Quelle réputation ?

— Je ne pense pas que ce soit d'une grande utilité en ce…

— Quelle réputation ? »

On aurait presque pu entendre le haussement d'épaules de Nick.

« Si tu veux ! Jay, avec toi, on prend un risque. Tu ne manques pas d'idées mais voilà des années que tu n'as rien écrit de valable. Tu es un instable. Les dates convenues, tu t'en fous. Tu arrives à tous les coups en retard aux réunions. Tu agis comme une sacrée prima donna qui vivrait sur une réputation vieille de dix ans. Tu ne comprends pas que, dans ce boulot-ci, on ne peut pas se permettre de faire le difficile quand il s'agit de publicité. »

Jay essaya de parler d'une voix calme. « Que cherches-tu à me faire comprendre, Nick ? »

Nick soupira. « Je te recommande seulement d'être un peu plus souple. L'industrie du livre a évolué depuis *Joe Patati*. À l'époque, l'excentricité était quelque chose d'acceptable. On s'y attendait. Cela avait un certain charme mais, de nos jours, tu n'es qu'un produit à vendre, Jay, et tu ne peux pas te payer le luxe de laisser tomber les amis ! Surtout pas moi.

— Alors ?

— Alors je te dis que, si tu ne signes pas le contrat et si tu ne termines pas le manuscrit dans un délai raisonnable — mettons un ou deux mois — World Wide, ton éditeur, résiliera ton contrat et moi j'aurai perdu ma crédibilité.

J'ai d'autres clients que toi, Jay. Je leur dois quelque chose aussi.

— Je vois, répondit Jay en appuyant délibérément sur les syllabes.

— Écoute, Jay. Je suis de ton côté, tu comprends ?

— Je comprends. » Soudain il fut pris d'une envie de s'enfuir. « La semaine a été terrible pour moi, Nick. Trop de choses se sont passées et lorsque Kerry est apparue à ma porte...

— Elle veut t'être utile, Jay. Elle s'intéresse à toi. Nous avons tous ton intérêt à cœur.

— Oui, je sais. » Il bouillait de rage, et pourtant il radoucit sa voix. « Ça ira, Nick, tu verras.

— Bien sûr que ça ira ! »

Quand il raccrocha, il sentit qu'il avait été le perdant de cette joute au téléphone. Les choses avaient changé. C'était comme si la disparition de Joe et de son influence protectrice l'avait rendu de nouveau vulnérable. Jay serra les poings de rage.

« Monsieur Jay, est-ce que ça va ? »

C'était Joséphine dont le visage était rose d'inquiétude. Il lui fit oui de la tête.

« Vous prendrez bien un café ? Une tranche de mon gâteau ? »

Jay savait qu'il aurait dû retourner à la maison et s'assurer que Rosa allait bien mais la tentation de rester quelques instants fut la plus forte. Les paroles de Nick lui avaient laissé une impression désagréable, d'autant plus qu'il avait raison, il le savait.

Joséphine brûlait d'envie de lui parler des dernières nouvelles.

« Georges et Caro Clairmont ont été contactés par une dame anglaise qui travaille à la télévision. Elle dit qu'elle va peut-être tourner un film ici, quelque chose au sujet des voyages. Lucien Merle ne parle que de ça. Il espère que cela pourra transformer Lansquenet. »

Jay hocha la tête d'un air las. « Je sais.

— Vous la connaissez ? »

De nouveau il fit un signe de tête affirmatif. Le gâteau

était excellent, de la pomme glacée sur une pâte d'amandes. Il se concentra sur ce qu'il était en train de déguster. Joséphine lui expliqua que Kerry parlait aux gens depuis plusieurs jours, qu'elle enregistrait des choses sur un petit magnétophone portable et qu'elle prenait des photos. Un photographe l'accompagnait, un Anglais très comme il faut. Sur le visage de Joséphine, Jay discernait une certaine désapprobation. Ce n'était pas étonnant. Kerry n'était pas du genre à paraître sympathique aux femmes. Elle ne faisait d'effort qu'avec les hommes. Il semblait que tous deux étaient dans la région depuis un certain temps et qu'ils logeaient chez les Merle. Jay se souvint que Toinette Merle travaillait comme journaliste, cela expliquait la photo et l'article dans *Le Courrier d'Agen*.

« C'est à cause de moi qu'ils sont là. »

Il expliqua la situation depuis son départ précipité de Londres jusqu'à l'arrivée de Kerry. Joséphine l'écouta en silence.

« Combien de temps pensez-vous qu'ils resteront ici ? »

Jay haussa les d'épaules pour montrer son indifférence. « Le temps qu'il faudra.

— Oh ! » Elle s'arrêta un instant. « Georges Clairmont parle déjà d'acheter toutes les propriétés abandonnées des Marauds. Il croit que le mètre carré de terrain va doubler de prix lorsque la nouvelle se répandra.

— C'est sans doute vrai ! »

Elle lui lança un regard étrange. « C'est le moment d'acheter à présent, après l'été pluvieux qu'on a eu, continua-t-elle. Les gens ont besoin d'argent. Les récoltes, mieux vaut ne pas en parler ! Et ils ne peuvent pas se permettre de garder des terres qui ne produisent rien. Lucien Merle a déjà fait circuler la nouvelle à Agen. »

Jay n'arrivait pas à se débarrasser de l'idée que Joséphine désapprouvait tout cela, il le lisait dans son regard.

« En tout cas, ça ne fera pas de tort à votre commerce, n'est-ce pas ? dit-il, en essayant de la faire sourire. Pensez à tous ces gens qui viendront chez vous étancher leur soif. »

Elle haussa les épaules : « Pas longtemps ! dit-elle. Pas ici ! »

Jay comprit ce qu'elle voulait dire. Au Pinot, il y avait une vingtaine de cafés, de restaurants, un McDonald's et un centre de loisirs. Les petits commerces locaux qui avaient dû fermer avaient immédiatement été remplacés par des entreprises plus agressives, venues des grandes villes. Les gens du pays étaient partis, incapables de s'adapter rapidement à cette vie nouvelle. Certaines fermes étaient devenues impossibles à exploiter, les loyers avaient doublé, triplé. Il se demanda si Joséphine réussirait à tenir tête à la concurrence. C'était peu probable.

Le rendait-elle responsable de tout cela ? Sa physionomie ne laissait rien deviner. D'habitude rose et souriant, son visage semblait maintenant fermé. Ses cheveux retombaient sur son front et elle s'affairait à ramasser les tasses vides.

Il rentra en voiture, en proie à une sorte de malaise que la façon peu enthousiaste dont Joséphine avait répondu à son au revoir avait renforcé. Il aperçut Narcisse sur la route, il lui fit bonjour de la main, mais celui-ci ne répondit pas à son geste d'amitié.

Jay s'était absenté une heure. Il gara la voiture dans l'allée et partit à la recherche de Rosa qui devait commencer à avoir grand-faim. Il n'y avait personne à la maison. Clopette errait près du carré de légumes. L'imperméable et le bonnet de Rosa pendaient derrière la porte de la cuisine. Il appela l'enfant. Pas de réponse. Légèrement inquiet, il se rendit derrière la maison puis à l'endroit favori de Rosa, au bord de la rivière. Toujours rien. Et si elle était tombée à l'eau ? La Tannes était toujours dangereusement en crue et ses bords menaçaient partout de s'effondrer. Et si elle était allée du côté des vieux pièges à renards ? Ou si elle avait dégringolé dans l'escalier de la cave ?

De nouveau il fouilla la maison, puis la propriété, le verger, la vigne, la cabane et la vieille grange. Rien ! Pas même des traces de pas. Finalement il traversa le champ de Marise, dans l'espoir que l'enfant fût allée rejoindre sa mère. Mais Marise était en train de mettre les dernières touches à sa cuisine qu'elle avait repeinte depuis que l'eau s'en était retirée. Ses cheveux étaient protégés par un foulard rouge. Elle avait des taches de peinture aux genoux de son jean.

« Jay. » Elle semblait contente de le voir. « Tout va bien ? Comment va Rosa ? »

Il n'eut pas le courage de lui dire la vérité. « Rosa, ça va ! Je me demandais seulement si vous aviez besoin de quelque chose au village. »

Marise fit non de la tête, sans même paraître s'être rendu compte de sa gêne.

« Je n'ai besoin de rien, merci, dit-elle d'un ton enjoué. J'ai presque fini. Rosa pourra revenir demain. »

Jay hocha la tête. « Tant mieux ! Enfin, je veux dire… »

Elle lui adressa un de ses rares sourires, rapides et chaleureux. « Je sais. Vous avez été très gentil et très patient mais vous serez content de retrouver vos habitudes. »

Jay fit la grimace. Sa tête recommençait à lui faire mal. Sa gorge se serra. « Écoutez, je dois rentrer maintenant… dit-il d'un ton embarrassé. Rosa… »

Elle hocha la tête d'un air entendu. « Je comprends, dit-elle. Vous avez été formidable avec elle. Vous ne pouvez pas imaginer… »

Jay ne put supporter sa gratitude et il rentra en courant à la ferme.

Il passa encore une heure à fouiller toutes les cachettes possibles. Il savait qu'il n'aurait jamais dû quitter l'enfant. Rosa était espiègle, capable de toutes sortes de jeux et de fantaisies. Il était possible qu'elle fût en train de jouer à cache-cache, comme elle l'avait fait si souvent les premières semaines de son arrivée à la ferme. Cela n'était peut-être qu'une de ses plaisanteries pour le faire marcher. Mais, à mesure que le temps passait et que Rosa ne se laissait retrouver nulle part, il envisagea d'autres possibilités. Il ne lui était que trop facile de l'imaginer gravissant le talus de la berge, glissant dans l'eau et se trouvant entraînée par le courant en aval sur un ou deux kilomètres pour être enfin rejetée sur un banc de vase ou même emportée jusqu'aux Marauds. Il l'imaginait aussi descendant la route vers le village et se faisant monter en voiture par un inconnu.

Mais quel inconnu ? Il n'y avait pas d'inconnu à Lansquenet. Tout le monde ici se connaissait. Personne ne fermait sa porte à clef. À moins que… Soudain il se souvint de Patrice, celui qui avait traqué Marise lorsqu'elle habitait Paris. Sept ans après, c'était impossible ! Pourtant cela expliquerait bien des choses : sa répugnance à se faire voir au village, son refus de quitter l'endroit qui était devenu pour elle un asile, l'instinct de protection féroce qu'elle manifestait envers Rosa. Patrice aurait-il d'une façon ou d'une autre réussi à retrouver leur trace à Lansquenet ? Avait-il surveillé la ferme et attendu l'occasion d'agir ? Pouvait-il être l'un des villageois, les épiant et attendant son heure ? L'idée était complètement ridicule, de la pure fiction, comme dans les bandes dessinées, le genre de choses qu'il aurait pu écrire à l'âge de quatorze ans par un de ces paresseux après-midi au bord du canal. Son cœur se serra cependant à cette seule pensée. Il imagina Patrice un peu comme Zeth, se montrant de plus en plus méchant au fur et à mesure qu'il grandissait et qu'il vieillissait, ses joues de Peau-Rouge devenant de plus en plus hâves et ses yeux de plus en plus fous et rusés. Mais, cette fois-ci, Zeth attendait au portail, avec un vrai fusil et ce regard qui jugeait implacablement sa victime. C'était stupide et en même temps tout à fait possible, comme la conclusion logique de ce qui s'était passé cet été-là, de la disparition définitive de Joe et de la façon dont les choses remontaient toujours inévitablement à ce dernier mois d'octobre à Pog Hill Lane.

De toute manière, ce n'était pas plus stupide que le reste.

Il pensa prendre la voiture puis en rejeta l'idée. Rosa pouvait être cachée dans un buisson ou au bord du chemin, il serait trop facile de la manquer, même en conduisant lentement. Il partit donc à pied le long du chemin qui menait à Lansquenet, s'arrêtant de temps en temps pour l'appeler. Il fouilla les fossés, regarda derrière les arbres. Il fit un détour pour passer près d'une mare dont les canards auraient pu attirer la petite fille curieuse, et poussa jusqu'à une grange abandonnée. Toujours aucune trace. Finalement, en arrivant au village, il essaya la dernière possibilité logique. Il se dirigea vers la maison de Mireille.

La première chose qui frappa ses yeux fut la voiture garée devant la maison. Une longue Mercedes grise avec des glaces noires et dont la plaque d'immatriculation indiquait une voiture de location. Une voiture de gangster, pensa-t-il, ou d'animateur de jeux télévisés. Le cœur tout battant de sa découverte, Jay alla droit à la porte. Sans même frapper, il l'ouvrit et, d'une voix rauque, appela : « Rosa ? »

Elle était là, assise sur le palier, en pull orange et bluejean, en train de feuilleter un album de photos. Elle avait laissé ses bottes près de l'entrée. En entendant Jay l'appeler, elle leva les yeux et sourit. Jay éprouva un tel soulagement qu'il en tomba presque à genoux.

« À quoi jouais-tu ? Je t'ai cherchée partout ! Comment es-tu arrivée jusqu'ici ? »

Rosa le regarda, nullement décontenancée. « C'est ton amie qui est venue me chercher. Ton amie anglaise.

— Où est-elle ? » Le soulagement qu'il venait d'éprouver fit place à une colère folle.

« Où est-elle donc, cette garce ?

— Jay, chéri. » Un verre à la main, Kerry se tenait à l'entrée de la cuisine, comme chez elle. « Ce n'est pas vraiment le genre de vocabulaire à utiliser devant une petite fille que l'on t'a confiée ! » et elle lui décocha un de ses sourires charmeurs. Derrière elle, monumentale dans sa robe d'intérieur noire, se tenait Mireille.

« Je suis passée pour avoir une autre conversation avec toi, mais tu étais sorti, susurra Kerry d'une voix douce. C'est Rosa qui m'a ouvert la porte. Elle et moi avons bavardé gentiment, n'est-ce pas, Rosa ? » La dernière phrase était en français, vraisemblablement pour que Mireille, qui se tenait silencieusement derrière, comprenne. « Tu t'es montré terriblement cachottier à propos de tout, Jay chéri. La pauvre Mme Faizande n'avait aucune idée. »

Jay jeta un coup d'œil à Mireille qui contemplait la scène, les mains croisées sur son énorme poitrine.

« Kerry », commença-t-il. Et elle lui décocha un autre de ses sourires durs comme de l'acier.

« Quelle charmante réunion ! fit-elle remarquer. Je commence à comprendre pourquoi l'endroit t'attire tant. Il y a tellement de secrets, tellement de gens intéressants. Mme d'Api, par exemple. Mme Faizande m'a tout raconté à son sujet. Enfin peut-être pas exactement de la façon dont tu parles d'elle dans ton roman. »

Jay leva les yeux vers Rosa, toujours dans l'escalier.

« Viens, Rosa, dit-il doucement. Il est temps de rentrer à la maison.

— Tu t'es rendu très populaire par ici, dit Kerry. Je suis sûre que tu seras le héros du coin lorsque "Nouveaux Horizons" sera lancé. Cela fera de la publicité pour le village. »

Jay ne répondit rien. « Rosa », répéta-t-il. L'enfant poussa un gros soupir, délibérément exagéré, et se leva.

« On va vraiment être à la télévision ? demanda-t-elle d'une voix vive tout en enfilant ses bottes. Maman et toi, et tout le monde ? On a un poste de télé à la maison. Moi, j'aime "Cocoricoboy" et "Nos amis les animaux" mais maman ne veut pas me laisser regarder "Cinéma de minuit". » Elle fit la grimace. « Ils s'embrassent trop ! »

Jay la prit par la main. « Personne ne va être à la télévision, lui dit-il.

— Oh !

— Je ne pense pas que tu aies le choix, remarqua Kerry d'une voix douce. J'ai déjà de quoi faire une excellente émission, avec ou sans toi. L'écrivain, ce qui l'a influencé, tu connais l'histoire… Avant peu, les gens viendront en foule ici, dans le pays de Jay Mackintosh, et tu devrais en être content.

— Je t'en prie, Kerry.

— Oh, pour l'amour de Dieu ! On dirait que je te mets le couteau sous la gorge. D'autres vendraient leur âme pour avoir ce genre de publicité !

— Pas moi. »

Elle éclata de rire. « C'est toujours moi qui ai dû faire tout le travail seule, déclara-t-elle d'une voix enjouée. Les réunions, les interviews, les soirées auxquelles il fallait que l'on te voie, c'est toujours moi qui t'ai fait pistonner, et voilà qu'à présent tu fais la fine bouche devant une occasion incroyable, et pour quelle raison ? Il est temps que tu grandisses, chéri. Personne n'apprécie les jocrisses, de nos jours ! »

Cela ressemblait tant à ce qu'aurait dit Nick que Jay eut la terrible impression qu'ils étaient tous les deux dans le coup et qu'ils avaient tramé cela ensemble.

« Je n'ai pas envie de voir les gens venir en foule ici, dit-il. Je ne veux pas voir de touristes, ni de restaurants à l'américaine, ni de magasins de souvenirs pousser comme des champignons à Lansquenet. Tu sais très bien ce que ce genre de publicité peut faire à un coin comme celui-ci. »

Kerry haussa les épaules. « Il me semble que c'est précisément ce dont ce trou a besoin, dit-elle du ton de celle qui veut faire entendre raison. Car c'est un vrai trou, tout a l'air à moitié mort, ici. » Elle regarda un moment ses ongles avec attention et fronça les sourcils. « De toute façon, tu n'as vraiment rien à y redire, n'est-ce pas ? Je n'imagine personne en train de refuser. »

Elle avait raison, bien sûr, et c'était la pire des choses. Quand cela commence, tout y est entraîné, bon gré mal gré. Il imagina Lansquenet comme Pog Hill, un coin de plus à ranger dans la catégorie des choses qui n'existent plus que dans les histoires.

« Non, pas ici. Cela n'arrivera pas ici. »

L'éclat de rire de Kerry le suivit jusque dans la rue.

61

Marise arriva comme d'habitude à sept heures du soir. Elle apportait une bouteille de vin et un panier fermé. Elle s'était lavé les cheveux et, pour la première fois depuis qu'il avait fait sa connaissance, portait une longue jupe rouge et un pull noir. Cela la changeait, lui donnait un air de gitane. Elle avait un peu de rouge à lèvres. Ses yeux brillaient.

« J'ai envie de faire la fête, annonça-t-elle en posant la bouteille sur la table. J'ai apporté du fromage, du foie gras et du pain aux noix. Il y a aussi un gâteau, des biscuits aux amandes et des bougies. »

Elle sortit du panier deux chandeliers de cuivre et les posa sur la table, y enfonça des bougies.

« C'est joli, n'est-ce pas ? dit-elle. Je ne me souviens plus de la dernière fois où nous avons dîné aux chandelles.

— L'année dernière, répliqua Rosa, quand le générateur est tombé en panne ! »

Marise se mit à rire. « Ça ne compte pas ! »

Elle était plus détendue ce soir-là que Jay ne l'avait jamais vue. Avec l'aide de Rosa, elle dressa le couvert, des assiettes peintes de couleurs vives et des verres de cristal. Rosa décora le centre de la table de fleurs cueillies dans le jardin. Ils dînèrent de tartines de foie gras, accompagnées du vin de la propriété de Marise qui avait goût de miel, de pêches et d'amandes grillées ; ensuite, il y eut une salade de chèvre chaud, puis du café, du gâteau et des petits fours. Tout au long de la petite fête, Jay s'efforçait de mettre de l'ordre dans son esprit. Rosa, à qui il avait expressément défendu de parler de leur visite à Lansquenet, était d'humeur joyeuse et elle insista pour avoir « son canard » — un morceau de sucre trempé dans du vin. Elle passait subrepticement sous la table des restes de nourriture à Clopette puis, lorsqu'on eut renvoyé le chevreau dans le jardin, par l'entrebâillement de la fenêtre. Marise était gaie, ouverte et belle à la lumière dorée des bougies. La soirée aurait dû être parfaite.

Il se persuada qu'il attendait le moment propice pour parler. Il savait pourtant que le moment propice n'existait pas, qu'il ne faisait que remettre à plus tard quelque chose d'inévitable. Il devait lui raconter, avant qu'elle ne le découvrît, ce qui s'était passé ou, pis encore, avant que Rosa ne vendît la mèche.

Mais, au fur et à mesure que la soirée s'écoulait, il trouvait de plus en plus difficile de s'y décider. La conversation tomba un instant. Sa tête recommença à être douloureuse. Marise semblait ne rien remarquer. Elle avait mille choses à dire à propos de l'étape suivante de ses projets de drainage, de l'agrandissement de la cave, de son soulagement à l'idée que les vendanges étaient encore possibles, même si elles allaient être plus modestes, et à propos de son optimisme pour l'année suivante. Elle avait l'intention d'acheter la propriété, disait-elle, lorsque le bail expirerait. Elle avait de l'argent en banque et cinquante barils de sa cuvée spéciale dans sa cave, qui n'attendaient que le bon moment pour être vendus. La terre était bon marché à Lansquenet, surtout quand elle était mal drainée et qu'elle posait des problèmes, comme la sienne. Avec le mauvais été, les prix dégringoleraient encore sans doute. D'ailleurs, Pierre-Émile, qui avait hérité de la propriété, n'était nullement homme d'affaires. Il ne serait que trop heureux d'obtenir ce qu'il pourrait pour la ferme et le vignoble. Un emprunt à long terme à la banque ferait le reste.

À mesure qu'elle parlait, Jay se sentait de plus en plus mal à l'aise. En se rappelant ce que Joséphine lui avait dit au sujet du prix des terres, il eut un serrement de cœur. Il demanda avec hésitation ce qui se passerait si, par hasard, peut-être... Le visage de Marise se durcit un peu et elle haussa les épaules.

« Il faudrait que je parte, dit-elle simplement, que j'abandonne tout et que je retourne à Paris ou à Bordeaux, dans une grande ville, en tout cas. À moins que Mireille... »

Elle coupa court à ce qu'elle allait dire et s'efforça de sourire avec optimisme. « Mais cela ne se passera pas ! dit-elle d'un ton ferme. Rien de tout cela n'arrivera. J'ai toujours rêvé d'un coin comme celui-ci, poursuivit-elle, radoucie. Une ferme, des terres à moi, des arbres, une petite rivière peut-être, quelque part où je serais chez moi, à l'abri. » Elle sourit. « Un jour peut-être, lorsque je serai propriétaire de mes terres, et plus à la merci d'un bail, les choses seront différentes, dit-elle de façon inattendue. Alors je pourrai repartir de zéro à Lansquenet, trouver à Rosa des camarades de son âge, donner aux gens une autre chance. » Elle se versa un autre verre de son vin doux et ensoleillé. « Je pourrais me donner à moi-même une autre chance. »

La gorge de Jay se serra. « Et Mireille ? Ne vous ferait-elle pas d'ennuis ? »

Marise fit non de la tête, les yeux à demi fermés, ceux d'un chat à moitié endormi.

« Mireille ne vivra pas éternellement, dit-elle. Et après tout, je peux bien me débrouiller avec elle, finit-elle par déclarer. Pourvu que la ferme soit à moi. »

Pendant un moment, la conversation roula sur d'autres sujets. Ils prirent un café avec de l'armagnac et Rosa passa des petits fours au chevreau à travers la fente entre les volets. Marise l'envoya se coucher et Rosa ne se plaignit que pour la forme car il était bientôt minuit. D'habitude, elle était au lit depuis longtemps. Jay avait du mal à croire que l'enfant n'eût rien révélé de l'histoire au cours du repas. Il le regrettait presque, en un certain sens. Lorsque

Rosa eut disparu, un biscuit dans chaque main, et avec la promesse de crêpes au petit déjeuner, il alluma la radio, versa un autre verre d'armagnac et le passa à Marise.

« Merci !

— Marise. »

Elle lui jeta un coup d'œil.

« Pourquoi faut-il que ce soit à Lansquenet ? demanda-t-il. N'auriez-vous pu aller ailleurs, après la mort de Tony ? Vous auriez évité... ces histoires avec Mireille ? »

Elle tendit la main et prit le dernier petit four.

« Il faut que ce soit ici, dit-elle enfin. Il le faut, tout simplement !

— Mais pourquoi ? Pourquoi pas à Montauban ou à Nérac ou dans l'un des villages près d'ici ? Qu'y a-t-il à Lansquenet que vous ne puissiez trouver ailleurs ? Est-ce parce que Rosa a grandi ici ? Est-ce à cause de Tony ? »

Elle se mit à rire, pas de façon méchante, mais d'une manière qu'il n'arrivait pas à définir. « Si vous voulez ! »

Tout à coup, le cœur de Jay se serra. « Vous ne parlez pas beaucoup de lui.

— C'est vrai ! » Elle devint silencieuse et son regard se perdit dans le verre qu'elle tenait à la main.

« Je m'excuse ! Je ne devrais pas me mêler de... Oubliez ce que j'ai dit ! »

Marise lui lança un regard étrange, puis contempla de nouveau le fond de son verre. Ses longs doigts pianotaient nerveusement. « Ça va. Vous m'avez aidée. Vous avez été gentil. Mais c'est compliqué, vous savez ! Je voulais vous raconter l'histoire. Je le voulais depuis longtemps. »

Jay voulut lui dire qu'elle avait tort, qu'il ne désirait pas savoir, qu'il y avait autre chose qu'il devait absolument lui avouer, mais il resta muet.

« Pendant longtemps j'ai eu beaucoup de mal à faire confiance aux autres, dit Marise d'une voix lente. Après Tony, après Patrice, je me disais que je n'avais besoin de personne, que nous serions plus à l'abri, Rosa et moi, si nous restions seules, que personne ne croirait la vérité, de toute façon, même si je la disais. » Elle s'interrompit et, du doigt, dessina sur le bois sombre de la table un motif com-

pliqué. « La vérité, c'est comme ça, continua-t-elle. Plus on
a envie de la révéler à quelqu'un et plus elle devient
difficile à dire, impossible. »

Jay acquiesça. Il le comprenait parfaitement !

« Mais vous... » Elle sourit. « Peut-être parce que vous
êtes étranger, il me semble que je vous connais depuis
longtemps. Je vous ai fait confiance. Pourquoi vous aurais-
je confié Rosa s'il n'en était pas ainsi ?

— Marise. » Il eut un nouveau serrement de cœur. « Il
y a vraiment quelque chose...

— Chut ! » Toute rose dans la chaleur de la pièce et
alanguie par l'alcool, elle continua d'une voix douce. « J'ai
besoin de vous raconter, de vous expliquer. J'ai déjà essayé
mais... » Elle secoua la tête. « J'ai cru que c'était trop compliqué alors que c'est très simple au fond, comme toutes
les tragédies, simple et stupide. » Elle prit une longue inspiration. « Avant même de m'en rendre compte, j'étais
prise et j'ai compris qu'il était trop tard... Encore un peu
d'armagnac, s'il vous plaît ! »

Il lui en versa.

« J'aimais Tony mais je n'en étais pas amoureuse.
D'ailleurs, on ne vit pas longtemps d'amour et d'eau
fraîche. C'est l'argent qui procure la sécurité, la ferme, la
terre. C'était ce dont j'avais besoin, avais-je décidé. Il me
fallait échapper à Patrice, à la ville, à la solitude. Comme
une imbécile, je me suis dit que c'était ça que je voulais et
que je n'avais besoin de rien d'autre. »

Pendant un certain temps, tout était allé bien mais
Mireille était devenue de plus en plus exigeante et Tony de
plus en plus sujet à des sautes d'humeur. Marise avait
essayé d'en parler avec Mireille sans succès. D'après elle,
Tony se conduisait de façon parfaitement normale !

« C'est un jeune homme en pleine santé, répétait-elle
avec entêtement. Cesse d'essayer de le mettre dans du
coton ou tu le rendras aussi névrosé que toi ! »

Désormais, chacune des manies de Tony fut mise sur le
compte de Marise. Elle fut tenue responsable de ses colères
folles, de ses moments de déprime, de ses obsessions.

« À une certaine époque, c'étaient les miroirs, dit-elle.

L'on a dû couvrir tous les miroirs de la maison. Il affirmait qu'ils lui ôtaient toute possibilité de penser clairement. Il se rasait sans miroir et, à chaque fois, bien sûr, il se coupait. Il s'était rasé les sourcils parce qu'il avait décidé que c'était plus hygiénique ! »

Quand il avait appris la grossesse de Marise, le comportement de Tony était entré dans une phase différente. Il était devenu maladivement protecteur. Il la suivait partout où elle allait, même dans la salle de bains. Il se montrait attentif à ses moindres désirs. Pour Mireille, c'était une preuve d'amour. Marise, elle, se sentait lentement étouffée. Et puis, les lettres commencèrent à arriver.

« J'ai tout de suite su qu'elles étaient de Patrice, avoua Marise. C'était tout à fait son genre, les menaces habituelles, mais, je ne saurais dire pourquoi, ici, il ne me faisait pas peur. Nous avions des chiens de garde, des fusils, de l'espace. Je croyais que Patrice le savait aussi. Il avait, je ne sais comment, appris que j'étais enceinte. Toutes ses lettres en parlaient. Débarrasse-toi de l'enfant ! Je te pardonnerai ! Des choses de ce genre. Je les ai ignorées. »

Et Tony a tout découvert.

« Je lui ai tout raconté, dit-elle avec un sourire désabusé. Je lui devais ça, au moins. D'ailleurs, je voulais qu'il comprenne que nous étions en sécurité et que tout cela était fini. Même les lettres devenaient moins fréquentes. L'histoire se tassait. » Elle soupira. « Je n'aurais pas dû être stupide à ce point-là. À partir de ce moment-là, nous avons vécu en état de siège. Tony allait en ville une fois par mois, faire les provisions et c'était tout. Il cessa d'aller au café avec ses copains. Ce n'était pas une mauvaise chose car il ne buvait plus ! La nuit, il ne dormait guère. Il passait des heures à monter la garde. Et Mireille m'en rendait responsable. »

Rosa était née à la maison. Mireille avait aidé à l'accouchement. Elle avait été déçue que Rosa n'eût pas été un garçon mais il restait beaucoup de temps pour cela, pensait-elle. Elle s'était étonnée de voir Rosa si petite, si délicate. Elle avait donné des conseils sur la façon de la nour-

rir, de la changer, de s'en occuper. Ses conseils étaient souvent une sorte de tyrannie.

« Il lui avait déjà tout raconté, lui, se rappela Marise.
J'aurais dû m'y attendre. Il ne pouvait rien lui cacher. Elle
avait déjà décidé que j'étais la coupable, dans cette histoire, que j'étais femme à donner de faux espoirs aux
hommes et à s'attendre à ce que son mari la protégeât. »

Un mur de glace se dressa entre les deux femmes.

Mireille venait souvent en visite mais n'adressait que
rarement la parole à Marise. Des soirées entières se passaient au cours desquelles Tony et Mireille discutaient avec
animation d'événements et de gens dont Marise ne savait
rien. Tony ne semblait jamais remarquer son silence. Lui
était toujours joyeux, plein d'entrain, permettant à sa mère
d'être aux petits soins pour lui, comme s'il était toujours
gamin au lieu d'être marié et père d'un nouveau-né. Puis,
complètement à l'improviste, Patrice vint la voir.

« L'été touchait à sa fin, expliqua Marise. Vers huit
heures du soir, je venais de donner son biberon à Rosa, j'ai
entendu un crissement de pneus dans l'allée. J'étais là-haut
et Tony est allé ouvrir. C'était Patrice. » Il avait beaucoup
changé depuis la dernière fois. Il se montrait à présent
plein de regrets, presque humble. Il n'exigea pas de voir
Marise. Au contraire, il dit à Tony à quel point il se sentait
responsable de ce qui était arrivé, lui raconta qu'il avait été
malade, qu'il venait seulement de se remettre assez pour
regarder la situation en face. De là-haut, Marise l'écoutait.
Il avait apporté de l'argent, expliqua-t-il, vingt mille francs.
Ce n'était pas assez, bien sûr, pour réparer tout le mal qu'il
avait causé mais assez, peut-être, pour instituer un fidéi-
commis à l'intention de l'enfant.

« Tony et lui sont sortis ensemble. Ils sont restés longtemps dehors. Lorsque Tony est revenu, il faisait nuit et il
était seul. Il m'a dit que c'était fini et que Patrice ne nous
ennuierait plus. Il s'est montré plus gentil qu'il ne l'avait
été depuis longtemps et j'ai commencé à penser que les
choses allaient s'arranger. »

Pendant quelques semaines, ils avaient été heureux.
Marise s'occupait de Rosa et Mireille se tenait à l'écart.

Tony ne passait plus la nuit à monter la garde. Et, un jour, en allant cueillir des fines herbes sur le côté de la maison, Marise remarqua le portail de la grange entrebâillé. Elle entra le refermer et découvrit la voiture de Patrice, mal dissimulée derrière les bottes de paille.

« Il a commencé à nier, dit-elle, comme un petit garçon. Il refusait d'accepter que j'avais vu la voiture. Puis il est entré dans une de ses colères noires. Il m'a traitée de putain, m'accusant de voir Patrice en cachette. Enfin, il a fini par tout avouer. Il avait emmené Patrice dans la grange où il l'avait tué à coups de bêche. »

Il n'avait donné aucun signe de remords. D'après lui, il n'avait eu aucun choix. Si quelqu'un était responsable de quelque chose, c'était Marise. Grimaçant comme un écolier pris en flagrant délit, il avait expliqué comment il avait rentré la voiture dans la grange, après quoi il avait enterré Patrice quelque part dans la propriété.

« Où ? » avait demandé Marise.

Tony avait fait une nouvelle grimace et secoué la tête d'un air rusé. « Ça, tu ne le sauras jamais », avait-il répondu.

Le comportement de Tony s'était rapidement aggravé. Il passait des heures en tête à tête avec sa mère puis s'enfermait dans sa chambre, la télévision à plein volume. Il ne voulait pas même jeter un coup d'œil à Rosa. Marise, reconnaissant les symptômes de la schizophrénie, avait essayé de le persuader de recommencer à prendre ses médicaments mais il n'avait plus confiance en elle. Mireille s'était bien débrouillée pour cela. Peu de temps après il s'était suicidé et Marise n'avait rien ressenti, qu'une espèce de soulagement teinté de culpabilité.

« J'ai essayé de partir, dit-elle d'une voix éteinte. Plus rien ne me retenait à Lansquenet où je ne laissais que de mauvais souvenirs. J'ai donc fait mes valises. J'avais réservé des places pour Rosa et moi dans le train pour Paris mais Mireille m'a empêchée de partir. Tony avait laissé une lettre dans laquelle il lui avait tout révélé. Patrice était enterré quelque part sur la propriété Foudouin, de notre côté ou de l'autre côté de la rivière. Elle seule savait où. »

« Il va bien falloir que tu restes ici, à présent ! avait déclaré Mireille d'un air de triomphe. Je ne te laisserai pas emmener ma petite Rosa ! Sans ça, je dirai à la police que c'est toi qui as tué le type de Bordeaux, que mon fils m'a tout révélé avant sa mort parce qu'il ne pouvait supporter l'idée d'avoir à couvrir ton geste. »

« Elle a été très claire, dit Marise avec une trace d'amertume dans la voix. Elle m'a expliqué que, si elle se taisait, c'était à cause de Rosa et que parce que cela ne devait pas sortir de la famille. »

Ensuite la campagne destinée à mettre Marise au ban du village avait commencé. Ce n'avait pas été difficile. Au cours de la dernière année, elle n'avait adressé la parole à personne et elle avait passé le plus clair de son temps à la ferme. Mireille avait donné librement cours à son ressentiment secret. Tony était populaire à Lansquenet. Marise, elle, n'était qu'une intruse, venue de la ville. Les représailles n'avaient pas tardé.

« Oh ! rien de grave, dit Marise. Des pétards sous mes fenêtres, des lettres anonymes, toutes sortes de petites tracasseries. J'en avais connu de pires avec Patrice ! »

Au bout de peu de temps, la campagne de Mireille s'était révélée propre à satisfaire plus que sa rancœur.

« Elle voulait Rosa, expliqua Marise. Elle pensait que, si elle réussissait à me chasser de Lansquenet, il lui serait possible de la garder, voyez-vous, à cause de ce qu'elle savait ! Et que, si l'on m'arrêtait pour le meurtre de Patrice, on lui confierait Rosa puisqu'elle était la seule proche parente qui lui restât. » Elle frissonna.

C'est ainsi qu'elle avait tenu tout le monde à l'écart, tous sans exception. Elle s'était isolée dans sa ferme, coupant les ponts avec les habitants de Lansquenet. Elle avait aussi isolé Rosa, se servant de la surdité temporaire de l'enfant pour tromper Mireille. Elle s'était débarrassée de la voiture de Patrice dans les marais où elle l'avait laissée s'enliser sous les roseaux et l'eau stagnante. Elle réalisait que la présence de la voiture pouvait l'incriminer davantage, mais elle avait besoin de la savoir à proximité, sur ses terres, là où elle savait où elle se trouvait. Il ne restait plus que le cadavre.

« J'ai commencé à le chercher, me dit-elle. J'ai fouillé les bâtiments, sous les planchers, avec méthode mais sans succès. Tout le terrain qui s'étend jusqu'aux marais faisait partie de la propriété. Il m'était impossible d'en fouiller chaque mètre carré. »

Mais il y avait le vieil Émile. Il était possible que Tony fût allé jusque chez lui. À vrai dire, Mireille l'avait insinué avec un triomphe amer et en prenant grand plaisir à la possibilité dans laquelle elle se trouvait de la dominer. Voilà la raison pour laquelle il était si important pour elle de faire une offre pour la ferme Foudouin. Jay essaya d'imaginer ce qu'elle avait dû ressentir en le voyant dans la maison, en l'observant retourner la terre du jardin ou faire le tour du verger. Elle avait dû chaque jour se demander si peut-être ce jour-là...

Cédant à une impulsion, il lui prit la main. Elle était froide. Un léger tremblement, à peine perceptible, courait dans ses doigts. Il fut submergé par une vague d'admiration pour son courage.

« Voilà pourquoi vous ne vouliez laisser personne travailler sur vos terres, dit-il. Et pourquoi vous n'avez pas voulu céder le marécage pour qu'on y construise un nouvel hypermarché et pourquoi vous devez rester ici. »

Elle fit un signe d'assentiment. « Je ne pouvais laisser personne y trouver ce qu'il avait caché, dit-elle. Aussi longtemps après les événements, personne ne voudrait croire que je n'y étais pour rien. Et je savais que Mireille ne me soutiendrait pas, qu'elle n'avouerait jamais que son Tony... » Elle respira profondément. « Vous connaissez l'histoire maintenant, dit-elle avec effort. Quelqu'un d'autre la connaît, à présent. »

Elle sentait bon la pluie et le thym. Ses cheveux se déroulaient comme une cascade de fleurs. Jay eut la vision de ce qui se passerait s'il lui racontait maintenant ce qui était arrivé le jour même, il verrait s'éteindre les paillettes de ses yeux, son visage se fermer et son regard se durcir.

Quelqu'un d'autre que lui aurait pu le lui dire, alors.

Quelqu'un qui aurait eu le même courage, la même clarté d'esprit qu'elle. Mais Jay l'attira vers lui, sentit ses cheveux contre son visage, ses lèvres sur les siennes, son avide tendresse et son haleine sur sa joue. Son baiser avait exactement le goût qu'il avait imaginé, un goût de framboises, de roses et de fumée de bois. C'est là qu'ils firent l'amour, sur le lit de Jay encore défait, avec le chevreau qui les regardait plein de curiosité par les volets entrouverts, et la douce flamme de la bougie qui formait comme un kaléidoscope de lumière sur le mur bleuté de la pièce.

Pendant un moment, rien d'autre ne leur manqua.

62

« C'est pour bientôt, pour bientôt ! » À présent, elles
étaient partout, les « Spéciales » : dans l'air, dans le sol,
dans les jeunes amants : en lui, allongé sur le lit et dont le
regard se perdait au plafond, en elle qui sommeillait
comme une enfant, le visage enfoui dans l'oreiller, les cheveux déployés comme un oriflamme lumineux sur la toile
de lin.

Et moi, je les entendais aussi, plus puissantes que
jamais, j'entendais leurs voix impatientes se faire pressantes et cajoleuses. « Bientôt, murmuraient-elles. Il faut
que ce soit bientôt, il faut que ce soit tout de suite. »

Jay contempla à ses côtés Marise endormie. Elle avait
l'air confiante, rassurée. Elle murmura dans son sommeil
quelque chose de doux pour lequel les mots sont inutiles.
Elle sourit. Jay ramena la couverture autour de son corps
et, avec un long soupir, elle y enfouit son visage.

Jay la contemplait et pensait au lendemain. Il devait y
avoir quelque chose à faire. Il ne pouvait pas lui laisser
perdre la ferme. Il ne pouvait pas livrer Lansquenet aux
promoteurs. L'équipe de tournage était censée arriver le
lendemain. Cela lui donnait combien de temps ? Six, sept
heures peut-être ?

Mais pour quoi faire ? Que réussirait-il à faire en sept

heures ? Ou même en soixante-dix ? Y avait-il au monde une seule personne qui pût empêcher ça ?

Joe aurait pu, lui !

La voix était presque familière, cynique, joviale, légèrement amusée.

Tu sais qu'il le pourrait.

Bien sûr ! Il avait failli parler à haute voix. Mais Joe était mort. La douleur, de nouveau, l'accabla, comme toujours lorsqu'il pensait à lui. Joe était mort et la magie était épuisée. Comme pour les « Spéciales », il n'en restait plus la moindre goutte.

« T'as jamais eu un grain d'bon sens, mon p'tit gars ! »

Cette fois, c'était vraiment la voix de Joe et, un instant, le cœur de Jay battit très fort. Alors il se rendit compte que la voix de Joe était bien là, mais à l'intérieur de sa tête, dans sa mémoire. La présence de Joe, elle — sa présence réelle, son indépendance —, n'existait plus. Ce n'était qu'un genre de consolation, un jeu qu'il avait inventé, une façon de se donner l'air de ne pas avoir peur, comme de siffler dans l'obscurité.

« Souviens-toi des "Spéciales", j'te l'ai dit. Tu t'en souviens pas ?

— Bien sûr que je m'en souviens, murmura Jay. Mais il n'en reste plus. Elles sont toutes terminées. Je les ai vidées. Je les ai gaspillées à des choses sans importance, comme faire avouer aux gens leurs secrets, persuader Marise...

— Bon sang de bon sang, pourquoi qu'tu m'écoutes pas ? »

La voix de Joe, si c'était bien elle, remplissait tout maintenant — elle était dans l'air et dans les dernières lueurs de braise, dans l'éclat des cheveux de Marise déroulés sur l'oreiller.

« Qu'est-ce que tu fichais quand j'essayais de t'apprendre quelque chose à Pog Hill ? T'as donc rien retenu ?

— Si, bien sûr. » Jay hocha la tête d'un air perplexe. « Mais sans Joe, rien de tout cela ne marche. C'est exactement comme la dernière fois à Pog Hill. »

Des fous rires s'échappèrent des murs, la pièce en fut bientôt pleine. Une mystérieuse odeur de pommes et de fumée semblait se dégager des cendres encore rouges et, dehors, la nuit, scintillante d'étoiles, resplendissait.

« Si tu fourres ta main trop souvent dans un nid de guêpes, dit la voix de Joe, tu vas finir par te faire piquer ! Même la magie n'empêchera pas ça. Tu sais, la magie ne va pas à l'encontre de la nature ! Quelquefois, il faut y donner un coup de pouce, mon gars. Y donner quelque chose pour l'aider, pour qu'elle marche toute seule après. Faut créer les bonnes conditions !

— Mais j'avais le talisman. Je croyais...

— T'as jamais eu besoin d'talisman, répliqua la voix. T'aurais pu te débrouiller seul. T'aurais pu te défendre, hein, mais non ! Tout c'que t'as fait c'est prendre la fuite. C'est ça qu't'appelles la foi ? Ça me paraît complètement idiot ! » Jay réfléchit un moment à ce qu'il venait d'entendre.

« T'as déjà tout ce qu'il te faut, continua la voix comme pour l'encourager. Tu l'as en toi, tu l'avais tout au commencement. Tu n'avais pas besoin du vin d'un vieux chnoque comme moi pour t'aider. Tu peux y arriver seul.

— Non, je ne peux pas.

— Ça n'existe pas ce mot-là ! dit la voix. Ça n'existe pas ! »

Soudain les voix se turent et sa tête se mit à tourner, non pas de vertige mais à cause de la clarté fulgurante qui venait de le traverser. Maintenant, il savait exactement ce qu'il avait à faire.

Plus que six heures, pensa-t-il. Il n'y avait pas de temps à perdre.

Personne ne le vit quitter la maison. Personne ne l'observait, d'ailleurs. Et, même, personne n'aurait jugé bizarre qu'il se trouvât là, ou personne n'aurait songé à poser des questions. Le grand panier qu'il portait n'avait, lui non plus, rien d'anormal. Les plantes à larges feuilles dont il était rempli auraient pu être un cadeau pour quelqu'un dont le jardin aurait souffert. Le fait qu'il marmonnait entre ses dents, des mots qui ressemblaient à du latin n'aurait non plus surpris personne. Il était anglais, après tout, M. Jay était donc un peu fêlé.

Il se rendit compte qu'il se souvenait encore très bien du rituel du périmètre de Joe. Il n'avait le temps bien sûr ni de faire de l'encens ni de préparer de nouveaux sachets, mais, dans cette situation, c'était sans importance.

Même Jay devinait la présence des « Spéciales » autour de lui, il entendait leurs murmures et leurs éclats de rire. Avec précaution, il sortit du châssis les plants de pommes de terre et en emporta autant qu'il le pouvait. Avec un déplantoir et une fourche minuscule, il les repiqua à intervalles au bord du chemin. Il en planta plusieurs au carrefour de la route de Toulouse, deux au stop, deux encore au bord de la route qui conduisait aux Marauds. Et la brume se leva, une brume comme on n'en trouve qu'à Lansquenet. Elle déferla des marais et envahit les vignobles, elle l'encercla peu à peu et lentement monta comme une voile blanche sous le soleil matinal. Jay Mackintosh continua son circuit d'un pas rapide, courant quelquefois. Dans sa hâte d'avoir fini à temps, il planta les *Tuberosa rosifea* de Joe partout où la route se divisait, à tous les portails, à tous les panneaux. Il tourna les poteaux indicateurs dans le sens opposé ou les recouvrit de verdure quand il ne réussissait pas à les déterrer. Il arracha l'écriteau de bienvenue de Georges et Lucien. Quand il eut terminé, il ne restait plus un seul poteau indiquant la direction de Lansquenet. Il avait mis presque quatre heures à boucler son circuit d'une vingtaine de kilomètres autour du village, entre la route de Toulouse et les Marauds. Maintenant, il était épuisé. Sa tête lui faisait mal et ses jambes étaient raides comme des échasses. Mais son travail était terminé. Tout était fait.

De même que Joe avait réussi à camoufler Pog Hill Lane, lui, se répétait-il triomphalement, avait rendu invisible le village de Lansquenet-sous-Tannes.

Lorsqu'il rentra, Marise et Rosa étaient déjà retournées chez elles. Le ciel alors s'éclaircit et la brume se dissipa.

63

Il était bien onze heures lorsque Kerry arriva, élégante et sophistiquée, dans son corsage blanc et sa jupe grise, son attaché-case à la main.

Jay l'attendait.

« Bonjour, Jay.

— Te voilà de retour. »

Par-dessus l'épaule de Jay, son regard fouillait la pièce, elle remarqua les verres vides et la bouteille.

« Nous aurions dû commencer plus tôt, dit-elle, mais le croirais-tu ? Nous nous sommes égarés dans le brouillard, de grandes nappes de brume blanche, comme de la neige carbonique dans les concerts heavy metal ! » Elle se mit à rire. « Tu imagines ? Déjà nous avons perdu une demi-journée et c'est notre budget qui va payer ça ! J'attends toujours l'équipe des cameramen. Il paraît qu'ils ont pris le mauvais tournant quelque part et qu'ils se sont retrouvés à Agen. Maudites routes ! Heureusement que je connaissais le chemin ! »

Jay la dévisagea. Le rituel n'avait pas marché, pensa-t-il, découragé, malgré sa foi il avait échoué. « Alors tu continues avec ce projet ?

— Bien sûr que je continue ! répliqua Kerry d'un ton impatient. On ne refuse pas une si bonne occasion. » Elle examina ses ongles. « Tu es une célébrité. Lorsque ton livre sortira, je pourrai montrer où tu as puisé ton inspiration. » Elle fit un grand sourire. « C'est un livre absolument merveilleux, ajouta-t-elle, et qui aura un succès terrible. Meilleur que *Joe Patati* ! »

Jay hocha la tête. Elle avait raison. Pog Hill et Lansquenet, les deux côtés de la même pièce, mais ternis, sacrifiés tous deux, chacun à sa façon, à la carrière littéraire de Jay Mackintosh. Après la publication du livre, le village ne serait jamais plus pareil. Lui partirait, c'était inévitable ! Narcisse, Joséphine, Briançon, Guillaume, Arnauld, Roux, Poitou, Rosa — même Marise —, tous ne seraient plus qu'autant de mots sur des pages imprimées, les personnages d'une fiction médiocre que l'on abandonnerait, que l'on oublierait. Et, pendant son absence, les promoteurs envahiraient le village, feraient des projets, démoliraient, repenseraient, moderniseraient tout.

« Je ne sais pas pourquoi tu fais cette tête-là ! dit Kerry. Ou penses-tu que ce soit une sorte d'indécence de parler d'argent ?

— Pas du tout. »

Un calme des plus étranges s'emparait de lui, une sorte d'ivresse, et il lui semblait que quelque chose pétillait dans sa tête. Autour, c'était comme si l'air écumait, chuintait, sifflait.

« Ils doivent vraiment tenir à t'avoir, commenta Kerry.

— Oui, dit Jay d'une voix lente. Je crois qu'ils tiennent à m'avoir ! »

C'était ça, pensa-t-il, abasourdi. C'était si facile, simple comme bonjour. Jay se mit à rire. Dans sa tête, tout s'éclaira soudain. Il sentait la fumée, l'eau bourbeuse et le parfum sucré et capiteux des mûres. L'air avait pris le jaune effervescent du vin de sureau. Il savait que Joe était là, qu'il n'était jamais parti. Il pouvait presque l'apercevoir dans l'encadrement de la porte. Coiffé de sa vieille casquette de mineur et chaussé de brodequins, il souriait de la façon qu'il avait quand il était particulièrement satisfait de quelque chose. Tout en réalisant que ce n'était qu'un effet de son imagination, Jay savait aussi que c'était pourtant bien réel.

Le réel et l'imaginaire ne sont que la même chose, après tout.

En deux enjambées, il atteignit le manuscrit et le contrat de World Wide, encore rangés dans leur carton sur le lit. Il les sortit. Kerry se tourna vers lui et demanda avec curiosité :

« Qu'est-ce que tu fabriques ? »

Jay prit le manuscrit dans ses bras et se mit à rire.

« Tu sais ce que c'est ça ? demanda-t-il. C'est l'unique copie du livre que je possède. Et ceci... » Il lui montra le contrat signé. « C'est la paperasse. Regarde ! C'est terminé. C'est prêt à être expédié !

— Jay, qu'est-ce que tu fabriques ? » Sa voix monta d'un ton.

Jay fit un grand sourire et avança d'un pas vers la cheminée.

« Tu ne peux pas... » commença Kerry.

Jay la regarda fixement.

« Ce mot-là n'existe pas ! » dit-il.

En réponse à la soudaine exclamation de Kerry, il crut entendre le petit rire goguenard du vieil homme.

Elle avait poussé un cri parce qu'elle avait soudain deviné ce qu'il allait faire. C'était quelque chose de fou, de ridicule, le genre de geste impulsif qu'elle ne lui avait jamais connu mais, dans ses yeux, il y avait aussi cette lueur étrange qu'elle n'avait jamais remarquée auparavant. Comme si l'on avait allumé la mèche pour une explosion de feu d'artifice. Le visage transfiguré il prit le contrat, le froissa et le poussa à l'arrière de la cheminée, puis il fit de même avec les feuillets tapés à la machine du manuscrit. Le feu commença à prendre, le papier se gondola, roussit d'abord puis s'enflamma, et de longues flammes joyeuses s'élancèrent dans un tourbillon de papillons noirs.

« À quoi joues-tu ? s'écria Kerry d'une voix perçante. Jay, bon Dieu, qu'est-ce que tu fabriques ? »

Il fit un large sourire dans sa direction et se mit à rire à en perdre haleine.

« À ton avis, qu'est-ce que je fais ? Dans un jour ou deux, quand tu parleras à Nick, tu en auras la confirmation !

— Tu es devenu fou, dit-elle d'une voix sèche. Tu ne me feras pas croire que tu n'as pas de copie de ce texte dactylographié. Quant au contrat, ça peut toujours se remplacer !

— Bien sûr, ce serait possible. » Il se sentait détendu, serein. « Mais celui-ci ne le sera pas. Rien ne le sera. Et à quoi bon s'intéresser à un écrivain qui ne publie jamais ? Combien de temps peut-il encore captiver l'attention du public ? Combien d'argent cela représente-t-il ? Et moi, qu'est-ce que je représente ? »

Kerry le contemplait, sans reconnaître en lui l'homme qui l'avait quittée six mois auparavant. Celui qu'elle avait connu était distrait, renfrogné, indécis ; celui qui se tenait devant elle était sûr de lui, inspiré. Ses yeux brillaient. Renoncer à tout ça était stupide, c'était criminel, insensé, pourtant il avait l'air heureux.

« Tu es vraiment fou, dit-elle d'une voix étranglée. Tu renonces à tout, et pourquoi ? Pour un beau geste ? Cela ne te ressemble pas, Jay. Je te connais. Tu vas bientôt le regretter ! »

Mais Jay continuait à la regarder avec un léger sourire, il avait tout son temps, maintenant.

« Je te parie que tu ne tiendras pas le coup plus d'un an ici. » Derrière le mépris qu'elle mettait dans sa voix, on décelait un léger tremblement. « Que vas-tu faire ? T'occuper de la ferme ? Tu n'as que peu d'argent. Tu l'as dépensé pour acheter cette propriété, que feras-tu quand tu seras à court de fric ?

— Je ne sais pas. » Il parlait d'un ton enjoué, comme si tout cela lui était indifférent. « Cela te fait quelque chose, à toi ?

— Non ! »

Il haussa les épaules. « Tu ferais mieux d'appeler tes cameramen au téléphone et de leur dire de te rejoindre ailleurs, lui conseilla-t-il d'une voix douce. Il n'y a rien ici qui soit d'aucun intérêt pour toi. Il vaudrait mieux chercher au Pinot, de l'autre côté de la rivière, je suis sûr que tu trouverais là-bas quelque chose d'assez nouveau, d'assez amusant. »

Elle le regarda, éberluée. Un instant, elle crut percevoir une étrange odeur de sucre et de pommes, de gelée de mûres et de fumée de bois, une odeur qui l'emplissait de nostalgie et, un instant, elle comprit presque pourquoi Jay aimait tant cet endroit, avec ses petits vignobles, ses pommiers et ses chèvres qui vagabondaient dans les marais. Un instant, elle redevint petite fille, avec sa grand-mère qui préparait des foutimassons dans la cuisine et le vent de la côte qui chantait dans les fils téléphoniques. Elle comprit enfin que l'odeur faisait partie de lui, qu'il en était tout imprégné, comme la fumée qui s'accroche aux vêtements et, quand elle leva les yeux vers lui, il lui parut couvert de poussière d'or. La clarté, l'illuminant de derrière, mettait des mèches de lumière dans ses cheveux et jetait des paillettes sur ses vêtements.

Mais l'odeur avait disparu, la lumière s'était éteinte et il ne resta bientôt plus que des relents de pièce mal aérée et de lie de vin provenant de la bouteille qui était postée en face d'eux sur la table. Kerry haussa les épaules.

« Tant pis pour toi, dit-elle d'un ton solennel. Fais ce que tu veux. »

Il fit un signe d'acquiescement. « Et la série télévisée ? demanda-t-il.

— Autant que j'aille au Pinot, dit-elle. Georges Clairmont me dit qu'ils y ont filmé récemment une nouvelle version de *Clochemerle*. Cela devrait faire mon affaire pour l'émission. »

Il sourit. « Bonne chance, Kerry ! »

Quand elle eut disparu, il fit sa toilette et passa une chemise et un jean propres. Il se demanda ce qu'il devait faire. Même maintenant, rien n'était sûr, car, dans la vie, on n'est jamais certain que les choses finiront bien. Autour de lui, la maison était parfaitement silencieuse. L'élan d'énergie qui semblait émaner des murs était retombé. La mystérieuse odeur de sucre et de fumée s'était évanouie. La cave elle-même s'était calmée et les bouteilles de vin nouveau, le sauternes, le saint-émilion et la douzaine de jeunes vins d'Anjou étaient maintenant immobiles et silencieuses. Elles attendaient.

64

Vers midi, Popotte avait apporté un paquet et les nouvelles du village. Elle avait raconté avec animation comment l'équipe de tournage n'était jamais arrivée, comment la dame anglaise n'avait interviewé personne et pourquoi Georges et Lucien étaient furieux. En tout cas, avait-elle conclu, avec un haussement d'épaules, c'était sans doute la meilleure chose. On savait bien que leurs plans n'avaient jamais mené à rien. Georges avait déjà recommencé à parler d'un autre projet, un plan de construction à Montauban, quelque chose qui ne pouvait pas rater, il en était certain.

Lansquenet avait tourné la page.

Le paquet venait de Kirby Monckton. Quand il fut seul, Jay l'ouvrit avec beaucoup de soin. Il enleva le papier d'emballage brun, tout raide, et défit les nœuds de la ficelle un à un. Le paquet était gros et lourd. Une enveloppe en tomba. Il reconnut l'écriture de Joe.

À l'intérieur, il n'y avait qu'une seule feuille de papier jauni.

Pog Hill Lane, le 15 septembre.

Cher Jay,
Je m'excuse de ce mot rapide mais je n'ai jamais su très bien dire adieu. J'avais l'intention de rester ici un peu plus

longtemps mais tu sais ce que c'est. Ces fichus docteurs, ils ne
vous disent rien avant la dernière minute. Ils croient que,
parce qu'on est vieux, on n'a aucune idée sur rien. Je t'envoie
ma collection de graines — je suis sûr que tu sauras quoi en
faire. Quand tu les recevras, tu auras sûrement appris ce qu'il
faut. Fais seulement attention à ce que la terre leur convienne.
    Mon meilleur souvenir,

                                        Joseph Cox.

Jay relut la lettre. Il caressa des doigts, sur la page, les
mots écrits à l'encre noire, d'une petite écriture soignée, par
cette main mutilée. Il éleva le papier vers son visage pour
essayer d'y retrouver quelque chose de lui — une légère
odeur de fumée peut-être ou un faible parfum de mûres —
mais il n'en restait rien. S'il existait encore un peu de magie
quelque part, c'était sans doute ailleurs...

... dans ce que contenait le coffre à graines, dans ces
centaines d'enveloppes minuscules et ces tortillons de
papier, dans ces bulbes desséchés, ces grains, et ces rhi-
zomes, dans ces efflorescences sans plus de substances que
de la poussière retombée. Et chaque chose était étiquetée,
numérotée, chaque chose portait en elle, de ces lointains
pays, l'odorant souvenir.

Tuberosa rubera maritima, *Tuberosa diabolica*, *Tuberosa*
panax odorata, des milliers de pommes de terre, de courges,
de poivrons et de carottes, plus de trois cents espèces d'oignons pour ne parler que d'eux, la collection de Joe entière
et, bien sûr, les « Spéciales », *Tuberosa rosifea*, dans toute leur
magnificence, la vraie pomme de terre, l'originale, enfin
retrouvée.

Il les contempla longtemps. Plus tard il les regarderait
une à une, rangerait chaque sachet à sa place dans le tiroir
approprié du vieux coffre à épices. Plus tard il aurait le
temps de les trier, de les étiqueter, de les numéroter et de les
cataloguer jusqu'à ce que chacune se tînt de nouveau à sa
place. Mais il avait d'abord autre chose à faire. Il devait voir
quelqu'un et chercher quelque chose, et ce quelque chose
se trouvait à la cave.

Le choix était évident. Avec un chiffon, il essuya la pous-

sière qui s'était accumulée sur moi, en espérant que les
années n'auraient pas trop gâté mon goût. Une bouteille
pour une grande occasion, pensa-t-il, la dernière de ses
« Spéciales » à lui. 1962, une bonne année, la première,
espérait-il, de beaucoup d'autres.

Il enveloppa la bouteille dans un papier de soie et mit
dans la poche de sa veste cette offrande de paix.

Quand il arriva, Marise était assise dans la cuisine, occupée à écosser des petits pois. Elle portait un corsage blanc
par-dessus son jean et le soleil jouait dans l'or ardent de ses
cheveux. Dehors il entendit Rosa appeler Clopette.

« Je vous ai apporté ça, lui dit-il. Je la gardais pour une
occasion très spéciale. J'ai pensé que nous pourrions la
boire ensemble. »

Elle le regarda longtemps avec une expression indéchif-
frable. Elle le jugeait de son regard pénétrant au reflet
d'émeraude. Enfin elle avança la main vers la bouteille qu'il
lui tendait, offerte, et elle en regarda l'étiquette :

« Fleurie 1962, lut-elle. Mon préféré », et elle se mit à
sourire.

Et c'est là que mon histoire s'achève, dans la cuisine de
cette ferme de Lansquenet. C'est là qu'en me versant il
libère les parfums de ces étés oubliés et de ces endroits à
jamais perdus. Il boit au souvenir de Joe et de Pog Hill Lane,
et son toast est à la fois un salut et un adieu. Les gens peuvent dire ce qu'ils veulent, rien ne vaut la saveur d'un bon
raisin. Que j'aie un arrière-goût de cassis ou non, j'ai ma
propre magie, libérée après trente-sept ans de maturation.
J'espère que tous deux l'apprécient maintenant que leurs
mains se touchent et que leurs lèvres se rejoignent, car c'est
à eux de continuer l'histoire maintenant. Mon rôle à moi est
fini. J'aime penser que le leur se terminera dans des conditions aussi heureuses, mais je n'en sais rien. Mon corps à
moi est soumis à d'autres lois. Je m'évapore avec allégresse
dans la lumière et, ma fin approchant, je ne rencontre
aucun fantôme et ne prédis aucun avenir. À travers ma
sombre paroi, je ne peux que deviner ce moment de bonheur qu'ils vivent tous les deux.

Post-scriptum

Le Lansquenet gratuit.

DÉCÈS : Mireille Annabelle Faizande est décédée après une courte maladie. Elle laisse un neveu, Pierre-Émile, une belle-fille, Marise, et une petite-fille, Rosa.

ACHAT DE PROPRIÉTÉ : Mme Marise d'Api vient d'acheter quatre hectares de terres cultivées et de terres en friche entre la rue des Marauds, le boulevard Saint-Espoir et la Tannes. La propriété comprend une ferme et ses dépendances. Elle appartenait à Pierre-Émile Foudouin, rue Geneviève, à Toulouse.

Le Courrier d'Agen.

Depuis le XVIIᵉ siècle, un propriétaire de la région est le premier à avoir réussi à produire la *Tuberosa rosifea*. Cette pomme de terre, que l'on dit avoir été importée d'Amérique du Sud en 1643, est un gros tubercule à chair rose et parfumée, qui réussit particulièrement bien dans notre sol humide et riche en calcaire. M. Jay Mackintosh, qui vivait autrefois de sa plume, est arrivé d'Angleterre, il y a huit mois, pour s'établir parmi nous. Il a l'intention de cultiver cette pomme de terre, ainsi que d'autres légumes d'espèces rares, sur ses terres, à Lansquenet-sous-Tannes.

« J'ai l'intention de réintroduire dans la consommation courante un grand nombre de ces anciennes variétés de légumes, a-t-il confié récemment à notre reporter. C'est par pure chance que certaines de ces espèces n'ont pas été perdues à jamais. » Quand on l'a interrogé sur l'origine de ces précieuses graines, M. Mackintosh s'est montré évasif. « Je ne suis qu'un collectionneur, a-t-il expliqué avec modestie. J'ai ramassé une grande quantité de graines différentes au cours de mes voyages autour du monde. » Mais, allez-vous vous demander, quelle est l'importance de ces vieilles graines ? Est-il vraiment nécessaire que nous utilisions telle ou telle pomme de terre plutôt que telle ou telle autre pour nos pommes frites ? « Oui ! a-t-il répondu catégoriquement. C'est très important. Nos nouvelles techniques agricoles et les directives de Bruxelles nous ont déjà coûté des milliers de plantes et d'espèces animales. Il est donc essentiel d'assurer la survie des variétés traditionnelles. Les plantes ont toutes sortes de propriétés qui nous sont encore peu connues. Qui sait si, dans quelques années, des savants ne seront pas en mesure de sauver des vies humaines en utilisant l'une de ces espèces retrouvées. »

Les méthodes, pour le moins originales, de M. Mackintosh se sont propagées bien au-delà des limites de sa petite ferme. Des fermiers de la région se sont joints à lui, ils consacrent maintenant une section de leurs terres à la culture de ces anciennes variétés. M. André Narcisse, M. Philippe Briançon et Mme Marise d'Api ont aussi décidé de tester ces « nouvelles » graines.

Avec les *Tuberosa rosifea* qui se revendent à cent francs le kilo et plus, les fermiers de Lansquenet-sous-Tannes peuvent, une nouvelle fois, voir l'avenir en rose.

Quant à M. Mackintosh, 36, Château Cox, Lansquenet, il a accueilli ce succès inattendu avec une modestie surprenante. En réponse à la question lui demandant à quoi il attribuait son succès, il a répliqué : « À la chance, simplement », et, avec un sourire espiègle à l'intention de notre reporter, il a ajouté : « Et, bien sûr, à un peu de magie ! »

CET OUVRAGE
A ÉTÉ REPRODUIT
ET ACHEVÉ D'IMPRIMER
SUR ROTO-PAGE
PAR L'IMPRIMERIE FLOCH
À MAYENNE EN MARS 2001
POUR LE COMPTE DE QUAI VOLTAIRE
7, RUE CORNEILLE, 75006 PARIS

ISBN : 2-912517-19-2.
Dépôt légal : mars 2001.
N° d'édition ; ★ 074. N° d'impression ; 51057.

Imprimé en France.